杨海明

1942 年生，苏州人。1960—1964 年就读于江苏师范学院中文系，1978—1981 年在南京师范学院中文系师从著名词学家唐圭璋先生攻读硕士学位。后执教于苏州大学，1993 年被国务院学位办批准为博士生导师。曾任中国韵文学会常务理事、中国宋代文学学会副会长，现任中国词学研究会名誉会长。主要从事唐宋词研究。著有《唐宋词风格论》《唐宋词史》《唐宋词美学》《唐宋词与人生》等。一些著作在海内外产生过较大影响，《唐宋词史》曾获全国高等学校首届『人文社会科学研究优秀成果奖』二等奖和首届『夏承焘词学奖』一等奖；两部专著被翻译成韩文，四部专著在台湾地区再版。2016 年获中国韵文学会、中国词学研究会颁发的『中华词学研究终身成就奖』。

杨海明词学文集

第一卷　唐宋词风格论
第二卷　唐宋词史
第三卷　唐宋词美学
第四卷　唐宋词与人生
第五卷　唐宋词论稿
第六卷　唐宋词论稿续编
第七卷　唐宋词纵横谈
第八卷　宋词趣谈
第九卷　张炎词研究
第十卷　宋词三百首新注

杨海明词学文集

·第五卷·

唐宋词论稿

杨海明 著

江苏大学出版社
JIANGSU UNIVERSITY PRESS
镇江

图书在版编目(CIP)数据

唐宋词论稿 / 杨海明著. — 镇江：江苏大学出版社，2020.7
(杨海明词学文集；第五卷)
ISBN 978-7-5684-1306-0

Ⅰ.①唐… Ⅱ.①杨… Ⅲ.①唐宋词－诗词研究
Ⅳ.①I207.23

中国版本图书馆 CIP 数据核字(2020)第 097770 号

唐宋词论稿（杨海明词学文集·第五卷）
Tang-Song Ci Lungao（Yang Haiming Cixue Wenji · Di-wu Juan）

著　　者/杨海明
责任编辑/张　平
出版发行/江苏大学出版社
地　　址/江苏省镇江市梦溪园巷 30 号(邮编：212003)
电　　话/0511-84446464(传真)
网　　址/http：//press.ujs.edu.cn
排　　版/镇江文苑制版印刷有限责任公司
印　　刷/江苏凤凰数码印务有限公司
开　　本/718 mm×1 000 mm　1/16
印　　张/17
字　　数/320 千字
版　　次/2020 年 7 月第 1 版　2020 年 7 月第 1 次印刷
书　　号/ISBN 978-7-5684-1306-0
定　　价/118.00 元

《杨海明词学文集》再版前言

本书初版于2010年。此次再版，尊重历史，一仍旧貌，只是遵照出版社的意见，将原先的8册（12卷）改为10卷，次序也做了一些变动，内容则并无改动；另外又请我的老学生们对全书文字重新审读过一遍，改正了一些错漏。由于自初版至今已抵10年，而我早就从学术界"撤退"出来，变成了一个出入于市井里巷、流连于园林名胜的闲散老人，因此现今无心无力对旧著做些修改，这点敬希读者谅鉴。

本书无论是初版还是再版，都得到了江苏大学出版社总编芮月英女士的大力支持和热心相助，在此郑重致谢！我的老学生们，对于它的初版和再版，也都付出了辛勤的劳动。他们是：曹志平、曹辛华、陈国安、闵定庆、钱锡生、孙虹、宋秋敏、王晓骊、薛玉坤、张幼良（排名不分先后，按音序编排），而总其成的则是钱锡生和陈国安。他们（以及其他一些老学生们）一贯以来对我无微不至的关心和帮助令我十分感动和深感温馨。趁此机会，也向他们表示深挚的谢意！

杨海明

2020年3月　书于苏州嘉园寓所

《杨海明词学文集》初版总序

自 1978 年秋师从唐圭璋先生攻治词学至今，忽忽已过 30 年矣。回首当年，自己本是一位普通的中学语文老师，不意在攻读唐师的硕士研究生、随后又转入高校（苏州大学）工作之后，竟涂鸦出了一大堆评说唐宋词的文字，并在词学研究领域产生了一定的影响，以至我的博士生们现今要为我策划出版这套词学文集，不禁感慨良多。我深知自己既缺乏像夏承焘、唐圭璋等老辈学人那样深厚宽博的学养，也跟不上新时期所涌现出的青年学者那种与时俱进、敢于创新的迅猛步伐，充其量只是一个衔接两代的过渡性人物，因此要出文集，不免有些汗颜。但转而一想，对我来说，这套文集所收的旧文好歹记录着自己在词学研究领域里跋涉过的一连串足迹，把它们整理出来总算做了一番“盘点清理”和“立此存照”的工作，未尝没有一点意义；而对不少读者，尤其是很多青年学子来说，像《唐宋词风格论》《唐宋词论稿》《唐宋词纵横谈》《唐宋词美学》等旧书，由于后来未曾再版过，故在书店难以寻获，因此这次“打包”再版，也可满足他们的迫切需求。基于以上两点考虑，我同意了门生们的建议，由他们分工协作对旧稿做了一定的校订，终于推出了这套词学文集。宋人陈与义曾有词云：“二十余年如一梦，此身虽在堪惊。闲登小阁看新晴。古今多少事，渔唱起三更。”（《临江仙》）对我而言，若是改动其中一个字，变成“三十余年如一梦……”，便很能表达此时看到这套文集的内心感受：往事早如云烟，此身也已垂暮，这套文集所收的旧文其优劣、良莠就让读者和后人去评说吧，而我本人则要闲登小阁去享受那为时有限的余生了。

本文集共八册、十二卷。下面,分别对各册内容作具体说明。

第一册由卷一、卷二组成。

卷一《唐宋词风格论》:此卷原由上海社会科学院出版社 1986 年出版。后来发现,台湾木铎出版社 1987 年盗印过它,易名为《唐宋词的风格学》,且隐去了作者的姓名。韩国新雅社 1994 年将其译成韩文出版,翻译者为李钟振教授。

卷二《张炎词研究》:此卷原由齐鲁书社 1989 年出版。

第二册收录卷三《唐宋词史》。此卷原由江苏古籍出版社 1987 年出版,后由天津古籍出版社 1998 年再版。后者对前者略作修订,主要是改正了一些错字和删除了某些不必要加的引号,内容基本不变。此次再版,依照后一版本。台湾丽文文化事业公司 1996 年出版了它的繁体字版。韩国新雅社 1995 年将它译成韩文出版,翻译者为宋龙准、柳种睦先生。

第三册收录卷四《唐宋词论稿》。此卷原由浙江古籍出版社 1988 年出版,其中选录了我 1981 年至 1986 年发表的论文 32 篇。

第四册收录卷五《唐宋词论稿(续编)》。此卷为这次所新编的论文集,共收录论文 35 篇,其时间跨度较大(1984 年—2008 年),主要是从《唐宋词论稿》出版以后所陆续发表的论文中选辑而成。其内容大致分成六类:一是对唐宋词的魅力来源,尤其是其人生意蕴作出探寻;二是对唐宋词的心理内涵做些剖析,兼论"角色转换"对这些意蕴生成的重要作用;三是词论研究,以及我对于词学研究的若干思索;四是从传承和变异的角度来对唐宋词进行文化考察;五是读唐宋词的一些心得,它们所涉及的问题较多;六是其他方面的一些文章,其中既有两篇论宋人散文的文章,还有三篇论析夏承焘先生治学历程和回忆唐圭璋、段熙仲先生往事的文章,收录这后三篇主要想借此表达对先贤的缅怀之情。上述 35 篇文章,以前散见于各种报刊之上,此次结集出版,可省读者查检之劳,姑取名为《唐宋词论稿(续编)》。

第五册收录卷六《唐宋词美学》。此卷原由江苏教育出版社 1998 年出版。

第六册由卷七、卷八、卷九、卷一〇组成。

卷七《唐宋词纵横谈》:此卷原由苏州大学出版社 1994 年出版。台湾丽文文化事业公司 1995 年出版了它的繁体字版,易名为《唐宋词主题探索》。

卷八《宋词趣谈》:此卷原由台湾业强出版社 1997 年出版。它的学术性不强,但趣味性和可读性尚可,因大陆读者不易读到,故在此再版,可供非专业的读者阅读消遣。

卷九《李璟·李煜》:此卷原由春风文艺出版社1999年出版,为其“插图本中国文学小丛书”中的一种。

卷一〇《东吴绛帐屐痕——序跋选录》:此卷收录了我为学生们的学术著作写的序跋。

第七册收录卷一一《唐宋词与人生》。此卷原由河北人民出版社2002年出版。

第八册由卷一二、附录组成:

卷一二《宋词三百首新注》:此卷原由天津人民出版社1993年出版。合作者刘文华女士乃是我的妻子,不幸已于近时病逝。几十年来,她在生活和工作上助我良多。今日再版此卷,也作为对她的一种悼念。台湾丽文文化事业公司1995年据此重排,出版了它的繁体字版,易名为《宋词三百首鉴赏》。

《附录》四种:一是崔海正教授所写的《论唐宋词专家杨海明——当代词学家系列研究之一》。二是曹辛华博士所写的《杨海明与唐宋词研究的深化》。这两篇文章的撰写,其作者事前事后都未与我本人做过沟通,完全是他们个人意见的表述。照我看来,其中颇多溢美之词而缺少中肯的批评,实在愧不敢当。但它们却能从一定程度上揭示我的某些研究“特色”,可供我自己反省并供读者参考。除此之外,很多师友(如曹济平先生、潘树广先生,以及刘扬忠、肖瑞峰、王兆鹏、刘尊明等先生)和学生(如邓红梅、赵梅、闵定庆、钱锡生、王晓骊等博士,以及浙江大学的张锦同学)也曾为我的一些论著写过书评,但因篇幅的关系,这里就不再收录,谨向他们表示衷心的感谢和诚挚的歉意!三是王晓骊博士所记录的《背靠遗产 面向当代——杨海明教授词学访谈录》,它概述了我从事词学研究的历程,以及研究唐宋词的若干心得体会,也可提供给读者阅读。四是张幼良博士所撰《瞬间三十年——杨海明先生学术年表》。

正如开头所说,我在这30年左右的时间内竟不意涂鸦出了一大堆评说唐宋词的文字,其间的甘苦辛甜,自然一言难尽;而文章的优劣良莠,也心知肚明。总的来说,由于我的写作往往率性而发,主要凭兴趣和“感悟”,而不耐作缜密细致的思考,因此文章中的疏漏和缺陷(甚至错误)自然难免,还望读者多多指教!另外,由于我往往是先写成一篇篇单篇论文,以后又把这些论文中的观点和材料融汇在后来的专著中间;而在撰写单篇论文时,因每篇文章都要自成一个独立的

“单元”,故而有一些观点和例证有可能会在全书中多次出现,或许会令人产生啰唆重复之感。这里谨表歉意。再者,由于这些文章写于不同时期,早期的文章并不像现今那样讲求“学术规范”,故而现在读来肯定不够“规范”,不够严谨。这点也请读者鉴谅!追昔抚今,如果说这套文集所收的一些旧文,在“文革”结束不久、新时期刚刚开始的阶段或许曾有某些“闪光点”使人眼目为之一亮的话,那么时至今日恐就早已平淡无奇,甚至黯然失色了。所以我十分清醒地将自己定位为新旧时期转型阶段的一位“过渡型”的研究者,而词学研究的崭新局面和崭新气象则期待着后来者们去努力开启和努力创造——这也是我作为一名曾经的词学研究者所殷切期望的。

最后,要对引导我走上研究道路并给我以提携指导的唐圭璋师、孙望师、段熙仲师、吴调公师表示深切的悼念与感谢;对大力促成本文集出版并付出辛勤劳动的我的博士生们(曹辛华、曹志平、孙虹、薛玉坤等)表示深深的谢意,拙著引文均由他们重新查核,并详为注出;特别应该提出的是,陈国安博士在本文集的出版过程中付出了艰辛的劳动,其热情与认真令我十分感动,特在此也表示郑重的感谢;对大力资助本文集出版的江苏海门市教育局副局长许新海博士表示衷心的感谢;对支持本文集出版并花费很多心血的江苏大学出版社总编辑芮月英女史和图书编辑部主任顾正彤女史表示深深的敬谢之心。

杨海明

2010年10月

《唐宋词论稿》序言

我从少年时代起就爱读词、填词，但未触及词论。后来在教古代文论时，读过一点儿词论，但所知不深。结合古代词作与诗作特质的比较，结合自己写词和读词的体会，结合古代词论、词史中一些主要问题的争议，经过初步揣摩，现在我有这么一个想法：词学研究虽说涉及的范围极广，问题很多，但千头万绪中，“词境”问题，似乎应该是个“一以贯之”的研究核心。这正因为，通过词境的创作角度，可以探讨词人的个性风格；通过词境的音乐性研究，可以了解从诗体中脱颖而出的这一韵文新体之所以侧重优美性及抒情性的原因；通过词境的长短参差和婉曲形容，可以揣摩到这一种文体境界恰因其“长短句”而富于艺术的张力。特别是突出词境之于晚唐五代，更明确了这一个时代的词究竟给予了后代哪些深远影响。这样，我们就不会把眼光局限于词的本身，而可以把握词的抒情性特浓这一个契机，看出作为中国历史上渊源已久的“言志”和“缘情”两大潮流的起伏。在晚唐五代的“词境”舒展后，“缘情”文学即出现了一往无前的优势，绝非偶然。真正的抒情的文学，甘以“小技”自娱而毅然与诗文分野的文学，带着南方传统特别是具有南方民歌特色的文学，烙印着城市繁荣和广大市民由于冲破禁欲主义闸门从而热爱生活和充满人间色泽的文学，都一一出现了。

这是中国美学史上“缘情”艺术长足发展的一个里程碑。在这以前，虽然有人说过“诗缘情而绮靡”的话，出现过风华绰约的六朝小品，也崛起过“自赎”的“宫体”和温、李一派的绮丽婉约的诗篇，然而这些都还说不上标志着一定时代审美风气的新文体的崭露头角。只有晚唐五代词的出现，它的境界才有那么巨大的魔力——几乎与“盛唐气象”相颉颃的艺术效应，由雄浑转而为婉约，一前一后，成为各有千秋、各具异彩的局面。

这就不仅仅是诗以外而有词之兴起的问题了。它关系到心灵史上的这一嬗变——人们对艺术的审美情趣有所转变,有所丰富。

人们需要对内心世界细致地反观和对细微的生活题材着意猎取而又从容不迫地加以表现。

人们需要在戍边、游侠、拟金伐鼓、跃马横戈以外,得到一点儿心灵滋润和精神舒散,在繁弦急管之外调弄起婉转错落的檀板。

对于这些深微境界的漫游是有好处的,它可以使我们了解中国的表现型文学中依然有两种境界的分野,即诗、词有别,也使我们了解"缘情"思潮的高涨与"词境"的丰富相表里。这样,我们对词的研究就可以获得宏观之乐了。抓住"词境"的总关捩,我们就可以把握词的音乐美和图画美,把握词体在内容和形式上的种种带有倾向性的演变和各家不同的"缘情"特色了。

要做到这样的宏观把握是不容易的。我有此心而无此力。但海明同志的论集却已闪示出这一个大手笔的端倪的光辉了。他把词放在传统"言志"和"缘情"的历史长河中考察,看出了晚唐五代出现的这一个新的文体在"缘情"上的序幕作用,看出了由特定时代社会审美情趣凝结而成的"词境"所包含的各种内涵,还看出了"缘情"特色的历史演变和地区特色二者所形成的一个立交点,如把作为时间范畴的宋代和把作为空间范畴的"南方文学"结合起来研究。这都是使我为之心折的。

当然,他的把握"词境"关捩,也并没有忽视微观。如他对张炎的北游做过探测,对蒋捷的家世、事迹也做了一些考证。然而这些方面的研究工作,也都是在不同程度上从有助于对作家词境的了解出发,或者是结合着词境的某几个侧面进行的兼具内、外证的考辨的。

《庄子·天下》篇说,"智者"是能"观于远近"的。海明同志的这本论集,不也可以说是"智者"之书了吗?

海明同志是一代词宗唐圭璋先生门下的第一届研究生,渊源有素,加以他的好学深思,所以学习时已崭露头角。毕业后数年间,对词学的研究更是突飞猛进、成果累累,既能汲取新潮,体现面向现代的文艺科学的新精神,又能承传和完善乾嘉方法。他的这种治学之道是我所向往、躬行,也是我愿为之津津乐道的,故为序。

吴调公

1986年9月8日

目　录

“词境”：向着抒情的深度开掘
——论晚唐五代的“词代诗兴” / 001
论唐宋词中的“忧患意识” / 014
试论唐宋词所浸染的“南国情味” / 026
“诗词有别”
——城市经济带给词的印记 / 037
唐宋词艺术趣味
——艺术风格谈 / 045
试论宋词题材狭窄的原因 / 054

论唐五代词 / 063
“心曲”的外物化和优美化
——论温庭筠词 / 072
论冯延巳词 / 082
论“以诗为词” / 092
略论苏轼在宋词发展中所起的作用和影响 / 100
张舜民和他的词作 / 107
论秦少游词 / 110
论晁补之词 / 122
说赵鼎的词 / 129
论朱敦儒的词 / 132
读李清照词杂识 / 142
论辛派爱国词中的“狂放”精神 / 148
幽韵冷香白石词 / 155

论爱国词人刘克庄的词 / 165
论张炎的词 / 174

宋代词论鸟瞰 / 186
论王灼的词学观点 / 201
胡仔的生平、家世及其词学观点 / 207
“宋人选宋词”研究 / 215
从厉鹗《论词绝句》看浙派词论之一斑 / 222

李清照《词论》不提周邦彦的两种探测 / 230
关于蒋捷的家世和事迹 / 235
王沂孙生卒年新考 / 238
张镃卒年考 / 243
张炎家世考 / 245
张炎北游之行探测 / 253

后记 / 260
再版后记 / 262

“词境”：向着抒情的深度开掘
——论晚唐五代的“词代诗兴”

古代诗歌史上一个令人费解的现象

“诗”至晚唐五代，已呈逐渐衰歇之态。尽管它有过盛唐时如日中天、中唐时色彩绚丽的美好“过去”，然而这时却显出夕阳虽好、时近黄昏的西沉光景来了。但是就在它于下一朝代东山再起之前的这一段夜空中，“词”却像一钩妩媚晶莹的新月一样，升起在文坛的地平线上，带来了一番新的光景、新的气象……这一发生在晚唐五代时的“词代诗兴”，真是古代诗歌史上一个令人既感兴趣又觉费解的现象！

早在南宋初期，王灼就注意到了这种现象。他说：“唐末五代，文章之陋极矣，独乐章可喜，虽乏高韵，而一种奇巧，各自立格，不相沿袭。”①这里，他已敏锐地提出了“诗陋词巧”的问题。嗣后不少论者对此进行了探讨，归纳起来，大致有如下三种代表性看法：

一是“不可知”论或者“关乎世运”说。例如陆游曾说：“诗至晚唐五季，气格卑陋，千人一律，而长短句独精巧高丽，后世莫及，此事之不可晓者。”②

二是“下降”说。宋人常把词称为“诗余”，即是这种论调的典型体现。所以直到清代，《四库提要》还说：“《三百篇》变而古诗，古诗变而近体，近体变而词，词变而曲，层累而降。”③从某种意义来讲，这实在是一种保守和倒退的文学观。

比较通达的说法则是王国维的“打破习套”说。他说：“四言敝而有《楚辞》，《楚辞》敝而有五言，五言敝而有七言；古诗敝而有律绝，律绝敝而有词。盖文体通行既久，染指遂多，自成习套，豪杰之士亦难于其中自出新意，故遁而作他体，

① 王灼：《碧鸡漫志》卷二，唐圭璋编《词话丛编》，中华书局，1986 年，第 82 页。
② 陈振孙：《直斋书录解题》卷二一，上海古籍出版社，1987 年，第 614 页。
③ 永瑢，等：《四库全书总目》卷一九八，中华书局，1965 年，第 1807 页。

以自解脱。一切文体所以始盛终衰者,皆由于此。”①这就坚持了文学的进化论,并提出了新兴文体中必藏有旧文体所欠缺的某些新东西的正确命题。

但是,即使是王国维的意见中,也存在着某种缺陷(如他把文体推陈出新的原因仅仅归结为少数作者的主观意愿,即是一例);而相反的,在他前面的那两种显然是错误的意见中,却也还包含着一定的合理因素。这就需要我们加以科学地“改造”和利用。吸取上述三种意见中的有益部分,我们可以得出如下几点认识:

(1)晚唐五代的“词代诗兴”(确切地说,我们在这里要讨论的是晚唐五代文人小令的继“诗”而盛兴),绝不应看作诗的“下降”,而应该视作诗的继续“前进”。

(2)词与诗都是抒情的文体,前者和后者之间确实存在着血缘的继承关系,从这点来看,词为“诗余”也还说得通。但词虽是诗宽广浩瀚的河道中分泄而出的一股“余波”,但它却并非单纯是诗的一种“缩小”或“变窄”,而是前者朝着特定方向的一种“延伸”和“深化”。

(3)晚唐五代小词的勃兴,固然与少数作者的尝试、革新有着直接的关系,但这少数人的举动却又并不全属偶然性的事件,在它后面有着深刻的社会原因。换句话说,此事确实“关乎世运”。

谈到这里,我们不由得会联想到刘勰的几句话:“故知文变染乎世情,兴废系乎时序,原始以要终,虽百世可知也。”②只有紧紧抓住“世情”和“时序”的问题,才能揭开文学体裁和风格演变的奥妙。对于晚唐五代所发生的“词代诗兴”,同样也应作如是观。

《香奁集》——由诗变词的过渡形态

词曲原是民间首创的新文体。但是,那种首先由平民群众所创造的民间词(例如敦煌曲子词中所保留的部分作品),却还只是一些粗糙形态的词。只有到了晚唐五代文人笔下,才出现了比较精致的词。从意境和风格的内涵来看,晚唐五代文人所作的小令词和真正的民间词之间,其实存在着不小的差别。相反,它与晚唐的小诗之间,却有着相当惊人的相似之处,甚至可以说,它不过是晚唐某

① 王国维:《人间词话》,人民文学出版社,1960年,第218页。

② 刘勰:《文心雕龙·时序》,陆侃如、牟世金译注《文心雕龙译注》,齐鲁书社,1995年,第542页。

些诗歌的“变种”。正是在晚唐某些小诗中,已经逐步演变和延逗出了晚唐五代的文人小令的“词境”!

对于这一点,清人田同之早有敏锐的发现。他说:“诗词风气,正自相循。贞观、开元之诗多尚淡远;大历、元和后,温、李、韦、杜渐入《香奁》①,遂启词端。”②《香奁集》是晚唐韩偓的诗集。就在这部诗集里,我们可以清楚地看到由诗向词过渡的遗痕,看到词从诗中分化而出的嬗变轨迹。

《香奁》一集,至少在以下三方面有着令人注目的地方。而这些地方,正就表现出了它和晚唐五代词的某些共同点。

一是题材的艳情化。

《香奁集》共存诗百首左右,其内容全系对于恋情的追忆和描写。“前欢往恨分明在,酒兴诗情大半亡”(《旧馆》),这与《花间》《尊前》这两部词集的主题“春病与春愁,何事年年有?半为枕前人,半为花间酒”(孙光宪《生查子》)是多么一致!读一读韩氏的《闺情》(“轻风滴砾动帘钩,宿酒犹酣懒卸头。但觉夜深花有露,不知人静月当楼。何郎烛暗谁能咏?韩寿香焦亦任偷。敲折玉钗歌转咽,一声声入两眉愁”),读一读他的《五更》(“往年曾约郁金床,半夜潜身入洞房。怀里不知金钿落,暗中唯觉绣鞋香。此时欲别魂俱断,自后相逢眼更狂。光景旋消惆怅在,一生赢得是凄凉”),我们不是仿佛可以从中感受到温、韦词的风韵吗?温庭筠词云:“金雀钗,红粉面,花里暂时相见。知我意,感君怜,此情须问天。　　香作穗,蜡成泪,还似两人心意。山枕腻,锦衾寒,觉来更漏残。”(《更漏子》)韦庄词云:“记得那年花下,深夜,初识谢娘时。水堂西面画帘垂,携手暗相期。　　惆怅晓莺残月,相别,从此隔音尘。如今俱是异乡人,相见更无因。”(《荷叶杯》)与韩诗一样,他们写的都是幽会、别离一类情事,题材既大致相同,风格又如出一辙,几可视作姐妹之作。

又如,韩氏的三首杂言小诗《三忆》,与温庭筠的七首描写妇人服饰起居、举止行动的《南歌子》词,无论从构思格局,还是从辞藻色彩看,都鲜明地带有香艳文学的印记和特色。

二是抒情的细腻化。

诗歌本以抒情作为自己的主要艺术手段。但同是抒情,在手法上却有粗线条和细腻化的分别。例如李白的“抽刀断水水更流,举杯销愁愁更愁”和杜甫的“忧端齐终南,澒洞不可掇”,就属于那种元气淋漓的粗线条式的抒情,而晚唐诗

① 这里指的是诗集《香奁集》(词集也有同名者)。

② 田同之:《西圃词说》,唐圭璋编《词话丛编》,中华书局,1986年,第1452页。

中却多以描写细腻的官能感受和幽微心境作为抒情的主要任务。韩偓《香奁集》诗,就深以"榨取""回收"自己从艳情生活中感发的惆怅情绪作为写作的乐趣,并从抒发这种莫可名状的怅触、迷惘之情中得到津津有味的艺术快感。所以他的抒情笔触就尽量地向着心境的深曲处延伸。请读:

风流大抵是伥伥,此际相思必断肠。云薄月昏寒食夜,隔帘微雨杏花香。(《寒食夜有寄》)

在这里,诗人并未细写他和"她"以前欢情中的种种具体情节,而只是含蓄地描写了"她"内心深处的那种怨郁悱恻的状态。仅"云薄月昏寒食夜,隔帘微雨杏花香"两句,就使人联想到温氏那首有名的《菩萨蛮》:"南园满地堆轻絮,愁闻一霎清明雨。雨后却斜阳,杏花零落香。　无言匀睡脸,枕上屏山掩。时节欲黄昏,无聊独倚门。"二者在意境方面多么相似!后者既像是前者的"稀释"(从境界的化开看),又像是它的"浓化"(从抒情气氛的加强看)。它们在抒写心绪的细腻、婉曲方面,真有异曲同工之妙。

再如韩氏的《绕廊》诗:"浓烟隔帘香漏泄,斜灯映竹光参差。绕廊倚柱堪惆怅,细雨轻寒花落时。"一切是那么轻,那么暗,那么细,那么静。诗人在这里着力描摹的,只是那种极为幽微深细的"心绪""心曲",而不是其他。同样地,温氏的《菩萨蛮》中诸如"花落子规啼,绿窗残梦迷""春梦正关情,镜中蝉鬓轻"之句,所写的也全系这一番迷离惝恍的"心态"。这种努力朝着抒情的细腻化发展的趋向,正体现着晚唐五代诗歌的一种共同的时代特色。(当然,除此之外,细心的读者还可以进而觉察到另一方面的问题,那就是:句式参差而又"倚声"可歌的"词",比之句式整齐而以吟诵为主的"诗"来,在抒情的"曲尽其妙"上,更有着自己的某种"方便之处"。)

三是诗体的趋"短"、趋"轻"。

短者,指篇幅之短小;"轻"者,指"质地"的轻巧。《香奁集》中,长篇的古体诗数量绝少,而占极大比重者则是律诗和绝句(后者尤多)。绝句体制短小、灵巧,又常被唐人用以配乐歌唱,在此两方面均与"小词"十分相近。所以《香奁集》中就出现了"亦诗亦词"式的作品。比如下面这首《懒卸头》诗,《全唐诗》就注明为"一作《生查子》(词)":

侍女动妆奁,故故惊人睡。那知本无眠,背面偷垂泪。　懒卸凤凰钗,羞入鸳鸯被。时复见残灯,和烟坠金穗。

王国维说:"唐人诗词尚未分界,故《调笑》《三台》《忆江南》诸调皆入诗集,不独《竹枝》《柳枝》《浪淘沙》诸词本系七言绝句也。"他明确指出,韩偓之词,不仅收于《尊前集》中之两首,其《香奁集》中的十余首长短句诗皆可视为“词”(引见林大椿《唐五代词·校记》)。

其实,何止是《香奁集》在选择诗体时是这样的择“短”、择“轻”,整个晚唐诗坛的风气也正如此!有人曾就《全唐诗》中存诗一卷以上的诗人所写的诗加以统计,七绝的数量,初唐时仅 77 篇,盛唐时为 472 篇,而至晚唐时竟激增至 3 591 篇①。这个绝句猛增的趋势,不正表现着“诗”向“词”的靠拢吗?

所以,综合以上三种情况,我们清楚地看到,在晚唐五代的“《香奁》诗”和“《花间》《尊前》词”中,有着许多“不约而同”的相似、相通之处。我们以往研究词的发展史时,多把注意力放在文人词向民间词的学习和继承方面,这种“就词论词”的研究当然是必要的,但同时却又不免是失于狭隘的。这是因为,晚唐五代词的作者,大多合诗人和词客身份于一身(其中有不少人,首先是“诗人”,其次才是“词客”),他们所写的词,怎会不受到自己所写的诗的影响呢?因而,在不少诗人所尝试写作的词中,大多“移植”或“借注”着他们的“诗魂”;而相比之下,民间词所提供给他们的,却主要是一个体裁的外壳而已(当然也或多或少地吸收过一点“精神”)。只有紧紧抓住产生于这同一时代的诗词之间的微妙关系,我们才能弥补以往研究工作中的某些缺陷,才能有说服力地展开更为深入的分析。而《香奁集》就堪称这样的一株“标本”。解剖这株保持着由诗向词过渡的明显痕迹的标本,“词境”本由“诗境”酝酿而生出的历史渊源就看得相当清楚了。

晚唐五代“倾斜”的社会心理和褊狭的艺术趣味

前面,我们已经揭示了一个令人深思的文学现象:同是产生于晚唐五代的诗、词,二者存在着很多的共通之处。这就启示我们:它们之中,必然凝聚或积淀着某些共同的东西,那就是这一个时代文人所普遍怀有的社会心理和艺术趣味——不同的文体,反映出共同的时代精神,或者说,时代精神通过不同的文体表现了出来,这就是晚唐五代“诗境”和“词境”十分相似的根本原因。

那么,这种“时代精神”又是什么呢?

首先,它表现为一种显得颇为“倾斜”的社会心理。大家对于盛唐的诗歌是很熟悉的。那些诗篇里所表现出来的作者心理,或如杜甫的志在国家黎民,或如岑参的志在边塞大漠,或如李白的浩怀逸兴,或如王维的恬然自适,总体来看,都

① 沈祖棻:《唐人七绝诗浅释·引言》,《唐人七绝诗浅释》,上海古籍出版社,1981 年,第 20 页。

是比较坦露和“正常”的。但是，读一读晚唐五代的某些诗词，就觉得情况有些异乎常态了。在那里，我们几乎随处都会感触到一种对于人生、时势的危机感和空虚感，体味到作者那种灰色的、有些近乎变态的“倾斜”的心理状况。试读：

荷叶生时春恨生，荷叶枯时秋恨成。深知身在情长在，怅望江头江水声。（李商隐《暮秋独游曲江》）

昨夜风兼雨，帘帏飒飒秋声。烛残漏断频攲枕，起坐不能平。世事漫随流水，算来一梦浮生。醉乡路稳宜频到，此外不堪行。（李煜《乌夜啼》）

充满在那里头的，便是对于整个人生和世事的一种深沉广大的“忧患意识”①。

为了摆脱这种忧患和苦闷，诗人们便力求在男欢女爱的艳情生活中求得精神的暂时解脱和归宿：

落魄江湖载酒行，楚腰纤细掌中轻。十年一觉扬州梦，赢得青楼薄幸名。（杜牧《遣怀》）

平生愿，愿作乐中筝。得近玉人纤手子，砑罗裙上放娇声，便死也为荣。（崔怀宝《忆江南》）

所以，集结在晚唐五代文人心中的，便是这两股既矛盾又统一的复杂情绪：在狂欢烂醉中夹杂着伤感颓废，在悲凉愁苦中又交织着甜蜜温柔。在这种根植于不景气的现实基础之上的“及时行乐”的心理驱使下，他们的生活理想便发生了转移。他们不大热衷于政治，不大关心外部世界中发生的种种矛盾斗争，而把自己的兴致转到了灞桥的柳枝、西窗的烛影、宴前的檀板、月下的倩娘，一句话，转到了个人生活的小圈子和儿女私情的内心世界中去了。比较起盛唐人宽广而健全的心理状态来，这种心理状态不免就显得褊狭和“倾斜”了。

其次，在这种社会心理的支配之下，这一时代文人的艺术趣味出现了“褊狭”的倾向，这乃是晚唐五代“时代精神”的另一种反映。这个时期创作的诗词中，最突出的风味可称是“绮怨”二字②。绮，指它的绮靡、绮丽，这显然与主题的艳情化有关；怨，指它的怨悱、哀怨，而又与整个时代的伤感气氛互为表里。请体味一下这样的一些“诗境”和“词境”：

云母屏风烛影深，长河渐落晓星沉。嫦娥应悔偷灵药，碧海青天夜

① 高尔泰：《中国哲学与中国艺术》，《论美》，甘肃人民出版社，1982 年。

② 刘熙载：《艺概》卷四，上海古籍出版社，1978 年，第 107 页。

夜心。(李商隐《嫦娥》)

冰簟银床梦不成,碧天如水夜云轻。雁声远过潇湘去,十二楼中月自明。(温庭筠《瑶瑟怨》)

流动在这些诗里的,就是这么一股似梦似幻、似云似水的淡淡的哀愁艳思。而无独有偶,缭袅在词中的也多是与此相似的意绪:

满宫明月梨花白,故人万里关山隔。金雁一双飞,泪痕沾绣衣。小园芳草绿,家住越溪曲。杨柳色依依,燕归君不归。(温庭筠《菩萨蛮》)

……心若垂杨千万缕,水阔花飞,梦断巫山路。满眼新愁无问处,珠帘锦帐相思否?(冯延巳《鹊踏枝》)

从这一时代的文人津津有味、乐此不疲地反复"捕捉"和描绘这类绮怨的情绪中,我们自不难感受到其中所浸润着的浓厚而褊狭的艺术趣味。而这种艺术趣味归根结底又是由那特定的社会心理和历史环境所决定的。普列汉诺夫说得好:"任何一个民族的艺术都是由它的心理所决定的,它的心理是由它的境况所造成的。"(《没有地址的信》)追根溯源,晚唐五代的历史环境中有如下三方面的因素值得我们注意:

一是城市经济的发展。韦庄描写当日金陵的景象是:"满耳笙歌满眼花,满楼珠翠胜吴娃。因知海上神仙窟,只似人间富贵家。"(《陪金陵府相中堂夜宴》)他描写当日长安的景象又是:"长安二月多香尘,六街车马声辚辚。家家楼上如花人,千枝万枝红艳新。"(《长安春》)在这个繁华旖旎的城市生活的人温床上,便会产生出杜牧"春风十里扬州路,卷上珠帘总不如"(《赠别》)式的艳诗来,也就会产生出尹鹗"少年狂荡惯,花曲长牵绊"(《菩萨蛮》)式的艳词来。从诗词好以富丽妖艳的女性美和风流放荡的娈婉情作为主要的描写对象中,我们就不难追踪出作者所特有的社会心理和艺术趣味,并可在当时的经济生活中找到其产生的根源。

二是"衰世"的政治环境。晚唐五代是一个动荡不安、混乱昏暗的年代。这样的政治局势必然会深刻地影响"士心"和"士气"。前人曾把士大夫文人比作国家的"肝肾",而把他们的文学创作("心声")比作国家之"声息"①。国家有"病",首先便会在士大夫文人所作的诗词中敏感地反映出来。这样,我们便能

① 金一《心声》:"夫士,国之肝肾;夫士之言,国之声息也。"见《国粹学报》,第3年(1907年)第5册第28期,第4页。

理解为什么诞生于这个时期的艳诗艳词中会带着浓重的伤感意绪和悲剧色彩了。韩偓《哭花》诗云:“曾悲香结破颜迟,今见妖红委地时。若是有情争不哭?夜来风雨葬西施!”它把世间最美好的事物破坏给人看,这种带有悲剧性的美感,正折光式地反映着时代的某些本质方面的东西。而冯延巳词云:“笙歌放散人归去,独宿江楼。月上云收,一半珠帘挂玉钩。　起来点检起由地,处处新愁。凭仗东流,将取离心过橘洲。”(《采桑子》)欢宴才刚散去,词人的心却已浸入“新愁”的冰水中去了。它所体现出的,不能不是整个时代的那种浓重、迂回的忧郁感。所以,政治情势的风雨飘摇必然会对文人的心理和兴趣发生作用和影响。

三是思想文化领域的新潮流。由于处于末世,儒家思想的正统地位此时便受到了一定程度的冲击。从文艺领域来看,中唐白居易所倡导的文学功利主义思想,到了晚唐五代就不那么时兴了;相反,一股“反道缘情”的新潮流却应运而生。李商隐就公然提出:“人禀五行之秀,备七情之动,必有咏叹,以通性灵。”(《献相国京兆公启》)文学不应局囿于“传道”和“言志”,还应当抒写人类丰富的感情(“七情”)和复杂的“性灵”。正是在这种理论的指导下,这位大诗人才能够写出“春蚕到死丝方尽,蜡炬成灰泪始干”这种铭心刻骨的相思之句来。而配合着这种“缘情”的主张,对于语言、风格的“绮靡”要求也被强调地提了出来。白居易提倡过的“其辞质而径”“其言直而切”的诗风,此时早已显得“过时”。韦庄提倡“清词丽句”(《又玄集序》),韦縠提倡“词丽韵高”(《才调集序》),而韩偓、欧阳炯更进而倡言“香艳”,这些都标明新的“时代风尚”已开始登上文学舞台。如韩偓自序其《香奁集》“咀五色之灵芝,香生九窍;咽三危之瑞露,美动七情。如有责其不经,亦望以功掩过”,即是明证。领导着时代新潮流的,既是这样的一股文艺思潮,那么,由诗和词所共同汇成的晚唐五代诗歌河流中都翻泛着绮靡香艳的水藻浪花,也就不足为怪了。

总体来看,正是晚唐五代特定的历史环境,决定和产生了这一时代文人特殊的社会心理与艺术趣味:它那畸形发展起的城市商品经济,给士人带来了风流的艳情生活和旖旎的生活情致;它的衰世的政治情势又促发了士人颓伤、忧患的“时代意识”;而多少带有反礼教意味的思想文化潮流更导致这些文人的笔触向着人类感情世界的隐蔽和深层的方向伸去。这样,就形成了晚唐五代文人颇有些“倾斜”(和“正统”相比,可如此说)的社会心理和褊狭的艺术兴趣,造成了绮靡香艳的一代文学风气。

讲到这里,我们就基本解决了为什么产生于晚唐五代的诗和词中,会有着惊人相似的意境和风格的问题,也就明晓了为何《香奁集》中会存在着亦诗亦词、由诗变词的“中间状态”作品的问题。但是,对于全文来讲,它还仅仅只讲了一半,这是因为:一方面,一种共同的时代精神固然可以通过不同的文体分别表现出来;但是另一方面,在不同的表现形式当中,最理想的表现形式却又只有一个。故而,晚唐五代那种“倾斜”型的心理和褊狭的趣味,就格外需要一种“非正统”和“狭而深”的文体,才能表现得更为适宜。而词体,就正是这样一种最得心、最应手的文体和“工具”。

“词境”——向着抒情的深度开掘

王国维说:“词之为体,要眇宜修,能言诗之所不能言,而不能尽言诗之所能言。诗之境阔,词之言长。”①对这段话加以剖析,其中有两点是可以注意的:一是讲词境的“狭”,二是讲词境之“深”。前者表明,词在反映生活的广度上有逊于诗,这似乎是一种退步;后者表明,词在抒写情志的深度上有所开掘,这又不能不说是一种进步。对于前一点,我们自然不应过分苛求——因为我们既然并不要求诗歌能像戏剧、小说那样精确地再现生活,也不要求写意画能像工笔画那样逼真地描绘出客观对象的图像,那么又怎能要求词能像诗一样广阔地反映生活呢?就后者言,这才真正体现了词的生命力:在“诗”已经盛极一时之后,“词”如果没有自己“优胜”于诗的某些地方,它还能安身立命,还能蔚为新的“大国”吗?这个“优胜处”或者“生命力”,正在于它对抒情深度的开掘上。所以,我们这里不准备来谈它的“狭”,而要着重来谈论它抒情的“深”。唯有这样,才能真正揭开“词代诗兴”的奥秘。

其实,对这个问题,前人早已有所论及。

朱彝尊说:“词虽小技……盖有诗所难言者,委曲倚之于声。”②

刘体仁说:“词中境界,有非诗之所能至者,体限之也。”③

王拯说,词体“窈深幽约,善达贤人君子恺恻怨悱不能自言之情”。④

不过,这些话都讲得有点儿笼统,其中所谓“难言”“不能自言”,究竟指的什么?他们没有明说。拿我们今天的观点来看,它们大致包含着两层意思:一是伦理方面的问题,二是体制格局方面的问题。

① 王国维:《人间词话》,人民文学出版社,1960年,第226页。
② 朱彝尊:《陈纬云红盐词序》,《曝书亭集》卷四〇,世界书局,1937年,第487页。
③ 刘体仁:《七颂堂词绎》,唐圭璋编《词话丛编》,中华书局,1986年,第619页。
④ 王拯:《忏盦词稿序》,《龙壁山房文集》,台湾文海出版社,1970年,第55页。

拿伦理方面的问题来说，尽管晚唐五代的一些诗人，已经放大了胆子以诗这种本应"言志"（按照儒家诗论来看，应是言符合封建道德规范之"志"）的文体来抒写他们比较自由放纵的感情（主要指恋情）内容，但毕竟还要受到正统文学理论的束缚和指责。如杜牧《李府君墓志铭》①中曾经引述李戡攻击元、白某些艳诗的话（称之为"淫言媟语""纤艳不逞"），即是一例；又如牛希济批评当时文章的"忘于教化之道，以妖艳为胜"（《文章论》），亦是一例。所以即使像李商隐这样的作者，也只能在《无题》的帷幕后面躲躲闪闪地抒写自己的爱情之诗。但是词的情况就不同了。由于词体被人目为"小道"，不能入"大雅之堂"，所以它所受到的封建伦理方面的约束就少得多。因而，正像喝了酒的人可以借几分醉意而说出平常不大好讲的话那样，在那酒宴歌席上聊作"娱宾遣兴"之用的"小词"中，作者往往也可以"没遮拦"地说出平日不敢直言的真情。

由于这种视词为"小技"的理论在影响着文人作者，所以一方面形成了"侧艳"，甚至是"淫靡"之风（这是不足取的）；但另一方面，它又对抒情的"真"和"深"产生了某种积极的作用。陈子龙在比较宋诗和宋词的抒情成就时说，宋诗"言理而不言情"，所以宋诗"不工"；"然宋人亦不免于有情也，故凡其欢愉愁怨之致，动于中而不能抑者，类发于'诗余'，故其所造独工"。（《王介人诗余序》）他把词的成功原因全部归之于它能抒发人的真情实感固然有些偏颇，但其中却又包含着一定的合理因素。这是因为，作者只有首先具备了"情真"的条件，其创作才有可能达到"意深"的境界。故而，前代诗中往往未能深入展示的人类感情世界的某些侧面、某些层次，在词中却因此而得到了尽情的展现和描绘，这样，"诗所难言"和"诗之不能至"的境界，就在词中出现了。所以词在敞开人们心灵深处的窗扉方面，在揭示人们精神生活的丰富复杂性上，比之诗、文而言是有所发展的。

从词的体制格局来看，它又确有着自己"得天独厚"的地方，主要表现在它的合乐性和长短句式上。

词的合乐性，是它强化自己抒情功能的有力辅翼。姜夔诗云："自作新词韵最娇，小红低唱我吹箫。"从这两句诗中，我们就可以体会到"娇词"伴着涤荡沉涉的悠扬箫声，再由"玉人檀口"款款唱出的动人风味。何况，晚唐五代更由琵琶伴奏，其"繁声淫奏"、变化多端的曲调，就更有助于情感的表达了。韦庄词云："琵琶金翠羽，弦上黄莺语。劝我早归家，绿窗人似花。"（《菩萨蛮》）后代的小晏词云："记得小蘋初见，两重心字罗衣，琵琶弦上说相思。"（《临江仙》）本来

① 全称为《唐故平卢军节度巡官陇西李府君墓志铭》。

就够缠绵、够柔婉的“相思”之情，再伴着那清脆若莺语、流利如连珠的筝琶之音，由“莺吭燕舌”一般的歌喉中声声唱送出来，其沁人心脾的效果就不知增加了多少倍！尹鹗的《清平乐》词就活画出了这种配合着妓乐的“新词”激动、感发人心的生活场面：

芳年妙妓，淡拂铅华翠。轻笑自然生百媚，争那尊前人意？　酒倾琥珀杯时，更堪能唱新词。赚得王孙狂处，断肠一搦腰肢。

那一声声依依袅袅、款款缓缓的“清歌妙曲”，简直使一些文人狎客如痴如狂了。词在抒情（特别是抒写艳情）上得力于“倚声可歌”之处，由此即可充分见出。“小词”由于有了音乐“翅膀”的辅翼，在抒情园地的上空，飞翔得是何等的轻捷自得，这当然要使那些不可歌唱的“徒诗”和合乐比较牵强的近体诗“眼红”了。

由于经过了音乐的熏陶，词在格律形式上也炼铸成了自己的特殊“性格”。词通常采用参差不齐的长短句式，又往往平仄换韵，大多数词还分成上下两片。这种体式的解放，正符合事物由简到繁的发展趋向，更适宜于表现人们繁富复杂的感情。内容固然决定着形式，形式的改变也就会一定程度地改变内容。试以韩偓的《懒起》诗和李清照的《如梦令》词作一比较。韩诗云：“昨夜三更雨，今朝一阵寒。海棠花在否？侧卧卷帘看。”诗写闺中少妇因寂寞而慵懒、因慵懒而惜春的心情，本已不赖，但同样的主题，在李词中却表现为：“昨夜雨疏风骤，浓睡不消残酒。试问卷帘人，却道海棠依旧。知否，知否？应是绿肥红瘦。”后者通过参差错落的字句，抗坠抑扬的音节，就使词情的表达比诗更能显出一种宛转、熨帖、细腻、尽致的滋味来。清人查礼曾说过：“情有文不能达、诗不能道者，而独于长短句中可以委宛形容之。”①这种“委宛形容”的情味，就正是“词”所独禀的抒情特征。当时音乐的委婉动听，现在虽已不能重聆，而它的“遗泽”，我们却仍可在词的摇曳多姿的长短音节中揣摩二三。词在抒情方面的委曲尽致，正与它特有的体式分不开。例如下面这首词：

莺语，花舞，春昼午，雨霏微。金带枕，宫锦，凤凰帷。柳弱蝶交飞，依依。辽阳音信稀，梦中归。（温庭筠《诉衷情》）

那一种窈深迷惘的“难言之情”，若不依赖这种跳跃、迷离的句式和意象，是很难确切、精微地表达出来的。而“词”就有这种本领！

除了合乐和体式方面的原因之外，词在语言方面，又有着“左右逢源”和“后

① 查礼：《铜鼓书堂词话》，唐圭璋编《词话丛编》，中华书局，1986 年，第 1481 页。

起转精”的“优越性”。首先，词有幸产生在“诗”的后面，前人诗作中所创造的美不胜收的语言，可供它尽量加以择取、提炼和改造。宋人早就注意到了这点。《乐府指迷》说，作词“要求字面，当看温飞卿、李长吉、李商隐及唐人诸家诗句中字面好而不俗者，采摘用之”①。晚唐五代小令词中的佳句，如“梦觉云屏依旧空，杜鹃声咽隔帘栊”“衰柳数声蝉，魂销似去年”等，何一不似唐诗（特别是中晚唐诗）？何一不似“精选”和重新加以组合过的唐诗？即此一端，就可见词的语言之美，是同吸收诗的“余泽”密切相关的。其次，词体源于民间，词人在写词时不能不受到民间文学清新、天然风格的影响。韦庄《思帝乡》词云：“春日游，杏花吹满头。陌上谁家年少，足风流？妾拟将身嫁与，一生休。纵被无情弃，不能羞。”欧阳炯咏荷花词云：“蕊中千点泪，心里万条丝（思）。恰似轻盈女，好风姿。”（《女冠子》）这又多么像是民歌的语言。因此，晚唐五代新兴的文人词，由于“语言武器”的精良，在向抒情的深度开掘时，又获得了极大的方便。

上面这些原因，就使词体变成了最宜于表现这一特定时代所特有的社会心理和艺术趣味的“最佳文体”。工欲善其事，必先利其器。原先，唐人好以近体诗来配乐歌唱他们的“花情柳思”，现在，他们终于找到了“词”这样一种比“诗”更为合适的文学体裁。所以晚唐五代发生“词代诗兴”的文学现象，又具有其“可能性”。

晚唐五代文人小令中出现的“词境”，是古代诗歌发展史上新的里程碑。尽管我们首先应该对它所包含的某些颓废、伤感和色情的内容做出严厉的批评，但是，对于它在文学发展和美学发展中做出过的贡献，却并不能因此而抹煞。

在文学发展的历史长河中，晚唐五代词对后世的影响是甚为深远的。宋人陈善《扪虱新话》即云：“唐末诗体卑陋，而小词最为奇绝。令人尽力追之，有不能及者。予故尝以唐《花间集》当为长短句之宗。”②（李之仪和张炎也说过类似的话）尽管后代词的发展出现了复杂的局面（有小令，又有长调；有“婉约”派，又有“豪放”派……），然而无疑的是，词体的那种总体或主体的风格，它的不同于诗的“个性”，却首先是由晚唐五代小词所造就了的。“词境”的出现，是诗歌发展向着抒情的深微化、细腻化跨出的一大步。王士禛在评论晚唐齐名的诗人温（庭筠）、李（商隐）时曾说过：“温李齐名，然温实不及李。李不作词，而温为《花

① 张炎著、夏承焘校注，沈义父著、蔡嵩云笺释：《词源注　乐府指迷笺释》，人民文学出版社，1963 年，第 59 页。

② 陈善：《扪虱新话》下集卷二，《丛书集成初编》本，商务印书馆，1939 年，第 67 页。

间》鼻祖,岂亦‘同能不如独胜’之意耶?”①此语正可移作对于整个诗、词的比较。词生在诗后,它就不再走着与诗“同能”之路,而是另辟着一条狭窄而窈深的小道,朝着“此我独胜”的方向走去。事实证明,这条路是走对了:在晚唐诗似乎“山穷水尽”的时候,它却又开辟了“柳暗花明”的新天地。直到清末为止,词一直是文人作者最为喜爱的文学样式之一。

在古代美学发展的历史中,“词境”的出现,也有其引人注目之处。我国古代文学(美学)理论中素有“阳刚之美”和“阴柔之美”的说法。如果以这种理论来看的话,那么,在源远流长的古代文学长河中,要算“词”——确切地说,是由晚唐五代词所开启的“婉约派”词——才堪称最为典型、最为集中地体现了“柔性美”的作品。由于种种的原因,封建时代的正统文人往往重“阳”而轻“阴”、重“刚”而轻“柔”,直到晚清的管同还说过:“仆谓与其偏于阴也,则无宁偏于阳。何也?贵阳而贱阴,信刚而绌柔者,天地之道,而人之所以为德者也。孔子曰:‘吾未见刚者。’曾子曰:‘士不可以不宏毅,任重而道远。’圣贤论人,重刚而不重柔,取宏毅而不取巽顺。夫为文之道,岂异于此乎?”(《与友人论文书》)②晚唐五代词,却以自己的柔性美感,为人们展现了人类审美领域的一个新天地,用它杰出的艺术成果展示了人类审美需要的多样性和精神世界的丰富性,多少具有反抗封建礼教窒息正常“人性”和审美愿望的积极意义。所以连刘熙载这样的经学家都不得不承认:五代小词尽管“儿女情多,风云气少”,但却是“虽小却好”的③。当然,指出了它的“好”,并非意味着我们要帮着为它遮盖“小”的缺点或缺陷。晚唐五代词,即从它的美感类型来看,也是有其明显的不足之处(甚至可说是带有若干病态)的。但是,评价一种新的文学(美学)现象是否具有价值,我们首先应看它是否提供了比之前代显得更为新鲜而对后代具有活力的东西。从这个意义上讲,晚唐五代“词境”的出现,是一个值得肯定的新事物。它反映了随着社会进步所带来的日益繁富的人类物质生活和精神生活,标志着我国古代诗歌在抒情艺术方面的高度成熟,也反映了古代诗人在对“美”的探求过程中,游历过盛唐气象万千的奇峰异壑之后,又来到了另一处曲径通幽的“洞天福地”。在这里,晚唐五代人找到了心灵休憩的理想归宿之处,而生活在今天的读者,也还可以从中重温和分享到古典诗歌艺术中某种温馨柔婉的美感。

① 王士禛:《花草蒙拾》,唐圭璋编《词话丛编》,中华书局,1986年,第674页。
② 郭绍虞、罗根泽:《中国近代文论选》上册,人民文学出版社,1962年,第27页。
③ 刘熙载:《艺概》卷四,上海古籍出版社,1978年,第123页。

论唐宋词中的“忧患意识”

> 吾听风雨，吾览江山，常觉风雨江山外有万不得已者在。此万不得已者，即词心也。
>
> 人静帘垂，灯昏香直，窗外芙蓉残叶飒飒作秋声，与砌虫相和答……斯时若有无端哀怨枨触于万不得已；即而察之，一切境象全失，唯有小窗虚幌，笔床砚匣，一一在吾目前。此词境也。（《蕙风词话》卷一）

读了上面两段话，我们不能不感到，况周颐虽生在千百年之后，但他对于唐宋词的“词心”“词境”却是把握和体会得如此的准确、敏锐、深切而又细腻。如果把他这番多少带有点儿玄虚意味的话用现代的语言作解释，我们即可这样说：在无数优秀的唐宋（以及后代的）词篇中，由它们绚美的“词境”（外观）所深裹着的“词心”（思想内蕴），便是那一种“无端哀怨”而令人深感“万不得已”的“忧患意识”①！

“文学史，就其最深刻的意义来说，是一种心理学”，“是灵魂的历史”②。研究唐宋词的整体历史，如果离开了这种“忧患意识”，以及由它所引起的悲剧型美感，那简直就是一种离“本”之论。

对于这个颇为重要的问题，我们首先可以放在纵、横两个大背景下来考察。前者是文学史的范畴，后者是断代史的范畴。

从古代文学史的角度看，唐宋词所表现的忧患意识，是前代文学所凝聚着的忧患意识在新时期文学中的发展和凸现。中国古典文学，素有“以悲为美”的传统。从《诗》中的“变风”“变雅”起，历经“盖自怨生”的《离骚》、“慷慨有余哀”的汉魏六朝诗歌，直到忧思宛转的晚唐诗，所贯穿着的基本情感脉络之一，便是那一股对于个人身世、国家前途、无常人生的“忧患”情绪。普遍而深广的忧患

① 有些哲学家认为，中国哲学是建立在“忧患意识”的基础之上的。这种“忧患意识”又普遍地存在于中国艺术之中，决定了中国诗词的特种基调。参阅高尔泰：《中国哲学与中国艺术》，《论美》，甘肃人民出版社，1982 年，第 252 页。

② 勃兰兑斯：《十九世纪文学主流·引言》，《十九世纪文学主流》，人民文学出版社，1980 年。

情绪,孕育和造就了无数的诗人;无数优秀和杰出的诗人,又按照"美"的规律,艺术化地表现了这种人人心中常有而口却难言的忧患情绪,这就构成了一部古代文学史的基本事实。所以晚清的刘鹗甚至要说:"《离骚》为屈大夫之哭泣,《庄子》为蒙叟之哭泣,《史记》为太史公之哭泣,《草堂诗集》为杜工部之哭泣。李后主以词哭,八大山人以画哭,王实甫寄哭泣于《西厢》,曹雪芹寄哭泣于《红楼梦》。"①"哭泣"云者,忧患意识是也。"诗亡词乃盛,比兴此焉托。往往欢娱工,不及忧患作"(纳兰性德《饮水诗·填词》),同样,在唐宋词坛上,凡是那些比较优秀的作品,也往往充溢着这种"忧患"的情绪。"人生愁恨何能免?销魂独我情何限!"(《子夜歌》)李后主的这两句名词就揭示了这样一个秘密:所谓诗(词)人,就是那种对于忧患意识特别敏感的人。而唐宋词人,就正是这么一大群忧患意识的敏锐感受者。他们承受了前代文学中积淀本已十分丰厚的忧患意识的心理负担,又用新的形式变本加厉地发扬,终于形成了这一代新文学的特殊的感情色彩。陈廷焯说"夫人心不能无所感,有感不能无所寄",词人所感和词体所寄者,就正是这种"万不得已"的忧患意识——而且,"后人之感,感于文不若感于诗,感于诗不若感于词"②。这就说明:唐宋词中的忧患意识,比之前代的诗文来看,还要浓烈得多。从这个意义上言,唐宋词所表现的忧患意识,正是前代文学所凝聚着的忧患意识的一种集中凸现。

从唐宋断代史的角度看,词(这儿讲的是文人词)中所表现的忧患意识正是这一时期(晚唐五代和宋)社会生活在人们心理上的特殊"升华",是它的"时代精神"的折光反映。我们注意到,前代诗歌中凡是浓厚地表现出忧患情绪时,大多是处在一个"衰世"或"乱世"。所谓"世积乱离,风衰俗怨"③,因而"哀怨起骚人"(李白《古风》)是也。但从晚唐到两宋的漫长阶段中,其间虽经历过唐末五代、靖康之变前后和南宋覆亡前后这三个"衰世"或"乱世",但除此之外,却还有很久的太平甚至"盛世"的阶段。然而,总观这个时期的词坛,为什么尽多的是忧患情绪呢?这就不能不从社会发展的宏观角度来寻找答案。从全局或整体来看,我国封建社会在越过了盛唐这一顶点之后,已经开始向着它的"中老年"迈开了缓慢的步子。"成熟"本就孕育着"老化","盛世"同时也潜伏着"危机",何况,宋代的国力与"气派"事实上也不能与汉、唐相比。所以,这一时期的文

① 刘鹗:《老残游记序》,《老残游记》,人民文学出版社,1979 年,第 1 页。

② 陈廷焯:《白雨斋词话·自序》,《白雨斋词话》,人民文学出版社,1959 年,第 1 页。

③ 刘勰:《文心雕龙·时序》,陆侃如、牟世金译注《文心雕龙译注》,齐鲁书社,1995 年,第 537 页。

人，就过早地感受到了将使万物衰败的“秋气”，出现了忧患人生的“迟暮”之感。尽管他们也曾狂欢，也曾高歌，也曾有过追求和希望，但是，一个巨大而朦胧的阴影却时时笼罩在他们的心头。他们所唱出的词中，固然也有着“高音”，但“高音”之后余响的，却往往仍是不绝如缕的哀音；至于从整个词坛的交响乐中所听到的，则更是一种低音调的旋律。“大江东去”的澎湃之声尚未消逝，“人间如梦”的喟叹旋即出现；“红杏枝头”的春意尚未“闹”够，“浮生常恨欢娱少”的惆怅却已在心头泛起。这种或浓或淡的忧伤，可以说是无时无刻不在唐宋词中浮现着的。究其根源，实在是与整个时代的精神面貌有着关联的。生活决定感情，时代总是按照自己的形象来塑造艺术，在唐宋词所表现的忧患意识中，我们就看到了封建社会“未老而先衰”的某些征兆。近人金松岑有一个巧妙的比喻，他说：“医者入门而视羸尫之疾，望闻切脉，必先听其声息之高下以差。夫士，国之肝肾；夫士之言，国之声息也。”（《心声》）尽管在唐宋以后，我国的封建社会还经历了一个相当长的发展过程，在晚唐到两宋的阶段中也还没有达到老朽不堪的地步，但是，那隐伏在“内里”的疲惫和疾病，却先已在“肝肾”和“声息”中透露、反映了出来。唐宋文人的词浓厚地浸润着忧患意识，正应作如是之观。

从深刻的意义上言，文学作为“意识形态”之一，往深处说，也仍然是“意识”的一种表现“形态”——尽管又是一种比较特殊的形态①。所以，我们就很可以把以往的很多古典文学作品，看成“忧患意识”经过“艺术化”处理而生产出的一种“特殊产品”；或者也可以说，它们是扎根于忧患意识的“土壤”之中而开出的艺术之花。前已说过，自古以来，诗歌早就把自己的根子深扎在这块土壤之中，到了唐宋词苑，由于增添了新的时代“养料”，它就分外丰茂地“秀”出了旁枝，开出了新葩。文学传统的继承性和当代社会生活的“滋养”，这两个时、空方面的条件综合地发生着作用，这就造成了唐宋词偏多表现忧患意识的一代大观。以上就是我们对唐宋词表现忧患意识的一种“外部”考察。

抒情诗歌的“内部结构”主要由主题、形象、语言和风格所组成。如从整体上来划分，唐宋词大致可以归纳为三大类型。然而在这三类不同主题、不同形象、不同语言、不同风格的作品中，却共同地贯穿了一条忧患意识的思想主线。三大类型的唐宋词分别反映着这一时代词人的不同思想侧面，然而又“合成”了他们忧患于人生的思想总貌。以下，就让我们对此作些分别的叙述。

① 我们在说文学是“意识”的一种表现“形态”时，绝不意味着否定它是“社会生活的反映”这一命题。因为，说到底，一切“意识形态”又全部都是生活的反映。

爱情·青春

讴歌爱情、珍视青春,以及由于爱而不得、青春不能长驻所引起的悲感,这是唐宋词中最常见的主题。

爱情本是人类情感中最珍贵、最重要的内容之一,也是“人性”最生动、最丰富的表现形式之一。但是由于封建制度和封建礼教的长期压迫与严重束缚,很久以来,它不能在生活中得到正常的发展,同时也未能在“正统”的文学样式中得到自由的宣泄。社会造成了苦闷,苦闷召唤着文学。随着城市经济的发展和市民阶层的壮大,人们的物质生活和精神生活日趋丰富与复杂,因此“人性”就不可抑止地要冲破封建礼教的束缚而逐渐“复苏”。在新兴的非正统的词体里,古代文人终于找到了自己失落已久的爱情,所以整个唐宋词坛上,就特别刺眼地闪耀着爱情的熠熠异彩:

> 手里金鹦鹉,胸前绣凤凰。偷眼暗形相。不如从嫁与,作鸳鸯。(温庭筠《南歌子》)
>
> 永夜抛人何处去?绝来音。香阁掩,眉敛,月将沉,争忍不相寻?怨孤衾。换我心,为你心,始知相忆深。(顾夐《诉衷情》)

前者是一个少女对于爱情的“自我独白”,后者是一位少妇对于相思的“透骨情语”。讴歌男女间真挚的爱情,描写两性间刻骨的恋情,这种文学主题的出现,在一定程度上反映了人们对封建制度的抗争和对恋爱自由的向往。

但是,人们的这种美好愿望却无法敌过巨大而顽固的封建势力的压制,因而唐宋词中描写爱情主题的作品,从整体上看,是带着悲剧色彩的。在这部爱情的交奏曲中,虽也间或跳出过一两个明快欢乐的音符,但总基调却是低咽和忧伤的:

> ……花自飘零水自流。一种相思,两处闲愁。此情无计可消除,才下眉头,却上心头。(李清照《一剪梅》)
>
> ……春未绿,鬓先丝,人间别久不成悲。谁教岁岁红莲夜,两处沉吟各自知。(姜夔《鹧鸪天》)

相思的折磨,使得女性紧皱眉头、愁损心头;别离的痛苦,又使得男性鬓丝早白、沉吟寡言。“人生”对于他们,实在是太无情、太无味了。

而唐宋词中,凡真有“深度”的爱情之作,就正是这些在描写情爱之中融和着忧患意识的悲剧型作品,而并非那些描绘男欢女恋、卿卿我我的“艳歌”“艳曲”。在前一类作品中出现的人物形象,或是“独倚望江楼”“肠断白蘋洲”的“望夫女”,或是“懒起画蛾眉,弄妆梳洗迟”的闺中妇,或是“不见去年人,泪湿青衫袖”的失恋人,或是“落花人独立,微雨燕双飞”的孤独者……总之,都是一些带有内心创伤的悲剧性人物,而这些词的语言和风格也就多带着浓重的伤感色彩。在这方面,陆游的《钗头凤》可称是一首典型的作品,它的“错,错,错”和“莫,莫,莫”的哀叹,既表露了对于爱情破灭的惆怅、落寞意念,又在更深广的意义上流露出对于“命运”的那种怨恨悲愤的忧患情绪,全词呈现为一种“绮怨”的风格。所以,大凡描写这类主题的作品,除了直接抒发爱情问题上的悲感之外,更会自然地联写到“伤春悲秋”“青春难驻”的哀绪:秦观在写到“碧野朱桥当日事,人不见,水空流”之后,会浩叹“韶华不为少年留,恨悠悠,几时休”(《江城子》);朱淑真在嗟叹自身青春年华蹉跎之同时,要怜悯起自然界青春的无情流驰——“楼外垂杨千万缕,欲系青春,少住春还去”(《蝶恋花》)。不幸的爱情如此,即使是“幸运”的爱情又何尝不在整体上笼罩着一层悲剧的阴云?苏轼的词就是这样写的:

> 起来携素手,庭户无声,时见疏星渡河汉。试问夜如何?夜已三更,金波淡、玉绳低转。但屈指西风几时来?又不道流年暗中偷换。(《洞仙歌》)

暂时的欢乐,怎敌得过流年如水的光阴飞度?词人们对于生命流驰的忧患与恐惧是多么的深广!

这样,我们便又在唐宋词中读到了许多“留连光景惜朱颜”(李煜《阮郎归》)的作品:

> 往事莫沉吟。身闲时序好,且登临。旧游无处不堪寻,无寻处,惟有少年心。(章良能《小重山》)
>
> 年华空自感飘零。拥春酲,对谁醒?天阔云闲,无处觅箫声。载酒买花年少事,浑不似,旧心情。(卢祖皋《江城子》)
>
> 黄鹤断矶头,故人曾到否?旧江山浑是新愁。欲买桂花同载酒,终不似,少年游。(刘过《唐多令》)

在这些意趣、词笔、下语用字都很有些相似的词篇中,我们深感到了这些词人内心不可抑勒的冲动——那对于“少年心”“少年游”的无限深情的眷念、留恋,不就是一种“人生无常”的悲恸和忧患?当然,这种类似的感情我们早在《离骚》中就已领受过了,但是比较起来,在屈原“日月忽其不淹兮,春与秋其代序。惟草木之零落兮,恐美人之迟暮。不恍壮而弃秽兮,何不改乎此度?乘骐骥以驰骋兮，来吾道夫先路”的诗句中，“忧患”之外却并不见颓丧；而在宋人的这些词句中，我们却更多地感受到他们那种“无可奈何花落去”（晏殊《浣溪沙》）的伤感意味。比起前代来，唐宋词人的心理结构显得脆弱、“衰老”多了，这是我们从他们所分别创造的艺术形象（“诗境”与“词境”）中不难体验到的。

爱情和青春，应该说是人类生活中最甜蜜的两杯“美酒”。但是，在唐宋词人为它们所唱出的“祝酒歌”中，我们却并没有听到太多欢快、明亮的调子。相反，“离歌且莫翻新阕，一曲能教肠寸结。直须看尽洛城花，始共春风容易别”，我们在这种不忍与恋人和“春天”告别的哀曲里，却尝够了苦涩不尽的滋味。一代人的心灵正蒙受着“忧患意识”的沉重负荷，在情波欲海中执著地追求、痛苦地挣扎……“人生自是有情痴，此恨不关风与月”，欧阳修的这两句词（《玉楼春》）早就告诉了我们：使他们为之“肠寸结”的，并不仅仅是人间的“风月”（爱情）和自然界的“风月”，而更主要的是那令人痴爱却又令人苦恼的“人生”！爱情和青春问题上的缺憾感，归根到底，是时代的历史局限性所造成的，因而在这两方面所形成的伤感的心理氛围，最终也会“蒸发”出忧患于人生（特定的历史条件所构成的“人生”）的哲学意识来。这在很多“溺于情”的词人那里，或许还是无意识的，但在一些富于反省思维能力的词人那里（例如前面引述过的苏、欧词中），却已见出了几分“自觉”的痕迹。雪莱说过：“我们最甜美的歌，就是那些倾诉最哀伤的思想的。”① 在感情缠绵、风格婉约的唐宋词篇中，我们就感受到了忧患意识的“真挚性”。

身世·家国

在苏轼以后（严格地说，自李煜就开始了），词中对家国、身世的感慨就多起来了。及至南渡之后，词中终于出现了“爱国词派”。在这派词人的作品中，同样也充满了作者的忧患意识。

和前一类型的词有所不同，这一类型词中的忧患意识大多是由个人和社会（特别是和政治）直接发生“撞碰”后所激起、生成的。生活充满矛盾，矛盾促发“思考”，连最“钝根”的人在复杂而尖锐的矛盾面前都不得不产生思索，何况是那些对生活充满着“责任感”的词人们？因此，在苏、辛那类关注现实的词作中间，我们更加感受到了“忧患意识”的严肃性。

苏轼的《念奴娇·赤壁怀古》，可以说是这方面的代表作。此词雄奇开阔、

① 雪莱：《致云雀》，《雪莱抒情诗选》，查良铮译，人民文学出版社，1958 年，第 102 页。

飞动沉郁，上下古今、目接神游，可谓“豪放”之极，然而“骨子”里却透出了一阵阵忧患意识的悲凉意味。金人赵秉文在其和韵词中就一语道破了苏轼的真实“心迹”：“京尘千丈，可能容此人杰？”“人杰”和不能容此人杰的社会现实，发生了激烈的矛盾，怎能不生出极深沉的历史哲学意识？所以“江山”越是阔大壮观，“历史”越是辉煌悠远，“人生”就越是显得短暂而弥足珍贵。但人生越是短暂和弥足珍贵，现实环境却又越是如此的无情“多厄”：苏轼的词中，就是如此深刻地横卧着“人类亘古的苦难”①。正是这种深广丰厚的忧患意识，才使这首词作通篇显出思想的“力度”来：开首的“大江东去，浪淘尽、千古风流人物”中，固然包含着沉重的历史感慨（“大江”句极壮阔，“浪淘尽”句却又极低沉，思想的“悬差”便从这种对比中显示出来），而结尾的“人间如梦，一尊还酹江月”也绝非一般人常会感叹的肤浅的“人生如梦”可相比拟——它是词人在经受了严酷的政治风波（“乌台诗案”）、艰难的思想历程之后才悟出的“人生真谛”和“思想结晶”，是一种不免消沉却又相当严肃的忧患意识。“四十、五十而无闻焉（按：苏轼其时已四十余岁），斯亦不足畏也已”（《论语·子罕》），千古仁人志士忧患人生虚度、事业无成的大痛，在这里就得到了痛苦的反映。诗歌总是凭借着形象和感情来表现思想的。最优秀的作品总表现着最严肃的思想。苏轼这首词之所以能够千古传诵，就在于它借着壮美的形象和矛盾的感情，传达出了迂回深沉的忧患意识，深深地激动着具有相似心理结构的无数后代读者。在江山、浪涛之外，我们确实感受到了一颗“万不得已”的“词心”存在着。

南宋爱国词人的作品中，对于国家前途、民族命运和个人身世的忧虑，更表现得随处可见。但是，我们可以发现，只有那些把对政治的忧虑感和对人生的忧患感结合、统一在一起的作品，才具有较强的艺术感染力。岳飞《满江红》中的“仰天长啸，壮怀激烈”固可使人产生“警顽立懦”的艺术效果，而它的“莫等闲、白了少年头，空悲切”却更发人深省。辛弃疾《水龙吟》中的“江南游子，把吴钩看了，栏干拍遍”固然使人为之变色动容，而它的“可惜流年，忧愁风雨，树犹如此”却更令人心惊。所以，政治上的危机感，势必延伸为对于整个人生的忧患感；而对于人生的忧患感，又势必反过来“助长”政治的危机感。词人所敏锐地感受着的这双重心理压力，“反射”到词中，便形成了既怨“天”又尤“人”的悲怆声调。试以辛弃疾的《摸鱼儿》为例：“更能消几番风雨？匆匆春又归去”，这就是怨“天”——忧患时光之易驰，机会之难再；“长门事，准拟佳期又误，蛾眉曾有人妒”，这又是尤“人”——忧愤投降派的卑劣行径，君王之意志不坚。

① 高尔泰：《艺术与社会生活》，《论美》，甘肃人民出版社，1982年，第113页。

当然,由于处在民族矛盾和政治矛盾十分尖锐的时期,这些作者面前,往往并不浮现着抽象的“人生”,有的只是具体的政治、社会环境,因此他们笔下所写的政治忧虑,往往就是一种直接的人生感慨。所以在更多的时候,政治忧患感便同时就是他们的人生忧患感:

醉里挑灯看剑,梦回吹角连营。八百里分麾下炙,五十弦翻塞外声,沙场秋点兵。　　马作的卢飞快,弓如霹雳弦惊。了却君王天下事,赢得生前身后名。可怜白发生!(辛弃疾《破阵子》)

饮酣画鼓如雷,谁信被晨鸡轻唤回?叹年光过尽,功名未立;书生老去,机会方来。使李将军,遇高皇帝,万户侯何足道哉?披衣起,但凄凉感旧,慷慨生哀。(刘克庄《沁园春》)

这种无论是主题、形象,还是语言、风格都与歌唱爱情、青春一类词篇迥然不同的作品里,也同样充满了对于现实人生的忧患意识,但由于它们包含着家国、身世的深厚内涵,所以更显示了自己的严肃性。刘熙载曾说文天祥词大有“风雨如晦,鸡鸣不已”的气象①,确实,在这类关注国家和民族命运(个人的身世之感又是与它密切结合着的)的爱国词篇中,我们看到愤怒的火焰正在忧患意识的阴云底下熊熊地燃烧,我们古老民族的生命活力就在这种受压抑的黑暗环境中顽强地抬起了头。太史公说屈原“忧愁幽思而作《离骚》”②,辛派词人又何尝不是因为政治的、人生的“忧愁幽思”而作爱国词的呢?在他们深广的忧患情绪中,我们感受到了他们对于社会和人生的严肃的责任感与使命感,同时又在他们豪放悲凉的词篇中找寻到了一种崇高的“壮美”(而前一类词则体现为旖旎的“优美”)。

山林·隐逸

与前两类词作“鼎足而三”的第三类作品(尽管在数量上远不如前两类多)是那些歌咏山林之趣、抒写隐逸之情的词篇。在这类词里,表面看,前两类词中所显露的忧患情绪似乎已经不大多见了,有的只是一片山光水影,有的只是词人“复归自然”的怡情悦志。其实却不然。正如清人龚自珍咏写“隐逸诗人”陶渊明所说的“莫信诗人竟平淡,二分《梁甫》一分《骚》”(《舟中读陶诗》)那样,在

① 刘熙载:《艺概》卷四,上海古籍出版社,1978年,第112页。
② 司马迁:《史记》第11册,中华书局,1975年,第2482页。

"隐逸"词的底层深处,也同样"潜伏"着作者的忧患意识。请读这样的词(《鹊桥仙》):

一竿风月,一蓑烟雨,家在钓台西住。卖鱼生怕近城门,况肯到红尘深处? 潮生理棹,潮平系缆,潮落浩歌归去。时人错把比严光,我自是无名渔父。

从外表看,这位远离"红尘"的"无名渔父"是何等的逍遥自在,似乎不染半点人间烟火味。但实际上,这位身披蓑笠、竿钓风月的老渔翁,却正是那位忧世愤时的"失败"的老"英雄"——陆游!他虽自称"家住苍烟落照间,丝毫尘事不相关",内心深处,却充满着郁勃的愤懑和忧患:"元知造物心肠别,老却英雄似等闲!"(《鹧鸪天》)就像"百炼钢"可以化为"绕指柔"一样,他的这种忧患意识也可以采取"变态"的方式表达出来。潮去潮来,歌起歌落,"渔父"的心情也并不是真正平静恬淡的。这就是借"隐逸"而"反写"其忧患、牢骚情绪的第一种情形。

人类本是大自然的"儿子"。每当人们在社会现实中蒙受了冤屈而无处可以倾诉时,大自然"母亲"便成了他们最感温暖的"亲人"。躺在母亲的怀抱里,听着山风江涛轻轻哼出的催眠曲,愤激的情绪得到暂时的放松,疲劳的心境得到片刻的休憩,这又是忧患意识借"山水""隐逸"而得到"净化"的另一种情形。张孝祥的《念奴娇·过洞庭》便是这样的例子:

洞庭青草,近中秋、更无一点风色。玉鉴琼田三万顷,着我扁舟一叶。素月分辉,明河共影,表里俱澄澈。悠然心会,妙处难与君说。 应念岭表经年,孤光自照,肝胆皆冰雪。短发萧疏襟袖冷,稳泛沧浪空阔。尽吸西江,细斟北斗,万象为宾客。扣舷独啸,不知今夕何夕!

上有皎洁之月光,下有空明之波光,词人的心显得多么晶莹、多么澄澈、多么净然无滓!然而我们决不会忘记,词人去年刚在"岭表"(指广西)遭受谗言落职,真要说他心里没有一点儿"杂念",那才是自欺欺人之谈!不过面对着广袤深邃的宇宙、神秘而美丽的夜空,个人的这点儿苦恼又算得了什么?于是,词人的忧患与不平,便在这朦胧而浩荡的月光中"挥发"殆尽了。但是,细心的读者还是不难从它的字里行间找到他那忧患情绪的蛛丝马迹来——"孤光自照""肝胆冰雪"是自表其人格之高洁而不被人知;"扣舷独啸""发疏袖冷"又是言其心情之幽独而高迈。"世路如今已惯,此心到处悠然"(《西江月·丹阳湖》),作者在他另一首词中所道出的心路的曲折历程,帮助我们理解他"悠然心会"的心境原来是在经历了千辛万苦的坎坷世路之后才"飞跃"出来的。暂时的也是表面的“天人合一”的和谐境界,实是源于深刻的个人与社会的矛盾冲突。忧患意识在这里仅是“隐化”而绝不是消失。

当然,也还有一些山林、隐逸词是“真写”这个主题的。比如朱敦儒《樵歌》中的一些作品即是。“摇首出红尘,醒醉更无时节”(《好事近》)、“洗尽凡心,满身清露,冷浸萧萧发”(《念奴娇》)、“不须计较苦劳心,万事原来有命”(《西江月》),在这些词中,词人似乎已经看破了红尘,褪尽了凡心。但是,既然是“看破”和“褪尽”,那首先就有过一个未看破和未褪尽的阶段,这就说明,词人仍是从忧患意识的尘埃中风尘仆仆地跋涉而来的,而即使是在今后,也难免不会重新陷入它的“尘网”中去——他在逝世前不久所作的《西江月》中,就露出了这样的“尾巴”:“屈指八旬将到,回头万事皆空。云间鸿雁草间虫,共我一般做梦”,“做梦”云云,还不是一种旧时代文人谁也摆脱不了的忧患意识?

所以,在唐宋词的山林隐逸词中,我们同样可以觉察到一种“隐伏”的忧患意识。真挚的、严肃的、隐伏的忧患意识,弥漫地扩展在唐宋词坛上,这就形成了它总体上的悲剧型美感和分体上的多样性风格。

以“词”来表现“忧患意识”,人们是经历了一场从无意识到有意识的过程的。随着词人在这方面“自觉”程度的提高,词的“思想深度”也越趋加深,而它在总体上所呈现的悲剧性气氛也就越加浓厚。这是一个很有意思的问题。

唐宋人一般视词为“娱宾遣兴”的“小技”。这种看法,在一定程度上损害和削弱了词的思想内容与思想意义,因此在相当数量的词中,曾出现过肤浅、庸俗的思想面貌,这是不足取的。但是,主观的写作动机和客观的创作效果之间,却往往存在着距离。所以,即使是在《花间》和南唐词中,也已产生了不少表现忧患意识(这常是不自觉的)、富有一定思想深度的作品。时代的衰颓、现实的危机,不可避免会折光式地反映进词中,迫使它呈现出忧患人生的灰黯色彩:冯延巳不是最喜欢写作“娱宾而遣兴”的“小词”,“俾歌者倚丝竹而歌之”(陈世修《阳春集序》)吗?可是,“笙歌放散人归去”之后,他马上就感到了孤独的“新愁”(《采桑子》)。李后主不是最欢喜欣赏“新声慢奏移纤玉”(《菩萨蛮》)的“艳词”吗?可是国破身俘之后,他就不禁要发出“自是人生长恨水长东”(《乌夜啼》)的浩叹。从这个角度看,词的涌入忧患意识,带有一种不以人们主观意念为转移的客观必然性,尽管作者们未必明确意识到此点。北宋以后,社会虽又进入了一个新的“大一统”时期,然而由于某种时代的契机(这在本文开头已经谈过)在发生着作用,所以即使是“太平宰相”晏殊的词中,也流露了“一向年光有限身”的“无可奈何”(《浣溪沙》)情绪,而连那常在花间月下“浅斟低唱”的柳永,也不时会唱出“一生惆怅情多少? 月不长圆,春色易为老”(《梁州令》)的人生哀音。到了小晏和大苏,词人们便更变得“自觉”多了。晏几道序其《小山词》说:“考其篇中所记悲欢合离之事,如幻如电,如昨梦前尘,但能掩卷怃然,感光阴之易迁,叹境缘之无实也。”①这就表明他对自己作品的伤感性和忧患性已认识得相当清楚。苏轼虽没有发表过具体的词论,但他却用成功的创作实践为“词”的表现“忧患意识”开辟了道路。进入南宋以后,爱国词派兴起,“千古兴亡,百年悲笑”(辛弃疾《水龙吟 · 过南剑双溪楼》)的忧患意识就更是郁勃其间。刘辰翁评辛词,说它“英雄感怆,有在常情之外”②,就很大程度上是指其忧患意识之深广忧愤。不过总体来看,宋人对这一问题的认识还是不够深刻。到了清人,这方面的认识就带有了高度的“自觉性”。张惠言称词为“意内言外”“文小声哀”,善达“贤人君子幽约怨悱不能自言之情”③;周济说词中寄托着“绸缪未雨”“太息厝薪”“己溺己饥”“独清独醒”的盛衰感慨④;陈廷焯说词“写怨夫思妇之怀,寓孽子孤臣之感,凡交情之冷淡,身世之飘零,皆可于一草一木发之”⑤,这些话,都“触着”了忧患意识的问题。而王国维更独具慧眼地说,李后主词“真所谓以血书者也”,“俨有释迦、基督担荷人类罪恶之意”,又说晏殊、冯延巳词有“忧生”“忧世”之意⑥,这就是直探“根本”的哲人之言了。所以自唐宋词以来,特别在清人(尤其是晚清人)词中,忧患意识的“浓度”是越来越强了。王国维《浣溪沙》词有云:“掩卷平生有百端,饱更忧患转冥顽,偶听啼鴂怨春残”,就是这种忧患意识的明确表露;而况周颐那关于“词心”“词境”的表述,也就是这种文学现象的一个理论总结。

词中多表现忧患意识,不仅对于加强词的思想深度有所影响,而且对于造就它总体美感上的悲剧性,以及分体风格上的多样性也有着不可忽视的作用。从总体的美感上看,唐宋词明显带有悲剧性、伤感性的色彩和氛围。我们注意到,唐宋词中抒情主人公的形象大多是一些“孤独者”的形象:第一类词中,如“小园香径独徘徊”(《浣溪沙》)的晏殊;第二类词中,如“谁见幽人独往来”(《卜算

① 晏几道:《小山词自序》,金启华,等编《唐宋词集序跋汇编》,江苏教育出版社,1990年,第25页。

② 刘辰翁:《辛稼轩词序》,金启华,等编《唐宋词集序跋汇编》,江苏教育出版社,1990年,第174页。

③ 张惠言:《词选序》,唐圭璋编《词话丛编》,中华书局,1986年,第1617页。

④ 周济:《介存斋论词杂著》,人民文学出版社,1959年,第4页。

⑤ 陈廷焯:《白雨斋词话》,人民文学出版社,1959年,第5页。

⑥ 王国维:《人间词话》,人民文学出版社,1960年,第198页。

子》)的苏轼;第三类词中,如"扣舷独啸"(《念奴娇》)的张孝祥,他们都是"芸芸众生"中最为敏锐地感受到人生忧患的"先知者"。他们躁动,他们不安,他们挣扎,他们追求,然而他们最终却都不能彻底跳出忧患意识的圈子。因此从总体或全局的角度看,唐宋词是沉浸在悲剧、伤感的气氛中的。忧患之雾,遍及词林,此言或不为过。从分体上来看,忧患意识的各种形态分别渗入各类题材的词作中去,又使它们各自呈现出斑驳复杂的不同风格色彩:在写艳情和风月的词中,忧患意识所发生的作用,使得原应是旖旎香艳的词里,"绮"中有"怨","艳"外有"凄","绮怨"和"凄艳"就成了最瞩目的色调;在抒发爱国之情的词中,忧患意识所发生的作用,使得原应是十分激越奋发的词里,"敛雄心,抗高调,变温婉,成悲凉"①,出现了"壮"而"悲"、"愤"而"忧"的色调;而只有在抒写"隐逸"情趣的词中,由于忧患意识暂时"潜入地下",因而它们才出现了清净、和谐的色调。忧患意识对于造就词的多样风格,作用亦可谓大矣。

忧患意识,绝不仅仅是一种消极的、悲观的绝望心理,尽管它不免带有消极、悲观的成分。"前不见古人,后不见来者。念天地之悠悠,独怆然而涕下",读着陈子昂的这首《登幽州台歌》,谁不会起"吾将上下而求索"之念?因此,唐宋词中所表现的忧患意识,正从"反面"表现了这一代人对于生活、对于人生的极为深挚的眷念、依恋、肯定、执着的感情。没有阻力,就体现不出"追求";没有忧患,也就意味着失去了"欢乐"。唐宋词中表现的忧患意识,构成了我们这个民族在历史进程中不屈不挠地追求、奋斗的思想轨迹中的重要一段,值得我们珍视。而又如西人缪塞所说过的那样,"最优美的诗篇是最绝望的,有些不朽篇章浸满着眼泪"②,忧患意识带给唐宋词篇以深挚的悲剧型美感,使它呈现出丰富多姿的风格色彩,这又同样使我们为之而感到欣慰。

① 周济:《宋四家词选序论》,唐圭璋编《词话丛编》,中华书局,1986年,第1643页。
② 缪塞:《五月之夜》,《缪塞诗选》,人民文学出版社,1960年,第80页。

试论唐宋词所浸染的“南国情味”

唐宋词坛,素以“婉约”为其“正宗”的风格。这种柔美、香艳、软弱的词风,折射着一定的时代精神,积淀着一定的审美心理,归根结底,是特定的政治、经济、文化、思想等综合因素所共同“凝聚”而成的产物,具体分析起来,其形成原因是相当复杂微妙的。不过,在这些错综的原因中间,唐宋词所带有着的浓厚南方地域性,却也是一个不可忽视的方面。这个论点的提出,是基于下列两个事实之上的。

首先,“文学是人学”,而现实生活中的人又是在一定的时间、空间条件下活动着的。对于人的“时间性”(或“时代性”),人们在进行文学评论时,已经给予了比较充分的重视,然而对于人的“空间性”(或“地域性”),人们则一向似乎注意得不够——这也许是为了免于陷入“地域决定论”的缘故吧。其实,人的地域性本是一个客观存在的事实,想否认也否认不了,只要不是过分夸大它的作用,而给它以正确的认识和解释,那是会有助于我们开拓出一个新的研究视野的。深谙中国旧文化和中国民族性的鲁迅先生,就曾不止一次地谈到过这个问题。例如他在 1935 年 3 月致萧军、萧红的信中就说过:“其实,中国的人们,不但南北,每省也有些不同的;你大约还看不出江苏和浙江人的不同来,但江浙人自己能看出,我还能看出浙西人和浙东人的不同……由我看来,大约北人爽直,而失之粗;南人文雅,而失之伪。”①全国之大,且不必说它,即使是一省之内(如浙东与浙西、苏南与苏北),人们的某些风貌竟还存在着相当明显的差异,那么,由他们创作的文学作品,自然也该存在一定的地域性(或地方性)差别吧?虽然由于大家都使用着一种统一的文字,因而这种差别已经降低了许多,但是从“风格如人”的角度看,人的这种地域性毕竟是会给文学烙上一定深度的印记的。这不光是一个理论的问题,也是一个早被许多文学史现象所证明了的事实。

其次,文学形象是主观的审美意识与客观的审美对象相互作用而达到统一的产物。就诗词来讲,则大致是由人的感情世界和自然、社会的“物象”共同来组成其“意境”的。所以在进行文学研究时,我们不仅要注意人的“主观能动性”

① 鲁迅:《鲁迅书信集》上册,人民文学出版社,1976 年,第 765 页。

（亦即审美意识的主动甚至是主导的作用），而且不能忽视了物的“反作用”（亦即审美对象对于作者的“移情”作用）。只有合二者而观之，才是“圆照”的态度和全面的方法。从这个意义上看，在唐宋词的风格学范畴中，考察景物的地域性色彩对其词风形成的影响也应是一个有意义的论题。而事实也正是这样：随着中唐以后全国经济重心的南移，随着南方秀美的山水逐渐被更多的文人所熟悉和喜爱，随着南方城市面貌的日趋繁华，也随着唐宋词人的日益“南方化”（从籍贯和气质而言），唐宋词中所浸染和散发着的“南国情味”也就比之前代文学显得格外的浓郁了。因此，本文就想暂时“撇开”（事实上也并未全部“撇开”）其他方面的因素，侧重于“南国情味”促成“婉约”词风的问题，来谈一点儿不一定成熟的看法。至于其他方面的问题（例如政治、经济、音乐、文学理论等因素对于词风的影响），并非不重要，仅因限于篇幅，所以就不在这里多说。另外，这里所说的“唐宋词”，也主要是指文人所作的“婉约”词。

一、水之“钟秀”于词，功莫大焉

南国多水乡。谈到词所带有的“南国情味”，就首先要谈及它的多写水景。前人评论晚唐诗人许浑，说他“集中佳句甚多，然多用‘水’字”，故有“许浑千首湿”之称①。借用这个说法，我们也可以说，唐宋（婉约）词中，十之七八都充满着湿淋淋的“水意”。

不妨先以文人较早创作的一些小令词来看：

刘禹锡在夔州学习民歌，写下了11首《竹枝》词，其中篇篇都不离一个“水”（以及与水有关的桥、棹、柳等水乡景物）字。读着诸如“山桃红花满上头，蜀江春水拍山流。花红易衰似郎意，水流无限似侬愁”之类的句子，我们便不难感受到其中流溢着的盎然“水意”。

白居易来到江南后写过三首《忆江南》，就有两处提到过这儿的水景：“日出江花红胜火，春来江水绿如蓝”“山寺月中寻桂子，郡亭枕上看潮头”。勾系着他惦念苏、杭之心的，便是它们美如画图的水乡景致。

温庭筠的词中同样也充满着有关水的字面。其中直接写水的有：春水、小河、池塘、细雨、水风、细浪、南浦、越溪、水纹、寒潮、江畔、湖上；间接写及水的有：小船、江楼、驿桥、绿萍、兰棹、莲舟、杨柳丝、梧桐雨……从某种意义上讲，构成温

① 胡仔：《苕溪渔隐丛话·前集》卷二四，《桐江诗话》，人民文学出版社，1962年，第164页。

词意境的基本"意象群",便是这一大堆以水为中心的南国景物。

上面这些词人都是来自北方的。他们所见到的有关南国的"第一印象",便是它的"多水",所以反映到他们的词篇中,也就较多的是有关于水的描写。至于土生土长的南方的词人(按:据周笃文《宋词》一书统计,南方词人占宋词人的82.6%;唐五代词人中,南方词人比例亦甚高),他们的多写水景,那就更不必多言了。李璟的"菡萏香销翠叶残,西风愁起绿波间",李煜的"问君能有几多愁?恰似一江春水向东流",柳永的"今宵酒醒何处?杨柳岸、晓风残月",秦观的"郴江幸自绕郴山,为谁流下潇湘去",贺铸①的"若问闲情都几许?一川烟草,满城风絮,梅子黄时雨",周邦彦的"五月渔郎相忆否?小楫轻舟,梦入芙蓉浦",姜夔的"南去北来何事?荡湘云楚水,目极伤心",吴文英的"箭径酸风射眼,腻水染花腥",张炎的"三月休听夜雨,如今不是催花"……举凡唐宋婉约词中的那些言情名句,几乎都与"水"结下了不解之缘。仅从这一点看,说唐宋词是一种典型的"南方文学"②,也就不嫌过分了。"骏马秋风冀北,杏花春雨江南",古人心目中的江南,最突出的一个特征就是多雨多水。正是这一番绵绵的春雨,催开了江南大地上的夭桃艳杏,造就了它"千里莺啼绿映红"的优美景色;也正是这一派连绵的江河溪川,滋养了基本根植于南方土地上的唐宋词苑,促使它开出了千娇百媚的秀花奇葩。水之"钟秀"于词,可谓功莫大焉。

二、"烟水迷离"帮助造就了词境的柔美性

缪钺先生谈词的意境,有过一段精辟入微的评论:"词体之所以能发生,能成立,则因其恰能与自然之一种境界,人心之一种情感相应合而表达之。此种境界,此种情感,永存天壤,则词即永久有人欣赏,有人试作。以天象论,斜风细雨,淡月疏星,词境也;以地理论,幽壑清溪,平湖曲岸,词境也;以人心论,锐感灵思,深怀幽怨,词境也。"③意境之组成总不外乎"情""景"两大因素,而照他看来,词境之组成,正是由极为深细幽微的感情和极为轻灵精美的景物所结合而成的。在他所举的景物中,"细雨""清溪""平湖""曲岸"之类,都是有关水的意象。他如此举例并非出于偶然的"随手拈来",恰好表明了这样的一个事实:词境之柔

① 贺铸自称"越人"(据其《庆湖遗老诗集自序》),中年生活在长江流域,晚年定居苏州(另一说贺铸为卫州人)。

② 杨海明:《试论唐宋词所带有的"南方文学"特色》,《学术月刊》,1984年第1期。

③ 缪钺:《诗词散论》,陕西师范大学出版社,2008年,第51页。

美轻约，与它的多写水景是关系甚密的。如果这个论断可以成立的话，我们还可作进一步的阐发，即一方面，南方本多水乡泽国，它的烟水迷离的景色反映进词中，就极为有效地帮助形成了词境的“柔美性”；另一方面，词人们为着要塑造那种柔美的词境，也就有意识地选择和“摄取”有关于水景的“镜头”，以之来“柔化”和“美化”自己的意境。这两方面的情形合起来，就出现了唐宋词中多写水，而“多水”则又造就了词境的“柔美”这两种耐人寻味的文学现象。

先说第一种情形。

在阅读古典诗歌（特别是南北朝以来的诗歌）时，不知您是否会发现一个多少带有些普遍性的现象？那就是，大凡写到山的诗歌，往往多表现为一种北国的、刚性的美感，而大凡写到水的诗歌，则往往多表现为一种南国的、柔性的美感。试举南北朝时两首著名的乐府诗为例。《敕勒歌》云：“敕勒川，阴山下。天似穹庐，笼盖四野。天苍苍，野茫茫，风吹草低见牛羊。”全诗以绵亘无垠的阴山作为背景，描摹出了西北大草原的无比辽阔和茫苍，风格确实刚劲雄放。而《西洲曲》则这样写道：“开门郎不至，出门采红莲。采莲南塘秋，莲花过人头。低头弄莲子，莲子青如水。置莲怀袖中，莲心彻底红。忆郎郎不至，仰首望飞鸿。”依仗着这一湾清澈的莲塘，就把那一腔缠绵的忆郎情怀娓娓道出，风格又是多么的柔婉细腻。前者得力于山，后者则得力于水。再以唐诗中那首千古传诵的《春江花月夜》和那首久享盛名的《轮台歌奉送封大夫出师西征》来做一个比较。前者抒写那梦幻一般迷茫的人生感慨和闺怨情绪，自始至终都紧扣着那条春江（开头云“春江潮水连海平，海上明月共潮生”，结尾云“不知乘月几人归，落月摇情满江树”），因而写得春思如潮、春情如水。后者写边塞的苦寒和战斗的激烈，则随处离不了那“金山”“阴山”的描写（“羽书昨夜过渠黎，单于已在金山西”“四边伐鼓雪海涌，三军大呼阴山动”），因而写得杀气如云、豪情如山。所以，在诗歌创作的传统里，挺拔、奇峭的“山”的形象中，便往往凝聚着“风云之气”和“英雄之志”，它们大多代表着北国型的刚美；而在柔婉、委曲的“水”的形象中，则往往凝聚着“风月之意”和“儿女之情”，它们代表着南国型的柔美。此话虽不能说得绝对，但却又是带有若干普遍性的现象。

因而，南方多水的景色映照到词人的作品里头，就会使他们的词境表现出一种柔美的特质。试举两词为证。先读：

> 湖上，闲望。雨潇潇，烟波花桥路遥。谢娘翠娥愁不销，终朝，梦魂迷晚潮。　　荡子天涯归棹远，春已晚，莺语空肠断。若耶溪，溪水西，柳堤，不闻郎马嘶。（温庭筠《河传》）

若是抽去了"湖上""春雨""烟波""晚潮",以及"若耶溪"畔的"柳堤""归棹"之类的描绘,要想形成那细如潇潇春雨、轻如濛濛烟波的柔美词境,那就简直无法想象。"情、景名为二,而实不可离。神于诗者,妙合无垠"①,此词所写的烟水迷离之景与它所抒的幽约窈深之情,就是如此"妙合无垠"地结合成优美柔婉的词境的。

又如:

> 兰烬落,屏上暗红蕉。闲梦江南梅熟日,夜船吹笛雨潇潇,人语驿边桥。

这是浙江词人皇甫松的《梦江南》词。作者其时身在异乡,当他回忆江南旧家时,印象最深的还是它的雨夜情景。绵绵的梅雨,加上那驿桥畔的软语,给人的回忆犹是那样的温馨甜蜜而又迷惘惆怅。水乡那种特有的芳泽和情味,就使这首词产生出吸引读者的温软魅力来。

以上谈的还仅仅是水乡景致对于词境所发生的直接影响——它"反映"进词中,就形成了词境柔美的外观。而除此之外,水乡的自然环境还会对词境产生另一种间接而深刻的影响,这就是水乡柔美的景物首先"柔化"着词人的心理,然后又通过作者心理的变化再影响到词的意境。在谈论这个问题之前,我们不妨先以杜诗为例作一说明。杜甫从秦州赴蜀途中,由于所历之景,皆是崎岖险峻的崇山峡谷,因此发而为诗,就都是"奇险之音"(如《石龛》诗云:"熊罴咆我东,虎豹号我西。我后鬼长啸,我前狨又啼"),但当抵达平旷的成都平原时,诗风却顿时变得平和起来了(如《鹿头山》诗云:"及兹险阻尽,始喜原野阔")。李长祥评曰:"自秦州至此,山川之奇险已尽,诗之奇险亦尽,乃发为和平之音。使读者至此,别一世界。情移于境,不可强也。"②这里提出的"情移于境",说的即是境对情(客观环境对主观感情)的"感召"或"改造"作用。客观环境对于人的主观感情所产生的此种影响,折入到诗歌创作中,就会促使诗歌的情调、色泽,以及它的风格和美感类型发生一定的变化。这种情况在词的写作中同样也可见到。比如辛弃疾,本是出身于北方的豪杰之士,他的词风明显地带有中原地区"深裘大马"的伉爽之气,但南渡既久,心理状态也就有了某种程度的变易。如他说:"家住江南,又过了、清明寒食。花径里,一番风雨,一番狼藉。"(《满江红·暮春》)这种"伤春"的情绪恐怕就是感生于"清明时节雨纷纷,路上行人欲断魂"的江南

① 王夫之:《姜斋诗话》卷二,人民文学出版社,1961年,第150页。
② 仇兆鳌:《杜诗详注》卷九,中华书局,1979年,第724页。

雨景(当然也与他政治上的愁闷分不开),因而在他的词中同样出现了与江南柔美、迷离的水景相为表里的婉约词境:

> 宝钗分,桃叶渡,烟柳暗南浦。怕上层楼,十日九风雨。断肠片片飞红,都无人管,倩谁唤流莺声住?　　鬓边觑,试把花卜心期,才簪又重数。罗帐灯昏,呜咽梦中语:是他春带愁来,春归何处?却不解将愁归去。(《祝英台令·晚春》)

伏尔泰说过,杰出的作家总要从培育他们的国土上接受不同的趣味、色调和形式,例如意大利作家的质姿中便会不知不觉地渗入进意大利语的柔和和甜蜜。① 照我们看来,辛词之所以出现如此哀怨而柔美的意境,恐怕就与江南水乡"烟柳暗南浦"的景致是很有关联的。苏辙曾说,太史公行天下,周览四海名山大川(主要是燕赵风光),故文多疏荡之奇气(《上枢密韩太尉书》)。袭用这个说法,我们也可以这样说,唐宋词人,由于大多长期置身于江南水乡,所以他们的词中,也就多表现出柔性的美感。此言或不为过。

再说第二种情形。

人所共知,唐宋词的主体风格是偏柔、偏婉的。特别是由于种种因素的促发,在宋代就形成了"诗庄词媚"的颇有些类似于"分工"的现象。所以,词人们为要抒发自己那种深曲要眇的柔情,为要塑造那种幽细柔美的词境,他们便在天地万物中着意择取那类凄迷柔婉的事物,以造成种种哀艳悱恻、绵邈悄幽的意象——这样,以"水"为中心的水乡景物,便成了词人们最乐意写到词中的"外景"。

这里也有两种情况。一种是"就地取材""俯拾即是"。由于唐宋词的大多数作品本就采景于水乡,因此词人们只要随笔写来,篇中就会自然浸满"水意"。如孙光宪词云:"蓼岸风多橘柚香,江边一望楚天长,片帆烟际闪孤光。　　目送征鸿飞杳杳,思随流水去茫茫,兰红波碧忆潇湘。"(《浣溪沙》)这是写的江陵风光。如吴文英词云:"年事梦中休,花空烟水流。燕辞归,客尚淹留。垂杨不萦裙带住,漫长是,系行舟。"(《唐多令》)这又是写的江浙风光。由于他们身在水乡,因此"镜头"所对准处,随地都有着摄取不尽的烟雨景象。另一种情况是,唐宋词中有少量作品,写的实是中州风物。比如不少作于汴京(开封)的词篇,词人所面临的本非南国水乡之景,但是为要更好地表现那类柔情婉思,故他们也

① 伏尔泰:《论史诗》,伍蠡甫主编《西方文论选》上册,上海译文出版社,1979 年,第 323 页。

经常把词的“外景”做一些改制和“装捞”。比如周邦彦笔下的汴都,就呈现着这样的图景:

> 柳阴直,烟里丝丝弄碧。隋堤上,曾见几番,拂水飘绵送行色?
> 愁一箭风快,半篙波暖,回头迢递便数驿,望人在天北。
> 凄恻,恨堆积。渐别浦萦回,津堠岑寂,斜阳冉冉春无极。

一首《兰陵王》词中,就用了三个片段来描绘汴京城外的水景,读后简直使人不觉得这是在中州地域而似乎已置身于杭州的钱塘江畔了——当然,应该说汴京城里也有着河道水渠,但从作者有意地反复凸现这种“水景”来看,他实在是在努力对汴京做一番“南方化”或“水域化”的“打扮”,而这样做的结果就是使词作的柔美程度有了明显的提高。

再如柳永那首名扬词坛的《雨霖铃》词,所写内容也本是汴京城郊的一次送别。然而它之最能打动人的名句“念去去,千里烟波,暮霭沉沉楚天阔”和“今宵酒醒何处? 杨柳岸、晓风残月”,却都是南方既丽又凄、既美又柔的水乡景色。为了达到这种“借景”的目的,作者在安排“场景”时就特地把送行的场面放在汴河的水边来进行描绘——“汴水流,泗水流,流到瓜洲古渡头,吴山点点愁”(白居易《长相思》),仗着这条汴河的水流,柳永就让读者的想象随着那逝去的兰舟,顺流而下,飞到了遥远的楚天南国,使词境增添了某种柔美、凄迷的异乡色彩。所以,我们发现,整个唐宋词坛上,“山”的形象已在渐渐地淡化——有之,也是被“柔化”或“水化”过的“山”了,因而只居于水的陪衬地位,而关乎“水”的形象,却被大大强化了。古人说,“盖谓文有得水分者,有得山分者”。(《魏叔子日录》卷二《杂说》)唐宋词,如从整体上看,就是“得水分”的文学。而“天下柔弱莫过于水”(《老子》),“水”所赋予唐宋词的,就是这类柔性的美感。

三、“斜桥红袖”帮助造就了词情的香艳性

如果说,江南水乡给人的“第一印象”是它的“多水”的话,那么随之而来的“第二印象”便是南方城市的“富丽”。晚唐诗人杜荀鹤对于苏州的描绘便是一个明证:“君到姑苏见,人家尽枕河。古宫闲地少,水港小桥多。夜市卖菱藕,春船载绮罗……”(《送人游吴》)“水港小桥”说的就是它的“丽”(而这又是同它的“多水”分不开的),“夜市”“绮罗”则又是写它的“富”。再如柳永《望海潮》词中的杭州,“重湖叠巘清嘉,有三秋桂子,十里荷花”,说的是它的丽如花园;“市

列珠玑，户盈罗绮，竞豪奢”，说的又是它的富如天堂。枕奠于水乡之上的南方城市，在唐宋两代呈现出如此繁华的富丽景象，这就为当时文人的私生活增添了十分旖旎的风情、色调，也就在唐宋词所带有的“南国情味”中加注进了“香艳”的成分。所以我们看到的唐宋词境，已不仅仅是“西塞山前白鹭飞，桃花流水鳜鱼肥”（张志和《渔歌子》）式的、纯是青山绿水的“山水画”画面，而是“水声山色锁妆楼”（李珣《巫山一段云》）式的、以山水为背景的“仕女画”画面了。试读：

> 宝函钿雀金㶉鶒，沉香阁上吴山碧。杨柳又如丝，驿桥春雨时。
> 画楼音信断，芳草江南岸。鸾镜与花枝，此情谁得知？（温庭筠《菩萨蛮》）

被吴山、杨柳、驿桥、春雨、芳草、河岸等以水为中心的“意象群”所裹织在内的“茧心”，便是一位无比怨悱、愁闷的女性。但其实又何止这一首《菩萨蛮》是如此！“解剖”全部温词，它的主人公不是现实生活里的思妇、宫娥、青楼女、贾人妾，便是历史传说中的苏小小、西施、巫山神女、潇湘二妃。温庭筠自己所作的《新添声杨柳枝》即道：“合欢桃核终堪恨，里许原来别有人（仁）。”在这些柔美的水景包围之中隐现着的，就无不是一个个“雪肤花貌”的“仙子”和“佳人”。所以，深一层来看，它所呈现的烟水迷离的柔美词境还仅是一种外观，而其核心实是那一腔缠绵悱恻的“香艳”之情。关于这点，我们还可以从韦庄的两首《菩萨蛮》词中分别看出：

> 人人尽说江南好，游人只合江南老。春水碧于天，画船听雨眠……
> 如今却忆江南乐，当时年少春衫薄。骑马倚斜桥，满楼红袖招……

前者极言江南水景之柔丽，后者则极言江南城市之富艳。这两种风貌就构成了比较完全的“南国情味”：一方面是水网密布、桥栏纵横，另一方面又是娼楼如林、歌妓如云。而且，水乡之柔丽与城市之富艳这两者又总是结合在一块儿出现的：“红袖”招手在“斜桥”之旁，“青楼”则多建于“柳堤”之畔，“玉容”映现在“江楼”的帘影之间，“蝉鬓”则斜倚在“水轩”的曲栏之上……柔美的水景中，倒映着佳人的“倩影”；旖旎的艳情，又在摇荡的碧波中闪发出特种的光彩。两相凑泊，就形成了“红船满湖歌吹，花外有高楼”（僧挥《诉衷情》）的特有风光。所以不能不说唐宋（婉约）词实在是古典诗歌中的一件杰作，它竟能把人类蕴藏于内心的“柔情”描绘得如水一般的缠绵悱恻、难舍难割，而究其原因，这又是跟“水边多丽人”的生活“源泉”分不大开的。

四、“江南小气”帮助造就了词风的软弱性

南国的水景是柔美的,南方的城市是富丽的,但它们却又有着“软弱”“淫靡”的另一侧面。鲁迅先生就说过:“我不爱江南。秀气是秀气的,但小气……满洲人住江南二百年,便连马也不会骑了,整天坐茶馆。”①这当然是一种语带讽刺的幽默话,不能“作真”来看,但它却又相当深刻地揭示了一个道理,那就是:比起北国“骏马秋风”的阔大气象来,江南的“杏花春雨”风光毕竟显得纤弱,因而它虽对造就作家和作品的细腻、委婉的气质与风格有所帮助,但在造就另一种恢宏、开阔的气度和风格方面,却又是大有限制的。更为重要的是,旧时代江南城市中那种不太健康的生活风气,又多少会腐蚀着人们的“士气”和“斗志”,使某些意志薄弱者沉湎于其中而不能自拔。这两种情况,在唐宋(婉约)词中确都有所表现,因而就在一定程度上导引了词风的“软弱性”。

从自然面貌来看,江南山水是美丽的,但是这种美丽的后面却又隐藏着“软弱”。还是让唐宋词的作者们自己来说话吧。王观词云:“水是眼波横,山是眉峰聚。欲问行人去那边?眉眼盈盈处。”(《卜算子·送鲍浩然之浙东》)在他的眼里,江浙一带的山山水水都像佳人的“眉眼”一样,显露着软态、弱态、媚态和美态。陈亮词云:“闹花深处层楼,画帘半卷东风软。春归翠陌,平莎茸嫩,垂杨金浅。迟日催花,淡云阁雨,轻寒轻暖。”(《水龙吟·春恨》)词人所写的江南景物显得是多么柔、轻、淡、丽,它充分表现了一种“软性”的美感。“文章是案头之山水,山水是地上之文章”(张潮《幽梦影》卷上),在这种土壤上形成的“文章”(词章)和山水,就自然都会带有某种相似的、偏于“软弱”的形态。关于这点,毋庸我们多说,举出一例即可说明问题——那就是:唐宋(婉约)词中绝少写到过“黄河”。人所共知,黄河是中华民族的摇篮,黄河流域也是中国文化的主要发源地之一。因此,在以前的诗歌中,歌咏黄河的作品不知有过多少。光是李白一人,就给我们留下过“君不见黄河之水天上来,奔流到海不复回”“黄河捧土尚可塞,北风雨雪恨难裁”和“黄河万里触山动,盘涡毂转秦地雷”等名句,这就可知“黄河”在古诗中占据着何等重要的地位了。然而,黄河在唐宋(婉约)词苑中,却基本已经销声匿迹,光此事实就足以说明南方环境对于词人生活眼界和创作视野的限制了。要跳出这种题材狭窄、风格软弱的小圈子,那就有必要先跳出江南山水的小天地,到辽阔壮观的北国去作“行万里路”的游历——至少有些古代

① 鲁迅:《鲁迅书信集》下册,人民文学出版社,1976年,第868页。

诗人便是这样认为的。如黄景仁说“自嫌诗少幽燕气,故作冰天跃马行”(《将之京师杂别》),如龚自珍说“为恐刘郎英气尽,卷帘梳洗望黄河”(《己亥杂诗》)。而在宋亡之后,也确就有人做过这样一次“冰天跃马”的黄河之行,不过那并非自愿的旅行,而是被迫而去的“应征”——这位词人就是张炎,他在夜渡古黄河时写下了这样一首词(《壶中天》):

扬舲万里,笑当年底事,中分南北?须信平生无梦到,却向而今游历。老柳官河,斜阳古道,风定波犹直。野人惊问,泛槎何处狂客?

迎面落叶萧萧,水流沙共远,都无行迹。衰草凄迷秋更绿,惟有闲鸥独立。浪挟天浮,山邀云去,银浦横空碧。扣舷歌断,海蟾飞上孤白。

这首词苍凉悲劲,豪气横溢,论者以为“可与放翁、稼轩争席”(俞陛云《玉田词选释》),与作者的其他作品相比,真可谓是“别调”①。张炎在此次北行之前,一直生活在风软尘香、温柔之乡的杭州城里,他的词风就像那西子湖一般既美又软(读一读他《南浦·春水》中“波暖绿粼粼,燕飞来,好是苏堤才晓”,《高阳台·西湖春感》中“接叶巢莺,平波卷絮,断桥斜日归船”之类的句子即知),现今一到黄河,词风却顿时变得如此的阔大、苍劲,这或许也与“江山之助”(《文心雕龙·物色》)有关吧(当然更与身世遭遇有关)。这个例子正好从反面说明了南国狭小气派的山水(这当然也是与北国山川相比而言的)对于造成词风之软弱性所产生的一定影响。

当然,我们更应该看到,在造成词风软弱的原因中,地理环境的因素并不是根本的原因。不然我们就无法解释为什么同是生活在南方的土地上,有些爱国词人却写出了慷慨悲壮的作品。宋理宗嘉熙四年(1240),福建籍词人陈人杰登杭州丰乐楼,他就不同意友人“东南妩媚,雌了男儿”(按:指东南妩媚的山水使男子汉大丈夫的英气全都销蚀、“雌化”之意)的意见,而尖锐指出:“诸君(按:指统治者)傅粉涂脂,问南北战争都不知。”(《沁园春》)在他看来,造成当时颓惰萎靡的社会风气之罪魁祸首,不应是无辜的东南山水,而应是当局者所执行的苟安政策,以及他们所提倡的享乐生活。另一位四川籍词人文及翁也在他的词里进一步揭露当时士大夫文人在西湖这个“销金锅”里所过的淫靡生活:“一勺西湖水,渡江来百年歌舞,百年酣醉。”(《贺新郎》)国难当头,但是士人们却“簇乐红妆摇画舫”地躲在西湖一角听歌赏舞,品酒赋诗,他们所作的词怎会不打上这种淫靡生活的烙印而显出软弱的面目来?

① 沈祖棻:《宋词赏析》,中华书局,2008 年,第 235 页。

总体来说,“南国情味”应是一个比较广泛的人文概念。它既包括南方的自然(地理)环境,又包括南方的社会(政治、经济)环境,当然还应包括南方的风俗习惯、语言特点,以及文学传统等方面的复杂因素。本文仅从前二者入手,对它们所影响于唐宋词(主要是婉约词)的几个方面(词境、词情、词风)做了一些分析;而除此之外,还有许多方面尚未涉及——譬如南方美丽的民间传说、南方“言情”的文学传统、吴越软媚的地方语言对于词的影响等——但仅从已谈情况来看,唐宋词所受到的“南国情味”的浸染及影响,也已看得很清了。在结束本文之时,让我们再来读一首宋末词人蒋捷的《一剪梅 · 舟过吴江》词:“一片春愁待酒浇,江上舟摇,楼上帘招。秋娘渡与泰娘桥,风又飘飘,雨又萧萧。 何日归家洗客袍?银字笙调,心字香烧。流光容易把人抛,红了樱桃,绿了芭蕉。”江南水景之柔美,江南城市之富丽,词情之香艳,词风之婉柔,不是全都“融化”在一片桨声橹响中,源源不绝地向我们扑面而来吗?甜蜜、柔媚、温馨、香弱的“南国情味”,就如此的构成了唐宋(婉约)词的“词魂”,这种现象很值得引起治词史者的进一步思索。

“诗词有别”

——城市经济带给词的印记

很久以来，人们就存在一种“诗词有别”的观念。这种观念，大致可用“诗庄词媚”“诗刚词柔”“诗雅词俗”等语来表述。而事实又怎样呢？应该说，这种“有别”之论还是有它一定的根据的。不过，我们在这里不准备具体研究这些差别究竟表现在哪些方面，而想探求造成这些差别的经济生活方面的原因。

一

造成诗词有别的原因是多方面的，因而也是相当复杂的（例如有文体方面的原因、文论方面的原因及其他方面的原因等）。但是，归根到底，文学作品总是一定的社会生活在作家头脑中反映的产物。因此，在探求词之所以有异于诗的原因时，我们除了应从作家主观方面的情况去进行分析外，还应该努力从客观方面的社会生活情况去进行“发掘”——而在后一方面，作为整个社会活动之“基础”的经济生活，又将是我们进行“发掘”的重要领域。

这里不妨先提出两个问题来研究。

一个问题是：人们常说“诗庄词媚”，而其实，诗中又何尝没有出现过“媚”的现象呢？梁、陈时的宫体诗，不是也很香艳吗？但人们却并不说“诗为艳科”，而只说“词为艳科”。这说明诗中虽也程度不同地出现过香艳的风格，却未形成占主流地位的局面，只是到了晚唐五代和两宋（主要是北宋）时期兴盛的词中，才形成了一种近乎“定型”的“艳科”局面，这就说明词之侧艳软媚风格，必与此时的经济生活有某种必然的联系——而这种情况又是六朝时的经济生活尚不能产生出的。

另一个问题是：同样是词，为什么流行于民间的敦煌词，其题材就很广泛，而创作于文人之手的花间词，其题材却很狭窄？（顺便讲一句，这里所谈的“诗词有别”现象，主要是指文人词与诗的差别）这种现象又使我们注意到两者流行与产生的环境有所不同：前者所赖以产生的社会背景比较宽广，而后者则主要依附于大都市的城市经济基础之上。

两个问题集中到一点,我们就可以看到:词之所以会产生和传统诗的种种差别,是与唐末五代和两宋的城市经济的发展有着内在的、深刻的联系的。在唐末五代和两宋词的身上,打上了当时相当发展了的城市经济的烙印。

二

这里准备论述两宋城市经济对宋词发展所产生的影响。唐末五代的情况偶一论及,不作主要论述。

从现有的资料来看,两宋的城市经济已经相当发达,上层市民的生活也已相当奢靡。例如《东京梦华录》记载,汴京旧城方圆约二十里许,外城方圆达四十余里,规模宏大(卷一"旧京城""东都外城"条)。城中住有皇室、贵族、臣僚、禁兵、各色商人、手工业者、歌妓和奴仆,人口稠密,商业发达。特别在公元956年,宋太祖诏令开封府三鼓以后的夜市不禁,商贸活动不再像唐时犹有时间的限制,所以就空前地活跃起来。如界身巷一带"屋宇雄壮,门面广阔,望之森然,每一交易,动即千万,骇人闻见"(卷二"东角楼街巷"条),至于在这种商业经济上形成的恣情享乐,则在《东京梦华录》的序里也有详尽的描写:"时节相次,各有观赏。灯宵月夕,雪际花时,乞巧登高,教池游苑。举目则青楼画阁,绣户珠帘。雕车竞驻于天街,宝马争驰于御路,金翠耀目,罗绮飘香。新声巧笑于柳陌花衢,按管调弦于茶坊酒肆。八荒争凑,万国咸通。集四海之珍奇,皆归市易;会寰区之异味,悉在庖厨。花光满路,何限春游;箫鼓喧空,几家夜宴。"①足见东京的城市经济高度发达,超过前代。

至于南宋迁都临安之后,城市经济和上层人物所过的奢侈生活又大大地超过了北宋。例如《都城纪胜》记载杭城的商业贸易道:"自大内和宁门外,新路南北,早间珠玉珍异及花果时新海鲜野味奇器天下所无者,悉集于此。以至朝天门、清河坊、中瓦前、灞头、官巷口、棚心、众安桥、食物店铺,人烟浩穰。其夜市除大内前外,诸处亦然。惟中瓦前最胜,扑卖奇巧器皿百色物件,与日间无异。其余坊巷市井,买卖关扑,酒楼歌馆,直至四鼓后方静;而五鼓朝马将动,其有趁卖早市者,复起开张,无论四时皆然。"②("市井"条)而杭城人的豪华程度也比汴京有过之而无不及。《武林旧事》详细地记述了临安一年四季的游赏风俗,"西

① 孟元老,等:《东京梦华录(外四种)》,中国商业出版社,1982年,第1页。
② 同①,第81页。

湖游幸”条中写道：“贵珰要地，大贾豪民，买笑千金，呼卢百万，以至痴儿骙子，密约幽期，无不在焉。日糜金钱，靡有纪极，故杭谚有‘销金锅儿’之号，此语不为过也。”①

在这种高度发达的城市经济基础之上，城市中出现了一个新兴的市民阶层。这个阶层的构成因素是相当庞杂的，而其中以商人、手工业者为主。《东京梦华录》说，汴京城很多大小货行中，皆居住着“工作伎巧”之人，那就是手工业者。至于商人、小贩，则满街都可见到。值得注意的是，宋代的商业组织中已出现了“商行”。东京市上，至少有 160 多行，行户有 6 400 多户。南宋临安城里则形成了各种各样的作坊和行会组织，有名为“团”者，“如城南之花团，泥路之青果团，江干之鲞团，后市街之柑子团是也”；有名为“行”者，“如酒行，食饭行是也”；有名为“作”者，“如篦刀作，腰带作，金银镀作，钑作是也”②（《都城纪胜》“诸行”条）。除了这一大批商人、手工业者及其家属之外，城市中还居住着各色人等，他们中间，除了封建官僚机构之外，都基本依附于城市经济之上，而即使是封建统治集团，他们所过的糜烂生活也离不开当时在城市中日益发达起来的商品经济。这样就构成了巨大的城市人口。据《咸淳临安志》记载，宋末临安的人口共达 391 000 多户，124 万多人，其中主要的就是城市的市民群众。

一方面，城市中勃兴起来的这支市民队伍，他们的力量必然会在文化生活中有所反映。他们不同于淳朴的乡村农民，对于物质生活和精神生活抱有更高一些的需求。另一方面，封建社会发展到了宋代，已经经历过了它的鼎盛阶段，地主阶级的剥削本质和腐朽性越加暴露得充分，比如作为开国之君的宋太祖，就带头向臣下鼓吹“人生如白驹过隙”“多置歌儿舞女，日夕饮酒相欢”③的及时行乐思想。综观有宋一代，君臣之间竞相逐乐的风气超过了前代。宋徽宗的穷奢极侈，营建艮岳，南宋君臣的偏安西湖，歌舞耽安，就是明证。又正是从上到下对于物质享受的追求，使得两宋社会中弥漫着一种寻欢觅乐的享乐风气。而这种享乐生活中，又处处离不开对于女性的玩弄。宋代的妓女（一种以出卖伎艺为主，一种以出卖肉体为主，更多的是二者的结合），在两宋的社会生活中就表现得很是活跃。《东京梦华录》卷二“潘楼”“朱雀门”条，卷三“寺东门街巷”条，详细记载着妓女的住所真是随处可见。南宋则发展到以妓女作宣传品、活广告，不仅公私宴会、喜庆吉事可雇妓女来应酬，就连公家的酒库开张或新酒开沽，都要用妓

① 孟元老，等：《东京梦华录（外四种）》，中国商业出版社，1982 年，第 361 页。

② 同①，第 82 页。

③ 陈邦瞻编：《宋史纪事本末》，中华书局，1957 年，第 6 – 7 页。

女骑着高头大马来招徕顾客。尤有甚者，当时有一种“庵酒店”，竟在“酒阁内暗藏卧床”，“有娼妓在内，可以就欢”（《都城纪胜》“酒肆”条）。这种以妇女为商品的情况，使得宋代贵族蓄养声伎、士人狎妓游赏成了司空见惯的事。《东轩笔录》记载宋祁“多内宠，后庭曳罗绮者甚众”①，就连辛弃疾这样的人，从他词中见到的侍妾就有整整、田田、钱钱、阿卿等多人，这就可知当时的风气了。因此，在两宋的享乐生活中，始终都离不开一个“色”字。仲殊和尚有两首词分别描写成都和杭州的景致道：

> 成都好，蚕市趁遨游。夜放笙歌喧紫陌，春邀灯火上红楼，车马溢瀛洲。（《望江南》）
>
> 涌金门外小瀛洲，寒食更风流。红船满湖歌吹，花外有高楼。晴日暖，淡烟浮，恣嬉游。三千粉黛，十二阑干，一片云头。（《诉衷情》）

由此可见北宋的狎妓嬉游到了怎样的地步。

> 年年跃马长安市，客舍似家家似寄。青钱换酒日无何，红烛呼卢宵不寐。（刘克庄《玉楼春》）
>
> 公子诗成着锦袍，王家桃叶旧妖娆。檀槽拟急斜金雁，彩袖翩跹亸翠翘。（严仁《鹧鸪天》）

南宋风尚则于此可见一斑。

享乐和女色之好，这是城市经济带给当时社会生活的一个突出现象。

另一方面，随着市民阶层力量的抬头，他们在文化、娱乐方面的要求也日渐高涨。传统的诗文，只适宜于具有较高文化修养的士大夫文人所欣赏和利用；而兴趣广泛、文化程度较低的市民，却需要通俗一些、活泼一些、题材新奇和富有娱乐性（甚至刺激性）的文艺。这样，适合他们这种需求的通俗文艺、市民文艺就大量涌现了。我们注意到，唐代出现的“传奇”小说中，已经具有这种适应市民群众求新逐异倾向的苗头了，但因为它还局囿于文人之中，所以不能活泼泼地面向群众。宋代则有所不同了：活跃于街头巷尾、瓦舍勾栏中的市民文学直接诞生于民间艺人之手，它具有新奇、俚俗、诙谐、色情、惊险、活泼等特点，能够快人耳目，使人获得感官上的刺激与满足。《东京梦华录》中记载的这种瓦舍伎艺就有：小唱、嘌唱、般杂剧、诸宫调、商谜、合生、叫果子等项目。《都城纪胜》《西湖老人繁胜录》《武林旧事》等书记载的临安百戏伎乐则更为繁多，其中与词有关的曲艺名目就有好多：

① 胡仔：《苕溪渔隐丛话·前集》卷二六，人民文学出版社，1962 年，第 177 页。

宴会或社交时，用妓院里的“散乐家”来伴奏，“其音韵清且美也”。

“街市有乐人三五为队，擎一二女童舞旋，唱小词，专沿街赶趁。”遇到元夕放灯、三春园馆赏玩及游湖看潮，或于酒楼及花衢柳巷觅欢时，常令此辈人侍候演唱，“其声音亦清细轻雅，殊可人听”。

更有“小唱”“唱叫”“执板”“慢曲”“曲破”“大率轻起重杀，正谓之‘浅斟低唱’”，“但唱令曲小词，须是声音软美”。

“朝廷御宴，是鼓板色承应。如府第富户，多于邪街等处，择其能讴妓女，顾倩祗应。或官府公宴及三学斋会、缙绅同年会、乡会，皆官差诸库角妓祗直。”

甚至“诸酒库设法卖酒”，多于“官妓及私名妓女数内，拣择上中甲者，委有娉婷秀媚，桃脸樱唇，玉指纤纤，秋波滴滴。歌喉宛转，道得字真韵正，令人侧耳听之不厌”。

此外尚有说唱诸宫调、嘌唱、唱赚（又分缠令、缠达）等介乎唱词、曲艺、杂戏之间的说唱文艺（以上均见《梦粱录》卷二十“妓乐”条）。这又说明，在两宋的城市生活中，词是当时人们所喜闻乐见的一种文艺样式，它广泛地深入到社会的各个角落。上自皇宫里的大节盛会，中至文人学士的家宴结社，下到市民阶层的街巷深处，都有文人制词、乐工谱词、歌妓唱词。宋词的作者中，有徽宗、高宗这样的帝王，有文彦博、司马光这样的大臣，有岳飞、韩世忠这样的武将，有朱熹、真德秀这样的道学先生，有严蕊、谭意哥这样的妓女，还有惠洪、仲殊这样的和尚与王清惠、金淑德这样的宫女……总之，词这种新文体，比起诗和文来，与当时的城市生活关系更为直接、更为密切。可以这样说，词虽起源于农村边塞，但它的滋生繁殖和成长壮大，却是在城市经济的大温床上进行的，而城市经济的种种情况，也甚为明显地反映在词中。这是城市经济影响人们社会生活（主要是文化生活）的又一个突出之处。

从上面的分析中我们可以看到，城市经济的发展给文人作者带来了一种新的生活内容和创作题材，也给文人作者提供了一种适宜于表现这种内容和题材的新文体——可以配合“燕（宴）乐”而歌唱的“词”。既然生活内容和创作题材比之前代有所不同了，那么，反映这种新内容的词，和传统的诗相比其风貌会发生某种变异也是不难理解的了。

三

下面，就让我们具体来分析一下城市经济带给词的影响。

（一）娱乐性

宋人——特别在苏、辛以前，几乎大部分人都视词体为消遣文学、娱乐文学，其源即在于他们所过的享乐生活。因为词起初是配合宴乐在歌宴酒席上演唱的，所以他们很自然地把它当作佐酒助欢的文体看待。他们在饮酒作乐时，需要作词听曲；他们在结交歌妓时，常常作词赠人；而他们在酒散人去后，也往往用填词来寄托他们的落寞惆怅；他们在生活过得平淡无味时，也靠写几首"谑词"（近乎滑稽意味的词）来解闷。我们至今仍可在宋人的词论中找到这种以词"娱人自娱"的话语。如晏几道称自己作词是为"析酲解愠""期以自娱"，"为一笑乐而已"①；如欧阳修、晁补之都称自己作词是"敢陈薄伎，聊佐清欢"（见其《采桑子》和《调笑词序》）。凡此种种，都说明，他们往往把词体当作享乐生活或享乐生活消逝之后填补空虚精神生活的消遣品看待，而不把它当作如同诗文一样的较为严肃的文学创作看待。这就无怪乎他们的词中，便会生出和诗的种种差别来。

（二）艳情性

前面已经讲过，男女的恋情、私情是宋人生活中的一项重要内容，然而由于它们在本来可以"缘情而绮靡"的诗中却得不到反映的机会（在浩瀚的宋诗中就很少有几首像陆游悼念唐婉那样的爱情诗），于是便一股脑儿地挤进词中来求得表现。混迹在秦楼楚馆中的柳永，写了大量的倚红偎翠之作，这自属正常；即使如司马光这样的"言行俱重"的名臣，也会写出"宝髻匆匆梳就，铅华淡淡妆成"的艳词，这说明，基于那种近乎畸形发展的商业经济基础上的艳情生活具有多么顽强的力量，它甚至吸引住了司马光这样的人物。因此，我们就会感到"词为艳科"情况的出现，是根植于一定社会土壤上的产物，而不仅仅是那些艳词作者个人的问题了。

（三）软媚性

词是当时广泛流行于公私宴席上的合乐诗体。其时的宴乐多由妙龄女郎所演唱，这就怎能不显得软媚呢？《东京梦华录序》称"新声巧笑于柳陌花衢，按管

① 晏几道：《小山词序》，金启华，等编《唐宋词集序跋汇编》，江苏教育出版社，1990年，第25页。

调弦于茶坊酒肆”①,《梦粱录》称“浅斟低唱,倚玉偎香”②(卷六“十二月”条),《武林旧事》称“翠帘绡幕,绛烛笼纱,遍呈舞队,密拥歌姬,脆管清吭,新声交奏”③(卷二“元夕”条),这些记载都表明了文人词的因歌妓演唱而偏向于软媚一路。另外,我们还可看一下民间传唱的那些词曲情况:“清细轻雅”“宛转”“软美”“浅斟低唱”等(见前引),这就是它们的特质!所以“词婉于诗”(《词源》卷下)就成了词区别于诗的特点之一。

(四)通俗性

由于词是宋代的“全民文艺”,所以它保持有一定程度的通俗性。柳永词,人称“从俗”“流俗人尤喜道之”,就是一个代表。即使是论词讲究要有“故实”的李清照,她自己作词也还是很平易近人的,“皆用浅俗之语,发清新之思”④。至于后来的典雅派文人在词中大讲使事用典,雕章琢句,把词弄得深僻难读,那正是背离了词的“本色”的;而也正是这样,词的生命力就减弱了,另一种更为通俗自由的“曲”,就适应着城市经济的进一步发展和市民群众的需要,起而取代词的地位,成了全社会最通行的文体。拿宋诗(特别是江西派的诗)的博奥和词的近俗比,二者的差别也就显而易见。这无疑也是城市经济给词烙上的印记之一。

四

我们在上面分析了城市经济给予词体的若干影响,这些影响大都(除了通俗性一点之外)偏重于消极方面,但这并不是意味着,城市经济给予词体的影响仅仅是消极的。首先,城市经济的发展对于词的发展,起了直接和巨大的推动作用,没有它的推动,词能达到如此广为流播的地步吗?其次,城市经济的发展又为词作者们提供了优裕的物质基础,有了这个基础,词人们才能踊跃写词;而同时,也因为有了这个基础,人们的视野才会拓宽,这就为词的创作提供了取之不尽的题材来源(如歌咏祖国山川的壮丽、城市生活的多姿,以及人们多方面的精神生活等),为词人之间交流艺术技巧、提高艺术水平创造了条件。对于这些积

① 孟元老,等:《东京梦华录(外四种)》,中国商业出版社,1982年,第1页。
② 同①,第173页。
③ 同①,第355页。
④ 彭孙遹:《金粟词话》,唐圭璋编《词话丛编》,中华书局,1986年,第721页。

极方面的作用,我们不能否定,也无意否定。不过这里所谈的,主要是从它对造成词、诗差异的影响来立论的,想来不至于造成误会。

另一方面,城市经济对词所产生的影响又仅仅是词体所受到的一种影响而已,它在自己的发展过程中,还受到其他方面的影响——比如政治对于词的影响,我们就可以从“靖康之变”带给词坛的影响中突出地见到。而且,这种影响又因人因势而有所不同,如柳永的词,就明显地打上了市民意识的一些烙印,而苏轼所受到的影响就较少(苏轼更多的是从传统的诗文中接受影响,因此他的词具有“以诗为词”、沟通诗词界限的特点)。更有一点,城市经济给予词的影响也不是一成不变的,大致说来,在苏轼之前的词坛上,它所表现的影响较为明显、较为巨大,而越到后来,则就越见减少,到了辛派词人登上词坛及典雅词风风靡一时之后,词与诗之间的界限(非指格律上的差别)就逐渐趋于打破了,词的地位也渐见抬高了——在前一派词人手中,词的题材和风格有所扩展与变化;而在后一派词人手中,词也就同诗一样,成了一种“高雅”的文体。这又是应该交代清楚的。

总体来说,词在自己的发展过程中,曾经出现过“词为艳科”“词以婉约为正宗”的历史现象,出现过“诗庄词媚”“诗刚词柔”“诗雅词俗”等与诗不同的差异性。这些,都可以从当时的经济生活中找到其部分的解释和答案。

唐宋词艺术趣味

——艺术风格谈

“艺术趣味”，在一些艺术欣赏和艺术创作活动中，是确实存在并能被感知的。《冷斋夜话》载：

> 人意趣所至，多见于嗜好。欧公喜士为天下第一，常好诵孔北海“座上客常满，樽中酒不空”。范文正清严而喜论兵，常好诵韦苏州“兵卫森画戟，燕寝凝清香”。东坡友爱子由，而味着清境，每诵“宁知风雨夜，复此对床眠”。

这是讲的欣赏方面的“兴趣”。同样，在创作方面也存在着“兴趣”的问题。例如：

> 夜来皓月才当午，重帘悄悄无人语。深处麝烟长，卧时留薄妆。当年还自惜，往事那堪忆？花露月明残，锦衾知晓寒。
>
> 渔父长身来，只共钓竿相识。随意转船回棹，似飞空无迹。　芦花开落任浮生，长醉是良策。昨夜一江风雨，都不曾听得。

前者是温庭筠的《菩萨蛮》——他曾用这个词牌接连写了15首词篇，反反复复地刻画闺中思妇慵懒哀怨的神思容态；后者是朱敦儒的《好事近》，他素以这类“渔父”式的樵歌渔唱而驰名词坛。前者的创作兴趣显然在于香闺绣房，而后者则在于山光水色。

再如，同是“末世”，晚唐五代词中最多出现的意象是：珠帘、银箔、玉楼、画堂、斜肩、柳腰、乱发、香汗……而宋末婉约词中却多的是：飞花、啼鹃、残荷、枯柳、缺月、斜阳、寒蝉、孤雁……从作者所最喜爱描绘的意象群和他们最喜欢择用的词汇中，我们也可以清楚地看到他们艺术兴趣的专注之处。

艺术兴趣在某种意义上决定着艺术的风格。当然，应该看到，作品的艺术风格成因甚多，它是由题材、思想等内容方面的因素和语言、技巧等形式方面的因素综合形成的。但是不必否认，它也是与作者特有的艺术趣味分不开的。佛语云：“一花一世界，一草一精神。”如果说，透过枝枝叶叶、瓣瓣片片的外部形态我们能够见到花草的"精神"的话,那么,通过唐宋词林林总总的多种风格面貌,我们也当能够进一步体味到蕴藏于其中(其后)的艺术兴趣之所在——朱光潜先生说得好,作家的风格就是他的特殊趣味(《文学的趣味》),正是种种不同的艺术趣味,通过复杂而细致的创作活动,形成了唐宋词苑千姿百态的风格差异性①。所以在唐宋词的研究和赏析过程中,如果我们能抓住艺术趣味这个环节来作分析,是会有助于加深对于各种风格流派的认识的。本文只拟举其大端,做一番"纵横谈"式的"巡礼",以作尝试。

一、晚唐五代文人词:对于"香艳""纤美"的追求

晚唐五代词人,有着一种普遍的艺术兴趣,那就是,对于"香艳"和"纤美"的追求。这种兴趣,再明显不过地反映在欧阳炯的《花间集序》中。序言说:

> 镂玉雕琼,拟化工而迥巧;裁花剪叶,夺春艳以争鲜……则有绮筵公子,绣幌佳人,递叶叶之花笺,文抽丽锦,举纤纤之玉指,拍按香檀。不无清绝之词,用助娇娆之态。②
>
> 自南朝之宫体,扇北里之娼风。何止言之不文,所谓秀而不实。③

他们求"香艳"("拍按香檀""夺春艳以争鲜")、求"纤美"("镂玉雕琼""裁花剪叶"之美)的艺术兴趣,于此表述得异常清楚。

在这种艺术兴趣的支配和驱使之下,晚唐五代文人词就广泛地呈现出一种绮靡香弱、细腻深婉的风格面貌来。

不妨以"《花间》鼻祖"温庭筠作为主要例子来看。温词的题材内容,几乎可说是清一色的闺怨绮思。这种题材上的狭隘性,正好反映了他艺术兴趣(至少是词学兴趣)的偏执性。在词人的创作视野中,活生生的现实生活是不占据重要位置的,使他感到饶有兴趣的是因情事而引起的恋情娈思、花情柳思。所以他用了15首《菩萨蛮》、7首《南歌子》、6首《更漏子》,乐而不疲、津津有味地抒写着思妇的一片惝恍心情:

① 当然,作者特有的艺术趣味,又是由其生活经历、生活理想、审美观点,以及时代的经济、政治、思想等复杂因素所决定的。关于这些,本文无暇说及,而只能就艺术兴趣本身阐述。

② 欧阳炯:《花间集序》,金启华,等编《唐宋词集序跋汇编》,江苏教育出版社,1990年,第339页。

③ 同②。

心事竟谁知？月明花满枝。
春梦正关情，镜中蝉鬓轻。
花落子规啼，绿窗残梦迷。
春恨正关情，画楼残点声。（《菩萨蛮》）

人们不禁会提出疑问:这样反复地抒写同一个“母题”,究竟出于何种审美心理?南唐中主李璟有次读到宰相冯延巳写的“风乍起,吹绉一池春水”(以下也是写思妇的情思),戏问道:“‘吹绉一池春水’,干卿何事?”(马令《南唐书》卷二一)

冯的回答却更妙:“您所写的‘细雨梦回鸡塞远,小楼吹彻玉笙寒’不是比它更旖旎细腻吗?”由此看来,无论是温、是冯、是李,他们实在都具有一种相同的艺术兴趣。正是这样的一种艺术兴趣,“引导”着他们去“捕捉”香艳、纤美的艺术境界,从而使他们的词境中出现一种绮靡而香弱的风调色泽。如温词《更漏子》:

柳丝长,春雨细,花外漏声迢递。惊塞雁,起城乌,画屏金鹧鸪。
香雾薄,透帘幕,惆怅谢家池阁。红烛背,绣帘垂,梦长君不知。

胡仔评曰:“庭筠工于造语,极为绮靡”①,王世贞评为“香而弱”(《弇州山人词评》),是一点不错的。

正如盲人的听觉特别敏锐一样,晚唐五代词人既然对充满矛盾斗争的社会生活的“大天地”往往视而不见地造成了“盲点”,那么他们的艺术兴趣自然就另朝着狭而深的方向发展而去了——这就是造成他们对某些特殊事物(主要是“花间”“月下”的情事)感觉特别敏锐和词境十分窈深的原因。请再细细地体味一下上面那首《更漏子》,夜景是那么的静谧,其中的细雨、滴漏、鸟飞之声,实际上都是由一双“敏感”的耳朵所感知着的,而这种种细微悠长的声响,交织进了朦胧昏暗的色彩,就构成了一片梦幻般的迷离恍惚的背景,最后才背着烛光隐隐显出了女主人公的身影。她的痴迷、她的伊郁而不能自已,就通过这种窈深微婉的笔触极为细腻而又优美地“暗示”写出。举此一列,即可见得五代文人词境的细而深来。

刘熙载尝云:“齐梁小赋,唐末小诗,五代小词,虽小却好,虽好却小,盖所谓‘儿女情多,风云气少’也。”②虽主要是言其篇幅之小,亦同时是指其意境之小。这种“儿女情多”和“虽好却小”的状况,实在又是词人们追求“香艳”和“纤美”

① 胡仔:《苕溪渔隐丛话·后集》卷一七,人民文学出版社,1962年。
② 刘熙载:《艺概》卷四,上海古籍出版社,1998年,第123页。

的艺术兴趣所必然导致的结果。

二、北宋小令派："富贵而又不俗"的趣味

词坛接着又进入到一个新的"大一统"时代。北宋小令派词人虽然基本上继承了五代文人词(特别是冯延巳词)的总倾向,其艺术趣味却最终发生了微妙的变化。他们当然仍旧嗜好着香艳和纤美,但一方面,他们和前代衰世的文人毕竟有了"气象"方面的差异;另一方面,他们的词作又和同代的沾染着市民作风的柳永词在"格调"上有所区别。因此,他们的艺术兴趣便大致表现为:既要"富贵",又要"不俗"。

五代词中,也充满着金玉锦绣的字面、纸醉金迷的描绘,但这只是一种变相的"寒酸",因为其中寓藏着"今朝有酒今朝醉,莫问明朝有酒无"的窘迫感和危机感。对于处在飘风骤雨不终朝的政治形势下的五代词人而言,"生活"并不是属于他们的,"明天"并不是属于他们的,因此他们所到手的也并不是一种"真富贵"。所以他们伤感,他们每于狂欢后常会发出好景不长的悲语:

> 须愁春漏短,莫诉金杯满。遇酒且呵呵,人生能几何! 昨夜更阑酒醒,春愁过却病。

从上面韦庄、李璟的这些词语中,我们感到,打通五代词人所写的富贵、欢乐的"后壁",就是一种悲凉的情绪"站立"着。

北宋小令的"气象"就有所不同了。尽管他们也时会发出对于人生的"淡淡的哀伤"语,但他们毕竟是生活在一个"盛世"里的新人,他们有权利从容不迫地品尝着生活的甜酒。因此他们的词比之五代词来,显得雍容华贵、落落大方多了。读一读欧公的这首《采桑子》词,我们便能感受到这点:

> 荷花开后西湖好,载酒来时,不用旌旗,前后红幢绿盖随。 画船撑入花深处,香泛金卮,烟雨微微,一片笙歌醉里归。

而比之同时代柳永的某些描写富贵生活的词来,它们又化去了富贵的外表而直探其"神髓",因此显得格调文雅深稳,几乎褪尽了镂金铺翠、堆垛锦绣的俗气。比如晏殊的《浣溪沙》:

> 一曲新词酒一杯,去年天气旧亭台,夕阳西下几时回? 无可奈何花落去,似曾相识燕归来,小园香径独徘徊。

虽没有什么华丽的辞藻,但那种"太平宰相"于酒醉席阑后的富贵态却已跃然

纸上。

所以，和五代词比，北宋小令词的“节奏”显然放缓、放慢，显出一种真正有权享受富贵者的从容闲雅；而和柳永的某些词来比，又显得文雅蕴藉、不追不露，体现出正统文人的脱俗高雅①。这种词风间的差异性，根源于北宋小令派词人具有自己独特的艺术趣味——既要“富贵”，又要“不俗”。

先说要“富贵”——这可谓是整个北宋文人的共同嗜好。例如，宋真宗读到王钦若“龙带晚烟离洞府，雁拖秋色入衡阳”后大加赞赏，称为“此语落落有贵气”②；晁补之论晏殊词“风调闲雅”，说他不住在“三家村”中③；李清照批评秦观词“譬如贫家美女，虽极妍丽丰逸而终乏富贵态”④……这些，都说明了生活在这个“升平”时代里的人都欣赏和要求着诗文中须有一种“富贵气(态)”。

但是，另一方面，他们又要求“不俗”。在他们看来，满纸金玉锦绣的字面非但不是“真富贵语”，而恰恰是一种寒酸相、乞儿态。例如晏殊评论江为诗“吟登萧寺旃檀阁，醉倚王家玳瑁筵”，说“作此诗者，决非贵族”；评“轴装曲谱金书字，树记花名玉篆牌”乃“乞儿口中语”。因此他们“每言富贵，不及金玉锦绣，惟说气象”⑤——照他们看来，只有这样做了，才能脱掉“铜臭”的庸俗之气。

在这种艺术兴趣的驱使下，北宋小令词便出现了一种格调文雅、词风蕴藉、语言清俊的风格特征来。在这种风格的后面，正蕴藏着那种“真富贵”者的虽富贵而不俗的气度。这一点，王灼在对比晏、柳词风时说得很明白⑥：

> 晏元献(殊)风流蕴藉，一时莫及，而温润秀洁，亦无其比……叔原(晏几道)如金陵王谢子弟，秀气胜韵，得之天然，将不可学。
>
> 柳耆卿(永)予尝以比都下富儿，虽脱村野而声态可憎。

你看，二晏的富贵态乃是“得之天然”的，而柳词的富相却犹如都市中的暴发户，虽作斯文态却“面目可憎”！话是刻薄了一些，但两者的不同艺术风格和艺术趣味却被他一言以道出。

① 北宋小令派词人如欧阳修，也写过一些俚俗风格的艳词，这里不来说它。这里所说的主要指其主流性的词风。
② 胡仔:《苕溪渔隐丛话·前集》卷二五，人民文学出版社，1962年，第171页。
③ 吴曾:《能改斋漫录》卷一六，中华书局，1985年，第409页。
④ 胡仔:《苕溪渔隐丛话·后集》卷三三，人民文学出版社，1962年，第254页。
⑤ 胡仔:《苕溪渔隐丛话·前集》卷二六，人民文学出版社，1962年，第175页。
⑥ 王灼:《碧鸡漫志》卷二，唐圭璋编《词话丛编》，中华书局，1986年，第83页。

三、柳永慢词：沾染着市民气息的别一种艺术趣味

对此，不妨先读一首柳永的《定风波》：

自春来，惨绿愁红，芳心是事可可。日上花梢，莺穿柳带，犹压香衾卧。暖酥销，腻云亸，终日厌厌倦梳裹。无那，恨薄情一去，音书无个。

早知恁么，悔当初，不把雕鞍锁。向鸡窗只与，蛮笺象管，拘束教吟课。镇相随，莫抛躲，彩线慵拈伴伊坐。和我，免使年少，光阴虚过。

言景物，喜用“惨绿愁红”；言容貌，喜用“暖酥腻云”；即言一般的起居服饰，也喜用“鸡窗”“香衾”“蛮笺象管”。这些地方，就是大晏所批评的“言富贵而用金玉锦绣”的“俗气”所在——而如果用苛刻一点的话来说，这恰恰“非富贵语，看人富贵者也”（《后山诗话》）。这是它的语言风格。再就柳词的抒情方式来看，它不讲求含蓄蕴藉，明明是几句话就可表达出的意思，它却偏用铺叙发露的方法，“说透说尽”、说得淋漓尽致。这就难怪它不讨晏殊他们的欢喜了①。

当然柳词并非全是此种风格，柳永的词中自然也另有高雅含蓄之作，但我们这里要讲的，却是这一番嗜通俗、嗜发露、嗜镂金错采的词风，正是这种词风中浸染着一种接近城市市民审美心理的艺术趣味。

从《东京梦华录》等书中我们看到，由于北宋城市经济的高度发达，因此市民阶层已作为一支新兴的力量相当广泛地活跃在当时的社会生活中。和正统的文人不同，他们另有着自己的艺术趣味、艺术嗜好。简单地讲，他们不求高雅、文雅和古雅，不讲“温柔敦厚”和“发乎情止乎礼义”，而但求俚俗、通俗、快于耳目和富有刺激。所以适应着这种艺术需求，北宋城市里就出现了“勾栏文艺”，它的代表样式便是话本小说和说唱曲艺（“诸宫调”）。柳永长期浪迹下层社会，他的那些作于秦楼楚馆中的慢词，也就可能受到市民艺术兴趣的影响，吸取过市民文艺的某些“营养”。

四、“满心而发、肆口而成”：苏轼词的注重天趣浑成

苏轼起后，词坛开始形成两大基本的流别。借用传统的说法，那就是“豪放”派与“婉约”派。苏轼历来被称为豪放派之首，因此研究苏词的艺术兴趣很

①《画墁录》卷一记柳永曾谒晏殊求官，晏殊即举出柳永此词而把他黜退。

可以帮助理解整个豪放派词的艺术风格。

苏轼尝言:“某平生无快意事,惟作文章,意之所到,则笔力曲折无不尽意。自谓世间乐事,无逾此者。”①从这段话中,我们便可感到他那注重天趣浑成,喜欢随笔挥洒的艺术兴趣。

在苏轼的词中,也贯穿着这种“意之所到,笔力曲折无不尽意”的精神。比如他那首有名的《水调歌头》中秋词,千百年来传诵不衰,其原因自然很多,但其妙处之一即在于它不假太多的艺术构思,全凭“大醉”所促发出的情思,自然成章。譬之水流,滔滔汩汩、一泻千里,却又随物赋形、几度旋曲:先是把酒对月,生出宇宙永恒的深邃感,接着又飘然欲仙,几欲凌风登月,飞腾升天。但仙境寒甚,不免又落脚回到人间。人间是有缺陷的,悲欢离合之感不由缠绕心头。而进一步的思索结果又得出自我的解脱与宽慰:天地万物都难逃盛衰圆缺的无情规律,我又何必独恨此夜的离别亲人。结论是:“但愿人长久,千里共婵娟”,在不圆满的人生中自可寻求到有限度的满足。

苏轼论诗有云:“冲口出常言,法度去前规。人言非妙处,妙处在于是。”(《诗颂》)他的门生论词有云:“满心而发,肆口而成,虽欲已焉而不得者。”②这两节话既可理解为东坡的艺术兴趣(所谓“妙处”)之所在,同时又道出了其词的风格特征:“我手写我口”③式的自然与豪放。

五、“织绡泉底,去尘眼中”:南宋“雅词”对“人工美”的追求

和前一派词大异其趣的宋代婉约词——特别是在周邦彦影响下所形成的南宋“雅词”,所追求的却是一种雕章琢句、审音炼字的人工之美。这种艺术兴趣又导致了这派词人的那种共同艺术风格:文辞雅美,而情性则不免有歉。

早在《花间集序》中,就出现了“拾翠洲边,自得羽毛之异;织绡泉底,独殊机杼之功”④的话头;而到了南宋格律派词论中,更出现了“织绡泉底,去尘眼中”⑤

① 何薳:《春渚纪闻》,中华书局,1983 年,第 84 页。

② 张耒:《东山词序》,金启华,等编《唐宋词集序跋汇编》,江苏教育出版社,1990 年,第 59 页。

③《东坡志林》卷一记苏轼自言“余以手为口”,即“我手写我口”之意。

④ 欧阳炯:《花间集序》,金启华,等编《唐宋词集序跋汇编》,江苏教育出版社,1990 年,第 339 页。

⑤ 张镃:《梅溪词序》,金启华,等编《唐宋词集序跋汇编》,江苏教育出版社,1990 年,第 238 页。

的艺术要求。它要求精心地组织字面(犹如"织绡"),容不得有一点儿渣滓("灰尘")间杂其间,这样才能形成一种文雅精致的"雅词"。为此,词人们便把艺术的注意力集中于审音协律、推敲字面上。比如张镃的孙子张枢,为了协律之故,不惜把原是"琐窗深"的词句先是改为"琐窗幽",最后改定为"琐窗明"(弄得词意正好相反)①,这就可知"唯美"太甚恰会损害词意之"美"。当然我们也不否认,在这种艺术兴趣指导下,"雅词"派词人确也写出过十分优美的作品来,如被张镃盛赞过的史达祖(梅溪)的这首词:

过春社了,度帘幕中间,去年尘冷。差池欲住,试入旧巢相并。还相雕梁藻井,又软语商量不定。飘然快拂花梢,翠羽分开红影。　芳径,芹泥雨润。爱贴地争飞,竞夸轻俊。红楼归晚,看足柳昏花暝。应自栖香正稳,便忘了天涯芳信。愁损翠黛双蛾,日日画阑独凭。(《双双燕》)

不说别的,就说它的下字用语,如雕梁藻井、软语、翠羽、红影、芳径、柳昏花暝……就该有多美、多漂亮!但如果深问一句:词之咏物功夫虽已"到家",但它究竟表现了一种什么情性呢?那就不易说出什么来了。

所以,总的看来,格律派词人大致是在情性有歉(和豪放派的"满心而发"相比较而言)的情况下力图用人工之美来弥补其不足的。所以他们尽量把艺术精力专注于语言的锤炼雕琢方面。在此种艺术兴趣的驱使下,自然会出现一种与豪放派词风格大异其趣的婉丽面目来——当然,到了宋亡前后,由于国势发生深刻变化,因此他们的词中也就发生了相应的变化。这在下文再行述说。

六、西风残蝉、暗雨寒蛩:宋末婉约词中对于"冷美"的特种艺术嗜好

词至晚宋婉约派诸家,其艺术兴趣又转到了另一种方向:对于"冷美"的嗜好。这种倾向,其实在南宋中、后期的姜夔词中已经显露。和辛派词人的热血沸腾、壮气奔放不一样,姜词中多的是深沉的喟叹,因而其词的色泽、格调也就趋向于"冷"。如:

庾郎先自吟《愁赋》,凄凄更闻私语。露湿铜铺,苔侵石井,都是曾听伊处。哀音似诉。正思妇无眠,起寻机杼。曲曲屏山,夜凉独自甚情绪?　西窗又吹暗雨,为谁频断续,相和砧杵?候馆迎秋,离宫吊月,

① 张炎:《词源》,唐圭璋编《词话丛编》,中华书局,1985年,第256页。

别有伤心无数。《豳》诗漫与。笑篱落呼灯，世间儿女。写入琴丝，一声声更苦。（《齐天乐》）

这首词本是咏物（蟋蟀）之作。但是作者却并不去写昔日汴京城里养、斗蟋蟀的“盛况”（其词序有云：“好事者或以三二十万钱致一枚，镂象齿为楼观以贮之”），而是大写蟋蟀的低嘶哀鸣带给人的心理感受和黯然联想。所以，对于姜词的好写冷月秋花，对于他的偏嗜“冷美”，我们很可从这首词中悟到一种“消息”，那就是：正是因着作者所处的特种社会环境（词中“候馆迎秋，离宫吊月”两句，暗示着北宋沦亡、二帝北掳的故事），以及作者“伤心”的身世境遇（姜夔是一位寄人篱下的清客文人），才形成了他所特有的审美趣味。

同样的原因——而且是比之姜夔所处的时代更为糟糕的时势（指南宋覆亡），和比之姜夔所逢的遭遇更为悲惨的经历（指国破家亡、沦为“遗民”），到了宋亡入元后的婉约词人那里，这种“冷”感，更发展到了凄然其寒的地步。他们怕见阳光，怕听笙歌；他们好写寒意，好言孤独。请看王沂孙笔下的“蝉”：

病翼惊秋，枯形阅世，消得斜阳几度？余音更苦。甚独抱清高，顿成凄楚？（《齐天乐》）

再看张炎笔下的“孤雁”：

楚江空晚，怅离群万里，恍然惊散。自顾影欲下寒塘，正沙净草枯，水平天远。写不成书，只寄得相思一点。（《解连环》）

这种孤凄冷隽的艺术兴趣，反映着亡国的心理，当然也把词风引到了“哀以思”的道路上去。

唐宋词苑的风格是千姿百态的，其中所蕴藏着的艺术趣味也是多种多样的。限于篇幅，还有很多方面未能说及。但从上述几种较为重要的风格流派（有的是仅举其代表作家）的分析中，我们已经可以感到：艺术趣味在艺术风格的形成中具有相当重要的作用。前人论诗，有性灵、神韵、格调、肌理诸说，而论词也有从题材、从思想、从语言、从技巧等角度着眼的。本文试图从艺术趣味入手，论述其艺术风格形成的（至少是一个方面的）原因，实属尝试，疏误之处还祈读者教正。

试论宋词题材狭窄的原因

宋词，在我国文学史上历来和唐诗相并称，代表着一个时代的文学成就。但是，平心而论，宋词所达到的成就（这里主要指的是思想内容方面的成就）是及不上唐诗和宋诗的。究其原因，题材的狭窄、所反映的社会生活面的狭窄（这种狭窄当然也是与唐诗、宋诗相比较而言的）是一个甚为重要的因素。举例来说，作为封建社会的基本矛盾——农民与地主阶级之间的矛盾，就极少在宋词中有所反映；要说有的话，农民起义军在那极少的几首词中反成了“寇”“盗”。再如，作为封建社会中最广大的基本群众——农民，他们的生活，特别是他们的疾苦，在宋词中也很少得到反映；在仅有的写到他们的一些词篇（如苏、辛笔下的农村词）中，他们的形象也远不如现实生活中那么真实——往往只写了他们“农家乐”的一面，而丢掉了“田家苦”的另一面。这样一来，势必会严重地削弱宋词的思想性。

那么，是不是“词”这种文学体裁本身在反映社会现实方面存在什么局限呢？不可否认，这是一个方面的因素——词体本身具有某些局限性，这一点我们将在后面加以论述。但是，有弊有利，有缺点有长处，本是相对而言的。词体固然有其短处，然而也自有其长处和“优势”。比如它有合乐性，有长短句式，有多种调式，这就是它优胜于近体诗的地方。可见，体裁方面的局限尚不是造成上述情况的主要原因。原因还当从别处进行探讨——而这方面的探讨，将会有助我们从总体上加深对词史发展的理解。

一、宋词发展中两种不良的创作倾向

（一）“词为艳科”——宋词健康发展的致命伤

综观宋词和它的前身唐五代文人词的发展史，我们不能不承认，它在早年阶段所形成的“词为艳科”传统是限制其向健康方向（即广泛地反映社会生活）发展的一个相当严重的原因，甚至可以说，它是整个宋词发展史的一个顽固难愈的致命伤。人们对苏轼的革新词风常给予高度的评价,苏轼的功绩主要就在于敢于突破这种"艳科"的樊篱,拓宽了词的题材和内容。但我们又必须看到,苏轼的这种革新是远不彻底和未获"全胜"的。苏轼之后,从周邦彦到姜夔,乃至晚宋的吴文英诸家,男女艳情的题材仍然是他们词集中的主要内容。这就表明,在宋词发展中,"词为艳科"是一个十分顽强的"传统",而且由于这种传统形成于词的早年,因此更具有难以克服性。

至此,人们便会提出疑问:词在民间流行的时候,本是比较健康活泼的(读一下敦煌词即可知),怎么后来在进入文人词坛之后便会"变质"了呢?因而,问题就要追溯到政治、经济,以及文学、音乐等方面的原因上去了。

首先,可以从文学本身的发展中去寻找原因。不错,民间词的题材是比较广泛的,这一点,大家已经谈得较多了。但另一方面,我们不能不同时看到:民间词中已经潜伏着以花柳闺情为重点的趋势了。在现在所见到的敦煌词中,妓女生活和男女私情的内容就约占了40%左右(据王重民《敦煌曲子词集》统计),所以,后来发展起来的唐末五代文人词出现以描写艳情为主要题材的现象,并不是突然从天而降的,而是有其文学方面的继承性的。

"食、色,性也",饮食和男女,本是人类生活中的两件根本大事。特别在经济比较落后的宗法社会中,人们的眼界不宽,生活不够丰富,因此,反映男女恋情的生活内容自然便成了民间创作的一个相当重要的题材。《国风》中的恋歌约占了它全部诗篇的三分之一,《九歌》很大部分是变相的恋歌;而到了南朝民歌中的吴声歌、西曲歌,则简直变成了清一色的情歌。民间词继承前代民歌这个特点,也是不足为怪的。特别当它流入城市之后,多在酒肆歌院中传播,更沾染了市民生活中追逐男女之欢的庸俗风气,因此当温庭筠等一类出入秦楼楚馆的下层文人模仿、学习民间词而写作文人词时,自然便会继承和发展这一言情的传统。这是一。其次,晚唐诗风由于多方面的原因,本已变得香艳不堪。陆游曾说,"唐自大中后,诗家日趣浅薄……会有倚声作词者,本欲酒间易晓,颇摆落故态,适与六朝跌宕意气(他在另一跋又称之为"流宕")差近,此集(指《花间集》)所载是也。故历唐季五代,诗愈卑而倚声辄简古可爱"①。他就道出了诗与词之间的某一些联系:六朝的宫体诗,晚唐的香奁诗,乃至五代的花间词,这中间是有一些嘘息相通之处的。欧阳炯的《花间集序》,则把花间词直挂到六朝宫体诗的

① 陆游:《花间集跋》,金启华,等编《唐宋词集序跋汇编》,江苏教育出版社,1990年,第340页。

麾下，而黄昇又说王建的小词是他的宫词“余技”①，从中都可以见到它们之间的某些联系。我们看到，温庭筠的诗和他的词风格就是很接近的——我们还可以推想，李商隐如果作词的话，也会如他的诗一样艳丽绵密的。所以唐末五代词走上香艳道路，又是与当时的诗风息息相关的。

以上是文人词之所以会形成“词为艳科”的文学本身方面的原因。

再就词的音乐方面的原因来看：

词本是在“宴乐”的卵翼和孵化下出生的，它和音乐的关系无疑是密切的。宴乐多在酒席间演奏，所配合演唱、歌舞的又多为妙龄女郎，这就很有点儿像人评论柳词当由“十七八女郎执红牙板歌‘杨柳岸、晓风残月’”那一般样子。比如《能改斋漫录》卷十一载钱惟演“每宴客，命厅籍分行剗袜，步于莎上，传唱《踏莎行》。一时胜事，至今称之”②。又如牛峤《女冠子》词里所描写的“绿云高髻，点翠匀红时世。月如眉，浅笑含双靥，低声唱小词”，就都表明了词的合乐性，以及由此而生的婉媚性。这种状况到了后来，变得更厉害。《碧鸡漫志》卷一记载一则故事，很能说明问题：李廌有次碰到一个善歌的老翁，一曲高歌之后，却无人赏识，李戏作《品令》词一首道：“唱歌须是玉人，檀口皓齿冰肤，意传心事，语娇声颤，字如贯珠。　　老翁虽是解歌，无奈雪鬓霜须。大家且道：是伊模样，怎如念奴！”所以王灼不禁感叹道：古人听歌，不问性别，只问好坏，而今人却独重“女音”③。士大大所作歌词亦不免偏于“婉媚”一路中去了——这种“婉媚”性，说穿了，就是“词为艳科”！

词既然要配合这辈妙龄歌妓在春风夜月、檀板金樽环境中的歌唱，那就必然要接受它的婉媚性。即使有人想跳出这个圈子，写些其他方面的内容，也常会遭到时人的非议，而只好屈从于这种习惯的势力。如林景熙《胡汲乐府序》谓：“唐人《花间集》，不过《香奁》组织之辞，词家争慕效之，粉泽相高，不知其靡，谓乐府体固然也。一见铁石心肠之士，哗然非笑，以为是不足涉吾地。其习而为者，亦必毁刚毁直，然后宛转合宫商，妩媚中绳尺，乐府反为性情害矣。”④这段话中的“毁刚毁直，然后宛转合宫商，妩媚中绳尺”几句就很清楚地说明了音乐对于词

① 欧阳炯：《花间集序》，金启华，等编《唐宋词集序跋汇编》，江苏教育出版社，1990年，第359页。

② 吴曾：《能改斋漫录》卷一一，中华书局，1985年，第284页。

③ 王灼：《碧鸡漫志》卷一，唐圭璋编《词话丛编》，中华书局，1986年，第79页。

④ 林景熙：《胡汲乐府序》，金启华，等编《唐宋词集序跋汇编》，江苏教育出版社，1990年，第301页。

体自由发展的限制，它是造成词局囿于“艳科”一路的又一方面的原因。

当然，树高千丈，叶落归根，一定的文学艺术，说到底，都是一定的社会生活在人们头脑中的反映。故而寻求“词为艳科”的最深刻的原因，还得从当时的政治经济状况中去发掘。

从时代来看，唐末五代及宋初，都是享乐风气盛行的时代。唐末五代，政治腐败，士大夫文人多抱着“今朝有酒今朝醉”的心理，过着醉生梦死的日子。他们的生活内容，可用孙光宪《生查子》里的两句词来概括：“半为枕前人，半为花间酒！”因此他们的词也就充斥着这两类内容。宋代的城市经济有了进一步的发展。《东京梦华录》卷六描绘宋代士人和市民的游冶生活道：“红妆按乐子宝榭层楼，白面行歌近画桥流水。举目则秋千巧笑，触处则蹴鞠疏狂。”①故而，产生于这种环境之中的“新声”，自然离不了花柳的性质。南宋长期偏安江南，“山外青山楼外楼，西湖歌舞几时休”，这种风气反映在词里，不产生大量的恋情词才怪呢！从作者而言，唐末五代写艳词的大多数都是沉溺于酒色中的一些缺乏政治理想的人。不羁如温庭筠，享乐如冯延巳，糊涂如李后主（他后期清醒了一些，因此写出了那些饱含着血泪的词），都是写艳词的能手。宋初的张先、柳永，乃至二晏、欧阳修等，则也有过很多的艳事或私情，这种私情便形成了他们大写艳词的生活基础。至于南宋的一些艳词作者，也都过着“一春长费买花钱，日日醉湖边”（俞国宝《风入松》）的生活。所以综观有宋一代，享乐的空气一日不绝，写艳词之风也就一日不绝。纸醉金迷的生活产生柔靡侧艳的词风，这本是极自然的事。因而从宋代开国到南宋覆亡前夕为止，弥漫在上层社会的就是一股寻花问柳、及时行乐的风气，在这种风气下滋生出来的词必然地印有这个时代的标记。而“词为艳科”，就是这方面的突出表现。

“词为艳科”的局面一旦形成，就变成了一种顽固的传统，它使很多富有才能的作家被牢笼在这种传统的樊篱之中，不能自拔。虽然在这类以男女恋情为题材的作品中，也出现过很多情意真挚、词句优美的艺术珍品，但从总的方面看来，它到底是不利于宋词的健康发展的，至少在题材方面，它起了禁锢和限制的消极作用。这种局面，直到苏轼起来之后，才有部分的打破；南宋的辛弃疾等爱国词人出来之后，始有较大程度的扭转——但即使这样，它的余焰却还一直映照在宋末乃至明清的词坛上。因此可以说，“词为艳科”是导致宋词题材狭窄的一个突出原因。

① 孟元老，等：《东京梦华录（外四种）》，中国商业出版社，1982 年，第 42 页。

（二）“雅化”——导致宋词远离现实的歧路

物极必反，就在苏轼部分地克服婉媚词风和扩大词的题材的同时，词坛上却又暗暗产生了另一种新的倾向，那就是词的趋向“雅化”——这种“雅化”的倾向，在开头主要是针对以柳永为代表的俗靡词风而生的，那是具有纠弊补偏的积极意义的，但随之而来，它却向着远离现实、追求“出世”和技巧、不顾内容的方向发展过去，这又使宋词的发展中出现了另一种新的脱离现实的风气。

这种以“雅”为标志的倾向主要表现在两个方面：

一是描写隐逸主题、歌咏出世思想的作品逐渐多了起来。从苏轼词中大量出现的人生如梦的咏叹开始，到南宋初朱敦儒的《樵歌》，再到宋末张炎的《山中白云》，这类题材的作品不绝如缕，终于形成了一个新的流派，几欲与传统的艳词、新起的爱国词形成鼎足而三的局面。

二是在“雅”的口号之下，出现了以追求语言风格的醇雅为主要目标的格律词派，他们实质上舍弃了文学要反映现实的精神，同反映现实的爱国词派在词坛上分道扬镳。风气所沾，使不少的作者走入到脱离现实的道路上去。

应该说，词中歌咏隐逸题材的作品并不自苏轼始。张志和的《渔父》词，李珣、孙光宪的《渔歌子》，王安石的《渔家傲》等早就开了先河。但是苏词中那种“人生如梦”“世事一场大梦”“古今如梦”“万事到头都是梦”的思想——特别是这种哲理又是和精美的语言结合在一起的——对于后人的影响特深、特大，这一点又是不可否认的。由于他这类词中所抒发的出世思想深深符合一些政治上失意和逃避现实的文人的脾胃，所以自此之后，仿作者渐多。兹以朱敦儒为例。朱氏在南渡之前，生活和词风都是浓艳的；在南渡之初，他也曾因国事的感发而唱出过“回首妖氛未扫，问人间英雄何处”（《水龙吟》）的悲歌；但是，时局一旦安定，他那种士大夫阶级闲适放旷的劣根性便又发作了：“时平易醉，无复惊心并溅泪”（《减字木兰花》），再也不怎么去关心失地的收复和人民的疾苦而变成了一个“摇首出红尘，醒醉更无时节”的渔父式隐士。朱敦儒思想和词风变化的三个阶段，正好标明了宋词发展中的三种词风：北宋时期的艳词作风，南渡初年的爱国词风，以及苟安局面下产生的雅逸词风，具有某种典型意义。甚至像辛弃疾这样的爱国词人，也未能全部免俗，当他被迫退隐之后，也写了不少安天知命、“看破红尘”之作，这类作品比之他那些踔厉奋发的词篇来，其现实性是差远了。所以宋词自苏轼开始刚要跳出倚红偎翠的秦楼楚馆，却又有很多人想升入到远离尘世的云雾中去，企图冲飞成仙了。

苏轼之后，以周邦彦为领袖的“大晟词派”风行一时。周词以“缜密典丽”著称,流风所及,牢笼了整个南宋格律词派。南宋的方千里、杨泽民和陈允平,都有和清真词,在四声方面遵循周词规矩,亦步亦趋,不敢逾越。姜夔、吴文英、史达祖、周密等人,亦以周词为作词的典范。这一派词人的特点,主要在于追求格律技巧的"醇雅"而不在思想内容上下功夫。等而下之的一些格律派词人,则连他们的水平都及不上而偏要自命风雅,结社唱和。一时间,咏物词、应景词、祝寿词大盛,然而究其题材和思想,都离现实甚远。而且这辈人心目中由于横着一个"雅"字,却反以反映现实的爱国词为变调。周密选《绝妙好词》,仅选辛词三首。张炎《词源》更把爱国词排斥在"雅词"之外,这就可见他们倡导"雅词"之本质了。然而由于这一派词人在当时的势力甚大,加上统治集团的欣赏和提倡,所以在艳词势力有所收敛之后,词必主"雅"又形成了一种新的传统势力和创作倾向。

习惯的势力是相当顽强而且可怕的。北宋词坛上出现的"词为艳科"和南宋词坛上形成的"雅词"传统,这两股力量迫使整个宋词的发展扭向远离现实、追求个人情趣和艺术形式的方向发展。一些有见识、有抱负、有气节的人,在同这两种传统势力的斗争中写出了不少反映社会矛盾、揭露黑暗政治的词篇,为宋词的发展史写下了灿烂的章节。但是综观全局,又不能不看到,就是这两种顽固而不良的创作倾向,深深地阻碍着宋词向着密切联系现实、反映生活的方向发展,从而导致宋词题材的不能拓宽。除了前面提过的音乐、文学方面的原因外,归根结蒂,宋词的发展与宋代享乐、苟安的政治局面和某些士大夫作者逃避现实的世界观又是具有密不可分的关系的。这也可说是它的阶级根源。

二、"词为小技"——保守词论对创作的消极作用

一定的文学创作,上升为一定的文学理论;而文学理论一旦形成,又会对文学创作产生一定的反作用。这一点,在宋词的发展中表现得再突出不过了。

宋代是理学盛行的朝代。因此从北宋开始,道学家和古文家就为争夺那个"道统"而吵嚷不休。比如,明明是古文家的欧阳修和苏轼,他们却偏不愿以纯粹古文家的身份自居,而要掮出一个远接尧舜禹汤、周公孔子乃至韩愈的"道统"的招牌来自命。在这种风气之下,文章家已是低人一等了,诗人更在古文家之下;至于写词,更成为等而下之、不屑一道的"余技""小道"。王灼曾说:"东坡先生以文章余事作诗,溢而作词曲。"①在他那儿,诗为文之"余",而词又为诗之

① 王灼:《碧鸡漫志》卷二,唐圭璋编《词话丛编》,中华书局,1986年,第83页。

"余",可见词这种新兴的文体在宋人眼中地位之卑下了。类似这种论调还多得很:李之仪《跋吴思道小词》说,晏殊、欧阳修等人"以其余力游戏"作词①;芝山老人《虚斋乐府序》中"文章小技耳,况长短句哉!"② 他们都视词为小玩艺儿,认为词是不登大雅之堂的。在这种轻视词体的理论——而这种词论的形成又是与唐五代的淫词、艳词被人瞧不起,有密切关系的——支配下,词就不大被人们用来反映重大的社会题材,而仅仅作为抒写风月事、儿女情的工具。我们只要看一看欧阳修的诗文和他的词,李清照的诗文和她的词,甚至是柳永、周邦彦的诗和词之间存在着的两副面孔、两种风格,就可以看到其中的奥妙了。所以在探讨宋词题材狭窄的原因时,我们不能不充分地看到这种消极词论对创作所产生的不良影响。在这种理论的支配和影响下,不少作家就不抱严肃认真的态度来写词,而把词当作享乐文学来对待,当作消遣文学来对待,当作应酬文学来对待。

享乐文学。这在词为"艳科"中反映得很充分。看一看唐宋词集的名称,也可觇见这种风尚。如《花间集》《尊前集》《酒边词》《家宴集》《燕喜词》《东泽绮语债》《近情词》等:酒、色、歌、舞,词和这四者联在一起,它所派的用处不就是享乐、佐欢吗?

消遣文学。南宋文人好结社唱和,游赏清吟,在此种环境下大量出现了追求声律技巧而缺乏社会内容的咏物、写景、唱酬、应时之作,其源即在于他们以词会友,以词来打发时间、消遣解闷。另外像那些讴歌隐逸的作品(其中虽有一些是遭受政治挫折后的牢骚之语),也有不少是无病呻吟的自我消遣。

应酬文学。如两宋词坛上的贺词、寿词泛滥成灾,其中大量的就属应酬文学之列。

所以从宋代词论的总貌看来,很少有几篇是强调作者人品、强调思想内容的词论(如胡寅评苏词的词论,范开、刘克庄、刘辰翁评辛词的词论),而大量的却是视词为小道的,光讲艺术和形式、不讲或少讲思想的(如"雅词"派的词论)词论、词评。占据主导地位的文(词)学理论是如此,词的创作怎会不受到严重的影响!试设想一下:要是宋人一直视词为同诗文一样的文体,用词来反映重大的社会题材,表现深刻的主题,那么,宋词所反映的社会生活面将远比现在所见的

① 李之仪:《跋吴思道小词》,金启华,等编《唐宋词集序跋汇编》,江苏教育出版社,1990年,第36页。

② 赵以夫:《虚斋乐府序》,金启华,等编《唐宋词集序跋汇编》,江苏教育出版社,1990年,第255页。

面貌为宽广,它所达到的成就将远比现在所达的成就为高。这真是一个令人惋惜的历史教训。

由于这种保守消极的词论在发生作用,因而宋词题材不能更大程度地得到拓宽,这也是容易理解的了。

三、“诗阔词长”——词体本身的局限性

最后,让我们回到词体本身的局限性上来。词体有没有某种局限性呢,这种局限性又表现在哪里呢?这个问题,可以借用王国维的一段话来说明。他说:“词之为体,要眇宜修,能言诗之所不能言,而不能尽言诗之所能言。”他的结论是“诗之境阔,词之言长”①。词的“特长”和“特短”于此可见。

先说词之特长。由于音乐的陶冶,词具有一定的调式和声情,因此它特别适宜于表现那种缠绵深长的感情。拿李清照词为例,小令如“知否?知否?应是绿肥红瘦”,长调如“寻寻觅觅、冷冷清清、凄凄惨惨戚戚……”,其中或写欢快明畅之感,或抒惝怳抑郁之情,其效果都是平板整齐的诗所难以表达出来的。

次说词的“特短”。首先,它的体制、篇幅具有一定的限制,最长的《莺啼序》才不过240字。因此词中不可能出现如《北征》《咏怀五百字》和《长恨歌》式的巨制。其次,它受声调格律的限制较紧,不如诗歌(特别是古体诗)那么自由奔放、挥洒自如,这在反映生活方面也产生了一定的束缚。最后,也是更重要的,词是一种适宜于抒情的诗体,它不大适宜因而也极少用来叙事。我们知道,《诗经》中叙事的成分已相当重,而汉魏六朝乐府中叙事诗就更多了,出现了诸如《孔雀东南飞》《木兰辞》《陌上桑》等长篇叙事诗。这些叙事诗,都是“感于哀乐,缘事而发”的,因此题材多取材于社会生活中的重大问题。唐诗之所以能够密切反映现实,取得光辉的成就,也是与它继承《诗经》、汉魏乐府中的叙事诗的传统分不开的。杜甫的《三吏》《三别》,白居易的《新乐府》《秦中吟》,都是叙事诗或叙事成分很浓的抒情诗。由此可见,“纯抒情诗”在反映现实方面毕竟是有它的局限性的。而词则正是这样一种抒情性比之诗更“浓”的“纯抒情诗”,所以它不大适宜于再现社会生活本身,而比较适宜于抒发人们在社会矛盾面前所触发的感情。叶燮《原诗》中曾把人类社会和自然界的事物概括为“理、事、情”三者,这中间的“理”“事”就较适宜于用诗和文来表现,而词则专长于写“情”。当然这种反映功能上的差别并不是绝对的,一些爱国词人不照样能写出反映重大

① 王国维:《人间词话》,人民文学出版社,1960年,第226页。

题材的作品吗？可见“运用之妙，存乎一心”，因而对词体的这种局限性不能看得太绝对。但是，我们却又不能因此而否认这种局限性，因为它也是客观存在的。所以王国维所说的“诗之境阔，词之言长”，实际上也就是指词体所表现的题材、内容与诗相比显得较窄（“长”是指其狭长），这真是知者之言，十分中肯。

题材问题，不是决定作品成就高低的唯一因素，但不可否认，它却又是一个重要因素。由于宋词整体来看题材比较狭窄，因此它所达到的思想内容方面的成就就要比唐宋诗逊色。在总结文学史的经验教训时，这应是一个值得记取的鉴戒。

论唐五代词

唐五代词是宋词的先导。从现存的资料来看,它可以分为四大部分:唐代民间词、唐代文人词、五代时的西蜀词和南唐词。下面,让我们从词的思想内容和艺术形式两方面,分别对这四部分的词做一些分析和研究。

一、唐代民间词

毛泽东同志指出:“一切种类的文学艺术的源泉究竟是从何而来的呢?作为观念形态的文艺作品,都是一定的社会生活在人类头脑中的反映的产物。”(《在延安文艺座谈会上的讲话》)拿这个观点来看待唐代民间词,我们可以发现,词在它的最初阶段(即流行于民间的阶段),是和现实生活密切相通的。

观察唐代民间词的资料主要有两种:一是崔令钦(唐玄、肃宗时期人)所著《教坊记·曲名表》,二是敦煌曲子词。前者,据任二北先生考证,所载曲名除少数为宫殿演奏者外,大部分乃包罗社会各方面风行之曲①(与官方大乐署所收音乐有所区别)。后者除少量为文人所作外(如其中混有温庭筠、欧阳炯等人之作),大部分可视为民间作品。

从《曲名表》看,其中有边塞题材的曲名,如《怨黄沙》《遐方怨》《怨胡天》《叹疆场》《定西蕃》《静戎烟》《破阵子》《沙碛子》《卧沙堆》《秦边陲》;有农村题材的曲名,如《牧羊怨》《拨棹子》《拾麦子》《麦秀两歧》;有关于建功立业报效国家的题材,如《破南蛮》《儒士谒金门》《武士朝金阙》《献忠心》;有反映宫人生活的,如《宫人怨》;当然更有不少是关于男女爱情的,如《巫山女》《夜半乐》《春光好》《好郎君》《想夫怜》《醉花间》《长相思》《诉衷情》《恋情欢》《纱窗恨》《恋情深》《风流子》等。由于初期的词,其内容与词牌名大多是一致的,所以我们可以根据这些曲名而推想据此而填的歌词之内容,其题材还是比较广阔的。

① 任二北:《教坊记笺订》,中华书局,1962 年。

从敦煌词来看,笔者曾以王重民所辑《敦煌曲子词集》为依据①,做过一个粗略的统计(因为有些词的内容不易确切归入某类,所以只能是粗略的统计),其间:“言闺情及花柳者”约占40%左右;“边客游子之呻吟”约占12%;“忠臣义士之壮语”约占25%;“隐君子之怡情悦志”约占5%;“少年学子之热望与失望”约占4%;“佛子之赞颂”约占7%;“医生之歌诀”约占2%;其他内容,约占5%。从中看出,除闺情类外,以边塞题材和报效朝廷者为多,这可能与敦煌词流行于西北边陲地区有关。而尤可注意者,词中已有了直接反映现实时事者,如《菩萨蛮》词中“銮驾在三峰”首、“自从銮驾三峰住”首,以及《望江南》“曹公德,为国拓西边”首、《献忠心》“自从黄巢作乱”首,这些词都直接反映了当时的重大政治事件。

这是问题的一个方面。另一方面,我们也不可不看到这样一个现象,那就是,词最早起源于“胡夷里巷之曲”,它流传的范围是较广的(如上所见,有乡村、水村、边塞、宫殿、集镇),而慢慢地,它就开始向城镇商业中心集中了。这种由农村、边塞向城市集中的趋势,是一个新动向,它导致词的内容逐步向狭而艳的方向靠拢。我们从敦煌词中就可以看到当时城市中色伎是如何的流行:

> 莫攀我,攀我太心偏。我是曲江临池柳,这人折了那人攀,恩爱一时间。(《望江南》)
>
> 珠泪纷纷湿绮罗,少年公子负恩多。当初姊妹分明道:莫把真心过与他。仔细思量着,淡薄知闻解好么?(《抛球乐》)

词由广泛地流传于民间,转到主要流行于商业经济发达的城市中,这个转变切不可小视之。文学既是“一定的社会生活”在人类头脑中的反映的产物,那么产生于城市中的词比起原先流行于农村、边塞的词,其内容和色泽方面必会发生某些变化。这种变化,我们只要看一看六朝时南北双方民歌的差异就很可明白了。北方民歌由于产生于广阔无垠的草原上,因此题材广泛、风格雄刚,充满了英气勃勃的尚武精神;而产生于建邺、荆襄一带商业中心的“吴声歌”和“西曲歌”,却十之八九都是缠绵悱恻的男女情歌。词的情况亦然。当它流入商业经济发达的城市之后,内容有所变化,其中固然有人民群众(主要是受压迫的妇女)的真情实感的流露,但也不免掺入了贵族富商及市民阶层所存在的庸俗思想,这样,就使原先活泼而健康的民间词中夹杂进了色情内容。毋庸讳言,词在城市环境中所沾染的这种不良习气,也是造成词后来向香艳柔靡方向发展的一

① 王重民辑:《敦煌曲子词集》,商务印书馆,1956年。

种潜在趋势。从敦煌词中闺情题材几占40%的情况来看,这种趋势已经悄悄地形成了。

从词的艺术形式来看,民间词以小令为多,然而也已有了长调(如《倾杯乐》110字,《内家娇》104字)。词牌名与词所咏的内容大多一致,如《献忠心》咏对朝廷的忠心(“感皇泽,垂珠泪,献忠心”),《定风波》咏出征事(“四塞忽闻狼烟起,问儒士谁人敢去定风波”),《鹊踏枝》咏鹊(“叵耐灵鹊多瞒语”)。词的格律尚未完全定型,如《菩萨蛮》词“枕前发尽千般愿”就比后来的常格多五个衬字,《浣溪沙》“一阵风来吹黑云”等就比常格上下片各多一个三字短句。从艺术风格言,民歌的风味比较浓厚:直抒其情、感情炽烈如火者有如“枕前发尽千般愿”一首(与汉乐府《上邪》相似);巧用比喻者有如“我是曲江临池柳”一首;采用直“赋”手法而少加饰画者有如“为奴吹散月边云,照见负心人”一首。总之,风格直率坦白,还未脱尽“野气”,较少修饰刻画,不讲雕琢技巧。当然,由于受了城市生活的影响,因此部分词也有了较浓艳的脂粉气息,如“清明节近千山绿”一首,情调宛转,词采艳丽,可能已经文人之手加工过。但从总的风格看,它虽已从民间转入城市,性质发生了部分的蜕变,但还保持有相当程度的现实性、群众性,散发着生活的气息。如果说,词有“本色”的话,这才应该是它的真正本色。

二、唐代文人词

词曲本是民间之物,但它一旦出现并流传在社会上,就以它清新可喜的姿态吸引了许多的文人作者。唐代自玄宗时代起就有不少文人开始试作新词,到了晚唐五代的“花间派”勃兴,终于蔚为大国。为叙述清楚起见,我们把温庭筠等入《花间集》的文人作者放到后面去谈,这里专谈自唐玄宗起到“花间派”前这一段时间内的文人词。

从思想内容而言,唐代文人词比起他们的诗来,确实要狭小得多。这时候的词,如果要说是“诗余”(余绪、余波)的话,那倒也还恰当。也就是说,浑翰浩荡的诗之洪流分涌入了一条新辟的小河道——词中,就变出了一种小品式的、比较轻松的新体诗。这种又似诗又似民歌的“小词”,内容自然比较简单,然而题材倒也并不狭隘(至少比起后来的艳情词来):有讽谏(如李景伯《回波乐》),有戏谑(如裴谈或优人所作的《回波乐》),有写边塞生活的(如韦应物《调笑》、戴叔伦《转应曲》),有写谪迁之怨的(如刘长卿《谪仙怨》),有咏怀古迹的(如刘禹锡《潇湘神》),也有反映时事的(如唐昭宗的二首《菩萨蛮》、窦弘余的《广谪仙怨》),有写宫女生活的(如唐玄宗《好时光》、王建《宫中调笑》),有写隐逸之趣的（如张志和、张松龄的《渔父》），有反映商妇生活的（如王建《宫中调笑》），也有写自然景色者（如白居易《忆江南》），更有大量模仿民歌而作的《竹枝词》《柳枝词》。当然，这时也出现了一些艳词，如韩偓的《生查子》《浣溪沙》《木兰花》等。但这时还没有形成"词为艳科"的局面。这说明，介乎诗和民歌之间的小词还保留着诗和民歌反映现实生活的优良传统，它小虽小，但"五脏俱全"，社会生活的各个方面都可以从中找到一点缩影。

从艺术形式言，由于文人是尝试作词，一般都向两个方面寻求依傍：一是民歌（如刘禹锡学习"建平里中儿"而作《竹枝词》），一是近体诗。因此此时的词，多以小令为主，而很多词的句式就同于近体诗或民间山歌（如《柳枝》《竹枝》《清平调》《浪淘沙》就是七绝，《纥那曲》即五言绝句，《阿那曲》即仄韵七绝，而《谪仙怨》《广谪仙怨》即六言的律诗）；虽也出现了像杜牧的《八六子》那样的长词，但究属罕见。从词的技巧和手法上看，还停留在绝句和律诗的写法上，整齐的句式和对仗的句法占据优势，词的长短句式的特点尚未充分发挥，还不大讲究含蓄和锤炼。风格也还清新朴素，并不局限于柔婉一格。因此这一阶段的文人词，可以视作民间词和后来充分成熟了的文人词中间的过渡物。

三、西蜀词（"花间词"）

后蜀广政三年（940），赵崇祚编《花间集》成，由欧阳炯作序。这标志着代表一个时期风尚的"花间词派"已经形成。《花间集》所收，除温庭筠、皇甫松、孙光宪等少数人外，都为西蜀人或流寓入前、后蜀的人词作。因此我们又可把这一部分词称之为"西蜀词"，以示与稍迟一些时候的南唐词相区别。

这一时期的词风，其主要特点便是形成了"词为艳科"的局面，使词走上了狭而艳的道路上去。形成这种词风，有其多方面的原因。

首先是经济和政治方面的原因。自唐末到五代纷乱局面结束，短短的几十年中改换了五个朝代，此外则还先后出现过十个小国。这期间，战争的频繁、政治的昏暗，以及经济的凋敝是不言而喻的。而偏安在西南一隅的西蜀，由于社会环境的相对安定，城市经济得以畸形地发达起来，王公贵族、富商巨贾得以过着腐朽淫逸的豪华生活。因此秦楼楚馆到处林立——这种情况的出现，当然还可以追溯到更早些——这就出现了《花间集序》所说的那种局面："有唐已降，率土之滨。家家之香径春风,宁寻越艳;处处之红楼夜月,自锁嫦娥。"①适应着这种沉湎声色的奢靡生活,宫体诗、香奁诗和艳情词就发展起来了。"酒边文学""色情文学"的浊流便在这种社会环境中恶性地泛滥起来。新兴不久的词,自然也就抹上了这种"桃红"的颜色。

其次是人们的心理状态。世乱滋长了人们醉生梦死、及时行乐的变态心理。请看韦庄词里表达的乱世心理:

> 深夜归来长酩酊,扶入流苏犹未醒。醺醺酒气麝兰和。惊睡觉,笑呵呵,长道人生能几何!(《天仙子》)

由此便可得知为何以酒、色为主要内容的词在此时会"膨胀"起来,终于成了"花间派"的主流——在酒色中寻求刺激,在酒色中寻求娱乐,在酒色中寻求陶醉,这就是使词成为"佐欢""娱宾"之工具的心理方面的原因。

再从音乐的角度看。唐人原先以近体诗入乐,配合歌唱。现在人们发现了一种更适宜于配合"繁声淫奏"之新兴"宴乐"的长短句诗,那就会渐渐地抛弃那已嫌呆板的近体诗而采用新起的词来配乐。因此,酒、色、乐、歌及"小词"便自然地结合起来了:"歌声慢发开檀点,绣衫斜掩。时将纤手匀红脸,笑拈金靥"(毛熙震《后庭花》),"酒倾琥珀杯时,更堪能唱新词"(尹鹗《清平乐》)。在这种浅斟低唱声中发出的自然是一派"燕燕莺莺"的靡靡之音了。

再从文学方面的原因看。唐末五代时的文人,已经形成了"词为小技"的偏见。这一点我们可以从一些材料中找到反证。如薛昭纬好"弄笏"和"唱《浣溪沙》词",当时就有人规劝他:"侍郎(指薛)重德,某乃受恩。尔后请不弄笏与唱《浣溪沙》,即某幸也。"②和凝"少年时,好为曲子词,布于汴洛",等到做了宰相之后,悔其少作,"专托人收拾焚毁不暇"③。从这些记载中可以看到,当时虽有一些文人忍不住手痒痒地要学写"新词",但在正统的人士看来,这毕竟是有伤大雅的事情。可见"词为小道"的观念并非是只有宋人才有,早在唐末五代就已萌生。也正因为这样,一些地位低下或者虽则地位颇高而抱着游戏态度对待人生的达官贵人们便在这"小技"中大量塞进艳情的内容,借以抒发自己在男女私生活中激起的一些感情。《花间集序》相当坦率地承认,这一类词是"宫体",是

① 欧阳炯:《花间集序》,金启华,等编《唐宋词集序跋汇编》,江苏教育出版社,1990 年,第 339 页。
② 孙光宪撰:《北梦琐言》卷四,中华书局,1960 年,第 29 页。
③ 孙光宪撰:《北梦琐言》卷六,中华书局,1960 年,第 51 页。

“倡风”,也就是上述轻视词体思想的流露。这种创作论当然反过来又助长了“词为艳科”局面的形成。

由于以上种种原因,因而西蜀词里形成了一种以女色为中心、以恋情为内容、以香艳为作风、以佐欢为目的的词风。这种词风就是“花间词”的主要风貌。

当然,事物都是一分为二的。词既然是文学而不仅仅是宴乐的附庸,它就自然会反映一定的社会生活;词既然是一种新型的诗体,它就不能不抒发一点儿作者的真情实感。所以即使是在花间词中,我们也可以看到有裁花剪叶、镂玉雕琼之外的其他生活内容。比如:

写士大夫隐逸生活的,有李珣的《渔歌子》四首和孙光宪的《渔歌子》二首可作代表。

写怀古之情的,有欧阳炯的《江城子》、李珣的《巫山一段云》二首、孙光宪的《后庭花》二首,以及薛昭蕴的一首《浣溪沙》可作代表。

写南国的风土人情、自然景物的,有欧阳炯和李珣的 18 首《南乡子》可为代表。

特别值得提出的是花间词中也已有边塞题材的词和抒写亡国之痛的词出现。前者如牛峤的《定西蕃》、孙光宪的《定西蕃》。我们试举牛作为例:

> 紫塞月明千里,金甲冷,戍楼寒,梦长安。　　乡思望中天阔,漏残星亦残。画角数声呜咽,雪漫漫。

一般都以范仲淹的《渔家傲》为边塞词的代表作,实则在范氏之前早已有了这方面的词作,虽然风格犹带“花间”的缠绵,不及范作的苍劲。

后者可举出鹿虔扆的《临江仙》作代表:

> 金锁重门荒苑静,绮窗愁对秋空。翠华一去寂无踪,玉楼歌吹,声断已随风。　　烟月不知人事改,夜阑还照深宫。藕花相向野塘中,暗伤亡国,清露泣香红。

这首词痛悼前蜀的亡国(925),比起李煜的亡国之作,还要早上好几年。

上述这些描写艳情以外题材的作品,虽然数量甚少,不占花间词的主流地位,但它们都为宋词在其题材上的百花齐放埋下了伏笔。因此可以说,在花间词中,也还存在着一股摆脱艳科题材的潜流。这是广阔汹涌的生活之源不可抑止地势必冲决艳科樊篱的预兆。

从艺术方面言,文人词——主要是指小令——已经相当成熟,已经出现了代表一个时代风尚的“类型风格”即“花间词风”;而且在这个类型风格下,又出现了作者的个人风格:温庭筠的浓密和韦庄的清疏可以视作为代表。这时候的词，民间风味基本上已被扫除（除了少量作品和偶有一些带有庸俗气味的口语外），代替它的则是文人的镂金错采、剪红刻翠。诗和词在技巧、形式方面的区别也已充分表现出来。这时候的词，已经脱掉了诗与民歌的痕迹而独立地成熟起来。花间派的作者们，已经熟练地掌握了写词的技巧，巧妙地利用配乐和长短句式两大特点，或截取一个片段，静态地描写人物（如温氏的《菩萨蛮》）；或采用"剪辑镜头"的办法，塑造情景交融的意境，婉曲地表现人物的内心世界（如温氏的《梦江南》），使他们的词中充分地体现出婉约委曲、含蓄蕴藉的风味——这种词风，既不同于绝句诗的清俊，又不同于后来柳永慢词的发露。它就是被宋人尊为小令典范的"花间"词风，千百年来一直沾溉着后代的词坛。

四、南唐词

与西蜀词并峙而稍迟一些的南唐词，从总的风貌上看，与西蜀词比，是大体相似而又有所变化的。

与西蜀词的大体相似，主要体现在冯延巳身上。冯延巳所处的时代背景和其词的题材、内容，与花间派相差不多。然而同中有异，冯词比起花间词来，毕竟有所不同。从思想内容而言，花间词较多地表现了他们"今日有酒今日醉"的狂欢生活和享乐心理，冯词则更深了一层，它在荣华富贵的生活后面，已经透露出一种"好景不长"的淡淡忧虑和"人生易逝"的感慨。你看："花前失却游春侣，独自寻芳，满目悲凉，纵有笙歌亦断肠。"你看："谁道闲情抛掷久？每到春来，惆怅还依旧。"真是愁何其多！若问愁自何来？则可能是南唐国势日蹙在心理上投上的阴影，也可能是他悟出了"花无百日红"的哲理而感到了莫名的惆怅。总之，从思想深度言，他是超过了花间派那些浪子文人的。而冯词之所以在北宋前期词坛上影响特大，也就是与他词中的这种既豪贵而又有"迟暮"之感的思想内容分不开的。再从艺术上言，如果说花间词人完成了词的"文人化"（即把民间词变为文人词）的话，那么，冯延巳又在此基础上进一步把词"雅士化"了。他初步地清除了花间词中那种太浓的脂粉气（把俚词俗语也基本扫除干净），从而使词风变得温润秀洁、风流蕴藉。在他的词中，乐工歌妓的市民气、粗俗气少了，而代之以文人雅士的文雅相、富贵态。这种"雅词"所体现的艺术情趣比之花间词来，就更适合于正统士大夫们的胃口，这即是冯词深受北宋词坛欢迎的又一个原因。所以清人冯煦认为冯氏"鼓吹南唐，上翼二主，下启欧、晏，实正变之枢纽，短长之流别”①。

说到南唐词对花间词的发展，就主要体现在李煜身上。李煜前期过着豪华的帝王生活，其词风亦同于花间派；后期成了亡国之君，生活地位发生了剧烈的变化，这导致他的词风也发生了显著的转变。从词的题材内容言，它冲破了“言情”（艳情）的传统而向“言志”（有关政治方面的思想感情）发展。这是一个重大的突破。它标志着词已开始跳出“酒边文学”“娱乐文学”的圈子而走向与诗合流、与诗同科的道路。词开始像诗一样，面向人生，面向社会，反映人生，反映生活——特别是反映在阶级社会中起着深刻作用的政治事件。词的这种“言志”化，是词史上应该大书的一笔。尽管李煜词中所抒发的只是他个人的亡国之痛，然而从词向生活之源靠拢这一点而言，它上承着民间词反映现实的传统，下启了苏东坡“以诗为词”的先河——尽管由于种种原因，李煜词所开创的以词言志的风气并没有很快就在北宋前期词坛上得到推广和发扬（直到他以后近百年才有苏轼起来继承这个传统），然而李煜词拓宽词题、用以言志的创举却是不可小视的。从词的艺术言，李煜词虽仍以小词为主，然而他的词比起花间词和冯延巳词来，更显得精炼而有气势，更具感染力。如“问君能有几多愁？恰如一江春水向东流”“林花谢了春红，太匆匆！常恨朝来寒重晚来风”“自是人生常恨水长东”“流水落花春去也，天上人间”，试问花间诸家的小令中有如此汹涌的气势吗？“文以气为主”，讲的是文；“诗锋不可犯”，讲的是诗，但历来就很少讲到词的气势的——然而李煜的小词中就有了锐不可当的气势。这股气势，来源于他的激情，也得力于他对词语的锤炼驾驭之功。可惜由于当时人使惯的“武器”还只局限于小令，不然的话，我们将会读到更深沉、更有力量的长篇。这个遗憾便要由后来的苏、辛词来弥补了。至此，花间派那种香艳轻靡的词风一时就被荡尽。这可谓词史上的一大转折。但十分遗憾的是，这个转折未能立即在北宋词坛上得到贯彻，而要迟至百年以后才发生“效应”——与此相反，“花间”词风却不久即在宋初“复”了“辟”。

五、结　语

词的历史，如果从隋代算起的话，到五代结束，已经经历了三百多年。在这段漫长的岁月中，词完成了两个过渡：一是逐步由音乐的附庸过渡为独立的新型抒情诗，二是由民间的小曲过渡为文人词。在这个阶段中，词的体制逐步得到了

① 成肇麐选辑：《唐五代词选 · 叙》，《唐五代词选》，上海书店，1987 年，第 1 页。

完善和定型化,词的技巧逐步得到了提高和发展。民间词中既出现过不少优秀词篇,文人作家中更出现了像温庭筠、韦庄、冯延巳和李煜那样的杰出作家,他们都为唐宋词苑提供了许许多多的艺术珍品。

但是检讨一下唐五代词的发展,我们不无遗憾地发现它走过了一段弯路。由于它"生不逢时"地诞生在一个昏暗的政治环境里,加上文人轻视词体的偏见,它一头扎进了贵族生活的小圈子里,在一个相当长的时间内老在"花间""尊前"(唐五代人另有《尊前集》)打转、徘徊,从而大大地削弱了它的思想性。词的题材和内容也由民间词的宽广转为狭窄。这个缺陷要有待于以后的苏、辛词派才能加以补救。

从词的形式来看,唐五代词基本是小令的天下。面对浩瀚的生活海洋,小令不免显得束手束脚。这个缺点也要由尔后的柳永来加以克服①。

"词之有唐五代,犹文之先秦诸子,诗之汉魏乐府。"②(冯煦语,引同前)经历了唐五代这一发轫阶段,词就来到了两宋的广袤土壤上。它终于在那里绽开了绚丽多姿的百花,与唐诗、元曲一样,成了代表一代文学的标志。

① 柳永大量创制慢调,遂使词中长调渐占优势。
② 成肇麐选辑:《唐五代词选·叙》,《唐五代词选》,上海书店,1987 年,第 1 页。

“心曲”的外物化和优美化
——论温庭筠词

一

温庭筠是唐宋词史上的一个关键人物。他的“关键”作用,不仅在于完成了词由民间转向文人的过渡,而且在于创造了一种为以前诗歌中所少见的特殊意境——“词境”,标志着词从内容到形式的成熟。

昔人有许多评论诗词之别的话头。但有的仅从长短句和合乐性上着眼,虽然看到了二者在形式上的某些差别,但因未涉及词与诗在内容、特质方面的差异,故未得为探源之论;有的评论已谈及诗词在风格方面的某些差异(如李东琪所谓“诗庄词媚”①,李渔所谓“作词之难,难于上不似诗,下不类曲”②等),但仅从感觉方面立论,仍嫌说得不清。要比较透彻地把握住二者的差异,还应从诗词的主要艺术特征——“意境”入手,进行细致的比较。而温庭筠的词,正好是一个可供研究的典型对象。

先看他的一首《梦江南》:

> 千万恨,恨极在天涯。山月不知心里事,水风空落眼前花,摇曳碧云斜。

这首词,深切而细腻地描写了一个闺妇的怨思。如果说,这类题材在诗中早就出现过无数次而不足为奇的话,那么,词中最后一句所体现出来的特种意绪却是我们在此之前所不易感受到的。

再读一首他的《遐方怨》:

> 凭绣槛,解罗帏。未得君书,断肠潇湘春雁飞。不知征马几时归?

① 王又华:《古今词论》,唐圭璋编《词话丛编》,中华书局,1986年,第606页。
② 李渔:《窥词管见》,唐圭璋编《词话丛编》,中华书局,1986年,第549页。

海棠花谢也，雨霏霏。

轻灵的语感中，传达出无限的惆怅意绪。特别是末尾两句“五、三”字句，写的是何等细美幽约！

从这些地方，我们约略地感受到了“词境”与“诗境”的差异。温词有句云“谢娘无限心曲”（《归国遥》），借用这句话我们看到，温词所要表达的，乃是一种“女性化”的含蓄而又细腻化的“心曲”——也就是一种复杂、曲折而范围又很狭隘的心绪。

今人论小说，有一种所谓“心态小说”①。这种小说，以表现人的内心世界作为自己的主要任务。在这类小说中，人的“心态”成了小说的灵魂，人物性格的塑造主要通过“心态”的描写去完成。温庭筠的词与此有些相类似。它以描写人的细微幽深的内心世界（亦即他所谓的“心曲”）为中心：既以这种“心曲”作为写作的出发点，又以完成这种“心曲”的描写作为自己写作的归宿，而通过这一过程，它就进而完成了表现人物内心世界的任务。这就和以前广泛地运用抒情、叙事、议论等多种手法来达到抒写情志目的的诗，有所区别了。温庭筠的词，极尽了摹写人的心绪之能事，简直成了一种专写“心曲”的“心绪文学”。而这种“心绪文学”的特色，正是“词境”有异于“诗境”的主要所在（至少就《花间》词来说是如此）。

温词所写的“心绪”，具有以下两个特点：

一是范围的狭窄化，也就是题材的艳情化。温词现存71首，题材全系男女的恋情。正如“谢娘无限心曲”句所显示的，它所着力描摹的便是这类“女性化”了的香艳之情。尽管这些作品中女主人的身份有所差别（有歌妓、宫女、商妇、女冠、采莲女子、征夫妻子等），但其心绪的偏于香弱却是一致的。这里只要举一下他笔下的“边塞词”就可以清楚地见到。照理，描写边塞题材的词作，应当以描绘边塞风光为主，里面要散发出烽火狼烟的气味才是，然而温氏笔下的边塞词，却早已剔尽了战争的烟尘，而只存下一片思妇的缠绵情思。唐人边塞诗中所呈现的社会内容在温词中是完全看不见的，人们所感到的只是充满脉脉深情的无限“心曲”而已。试读：

碛南沙上惊雁起，飞雪千里。玉连环，金镞箭，年年征战。画楼离恨锦屏空，杏花红。（《蕃女怨》）

细雨晓莺春晚，人似玉，柳如眉，正相思。　罗幕翠帘初卷，镜中

① 陈剑晖、郭小东：《论心态小说的兴起与发展趋势》，《齐鲁学刊》，1983年第1期。

花一枝。肠断塞门消息，雁来稀。（《定西蕃》）

翠翘金缕双鸂鶒，水纹细起春池碧。池上海棠梨，雨晴花满枝。绣衫遮笑靥，烟草粘飞蝶。青琐对芳菲，玉关音信稀。（《菩萨蛮》）

这里，塞外的战争，只不过是思妇怨思的一个遥远隐约的“背景”而已。作者所致力描写的并不是关于战争的场面、战争带给社会的影响等，而仅着力于描写深闺中的一片哀怨心绪。因此，原先社会意义比较宽广的诗题，在这里变狭窄了；原先比较雄放的诗题变得艳情化、“女性化”和心绪化了。这体现着一种特殊的“词境”已开始从诗中蜕变而出。

二是抒情的细腻化。王拯论温词云：“其文窈深幽约，善达贤人君子恺恻怨悱不能自言之情，论者以庭筠为独至。”①其中所说“善达贤人君子”之情，自然是不确的，但说它“窈深幽约”，却是很对的。温词既以描写女性的感情为主要内容，它就必然会体现女性感情所特具的细腻特点。下面两首词就是例子。

花映柳条，吹向绿萍池上。凭栏干，窥细浪，雨萧萧。　　近来音信两疏索，洞房空寂寞。掩银屏，垂翠箔，度春宵。（《酒泉子》）

……天际云鸟引情远，春已晚，烟霭渡南苑。雪梅香，柳带长，小娘，转令人意伤。（《河传》）

这些词语，令人读后深觉有“款款深深，低徊不尽”（陈廷焯《白雨斋词话》）之感，委实写出了妇人那种“恺恻怨悱不能自言”的细腻而复杂的感情。比较起作者所写的很多闺情诗而言，也似乎更上了“一层楼”。这不仅显示了温词的高超技巧，更显示了文学本身的进步——后起的词体自有它优胜于前代诗体的丰厚潜力，而这种优胜处主要就在于抒情的深刻性、曲折性和细腻性上。

综合上面两个特点来看，温词的意境具有“狭而深”“狭而细”的特色，它不面向广阔的社会生活，而内敛于幽细的内心世界。这种以隐约迷离之境来写惝恍惆怅之情的做法，就开启了后代无数词人（主要是婉约派词人）的“广大法门”。所以，温氏被看做从诗歌领域中开辟“词境”的“鼻祖”，是当之无愧的。

温庭筠生当晚唐，他的词中反复出现这种以艳情为主要内容、以“心绪”为主要摹写对象的现象，并非偶然，而是有着某些历史的必然因素在内。

首先，它是当时社会经济、政治状况的折光反映。

中晚唐以来，国家的经济重心南移。在南方，出现了一批商品经济高度发展的都市：扬州、成都、苏州、杭州、广州、鄂州、襄阳、洪州……这些城市的繁华，大

① 王拯：《龙壁山房文集》，台湾文海出版社，1970年，第55页。

大开拓了诗人的眼界，丰富了他们的物质生活和感情生活①。请看温词中的“懒拂鸳鸯枕，休缝翡翠裙”“山枕隐浓妆，绿檀金凤凰”“玉钩褰翠幕”“绣帘垂𥶵䈇”，就无一不反映了当时物质生活的奢侈。而与温氏同时代而稍迟些的韦庄的一首词，又显示出了基于这种城市经济上的男女接触又是多么开放而频繁：“锦里（成都）蚕市，满街珠翠，千万红妆。玉蝉金雀，宝髻花簇鸣珰，绣花裳。”（《河传》）这种社会生活，必然会在文学中得到反映。“谁家唱《水调》？明月满扬州。骏马宜闲出，千金好暗游”（《扬州》），这是杜牧的诗；“似带如丝柳，团酥握雪花。帘卷玉钩斜。九衢尘欲暮，逐香车”（《南歌子》），这又是温庭筠的词。这其中所反映的艳情生活正是同一经济基础上的产物。而晚唐政治的腐败，政局的不稳，又促使士大夫文人普遍地产生了一种朝不保夕的危机感，从而滋长了“及时行乐”的享乐思想。此时的人们，对于政治的热情是大大地衰减了（甚至厌倦了），他们的兴趣转向了绣房闺阁，转向了自己身边的小天地和内心世界。请看“别梦依依到谢家，小廊回合曲栏斜。多情只有春庭月，犹为离人照落花”（张泌《寄人》）。诗人的梦魂所萦既是在小廊曲栏的“谢家”，那么词人所梦到的是“画堂照帘残烛，梦余更漏促。谢娘无限心曲，晓屏山断续”（温庭筠《归国遥》），也就是不足为怪的事了。

其次，从文学本身的发展来看，它也在此时产生了一种“离经叛道”的倾向。温词的专写艳情，正是这种倾向的集中表现。中国是一个封建国家，它向来就禁锢人的正常欲望，因而在文学创作中也就历来压抑爱情题材的作品。但自中晚唐以来，由于统治着意识形态的儒家学说的正统地位发生了动摇，因此文学中“传道”“言志”的传统开始受到挑战。就连提倡“文章合为时而著，歌诗合为事而作”的白居易，都忍不住写出了风靡大半个中国的爱情诗篇《长恨歌》，这就可知这股文学新浪潮的冲击力了。其时，一大批文人放下了“士大夫”的架子，大写其凄楚动人的爱情小说（“传奇”）；另一些文人，如韩偓，也公然打出《香奁》的旗帜，大写其刻骨的恋情。而出入于秦楼楚馆的温庭筠，面对着红楼夜月的丽景，怎能不追逐着弦管之声、借助着侧艳之词，去抒发他的“花前月下”之情呢？连正统的文体——诗，此时都已堕入了“下笔不在洞房蛾眉、神仙诡怪之间”则不作的地步②，被目为“小技”的词怎会不坠进“艳科”的情网里去呢？以上便是温词内容专主香艳的文学方面的解释。

① 温庭筠曾长期漫游南方。夏承焘《温飞卿系年》第451页引顾肇昌言：“飞卿在江南日久，俨以江南为故乡矣。”

② 吴融：《禅月集序》，陆永峰《禅月集校注》，巴蜀书社，2006年，第1页。

对于温词的专写艳情，我们在指出它反映了唐末一些通脱放浪的词人脱离现实、寄情声色的不良风气的同时，还应该看到它毕竟反映了文学的进步。长期以来受到压抑的人的正常感情，已伴随着商品经济的发展“复活”起来，它正趁着正统文学理论的受到挑战而在新兴的词体中得到蓬勃的袒露。由于温词中展现了人的精神世界的丰富性，因而在此同时它就获得了一定的真实性。从这一点讲，温词的抒写“心曲”意味着文学的进步：它要向着人的内心世界的精微处开掘进去，它要把诗歌的表达功能更提高一步。这样，就在晚唐诗发展到“山穷水尽疑无路”的地步时，却出现了“柳暗花明又一村”的新局面。（当然，由于它是带着片面性的缺陷来向传统挑战的，因此以偏纠偏，不免又生新偏向。）

其三，温词中出现上述现象又是与他本人的经历、思想分不开的。温庭筠生当末世，他本人是一个落拓的文人。史载他“士行尘杂，不修边幅”①（《旧唐书》本传），长期混迹于歌院酒楼，这种生活决定了他的词作必定会在歌儿舞女、离愁别绪的圈子里打转。所以张惠言等人硬要把他的词释成“感士不遇”“有《离骚》‘初服’之意”等②，那实在是痴人说梦。但是，温氏毕竟是一个深有文学修养的文人作者，因而同是写花柳题材，他的词却比民间词中相同题材的作品来得含蓄、细腻。所以，民间词中那种直率奔放的热情在他的词里就消失了，而代之以委婉层深的“心曲”描写。如他有七首《南歌子》组词，写了一对男女从爱慕到欢合而又离散和相思的过程。这种“组词”形式显然还带有民间词的遗痕，但从温氏所写来看，却已改变了民间词的作风，而变得“文人化”了。如：

倭堕低梳髻，连娟细扫眉。终日两相思。为君憔悴尽，百花时。

用“百花时”来反衬“憔悴尽”，这种“重笔”③的写法就显示出了文人词的含蓄特色。

举此一例，我们便可看出，温词的“重心”往往不在写艳事本身，而在于写这种艳事所引起的内心活动，写他从世俗的恋情生活中得到的某些官能感受和精神体验。他的词中，往往隐去了“事”本身，而仅仅着重于写“情”——精确一点儿讲，仅仅着重于写“心曲”“心绪”。比如：

小山重叠金明灭，鬓云欲度香腮雪。懒起画蛾眉，弄妆梳洗迟。
照花前后镜，花面交相映。新帖绣罗襦，双双金鹧鸪。（《菩萨蛮》）

① 刘昫，等撰：《旧唐书》第15册《温庭筠传》，中华书局，1975年，第5079页。
② 张惠言：《词选》卷一，唐圭璋编《词话丛编》，中华书局，1986年，第1609页。
③ 谭献《词辨》卷一评“百花时”三字为“加倍法，亦重笔也”。

词中并不具体写昔日男女的欢会及离别过程，它所尽力描绘的只是今日百无聊赖的"懒"态和愁绪；而"懒态"说到底，又是为写那一股无可发泄的愁绪怨思张本的。因此，它的风味就同民间词大不相同了。

这样，我们便可知道，温庭筠尽管利用了词这个源于民间的新形式，然而他已改造了词体，基本抛却了民间词的作风，在它里面塞进了文人作者的艺术情趣和审美理想，使之朝着描写人的"心曲"这个方向发展。

综上所述，温庭筠把晚唐诗中那股香艳纤弱的风气纳入新兴不久的词体中，创造了一种比诗较狭却又较细和较深的抒情意境——"词境"，创造了一种"深美闳约"①"酝酿最深"②的美感。温词在词史上的意义即在于此。

上面谈的还只是一个"心曲"问题，亦即温词的题材内容方面的问题。下面再谈"心曲"的外物化和优美化问题——亦即它的艺术表现方面的问题。

二

一般的讲，文学作品都要讲求形象性。而温庭筠的词，在讲求形象性方面，更有其独到之处。这是因为：

第一，温词所要表现的，主要是人的内心世界。人的内心世界，如前所说的那种"心曲""心绪"，以及人们常说的"心情""心愫""心理"……本是不易捉摸或只可意会而不可言传的。因此，摹写对象的特殊性就决定了温词必须采用化抽象为具体的特殊手法——而在温词中，它主要采用使心绪外物化的手法，使"心"附着于"物"或"转化"为"物"。所以我们径直唤它为"外物化"而不一般的称之为"形象化"。

第二，温词多小令。要在短小的篇幅中表达出"窈深幽约"之情，非得借助于艺术形象本身所具有的联想性不可。所以温词特别在这方面下力。前人曾称他与韦庄同为小令的楷模作者，说明他在这方面确实达到了很高的成就。

至于"心曲"的"优美化"，主要是说温词所创造的意境是很美的，具有较高的审美价值。我们知道，从文学作品的审美性而言，文学作品一般都应是"美文"，而诗歌则又是"美文"中的"美文"——在这中间，由于词体所要表现的乃是人们心中最为精美细微的那种"心绪"，所以比较起诗来，它所创造的意境就

① 张惠言：《词选序》，金启华，等编《唐宋词集序跋汇编》，江苏教育出版社，1990年，第423页。

② 周济：《介存斋论词杂著》，人民文学出版社，1959年，第5页。

更为幽约优美,它所使用的语言也更为绮靡美丽。而在这两方面,温词便都表现得相当突出。

所以,我们在这里研究的乃是:温庭筠是怎样运用美丽的词藻、运用“外物化”的手法,来创造情景相符的意境,以表达那一种“女性化”的细腻曲折的心绪的。当然这一切,我们又都应该紧紧扣住“词”(有异于诗)的特点来观察。

温庭筠曾经写过很多首《杨柳枝》,在这些介乎七绝与小令之间的诗词“过渡体”中,他也写了女主人公怨哀的心绪。如:

> 宜春苑外最长条,闲袅春风伴舞腰。正是玉人肠断处,一渠春水赤栏桥。
>
> 苏小门前柳万条,毵毵金线拂平桥。黄莺不语东风起,深闭朱门伴舞腰。
>
> 织锦机边莺语频,停梭垂泪忆征人。塞门三月犹萧索,纵有垂杨未觉春。

但是,再读一下他的《菩萨蛮》词,风味就觉得有所不同了:

> 水精帘里颇黎枕,暖香惹梦鸳鸯锦。江上柳如烟,雁飞残月天……
>
> 杏花含露团香雪,绿杨陌上多离别。灯在月胧明,觉来闻晓莺……

假如再读一下他的《更漏子》,那就觉得“词味”更浓、更足了:

> 柳丝长,春雨细,花外漏声迢递。惊塞雁,起城乌,画屏金鹧鸪。
> 香雾薄,透帘幕,惆怅谢家池阁。红烛背,绣帘垂,梦长君不知。

你看,同是写闺怨,同是写杨柳时节,然而用词来抒写与用诗(《杨柳枝》基本上还属诗)来抒写,其韵味、风致却自有浓淡深浅的差异。这里,我们就看到了词体在摹写“心曲”方面自有其胜于诗的某些地方——而温庭筠,正是充分利用了这些“优势”来达到他使“心曲”“外物化”和“优美化”的写作目的的。

词体的一个特点乃在于它的体制格局有异于诗。具体来讲,词有着参差不齐的长短句式和交互多变的押韵法;同时,词又是合乐的文体,它有一种特殊的声情之美。温词,正是巧妙地利用了这些特点,使其在抒写“心曲”上发挥了微妙的作用。

请看几首《南歌子》:

> 手里金鹦鹉,胸前绣凤凰。偷眼暗形相——不如从嫁与,作鸳鸯。
>
> 脸上金霞细,眉间翠钿深。欹枕覆鸳衾——隔帘莺百啭,感君心。
>
> 扑蕊添黄子,呵花满翠鬟。鸳枕映屏山——月明三五夜,对芳颜。

转盼如波眼，娉婷似柳腰。花里暗相招——忆君肠欲断，恨春宵。

这种《南歌子》，实际上由四句五言再加上一句三言组成。但是别小看加了一个三言句，词的顿挫之妙却因之而增添了不少：这几首词的写法基本相同，头两句写容饰、打扮，第三句是动作——以上三句还不见得怎样出色——妙就妙在最后的五、三句上，它一下子就把人物的内心揭示了出来。

这还只是句式稍有长短的词式。而在那些句式、韵位交互差参的词式中，温氏更是操纵自如，极尽其织综之能事。特别是他利用了长短互节、奇偶相生的词式，改进了“设境”“组景”的技巧，使他所创造的意境具有“立体感”，从而使词的艺术形象具有比诗更丰蕴的内涵，令人遐想联翩，回味无穷。如：

星斗稀，钟鼓歇，帘外晓莺残月。兰露重，柳风斜，满庭堆落花。　虚阁上，倚栏望，还似去年惆怅。春欲暮，思无穷，旧欢如梦中。（《更漏子》）

玉炉香，红蜡泪，偏照画堂秋思。眉翠薄，鬓云残，夜长衾枕寒。　梧桐树，三更雨，不道离情正苦。一叶叶，一声声，空阶滴到明。（《更漏子》）

这里，从写景的角度看，是多次变换过“镜头”和“场景”的：忽写宏观的天宇，忽写微观的落花，忽写眼前的烛泪，忽写耳畔的秋雨，反复濡染，笔墨酣畅，已为人物的内心世界铺设了相称相副的背景。而于写景之中，又恰到好处地“织进”人物的影子：一会儿是倚楼虚盼，一会儿是夜深难眠。这样的多变而富有跳跃性的交叉式描写，就使女主角心中那片难以言状的离愁别绪饱和地凸现在读者面前。如果用诗的那种整齐的句式和比较“平面化”的写法来写，其艺术效果是不能达到如此淋漓尽致的地步的。

至于在《酒泉子》《诉衷情》那样句式更富变化的词式中，温词的节奏感和音乐美就显得越加明晰了：

楚女不归，楼枕小河春水。月孤明，风又起，杏花稀。　玉钗斜篸云鬟重，裙上金缕凤。八行书，千里梦，雁南飞。（《酒泉子》）

莺语，花舞，春昼午，雨霏微。金带枕，宫锦，凤凰帷。柳弱燕交飞，依依。辽阳音信稀，梦中归。（《诉衷情》）

音乐本身也是一种形象。虽然我们现在已经无法再现词的音乐形象，但从那宛如珠落玉盘的字声中，我们不还是能够朦胧地感受到温词那种特殊声情的美感吗？那一句长、一句短，一声高、一声低的音响，敲打着我们的耳膜，它所引起的联想和我们视觉上“接收”到的文字印象合在一起，不是就构成了温词给予我们的特种感受吗？这种感受的最后结果就在我们心头荡漾出一片异样的“心绪”——而这，就正是温词所要表达的细腻感情。

况周颐说：“唐贤为词，往往丽而不流，与其诗不甚相远也。”①这实际上指的是中唐诗人所写的词——从句式、结构、平仄安排上都与诗相差不大。而到了温庭筠，其词在上述诸种方面就都显出了与诗较大的差异。温词差互的句式、富有跳跃性的结构与多为拗句（参夏承焘《唐宋词字声之演变》）的平仄安排，就使它具有既“丽”且“流”的特点，从而使它在将“心曲”外物化时显得更加宛转相称。

词的另一个异于诗的地方则在于它的语言。尽管诗词都是韵文，都要讲求语言的精炼、含蓄和优美，但是，词比起诗来，在这些方面的要求要更严格些。张炎曾说：“句法中有字面，盖词中一个生硬字用不得，须是深加锻炼，字字敲打得响，歌诵妥溜，方为本色语。”②温词的语言就堪称这种经过“锻炼”的“本色语”。它们大致分为下面几种类型：

一是“物语”。温词中用了大量形容妇女服饰的金玉字面，使它出现了“蹙金结绣”③和“古蕃锦”④之美。这种“物语”如“鸳鸯枕”“翡翠裙”“凤凰窗”，如“小凤战篦金飐艳”“双鬓翠霞金缕，一枝春艳浓”“霞帔云发，钿镜仙容似雪”，等等。对于这些词藻，一方面我们承认它是必要的，因它有助于表现词中女主人的身份，并为她们所处的环境“着”上了绮罗香泽的色调；但另一方面，我们又要看到它的缺点，它使词中出现了一种堆垛字面的沉闷感。因此，尽管它是温词的特点，但却并不是它的优点。

二是“景语”。这才是温词的优点所在。温词往往采用那些精美的景语，以构成要眇幽深的意境。这样的美句是很多的，如“江上柳如烟，雁飞残月天”“花落子规啼，绿窗残梦迷”“杨柳又如丝，驿桥春雨时”“雨后却斜阳，杏花零落香”……这种优美的景物描写，一方面冲淡刚才所举的锦绣字面所带来的富贵气，使那种“腻得化不开”的气氛有所稀释，显得有“运疏入密”“浓淡相济”之

① 况周颐：《蕙风词话》卷二，《蕙风词话　人间词话》，人民文学出版社，1960 年，第 23 页。

② 张炎著、夏承焘校注，沈义父著、蔡嵩云笺释：《词源注　乐府指迷笺释》，人民文学出版社，1963 年，第 15 页。

③ 王士禛：《花草蒙拾》，唐圭璋编《词话丛编》，中华书局，1986 年，第 675 页。

④ 同③，第 673 页。

妙;另一方面,它凭借轻灵细巧的景物,委婉地表达出一种凄迷怅惘的心绪,这就深入到了主人公的内心深处,得其“神似”之妙;再加上“物语”(偏重于“形似”)的陪衬,就使主人公的形象“形神兼备”了——温词呈现的意境简直就是一幅幅娇慵的仕女画!

三是“情语”。温词的特点是很少用“情语”而多用“物语”“景语”。但是这种要言不繁的情语却正是全词的主脑或灵魂,它的作用在于“一语点破,通体灵光”,使由大量的物语和景语组织成的词境由含蓄变为开朗。比如:

竹风轻动庭除冷,珠帘月上玲珑影。山枕隐浓妆,绿檀金凤凰。
两蛾愁黛浅,故国吴宫远。春恨正关情,画楼残点声。(《菩萨蛮》)

一句“春恨正关情”,就使全词的意境“一以贯之”、豁然开通。又如《河渎神》:

河上望丛祠,庙前春雨来时。楚山无限鸟飞迟,兰棹空伤别离。
何处杜鹃啼不歇,艳红开尽如血。蝉鬓美人愁绝,百花芳草佳节。

“空伤别离”和“愁绝”两处情语一点,就使全词的景物“皆着‘我’之色彩”(《人间词话》)了。

温词的高妙处即在于此种地方:它利用了词体具有的种种特点,非常成功地把造型因素(“物语”“景语”)和表情因素(“情语”)融合在一起,以虚(“情语”)带实(“物语”和“景语”),以实写虚,从而达到了虚实相衬的艺术效果,从而使它所要表现的那一片难以言状的“心曲”附着或转化成可感的物象,变得既形象又优美。这就是温庭筠词在艺术上所得到的成功。就这样,他在传统诗的艺术手法的基础之上,匠心独运,创造了词在表现“心曲”方面的特殊手法。而这种艺术表现法,又深深地影响到了后代的词人。所以,在开创“词境”的特种内容抑或表现方法方面,温庭筠都可以视作由诗变词的富有开创意义的关键人物。

论冯延巳词

五代十国是我国历史上最为混乱的时期之一，然而在这片灰蒙蒙的夜空中，偶尔也露出过几颗文学之星，给当时寂寞黯淡的文坛带来了微弱的光亮。冯延巳就可以算得上是这样的一颗词坛之星。王国维说："冯正中词，虽不失五代风格，而堂庑特大，开北宋一代风气。"①从某种意义上讲，冯词正是从五代词坛的残夜向宋初词坛的黎明过渡时的一颗破晓星。

一

冯延巳是南唐小王朝的重臣之一，曾几度拜相，地位显赫。按理，生活在五代"天下岌岌"的乱世（陆游《花间集跋》语）又身掌重权，冯氏的词里应该是有很多内容可写的。但是我们发觉，充满着冯词的，除了一些关于富贵生活的描写之外，竟连篇累牍的是那些写不完的伤春悲秋的"闲情"。他和同时代的很多词人一样，艺术兴趣并不在于反映那充满着复杂矛盾斗争的外部世界，而在于描摹那狭窄窈深的主观情志的内心世界；他们躲避着现实世界"大天地"里的风云变幻，却津津有味、乐此不疲地抒写着私人生活"小天地"里的感情涟漪。正是这样一种共同的艺术兴趣，导致冯延巳具有着和其他同时代人相类似的"时代风格"——亦即王国维所说的"五代风格"。这种"五代风格"具体地表现在以下几个方面：

一是"香艳"。五代词风的理论表述，再典型不过地体现在欧阳炯所作的《花间集序》中。序言说："则有绮筵公子，绣幌佳人，递叶叶之花笺，文抽丽锦，举纤纤之玉指，拍按香檀。"②这便活画出了"佳人"唱"艳词"的香艳之态。而冯词中所呈现的许多生活图景，也就是序言所描绘的那种景象的翻版。如：

① 王国维：《人间词话》，《蕙风词话　人间词话》，人民文学出版社，1960 年，第 198 页。
② 欧阳炯：《花间集序》，金启华，等编《唐宋词集序跋汇编》，江苏教育出版社，1990 年，第 339 页。

几度凤楼同饮宴，此夕相逢，却胜当时见。低语前欢频转面，双眉敛恨春山远。　　蜡烛泪流羌笛怨，偷整罗衣，欲唱情犹懒。醉里不辞金盏满，阳关一曲肠千断。(《鹊踏枝》)

春艳艳，江上晚山三四点，柳丝如剪花如染。　　香闺寂寂门半掩，愁眉敛，泪珠滴破燕脂脸。(《归自谣》)

人是“闺中人”，脸是“燕脂脸”，情是“《阳关》情”，其香艳之态可掬，脂粉之气扑鼻。所以，冯词从题材而言，基本上也免不掉“艳科”的时代通病。

二是“纯情”。所谓“纯情”，是指抒情的笔触更加细腻化。这也是晚唐五代词的一种共同的艺术趋向和词人们的共同艺术嗜好。从广义来说，诗词都是抒情文学；但从狭义来看，词的抒情性似乎更比诗要来得“纯”、来得“细”——特别是五代小令，其抒情的细腻、“纯粹”，简直令人叹为观止。比如温庭筠，就一连写了十几首《菩萨蛮》词，无微不至地刻画“思妇”的惝怳心绪。而冯词，在这方面也毫不显得逊色。比较而言，温词往往注重人物外貌形态的描绘(如“小山重叠金明灭，鬓云欲度香腮雪”)；韦(庄)词犹较多地保留着叙事成分的遗痕(如“四月十七，正是去年今日，别君时”)；而冯词则剔除了生活的具体细节和人物的具体容貌，专在人的“心境”上着力，因此他的词境，往往呈现为一片空濛迷离的纯感情境界。如：

谁道闲情抛掷久？每到春来，惆怅还依旧。日日花前常病酒，不辞镜里朱颜瘦。　　河畔青芜堤上柳，为问新愁，何事年年有？独立小桥风满袖，平林新月人归后。(《鹊踏枝》)

旧日的情事，俱已隐去；当年的种种，全化为此时此地“谁道闲情抛掷久？每到春来，惆怅还依旧”和“为问新愁，何事年年有”的深沉忏悔和悲感。结尾“独立小桥风满袖”两句，令人联想到李商隐“昨夜星辰昨夜风”和清人黄仲则的“独立市桥人不识，一星如月看多时”，一种浓厚的惆怅之感扑面而来。举此一例，我们即可看出冯词在抒情的细腻方面，比之《花间集》许多词人，更有“神而化之”之妙。

三是“纤美”。《花间集序》开头即说：“镂玉雕琼，拟化工而迥巧；裁花剪叶，夺春艳以争鲜。”①可见那个时代的普遍艺术风尚是求“美”的——而且，这种美是属于“裁花剪叶”式的“纤美”型的。冯词素以其优美而驰名词坛。陈世修谓

① 欧阳炯：《花间集序》，金启华，等编《唐宋词集序跋汇编》，江苏教育出版社，1990 年，第 339 页。

之“思深辞丽，均律调新”①；况周颐赞之为“琳琅满目，美不胜收”（《历代词人考略》卷四），都说明了此点。同样，它的那种美感也是偏于纤细和香弱型的。如“风乍起，吹绉一池春水”（《谒金门》），其艺术感受和艺术境界都是相当纤细微婉的。

从以上三点看来，冯延巳词带有着那个时代所普遍存在的“类型风格”。它是那个特定的历史土壤上开出的一株秀丽花朵，散发着与《花间》词大体相似的芬芳，因而与前代的温、韦词相互映辉，成为五代“艳词”的又一“标本”。

二

然而，冯词之所以能在五代词林中出类拔萃，不仅在于它的香艳、纯情、纤美等同于时代的“类型风格”之处，更在于它的“堂庑特大”。这里所说的“堂庑特大”，主要指它在抒写情志时具有一定的“思想深度”。

朱彝尊论词有云：“昌黎子曰：‘欢愉之言难工，愁苦之言易好。’斯亦善言诗矣。至于词或不然，大都欢愉之辞工者十九，而言愁苦者十一焉耳。故诗际兵戈俶扰、流离琐尾而作者愈工，词则宜于宴嬉逸乐，以歌咏太平……”②他在这里所说的“词则宜于宴嬉逸乐”，恐怕主要就是从《花间集》的许多词作中概括出来的文学现象。

确实如此。五代十国是一个动荡黑暗的年代，可是打开《花间集》来，大量的词作却充斥着一种“宴嬉逸乐”的及时行乐景象。如：

> 春光好，公子爱闲游，足风流。金鞍白马，雕弓宝剑，红缨锦襜出长鞦。　　花蔽膝，玉衔头。寻芳逐胜欢宴，丝竹不曾休。美人唱，揭调是《甘州》，醉红楼。尧年舜日，乐圣永无忧。（毛文锡《甘州遍》）

明明是“生民救死不暇”的乱世，在某些词人笔下，却变成了“尧年舜日”，因而可以无休无止地“寻芳逐胜欢宴”。这是何等的“流宕”！

翻开冯延巳的《阳春集》，情况却显然有所不同。固然，冯词中也有这类歌颂“太平”之作，如《寿山曲》中的“鸳瓦数行晓日，鸾旂百尺春风。侍臣舞蹈重拜，圣寿南山永同”。但是更多地映入读者眼帘的却是一个“愁”字：

① 陈世修：《阳春集序》，金启华，等编《唐宋词集序跋汇编》，江苏教育出版社，1990年，第8页。

② 朱彝尊：《紫云词序》，《曝书亭集》卷四〇，世界书局，1937年，第489页。

笙歌放散人归去，独宿江楼。月上云收，一半珠帘挂玉钩。起来点检经由地，处处新愁。凭仗东流，将取离心过橘洲。（《采桑子》）

还有《鹊踏枝·梅花繁枝千万片》等。真是触处皆“愁”，愁何其多！

前已谈过，冯延巳身居高位，生活优裕，又在宋灭南唐之前15年即已死去，应该说，他一生都过着锦衣玉食的享乐生活，仕途生涯也基本上一帆风顺。那么，这么多的愁绪是从哪里来的呢——借他自己的话来说，那就是：“为问新愁，何事年年有？”

是为情场失意吗？固然不能排斥，但“年年有”三字（且明标是“新愁”而非旧愁）却无法全部落实。而且从“处处新愁”等语看来，这种愁情又是缠绕得极深而几乎无法摆脱的，从其深度和广度而言，均非单纯的艳情所能概括。词人似乎怀有一种“忧郁症”，极难尽言和排遣。更耐人寻味的是，这种愁情大多是紧随着“乐”而来的，是一种“乐极生悲”和从生活的甜味中咂吮到的苦味。这就使我们越发感到冯词所具有的那种“敏感”性和深刻性了。

前代有人试图以传统的“比兴”法来“发掘”冯延巳愁词的政治背景，例如张惠言说他的《鹊踏枝》三词是“忠爱缠绵，宛然《骚》、《辨》之义”①；陈廷焯说是“忧谗畏讥，思深意苦”②；而冯煦更明确地说：“翁（指冯延巳）负其才略，不能有所匡救，危苦烦乱之中，郁不自达者，一于词发之。”③但是他们却都遇到了一个无法解决的矛盾：史书上记载的冯延巳并不是一个“忠臣”，而恰恰是一个“奸佞”（或至少是一个对南唐亡国负有重大责任的人）！由此看来，要用直接与政治事件联系的“寄托”法来解释冯词的“愁”，也是会碰壁的。

我们认为，要理解这个问题，必须看到冯氏作为一个杰出词人的极重要气质：对于生活的高度敏感。正是这种高度敏锐的艺术感受力，促使他在以词抒情时会自觉或不自觉地触及生活的某些本质方面。

诗歌的发端，本在于“心”之感于“物”。“凡音之起，由人心生也。人心之动，物使之然也。”④古老的儒家诗乐理论就曾对此做过这样的论述。而对于其中的“物”，钟嵘《诗品序》又做了这样两方面的阐发：

① 张惠言：《词选》卷一，唐圭璋编《词话丛编》，中华书局，1986年，第1612页。
② 陈廷焯：《白雨斋词话》卷一，人民文学出版社，1959年，第9页。
③ 冯煦：《阳春集·序》，金启华，等编《唐宋词集序跋汇编》，江苏教育出版社，1990年，第9页。
④ 崔高维校：《礼记·乐记》，辽宁教育出版社，2000年，第125页。

> 若乃春风春鸟，秋月秋蝉，夏云暑雨，冬月祁寒，斯四候之感诸诗者也。①
>
> 嘉会寄诗以亲，离群托诗以怨……凡斯种种，感荡心灵，非陈诗何以展其义，非长歌何以骋其情？②

前者指的是自然界的物候可以感动人心，后者指的是社会中的人事可以摇荡心灵——而更多的是，我们补充一句，二者的结合所给予诗人精神上的刺激，就促发了他们的创作动机。在这里，十分重要的是诗人必须具有对于生活的高度敏感，没有这种敏锐的艺术感受力，要想写出具有一定思想深度的诗是很困难的。

而冯延巳，就是这样一位"多愁善感"、十分敏感的人。一阵微风激起层层细波，可以在他心头泛起感情的涟漪；天边一声雁唳，可以引起他的无限哀绪；双燕归来，促发了他浓厚的悲感；落花逝去，又使他生出落寞的惆怅……而在这些伤春悲秋的愁绪后面，我们更可以感受到他有着一颗多么空虚寂寞的"词心"。

请看，"笙歌放散人归去"，刚刚酒阑席散，词人的心却立即堕入悲凉的情绪之中："起来点检经由地，处处新愁。"这种悲感不正是《红楼梦》中所说的"千里搭长篷，天下没个不散的宴席"之空虚感吗？

因此，冯词写"愁"的敏感性与深刻性就在于：它集中地、典型地反映出了中国封建社会中一部分生于衰世的士大夫文人对于生活的"思考"，它以自己浓重的伤感色彩为古典诗歌提供了一种"哀美"。在冯词的带有病态的"哀美"中，我们深切地感到了它的时代的、阶级的根源。

说到这种"哀美"来自时代的原因，我们不难联想到冯氏所处的风雨飘摇的政治形势，特别是南唐小王朝岌岌可危的国势。所以，如果把他"楼上春山寒四面"的感受理解为宋兵压境、国势日蹙的局势折射在作者词心上的投影，也未尝不可，但如果仅仅这样做直接的政治比附毕竟还是肤浅的（有时就会"此路不通"，已见前述），而是应该把它放在更为深刻的社会背景下来理解。把冯词中这种忧郁的心情和盛唐诗中那种乐观昂扬、慷慨奋发的情绪做一比较，它的"衰世"面目就十分清楚了。中国封建社会在经历了盛唐这个鼎盛的顶峰之后，到了晚唐五代，就跌入了一个低落点。这样一个时代间的差距就使诗歌的风格发生了深刻的差异。晚唐诗中的刻细卑弱，五代词中的淫靡感伤，就无不是这种衰世不景气精神面貌的反映。但在五代词中的淫靡与感伤这二者之中，淫靡的情

① 钟嵘：《诗品序》，何文焕辑《历代诗话》，中华书局，1981年，第3页。
② 同①。

绪,比较起来,仅是对社会现实的一种浮浅的、假象式的反映,而冯词中的感伤情绪,才是更深一层的表现。打个比方而言,五代衰世犹如江南的梅雨天气,淫靡的狂欢词好比是雷雨前的燥热,只是这种雨天的假象式的反映;冯延巳词的感伤情绪,则好比是阵雨降临前的乌云,才是这种天气的接近于本质方面的反映(到了李后主那种以血泪迸写的词中,终于倾泻下了滂沱大雨)。冯词在未雨之前已经隐约预感到了时代的不祥之兆,因而发出了某种预言式的"谶语",这不能不使我们惊叹它的敏感和深刻。

说到这种"哀美"来自阶级的原因,也是不难理解的。古代封建文人的世界观本是十分复杂的,不同的时期、不同的阶层,以及不同的个人,都会有不同的差异。总的来说,其中自有它向上的一面(特别当整个地主阶级处于上升有为的时期),也有它没落腐朽的一面。《花间》词中那些及时行乐、纵情声色的感情,就是这种腐朽性的体现;而冯词的那种"触处皆愁"则相对而言更是这种没落情绪的较深一层的反映(同时又是披上了一层"美"的外衣的反映,所以我们称之为"哀美")。古典诗歌中,本不乏嗟老叹贫之声,但它们往往由一些失意不遇者所发出;如果是由意得志满者发出的,我们便会责怪它们是无病呻吟、为文造情。而对于冯氏这样的"富贵人"所作的"愁苦语",我们却并无此种感觉,这就说明,他的言愁词具有某种程度的"真实性",它真实地反映了这样的一种剥削阶级的世界观:一方面,他们过着奢侈的享乐生活;另一方面又恐惧着这种生活的不能永存——这其中,又交织着作为生物的人对于生命不能永恒的畏惧,作为社会物的人对于政治危机的忧虑,以及作为剥削阶级的一员对现存的统治秩序不会"长治久安"的预感,等等。所以,冯词这种伤感情绪在封建文人中是带有普遍意义的。

生处"金陵盛时,内外无事"①的时代,身居"太平宰相"的高位,而发出"愁肠学尽丁香结"(《鹊踏枝》)的愁苦之言,这正如一个外表红颜黑发而实质肌体衰惫的人忽发出"老之将至"的悲语一样,是反映着他生理和精神上的某种危机的。因而从文学反映生活的角度来看问题,它比之《花间集》中许多写"欢"的作品,无疑是一大进步。所以王国维所说的"堂庑特大",并非是指它在题材方面脱出或突破了《花间》的樊篱,而主要是指其在宴嬉逸乐、歌咏太平之外,写出了比一般的艳情内容更为深刻的思想感触——也就是说,冯词具有一定的"思想深度"。这就给原先仅作为酒席歌筵上的"佐欢物"和"伴唱品"的"小词",带来

① 陈世修:《阳春集序》,金启华,等编《唐宋词集序跋汇编》,江苏教育出版社,1990年,第8页。

了某些新的东西。宋初的晏殊、欧阳修,最为欣赏的就是这类带有一定人生感慨的优美小词。读一读晏殊的"无可奈何花落去,似曾相识燕归来"(《浣溪沙》),"满目山河空念远,落花风雨更伤春"(《浣溪沙》),读一读欧阳修的"人生自是有情痴,此恨不关风与月"(《玉楼春》),我们便会觉得冯词中那种"淡淡的哀伤",那种对于人生无常的思致,是直接影响到了晏、欧的小令的。宋人刘攽记载:"晏元献尤喜江南冯延巳歌词,其所自作,亦不减延巳。"①清人刘熙载说:"冯延巳词,晏同叔得其俊,欧阳永叔得其深。"②这正是王国维所说的冯词"虽不失五代风格"却又"开北宋一代风气"③的两条旁证。

三

作为一个杰出的词家,冯延巳词具有自己的艺术个性。这种艺术个性,是由以下三方面的特色综合而成的:

首先是"真"。冯词抒情,十分真挚。在他的艳情题材的作品中,这种"真"表现为对于爱情的诚挚悃忱和强烈追求;而在另外一些作品中,则更表现了他对于整个人生的深沉思索和执着眷恋。前者如:

> 萧索清秋珠泪坠。枕簟微凉,展转浑无寐。残酒欲醒中夜起,月明如练天如水。　阶下寒声啼络纬。庭树金风,悄悄重门闭。可惜旧欢携手地,思量一夕成憔悴。(《鹊踏枝》)

辗转无眠至一夕憔悴,其相思之情可谓真挚矣。

后者如:

> 梅落繁枝千万片,犹自多情,学雪随风转。(《鹊踏枝》)

梅瓣本是无情之物,却犹自多情地眷恋枝头;有情的词人,内心更是充满着无限缱绻的人生哀伤。

还有前文所引过的种种写"愁"的句子,都充溢着满腔的真情,非那些缺乏王国维所谓的"真感情"者所能写出。

"'真'字是词骨。"④由于感情的真诚悃挚,冯词就显得用笔拙重而有

① 刘攽:《中山诗话》,何文焕辑《历代诗话》,中华书局,1981年,第292页。
② 刘熙载:《艺概》卷四,上海古籍出版社,1978年,第107页。
③ 王国维:《人间词话》,《蕙风词话　人间词话》,人民文学出版社,1960年,第198页。
④ 况周颐:《蕙风词话》卷一,《蕙风词话　人间词话》,人民文学出版社,1960年,第6页。

“骨”，这就显出了它与《花间集》中某些下笔轻佻之词间的“轻”“重”之别，也导致了冯词词境的“深”。

接着谈“深”。冯词的意境，显出深婉的特色。感情的真挚，笔触的细腻，必然会造成这种窈深微婉的特点。请读：

> 六曲栏干偎碧树。杨柳风轻，展尽黄金缕。谁把钿筝移玉柱？穿帘海燕双飞去。　　满眼游丝兼落絮。红杏开时，一霎清明雨。浓睡觉来莺乱语，惊残好梦无寻处。（《鹊踏枝》）

“一切景语皆情语也”①，游丝、落花、燕影、莺语……凡此种种意象，综合起来构成了一幅“金碧山水，一片空濛”（谭献《词辨》卷一）的悠远窈曲的意境，其中蕴藏着的细腻深婉的情思实在耐人寻味。

三是“雅”。李清照《词论》说过：“五代干戈，四海瓜分豆剖，斯文道熄。独江南李氏君臣尚文雅……”②她还说过，晚唐之后，词坛“郑、卫之声日炽，流靡之变日烦”。可知在她心目中，晚唐五代（主要指西蜀词坛）词的总特色是“流靡”；唯有南唐二主和冯延巳的词才独标“文雅”，有“出淤泥而不染”之致。这话大体是符合事实的。从当时词坛整个的艺术水准和审美水准来看，南唐要比西蜀“高”。而冯氏，就正是在这样一个“文雅”水平很高的文学舞台上施展他的艺术才华的，所以“入门正”“立意高”，而不走浮靡庸俗的一路。

冯词的“雅”表现在这样几点上：

首先表现在用“雅笔”写艳情上，写得虽艳而不淫、不俗。如其《归自谣》二首：

> 寒山碧，江上何人吹玉笛？扁舟远送潇湘客。　　芦花千里霜月白。伤行色，来朝便是关山隔。
>
> 何处笛？深夜梦回情脉脉，竹风檐雨寒窗滴。　　离人数岁无消息。今头白，不眠特地重相忆。

可以说，这是一种脱去了艳情外壳而保留其内核的“雅词”，大不同于那类过分侧艳的淫媟之词。

其次表现在风格的含蓄不露上，于中显现出一种雍容闲雅的风度。就拿“吹绉一池春水”一词来看吧，词中的那位贵妇人，无论是容态还是举止，都显得

① 王国维：《人间词话》，《蕙风词话　人间词话》，人民文学出版社，1960年，第225页。
② 李清照：《词论》，《李清照集》，中华书局，1962年，第79页。

那么富贵而有“大家风度”。即使写她内心的兴奋激动——“喜鹊欢叫,莫非丈夫就要回来了?”——也只是用一种暗示式的含蓄方法来写。从微风细波,到闲引鸳鸯、手挼红蕊,再到阑干独倚、斜坠玉钗,这一系列的动作都使人“联想”,使人“猜测”:原来,这是一个貌似闲暇、实则焦灼哀怨的贵妇人,正在急切地盼着夫君的归家。而即使是最后一句“高潮”之语(“举头闻鹊喜”),作者也是写得半露不露、很有克制的。举此一例,就可见冯词讲求含蓄层深的风格之一斑了。和他的宰相身份似乎有相符之处,这类风格的词作中就透出一种“典雅丰容”①的风度气貌来。

再次是它的“景中有情”“情中有思”,也体现出一种耐人寻味的“雅趣”来。

关于它的“景中有情”,前已谈过,不再赘述。这里对其“情中有思”再说几句。冯词甚富“思致”之妙,他每每于抒写自然界的变化触动人心所生之情后,再把它进一步化为对于整个人生的一种哲理性思考。例如,他从“河畔青芜堤上柳”的年年复青,反问人生的“新愁”何以会“年年有”?从“笙歌放散人归去”的酒阑席散中,悟到了“起来点检经由地,处处新愁”的人生无常的惆怅……因此,他的词中不仅有属于感性方面的真情实感,还有着属于更高层次的偏于理性方面的哲理感。这是对于人生有过一番体验、“咀嚼”的人才能写出的词,也是富有很高文学修养的人才能写出的词。

最后是它的用语十分优雅。周济曾以“严妆”和“淡妆”分别比拟温、韦词的语言风格(《介存斋论词杂著》)。如果仍拿此法来比冯词,那可谓是“浓淡相间,恰到好处”。冯词的语言极为高雅、文雅,于华贵相中露出清新之气。如:

> 荫绿围红,梦琼家在桃源住。画桥当路,临水开朱户。柳径春深,行到关情处。颦不语,意凭风絮,吹向郎边去。(《点绛唇》)
>
> 花前失却游春侣,独自寻芳,满目悲凉,纵有笙歌亦断肠。　林间戏蝶帘间燕,各自双双。忍更思量?绿树青苔半夕阳。(《采桑子》)

这些作品的语言,给人的印象是既丽且清,既美又雅,不愧是上乘作家的手笔。

造成冯词上述种种艺术特色的原因是很多的。有时代的因素,有作者个人的艺术趣味、艺术气质、艺术修养等方面的因素,前已提及,此不多述。这里要补充的是地域因素对冯词艺术特色的影响。

冯延巳生活在扬州、金陵一带的江南土地上。江南本是“吴歌”的发源地。几个世纪前,在这块土壤上,盛开过绚丽多姿的民歌之花。虽然数百年来,花开

① 吴曾:《能改斋漫录》卷一七,中华书局,1985 年,第 434 页。

花落，人事代谢，但这一块盛产恋歌的沃野既然存在，那么爱情歌曲的种子肯定也会绵绵不绝。“春林花多媚，春鸟意多哀。春风复多情，吹我罗裳开。”（《子夜四时歌》）你看，一切景物是那么多情，这和冯词的“景中有情”“多愁善感”，其情调多么一致。“春日宴，绿酒一杯歌一遍。再拜陈三愿：一愿郎君千岁，二愿妾身长健，三愿如同梁上燕，岁岁长相见。”冯氏的这首《长命女》，又有着多么浓郁的民歌风韵！我们再看一下，冯词中浸透了多少南国风物的况味：“一晌关情，忆遍江南路”“云雨已荒凉，江南春草长”“石城花落江楼雨，云隔长洲兰芷香”“石城山下桃花绽，宿雨初收云未散”“石城花雨倚江楼，波上木兰舟”“秣陵江上多离别，雨晴芳草烟深”。南方的地名，南方的历史，南方的风物，南方的风景（我们还注意到，冯词中写得最多的是柳、草、江、雨……），这一切，带给了冯词多么温馨旖旎和清丽秀雅的色调。冯词中的“灵魂”，冯词的艺术个性，正是由江南山川的“神秀”所凝结成的。

总的来说，冯延巳的词中糅合着时代的、地域的因素，又有个人对于词风的新创造，从而造就了一种新风貌。它是《花间》词风的继续，又是对《花间》词风的“提高”——这种“提高”正是沿着为正统士大夫文人所欣赏的方向的一种提高，所以很快就被北宋初期的晏、欧等人所继承和发扬。冯词虽然题材仍嫌狭窄，但在意境的深刻和细腻方面却是有所开掘的，特别是，它所凝聚着的那种深符后代士大夫文人艺术脾胃的“雅致”，更深深地吸引和影响着很多的读者与作者。这些，就是冯延巳词在唐宋词史上的主要贡献。

论“以诗为词”

中国古典诗歌的长河，绵延到了唐宋，形成了诗和词两条支流。唐代时，词还处于不显目的地位，词为诗掩；到了宋代，词逐渐“壮大”起来，终于形成了与诗分庭抗礼、平分秋色的局面。

拿今天的眼光看，词，本质上也是诗。它是一种新型的诗体，作为一种新兴的乐府诗，它和音乐（主要是隋唐以来的燕乐）结下了密切的合作关系；作为一种新兴的抒情诗，它又和前代的诗歌有着不可分离的继承关系。因此，词和诗之间，本来不应该有什么严格的、不可逾越的界限；相反，词这个后辈照理应该多向它的前辈（宋以前的诗）和同辈（宋诗）学习、借鉴方好。可惜，这只是我们的看法而已。在当时的词坛上，占统治地位的意见却是：诗是诗，词是词，二者不可相混或相通。在苏轼敢于起来打破诗词界限、革新词体之后，词坛上曾经发生过一场关于“以诗为词”的争议。宋代词话并不多，但这个关于“以诗为词”的争议却在其中占有比较突出的地位，值得注意。研究这场争议，对了解宋词发展史中两种流派的对立，是有所帮助的。

一、“以诗为词”产生的历史背景

先简单地回溯一下苏轼以前词的发展情况。

词原是民间之物。从现存的《教坊记》曲名表和敦煌曲子词来看，它的题材是宽广的，思想是活泼的，风格是清新的。《教坊记》曲名表中，有反映农村生活的《拾麦子》《麦秀两歧》《拨棹子》等曲名，有反映边塞生活的《牧羊怨》《叹疆场》《沙碛子》等曲名。从《敦煌词》看，其间有“边客游子之呻吟，忠臣义士之壮语，隐君子之怡情悦志，少年学子之热望与失望，以及佛子之赞颂，医生之歌诀，莫不入调。其间言闺情与花柳者，尚不及半，然其善者足以抗衡飞卿、比肩端己”①。即便是后来刘禹锡、白居易等学习民间词而作的小词中，也还带有浓厚

① 王重民辑：《敦煌曲子词集 · 序》，《敦煌曲子词集》，商务印书馆，1956 年。

的生活气息，并非连篇累牍的描写男女私情。

但是，“在山泉水清，出山泉水浊”，词发展到唐末五代，却走过了一段“弯路”。温庭筠，这个具有关键性作用的文人作词家，却把词领进了青楼狭邪中去。当然，这也不仅仅是温氏一个人的错误所致，而是整个时代的过失。原先清澈透亮的词的溪流中，抛进了无数脂垢，变得面目大异了。到了南唐，总算洗掉了很多的脂粉气，有了一些转机。李后主以词作为抒发亡国破家之恨的文学工具，在词中注入了丰富深沉的内容，使词“眼界始大，感慨遂深”①。但是可惜得很，这种词与政治、词与现实密切联系的好风气并没有在北宋初期得到继承和发扬，相反，它又回到了达官贵人的酒筵歌场上去了。那时的词坛，以晏殊、欧阳修为领袖，以张先、宋祁为大将，他们的词基本可说是一片“妇人语”而已。

和正统的文人词派相异，柳永的词带有鲜明的市民作风。他的词中，引入了为晏殊等贵族官僚词中所少见的内容——个人落魄江湖的感叹和羁旅之愁，以及对祖国山河风物的描绘，这比之晏派词人来，不能不说是一大进步。但是，虽然他能够接近下层人民，写出过《煮海歌》这样的反映民间疾苦的诗来，然而他的词却仍然在狭隘的题材圈子中打转。这样，我们便遗憾地看到，唐宋词在它的发展中错过了两次好机会——一次是李煜开创的词与政治相联系的机会，一次是柳永获得的词人与群众相联系的机会。唐宋词没有抓住这两次良机，转一下弯子，而是依然沿着温庭筠、冯延巳的路子走，一直在花间、尊前徘徊。

词的历史如果从中晚唐算起，到苏轼为止，也已有了二百年的历史了。这二百年的词苑中，虽也开出了不少美丽的花朵，然而有的只是“翡翠兰苕”之作，而终乏“碧海鲸鱼”的巨篇。词的发展，走的是一条狭窄的道路。

难道词这种形式只配抒写些风花雪月、柔情蜜意吗？难道词只能永远居于歌畔筵前而仅作为“娱宾遣兴”的工具吗？事实并不是这样。词是劳动群众所新创的一种诗体，而每一种新的文学体裁，都为社会提供了一种新的工具。词，它的显著特点是合乐可歌和具有长短句式。这两个特点也正是它的（不同于近体诗的）优点。合乐可歌，使词长上了有力的翅膀，便于传播，而音乐的“冶炼”又使它产生了特殊的声调美，使它更有利于表达人类的感情。长短句式，比之整齐划一的近体诗，更有利于表达人们复杂委婉的心情，“曲者，曲尽人情也”。经过二百年来文人的开拓、提炼（特别是柳永对慢词长调的开拓），词的创作已经积累了一定的经验。它像一片等待开发的沃野一样，吸引着敢于探索的人们前去拓荒。

① 王国维：《人间词话》，人民文学出版社，1960 年，第 197 页。

这是就词本身的发展来说的。而苏轼的革新词体，还有其一定的政治、经济方面的原因做背景。

宋初词坛之所以没有继承李煜词风而大大发扬了冯延巳之风，这是有其社会根源的。宋初经历了一个政治统一、经济发展（特别是城市经济发展）的阶段，加上赵宋皇朝以享乐主义政策引诱官吏，一时歌舞升平，呈现出一派表面的繁华景象。和这种政治、经济状况相适应，文坛上泛滥的就是一片歌功颂德和及时行乐的风气。诗文方面是讲求形式的西昆体盛行，"穷妍极态，缀风月，弄花草，淫巧侈丽，浮华纂组"（石介《怪说》）。词坛上同时也弥漫着一片侧艳软媚之风。但是好景并不太长。进入中叶之后，北宋的各种社会矛盾都在激化，积弱积贫的状况也开始暴露。这时，在歌舞升平中已经隐约可以听到西北边疆的战鼓，而在朝廷内部，也发出了党争的吵闹。时代推动着文学前进。一场诗文革新运动正在席卷文坛，其余波所及，也必然要深入和推进到词这个有待于开发的阵地中去。西昆体的诗文被冲垮了，一向只作为"艳科"的词也不得不准备发生蜕变。这是带有某种历史必然性的事。这里举一个例子可以说明问题：

据《苕溪渔隐丛话》前集卷二六引《隐居诗话》记载，晏殊做枢密使时，一日雪中退朝，宴请他的学生欧阳修等赏雪作诗。晏殊一直做惯了"太平宰相"，他的吟诗不过是想写几句讴歌丰登的诗句寻寻开心而已。谁知欧阳修却写出了这样的句子："主人与国共休戚，不惟喜乐将丰登。须怜铁甲冷彻骨，四十余万屯边兵。"①意寓讽劝，要晏殊不能一味寻欢作乐，而要常想到边塞上还有40万兵卒忍受着酷寒之苦。这一下弄得晏殊很不开心，不欢而散。这件事说明，到了欧阳修的时代，社会问题已经很突出了，即使在赏雪作诗的"高雅"时刻，它也会涌进诗人的头脑里来，想躲避也躲避不了。

但是，饶有兴趣的是，就是这同一位欧阳修，他对诗和词的态度却大不一样。且不去说他本人写的诗文和词其风貌有多大的差异，使人读后有如出两人之手的感觉，只看看他对范仲淹《渔家傲》词的态度就可明白了。范词中有"羌管悠悠霜满地。人不寐，将军白发征夫泪"，这与欧诗里"须怜铁甲冷彻骨，四十余万屯边兵"岂不是一个意思吗？不过一个是"边塞诗"，一个是"边塞词"而已。但这个写出了为晏殊所不喜欢的边塞诗的欧公，却对第一个写出了反映边兵痛苦的词表示了很不理解或不甚满意，他半开玩笑地称之为"穷塞主之词"，也作了一首《渔家傲》词（送王素出守平凉），词中曰："战胜归来飞捷奏，倾贺酒，玉阶遥

① 胡仔：《苕溪渔隐丛话·前集》卷二六，人民文学出版社，1962年，第176－177页。

献南山寿。”①这说明,直到欧阳修的时候,人们对词的看法还停留在只能写艳情,只能歌功颂德的地步,一有逾禁,便不易为人们所接受,可见词体改革之难。同时也说明,社会问题不仅不可抑制地涌进了诗里,它也开始闯到词这个禁苑里来了。

范仲淹的《渔家傲》在反映现实生活这一点上开了头,王安石又接下去写了怀古叹今的苍劲词篇《桂枝香·金陵怀古》,这个拓宽词题的事业就不再中断了。紧接着苏轼带着满身的“天风海雨”,越过了诗文领域,进而迈入词坛,这时,一场深刻的变革就不可避免了。苏轼一生,遭遇了多少忧患曲折,他的头脑里装满了深邃的人生哲理,他的文学修养是那么深湛,他的艺术才华又是那么惊人。词在他的笔下,必然放出异于传统的光彩。而这种变化,当时人是不大容易正确理解它的。他们中的大多数人便把这种变化归之于引诗入词,故而唤作“以诗为词”。这实在是一种浮于表面、并不精确的说法。

二、宋人所谓“以诗为词”的含义

最早提出“以诗为词”这个说法的恐怕要算《后山诗话》。它说:“退之以文为诗,子瞻以诗为词,如教坊雷大使之舞,虽极天下之工,要非本色。”②

这个说法,为很多人所赞同,如:

《王直方诗话》云:东坡尝以所作小词示无咎、文潜,曰:“何如少游?”二人皆对云:“少游诗似小词,先生小词似诗。”③

王灼《碧鸡漫志》卷二引当时人之言,谓苏词乃“长短句中诗也”,又谓“今少年妄谓东坡移诗律作长短句”④。

胡仔《苕溪渔隐丛话前集》卷三八转引《后山诗话》云:“世语云……苏子瞻词如诗,秦少游诗如词。”⑤

陈应行《于湖先生雅词序》:“苏明允不工于诗,欧阳永叔不工于赋,曾子固短于韵语,黄鲁直短于散语,苏子瞻词如诗,秦少游诗如词,才之难全也。岂前辈

① 魏泰:《东轩笔录》卷一一,中华书局,1983 年,第 126 页。
② 陈师道:《后山诗话》,何文焕辑《历代诗话》,中华书局,1981 年,第 309 页。
③ 胡仔:《苕溪渔隐丛话·前集》卷四二,人民文学出版社,1962 年,第 284 页。
④ 王灼:《碧鸡漫志》卷二,唐圭璋编《词话丛编》,中华书局,1986 年,第 85 页。
⑤ 胡仔:《苕溪渔隐丛话·前集》卷三八,人民文学出版社,1962 年,第 225 页。

犹不免耶?”①

为什么说他“以诗为词”“小词如诗”?综观宋人的有关论述,大致有两层意思,一是说他的词有不合音律处,二是说他的词不同于传统的词风,与词的“本色”不合。而总的感觉是,他的词不同于《花间》、南唐以来的“正规”的词风,似乎带进了某种诗里才有的新鲜东西。

批评苏轼词不合音律的,要算李清照最尖锐了。她在《词论》中说:“……苏子瞻,学际天人,作为小歌词,直如酌蠡水于大海,然皆句读不葺之诗尔,又往往不协音律。”②

《遁斋闲览》云:“子瞻尝自言平生有三不如人,谓著棋、饮酒、唱曲也。然三者亦何用如人?子瞻之词虽工,而多不入腔,正以不能唱曲耳。”③

直到晚宋,这个“不合律”的问题仍被唠唠叨叨地重复着。如仇远《山中白云词序》批评“陋邦腐儒,穷乡村叟,每以词为易事,酒边兴豪,即引纸挥笔,动以东坡、稼轩、龙洲自况”,是“不知宫调为何物”,“岂足与言词哉”④!这些话虽然离苏轼的时代已很远了,但这个不合音律的头既是苏轼开的,这些批评就仍含有归咎于苏轼之意在内。

批评苏词不同于传统词风的话则说得比较模糊,需要加以演绎才能明白。这方面,仍以李清照的说法为最典型。她提出了一个词“别是一家,知之者少”的著名论点,可以说主要是针对着苏轼而发的。按照她的意见,词首先当求合律,其次要求不同于诗,不同于文,别具一格。晁无咎批评黄庭坚“间作小词,固高妙,然不是当行家语,自是著腔子唱好诗”⑤。而苏轼读秦观《上巳游金明池诗》“帘幕千家锦绣垂”之句,则笑他“又入小石调矣”。从晁、苏之言中即可窥知诗词之风自有“软”“硬”之别。而苏轼的词,时人称为当须关西大汉持铜琵琶、铁绰板唱之(俞文豹《吹剑录》),可知其风格已经跳出了传统的“香而弱”“艳而软”的圈子,而呈现出另一种崭新的面目。

① 陈应行:《于湖先生雅词序》,金启华,等编《唐宋词集序跋汇编》,江苏教育出版社,1990 年,第 164 – 165 页。

② 胡仔:《苕溪渔隐丛话 · 前集》卷三三,人民文学出版社,1962 年。

③ 胡仔:《苕溪渔隐丛话 · 前集》卷四二,人民文学出版社,1962 年,第 284 页。

④ 仇远:《山中白云词序》,吴则虞校辑《山中白云词》,中华书局,1983 年,第 163 页。

⑤ 吴曾:《能改斋漫录》卷一六,中华书局,1985 年,第 409 页。

三、"以诗为词"实质上是一场革新

前已提到,宋人所谓的"以诗为词"仅仅是一种不够准确的认识而已。它只停留于表面现象——苏轼的词和他的诗有某种程度的相似,因而误以为他是用写诗的方法来写词——却没有深入到本质的东西里去。拿今天的目光来看,苏轼的"以诗为词"实质上是词坛的一场革新举动。

首先,他拓宽了词的题材,把词从以前那种十分狭隘的圈子里解放了出来,使它向着现实生活大大靠拢了一步。这是一个了不起的举动,它使词摆脱了"艳科"的樊篱,而成了与诗同样的、抒情言志的工具。

文学的根本使命在于反映现实生活,文学的生命力也来源于生活这棵常绿之树。一旦远离了现实生活之源,它就会失去光彩,就会萎缩甚至枯死。词发源于胡夷里巷的时候,它是生动活泼的。到了唐末五代及宋初的一个阶段,它已经远离了生活,远离了现实。所以尽管它涂抹上了一层浓浓的脂粉,但躯干的美丽却并不能掩盖住内心的空虚。这就给宋词带来了隐伏着的危机。苏轼则在一定程度上恢复了词与现实生活密切相关的传统,使词获得了新的生命。刘熙载《艺概》卷四云:"太白《忆秦娥》声情悲壮,晚唐五代惟趋婉丽,至东坡始能复古。后世论词者,或转以东坡为变调,不知晚唐五代乃变调也。"①他把苏词看作"复古",如果把这个"古"理解为民间词,那就很是恰当了。这个古复得好,它使误入了"庭院深深深几许?杨柳堆烟,帘幕无重数"的词,重新回到了田野乡村、猎场山城中去;它可以用来缅怀古迹,使人回到那"江山如画,一时多少豪杰"的历史图画中去;它可以用来与爱人话旧,"小轩窗,正梳妆",使人重睹那情深意真的旧场面;它可以升天,去探求"明月几时有"的秘密;它可以入梦,去发抒"古今如梦,何曾梦觉"的浩叹。他的词中出现了大量的小序:"密州出猎""乙卯记梦""赤壁怀古""沙湖道中遇雨",说明他的词是"为时""为事"而作,是"有感"而发,不像以前人的大量词是为"娱宾"、为"遣兴"而作,是为艳情而发。他的词中有"人",词外有"事"。这个"人",不再是倚红偎翠的才子佳人,而是一个有所作为、饱经忧患风霜、屡经挫折打击然而又不屈不挠、乐观顽强的人;这个"事",不再是一味地探春寻芳的风流韵事,而是有关现实的国家大事,词人所接触到的是种种生活细节和社会问题。是苏轼,第一个把"镜头"对准了农村,他的词中出现了乡姑村叟;是苏轼,第一次在词中写出了保卫边疆、建功立业的雄心壮志;

① 刘熙载:《艺概》卷四,上海古籍出版社,1978年,第108页。

是苏轼,第一次用词作为悼亡的体裁,写出了动人心弦的真挚词篇;是苏轼,第一次给词中带进了惊涛裂岸的巨响。苏轼的词几乎达到了“无意不可入,无事不可言”(《艺概》卷四)的境地。在他手中,词已成了抒情言志的得心应手的工具。

我国古代诗歌早就有了“言志”的传统。然而词却似乎一开头便落入了低贱的地位,被剥夺了言志的权利,而只配写情——而且局囿于写男女之情,写风花雪月之情。苏轼的词,内容丰富,范围宽广,有写情的,也有言志的,还有记事的、发议论的。“问渠那得清如许,为有源头活水来。”苏轼的词中响着生活之泉的淙淙响声,在那听惯了的令人厌倦的浅斟低唱声中,这是显得多么不同凡响呀!

内容的变化必然会引起形式方面的变革。苏轼论文,历来主张“辞达”和“以意为主”。他说:“辞至于能达,则文不可胜用矣。”①“某平生无快意事,惟作文章,意之所到,则笔力曲折无不尽意。自谓世间乐事,无逾此者。”②因此他写文章,历来如“万斛泉源,不择地皆可出。在平地,滔滔汩汩,虽一日千里无难,及其与山石曲折,随物赋形,而不可知也。所可知者,常行于所当行,常止于不可不止”③。写文章如此,写诗写词又何尝不是如此。所以,诸如词律,诸如传统的作词方法,他都不放在眼下,他都敢于有所突破。昔人有用“豪放”二字来形容苏词的词风的,这大体上还是恰当的。这个“豪”字体现了他思想感情的豪健,他的作为豪杰之士的“豪”气;这个“放”字,则体现了他感情上的奔放无羁和格律形式方面的解放。

苏轼尝自谦平生有“三不如人”,其中之一即“唱曲不如人”。所以有人就认为“子瞻之词虽工,而多不入腔,正以不能唱曲耳”(已见前引)。其实,苏轼是一个多才多艺的人,他很懂音律。只要看一看他的许多词序和同时人的记载就清楚了。《东坡乐府》中自己标明檃栝或补足前人诗词“使受音律”的就有《哨遍》《洞仙歌》《水调歌头》等词,他在《阳关曲》题下自注“本名《小秦王》,入腔即《阳关曲》”,他考证《阳关三叠》的三叠为第一句不叠、其余三句各二叠(《仇池笔记》),他为琴曲填写《醉翁操》词(见其小序),他游金山时月下和歌起舞(《铁围山丛谈》卷三),凡此种种,都表明他不是不懂音律——他的大部分词是合律的——只是他在表情达意与词律发生矛盾的时候,却敢于打破音律的框子。如

① 苏轼:《答谢民师书》,《苏轼文集》,孔凡礼点校,中华书局,1986年,第1418页。

② 何薳:《春渚纪闻》,中华书局,1983年,第84页。

③ 苏轼:《自评文》,曾枣庄、舒大刚主编《三苏全书》第13册,语文出版社,2001年,第505页。

他的《念奴娇·赤壁怀古》下片三句,常规应为六、四、五,而苏轼却写成"遥想公瑾当年,小乔初嫁了,雄姿英发",为六、五、四,被万红友《词律》称为"别格"。《水龙吟》末三句应为五、四、四,而他的《杨花词》却作七、三、三("细看来不是杨花,点点是,离人泪")。苏轼在这些地方破坏了原乐曲的节拍,因此惹来了"往往不合音律"的议论。但苏轼这样做是正确的,因他保全了词意,所以陆游说得对:"公非不能歌,但豪放,不喜剪裁以就声律耳。"①晁补之也说得很妙:"东坡词人谓多不谐音律,然横放杰出,自是曲子中缚不住者。"②

常言说:"文如其人。"这句话如果移用到词中来,显得并不全部适用。"(晏)殊赋性刚峻,而词语特婉丽"③;欧阳修在古文里出现的面目颇有些"褒衣大袖"之风,而在词里却给人以截然不同的印象。苏轼的词,才是真正做到了"词如其人","情性之外,不知有文字"(元好问语,见其《新轩乐府引》)。他的词是他人格的表现,是他性情的流露,是他个性的体现,"词中有人",就是说的这个意思。苏轼一生经受无数次打击,但他始终保持达观开朗的豪气。因此,他的词中同样充溢着这种豪放气概。苏轼本人是喜欢豪放的风格的。他赞扬陈季常的"新词"是"句句警拔,诗人之雄,非小词也"(《答陈季常书》),又赞扬蔡景繁的"新词"乃"古人长短句诗也,得之惊喜"(《与蔡景繁书》)。他自己也禁不住手痒起来:"近却颇作小词,虽无柳七郎风味,亦自是一家。"④他特别欣赏自己所作的一首打猎的壮词,说他"令东州壮士抵掌顿足而歌之,吹笛击鼓以为节,颇壮观也"⑤。他在传统的婉约词风之外开创了另外一路风格,这是词的发展史上具有开创意义的一件大事。

苏轼的改革词体,使词坛面目为之一新。尽管一些正统派的词人抱住陈旧的观念不放,责难他"以诗为词",但是他的划时代的开拓之功却是掩盖不了、抹杀不了的。当然苏轼的革新,自然也有他的缺点甚至流弊。但是,如果没有他大胆而成功地迈出了第一步,要想在以后出现辛弃疾等人的爱国词作是不可能的。元好问《论诗绝句》云:"论功若准平吴例,合着黄金铸子昂。"在词里,合用黄金铸像的当然要首推苏轼了。

① 陆游:《老学庵笔记》卷五,中华书局,1979年,第66页。

② 吴曾:《能改斋漫录》卷一六,中华书局,1985年,第409页。

③ 永瑢,等:《四库全书总目》卷一九八《珠玉词》,中华书局,1965年,第1807页。

④ 苏轼:《与鲜于子骏书》,曾枣庄、舒大刚主编《三苏全书》,语文出版社,2001年,第501页。

⑤ 同④。

略论苏轼在宋词发展中所起的作用和影响

苏轼在宋词发展中具有极为重要的地位。但历来的论者多仅着眼于他首创“豪放”词风的功绩,而对其他方面则注意不够。宋人汪莘尝言:“余于词所爱喜者三人焉:盖至东坡而一变,其豪妙之气隐隐然流出言外,天然绝世,不假振作。二变而为朱希真……三变而为辛稼轩……此词之三变也。”①汪莘对此三人的欣赏是颇有见地的。我认为,如果沿着这一条线索探讨苏轼在宋词发展中所起的作用和影响,或许会比较全面些。

一

从温庭筠起,到苏轼以前,词坛上基本上以晏殊、欧阳修为领袖的小令派和以柳永为代表的慢词派双峰并峙,平分秋色。尽管两派之间存在着一些区别,但一般说来,却有一点是共同的,那就是题材狭隘和风格柔婉。如果借用形象化的语言来讲,则题材基本是“妇人语”②,而风格往往是“妮子态”③。

造成这种柔靡词风的原因是多方面的。除了政治、经济方面的原因外,直接涉及词体本身的因素有二:一是词是合乐的文体,它的“文情”受到“声情”的羁縻;二是宋人有一种“诗词分等”论,视词为“诗余”,认为词只配抒写艳情。在这些框框的束缚下,词就只好沿着香艳这一狭窄的道路畸形发展了。

由于词是合乐的文体,既有文学性,又有音乐性,而唐末五代以来,歌者多是女性,这就不能不影响到词的风格。宋末的词论家张炎对此曾概括说:“簸弄风月,陶写性情,词婉于诗,盖声出莺吭燕舌间……”④这就清楚地说明了女音为

① 汪莘:《方壶诗余自序》,金启华,等编《唐宋词集序跋汇编》,江苏教育出版社,1990年,第227页。

② 胡仔:《苕溪渔隐丛话·前集》卷二六,人民文学出版社,1962年,第178页。

③ 毛晋:《稼轩词跋》,金启华,等编《唐宋词集序跋汇编》,江苏教育出版社,1990年,第175页。

④ 张炎著、夏承焘注,沈义父著、蔡嵩云笺释:《词源注 乐府指迷笺释》,人民文学出版社,1963年,第23页。

主的乐风和婉媚为主的词风之间的密切联系。所以,如果过分强调词的音乐性一面,过分强调合声、合律,就势必损害甚至窒息它的文学性;而如果要扶植、发展词的文学性,就不免要或多或少地突破声律。这两种抉择决定着词的发展前途。苏轼,就是对词的发展做出具有决定性意义之抉择的关键人物。他深通乐理,然而他更重视词的文学性。他把词看作一种新型的诗体,赞赏那种突破艳科樊笼的新词是“句句警拔,诗人之雄,非小词也”(《答陈季常书》)。他自己作词,也只求痛快淋漓地表达自己的思想感情,而并不过分拘泥于声律。这个特点,曾被持保守观念的人讥为“以诗为词”,但它正反映了苏轼想把词从音乐的附庸地位中解脱出来而向“诗”的方向发展这一事实。这对宋词后来的发展,确实是有所贡献的。

古人对文体有一种相当顽固的等级观念。如李白就曾说过:“兴寄深微,五言不如四言,七言又其靡也,况使束于声律俳优哉。”①宋人的“诗词分等”论也是一例。词是隋唐以来才有的新文体,又与“胡夷里巷之曲”结下血缘关系,因此在特别重视“道统”的宋人眼目中,更显得品格低微、不能登“大雅之堂”。由于有了这种“分等论”,于是又派生出“分工论”,即诗言志而词言情。“情”本来是多方面的,并不限于男女之情,但自唐五代以来以至北宋前期的词中,却又以艳情占主要篇幅,连欧阳修、司马光这些名儒重臣在词中也大写其旖旎柔情。但是,这种状况终究不是正常的现象。词既然是一种新型的诗,它就可以而且应该和诗一样用来抒情言志,反映比较广阔的社会生活。苏轼正是这样做的,他把词作为抒发自己士大夫情怀的新的文学工具。胡寅说“及眉山苏氏,一洗绮罗香泽之态,摆脱绸缪宛转之度,使人登高望远,举首高歌”②,王灼说“东坡……指出向上一路,新天下耳目,弄笔者始知自振”③,就都是赞美苏轼这种改革的。自此以后,词从专以言情拓宽到了同诗一样可以言志的地步,词的社会功能得到了充分的发挥,词的社会地位也得到了一定的提高,这就对宋词的解放与开拓起了先锋的作用。

艺术的革新,归根到底要拿出过硬的作品来。苏轼对于宋词的革新并没有太多的理论,但是,他以自己优秀的词作奠定了自己在词史上的崇高地位,并以此启迪后人。这可从两方面看:

① 孟棨:《本事诗·高逸》,文艺小丛书社,1933 年,第 40 页。

② 胡寅:《酒边词序》,金启华,等编《唐宋词集序跋汇编》,江苏教育出版社,1990 年,第 117 页。

③ 王灼:《碧鸡漫志》卷二,唐圭璋编《词话丛编》,中华书局,1986 年,第 85 页。

首先,苏轼使词脱出了词为艳科和小技的窠臼,使它进入现实生活,成为具有“源头活水”的健康文学。

活跃在北宋前期词坛上的文人,在他们的词中几乎都没有反映出他们作为士大夫的全部精神世界,而仅只反映出他们隐藏在“正人君子”外表之后的风流多情的一面——这固然也是构成他们精神世界的真实的一面,但毕竟只是次要的一面。只有到了苏轼,这种不正常的状况才得到克服。苏轼的词,“词如其人”“词中有品(人品)”,在其中出现的才是真实的宋代士大夫形象。这个形象,既反映了封建社会知识分子世界观中积极的一面,也反映了消极的一面——而且不管是积极面还是消极面,都来源于当时社会生活中的矛盾和斗争,这样就使苏词充满了现实感和真实性,表现出作者的艺术个性来。

苏轼是一个热爱祖国、同情人民的士大夫。因此他的词里有着积极用世、要求建功立业的主题(如《江城子 · 密州出猎》),有着歌颂祖国山川、缅怀古代豪杰的主题(如《念奴娇 · 赤壁怀古》),有着保卫祖国、抵御外敌的主题(如《阳关曲》)。他是一个襟怀宽广、热爱生活的人,他的那些描写农村风光、送别亲友、登临怀古、悼念亡妻的词中,无不充满着真挚的情意。所有这些,都是前人词中所少见到的。

苏轼又是一个饱经风霜、屡遭打击的文人,他的世界观中充满了矛盾,他的内心充满了苦恼和烦闷。因此他的词中流露出浓重的颓废情绪。这种消极情绪的表现方式是多种多样的,有时是借山水之游聊以排遣,有时是借老庄哲理求得解脱,有时则直接发为苦闷的呼唤。他在词里寄托他的愤慨,又在词里发泄他的烦恼,更在词里求得他在精神上的解脱。政治上的得意与失意,仕途上的穷通与进退,生活中的幸福与痛苦,这是每一个封建社会中的文人都会碰到的矛盾。千百年来,无数文人都在寻求这个矛盾的“圆满”解决,而苏轼,却在他的词里用艺术的语言把它解决了。请看:“人有悲欢离合,月有阴晴圆缺,此事古难全”“休言万事转头空,未转头时皆梦”“古今如梦,何曾梦觉,但有旧欢新怨”“长恨此身非我有,何时忘却营营?夜阑风静縠纹平,小舟从此逝,江海寄余生”。这一类词,对后世的文人影响最大,所获得的评价也最高。尽管它们所表现的思想感情是偏于消极一路的,但比起一味缠绵悱恻的儿女柔情来,它与现实生活的距离毕竟要近些——因为它实际上是激烈的政治斗争在文学中投下的阴影,是一种失败者的哲学,其思想深度是要超过一般的艳科词的。

上述两方面的题材,虽然以前也有人在词里写过,但篇数寥寥,给人以空谷足音之感。只有到了苏轼,才把这些原先在诗中习见而为词中所少见的题材分涌到词里来写，开拓了词的疆域，成功地完成了词从“艳词小曲”向新体诗的转变。

其次，再看苏轼在词风上的革新。

苏轼首创“豪放”词风，这是人们公认的。尽管真正称得上为我们所说的“豪放”风格的词作数量并不多，但是，它们体现着宋词发展的新方向，具有开宗立派的重要意义。南宋的爱国词派就是这种豪放词风的优秀继承者。

苏轼在词风上另一方面的革新，就是使词风“雅化”。这一点往往被人忽视——因为他开创“豪放”词风的功绩，光焰夺目，引人注意；相形之下，“雅化”词风就不太为人所重视了。其实，苏轼开创“豪放”词风，固然直启南宋爱国词派，开创了宋词的新天地；而他的使词“雅化”，影响也同样深远：他基本上结束了“婉约”词中雅、俗词风共存的局面，而使它向封建士大夫所欢迎的“雅词”方向发展。徐度云：“（柳屯田）词虽极工致，然多杂以鄙语，故流俗人尤喜道之。其后欧、苏诸公继出，文格一变，至为歌词，体制高雅。柳氏之作，殆不复称于文士之口。”①在欧阳修的时候，柳词势力还相当大，只有到了苏轼，才使词坛的风气为之一变。苏轼的词风，可以说是典型的士大夫词风，它体现了士大夫高雅的艺术情趣。以后婉约派从周邦彦到吴文英，走的都是一条不断地典雅化的道路。造成这种变化的原因之一，自不能不归结到苏轼“雅化”词风对后世的影响。

二

传统的力量是顽强的。即使像苏轼这样的天才，挟带着“天风海雨”的声响跨进词坛，在当时也是嗣响寥寥。苏门学士中，秦观是明显地走柳词道路的，陈师道则批评苏轼“以诗为词，要非本色”，张文潜等人也同陈师道持同一观点。只有黄庭坚、晁补之是追随苏轼词风的，王灼曾谓“晁无咎、黄鲁直皆学东坡，韵致得七、八”。比苏轼稍晚的贺铸，更是一位富有创造力的作家，与苏轼也有过交往，他的词显然受到苏轼的影响，风格亦似东坡。但总的看来，苏轼的词风在北宋后期并不盛行。这是因为：第一，任何革新都不是一件容易的事，在相当长的时间内，旧势力往往仍占优势；第二，北宋后期的政治经济状况形成了另一种词风盛行的条件——徽宗朝穷奢淫逸，征歌选舞，以周邦彦、万俟咏等人为首的“大晟词派”风行一时，它们可以视作柳永词风对苏轼词风的一次“反攻”（王灼

① 徐度：《却扫编》卷下，中华书局，1985 年，第 173 页。

就明言万俟咏等人“源流从柳氏来”）。

然而，新生事物又是不可抑遏的。苏轼所开创的“以诗为词”的风气，后来终于在两宋交替之际和整个南宋阶段得到了大大的发扬。流风所播，更远及金、元。

从“靖康之变”到元灭南宋这将近150年的时间里，最突出的矛盾是民族矛盾。随着对外矛盾的激化，南宋统治集团内部的斗争也尖锐起来。在主战派和主和派的斗争中，主和派占据着主导地位，主战派则受到压制和打击。这样，就使北宋末年至南宋末年的词坛上出现了如下状况：一方面，一大批闪耀着强烈爱国激情的词篇应运而出，这些词的风格，或慷慨激昂、踔厉风发，或悲愤苍劲、沉郁顿挫，明显地继承着苏轼当用“铜琵琶、铁绰板”歌唱的豪放词风。它们反映了士大夫精神世界中积极的、爱国的、关心人民的一面，其深度和广度都在苏词的基础上更进了一步。另一方面，由于正义得不到伸张，直言要受到迫害，士大夫逃避现实、明哲保身的消极情绪也大大滋长起来，反映在词里，就出现了大量歌咏山水归隐之趣、鼓吹乐天知命之理的词篇。这些词，从题材、从抒发的哲理和思想，以及遣词用典来看，也明显地有着苏词的影响。此外则还有一批词作，它们仍然沿袭唐五代以来的艳词传统，仍旧以抒写恋情为主——但是，其中的色情成分却又比柳永等人的词明显地减少，这也可以视作苏轼“雅化”词风的结果之一吧。上述三种倾向有时分别突出地表现在某些作家身上，有时则交织地在同一作家身上同时表现出来——这正反映了封建士大夫们矛盾着的精神世界，也正说明了苏轼其人、其词所具有的典型意义。

在两宋之际继承苏轼词风的人物中，尤其值得注意的是叶梦得和朱敦儒两人。他们在豪放与旷放两个方面都有似于东坡之处。

叶梦得身为重臣，“以经术文章，为世宗儒”（关注《题石林词》），发而为词，既反映了士大夫忧国忧民的精神、情操，又表现了他们寄情山水的闲情逸致。他的《水调歌头》（九月望日，与客习射西园，余病不能射），风格与苏轼的《江城子 · 密州出猎》十分相似。他的《八声甘州 · 寿阳楼八公山作》与东坡的赤壁怀古词相比，从主题到词的基调也存在着一定的模仿与学习的痕迹。他的《水调歌头 · 濠州观鱼台作》，以庄子语意入词，抒写功业未就的消极心理，可谓上承苏轼、下启稼轩的作品。王灼云：“后之学东坡者，叶少蕴……亦得六、七。”①关

① 王灼：《碧鸡漫志》卷二，唐圭璋编《词话丛编》，中华书局，1986年，第83页。

注云:“(叶公)晚岁落其华而实之,能于简淡时出雄杰,合处不减靖节、东坡之妙。”①这就都指出了他的“雄杰”与“简淡”两方面学习苏词的特色。

朱敦儒在一般人心目中以隐逸词人出现。其实,他的词中也有不少关心国事的。如《水龙吟》(“放船千里凌波去”),它是“大江东去”式的词风在新的历史土壤上的产物,自是悲壮之作。当然,给后人印象最深的,还是他那些歌咏出世、归隐的词。张端义评其词云:“朱希真,南渡以词得名。月词有‘插天翠柳,被何人推上,一轮明月’之句,自是豪放。赋梅词如不食烟火人语。”②这“豪放”与“不食烟火人语”的评语不正是宋人对苏词的评价吗?

苏轼的豪放词和旷放词,通过叶、朱承上启下,在南宋都有了发展。这里单独扼要谈一下“豪放”词风在新的历史环境中所形成的爱国词派:

张元干,以其两首《贺新郎》(“送胡邦衡待制赴新州”和“寄李伯纪丞相”)名重一时。这两首词“慷慨悲凉,数百年后尚想其抑塞磊落之气。然其他作,则多清丽婉转,与秦观、周邦彦可以肩随”③。这说明他的词底子本是婉约一路,不过受了时代矛盾的激发而不由自主地追步苏轼词风而已。这种情况正说明了苏词词风在南宋盛行有其政治历史原因。

张孝祥词风极似东坡。汤衡序《于湖词》时指出:“元祐诸公,嬉弄乐府,寓以诗人句法,无一毫浮靡之气,实自东坡发之也。于湖紫薇张公之词,同一关键。”④他的《念奴娇·过洞庭》,魏了翁称之为“有英姿奇气”,“最为杰特”(《绝妙好词笺》卷一引),与苏轼的气派、风格简直波澜无二。他的《六州歌头·长淮望断》忠愤填膺,致使张浚罢席(《历代诗余》卷一一七引《朝野遗记》),亦可谓是爱国词中的杰作了。

爱国词派的代表,自然是辛弃疾。辛弃疾继承东坡词风,前人论述已经很多。范丌《稼轩词序》云:“世言稼轩居士辛公之词似东坡,非有意于学坡也,自其发于所蓄者言之,则不能不坡若也。”⑤他从“器大者声必闳”的观点出发评论辛词,不失为探源之论。从具体的历史条件看,辛弃疾继承苏轼词风有两方面的

① 关注:《题石林词》,金启华,等编《唐宋词集序跋汇编》,江苏教育出版社,1990年,第201页。

② 张端义:《贵耳集》卷上,中华书局,1985年,第13页。

③ 永瑢,等:《四库全书总目》卷一九八《芦川词》,中华书局,1965年,第1814页。

④ 汤衡:《张紫微雅词序》,金启华,等编《唐宋词集序跋汇编》,江苏教育出版社,1990年,第164页。

⑤ 范开:《稼轩词序》,金启华,等编《唐宋词集序跋汇编》,江苏教育出版社,1990年,第172页。

原因。其一是政治方面。辛氏身处民族矛盾异常尖锐的时代，自己又饱经了战争和宦海沉浮的种种经历，所以他的词中充满了“英雄失路”之悲。刘辰翁云：“斯人北来，喑呜鸷悍，欲何为者？而谗摈销沮，白发横生，亦如刘越石。陷绝失望，花时中酒，托之陶写，淋漓慷慨，此意何可复道！而或者以流连光景、志业之终恨之，岂可向痴人说梦哉？”① 这是生活遭遇驱使他走向“淋漓慷慨”的词风。其二是文学本身方面。辛氏 23 岁渡江南来，他的青少年文化教育是在北方的金国完成的。我们知道，苏轼的词风在北宋后期并不盛行，而在当时的金国却深受欢迎。蔡松年、吴激等人把苏轼的词风带到北国，和那里的“深裘大马之风”一拍即合，开出了金源一代词风。《宋史·辛弃疾传》谓辛氏早年师事蔡松年，邓广铭先生已力辨其非(见《辛稼轩年谱》)。但辛氏早期在金国受教育，虽不一定直接师承蔡氏的教诲，其曾受到苏轼词风的熏陶，则是决然无疑的。因此可以这样说，苏轼所开创的豪放词风的种子，在金国的土壤上已滋生出新芽，复由辛弃疾带回南宋，在南宋的土壤里倔强地生长壮大起来。明人张綖以苏轼为豪放派之首领(《诗余图谱》)，清人王士禛以辛弃疾为豪放派之首领(《花草蒙拾》)，得见两人词风的一致性，以及辛弃疾对苏轼的豪放词风的继承。辛词中另有不少谈禅说理、咏叹人生、讴歌归隐的旷放词，从中也同样可以看到苏轼的影响。

总而言之，苏轼是宋词发展史上的关键人物，他的词也可以说是一块重要的里程碑。他对宋词的发展曾经起过重大的作用，产生了深远的影响。这种作用和影响是相当复杂的，而其积极的、有益的一面则是主要的。

① 刘辰翁：《辛稼轩词序》，金启华，等编《唐宋词集序跋汇编》，江苏教育出版社，1990 年，第 174 页。

张舜民和他的词作

在北宋词坛上，能够“一洗绮罗香泽之态，摆脱绸缪宛转之度”而以词来“言志”的，当然应该首推东坡。但是，从事实来看，东坡词中，写柔艳之情的作品还是相当多的，而真正能脱尽柔靡之气的词人，我们应该提到张舜民。

张舜民，字芸叟，号浮休居士，邠州（今陕西彬县）人。他与苏轼同时，娶陈师道之姊为妻，在政治立场上属于元祐“旧党”。其事迹具见于《宋史》卷三四七《张舜民传》。有《画墁集》传世。

张舜民是北宋后期的诗人。《苕溪渔隐丛话》前后集均专列有“张芸叟”一节，可见他的诗名。他的《题庾楼》诗中“万里秋风吹鬓发，百年人事倚栏干”二句，世或载之于东坡集中（《四库提要·画墁集》），可知他的诗风与苏轼相近。

张舜民存词不多，仅有四首①。但是，值得注意的是，这 4 首词所写全是自己的贬谪之感，从题材内容看，已跳出了“艳科”的樊篱，而从艺术风格看，也近乎苍劲豪放一路。

这里先考证一下他这次贬谪的经过情况。

《苕溪渔隐丛话前集》卷五十二引东坡言：“张舜民，邠人也，通练西事，稍能诗。从高遵裕西征回中，作诗二绝。一云：‘灵州城下千株柳，总被官军斫作薪。他日玉关归去路，将何攀折赠行人？’一云：‘青铜峡里韦州路，十去从军九不回。白骨似沙沙似雪，将军莫上望乡台。’为转运判官李察闻奏，得罪，贬郴州监税。”②（《诗人玉屑》卷一八同此）

查《宋史》卷四六四《高遵裕传》和张舜民本传，知事在元丰四年（1081）。高遵裕由于骄傲和妒忌，致使出师兵溃，兵败后又放纵部下乱斫树木。所以张舜民作《西征回》二绝，讥讽他的劳兵损卒和治军无方。但这一来，就给这位富有正义感的诗人带来了不幸。元丰六年（1083），他从京师贬官，远赴郴州（今湖南郴县）。当然，触发这次贬谪的原因可能还有其他——据宋无名氏《道山清话》

① 晁公武《郡斋读书志》载张舜民“晚好乐府百余篇”，此“乐府”恐指乐府体的诗。
② 胡仔：《苕溪渔隐丛话·前集》卷五二，人民文学出版社，1962 年，第 356 页。

记载:“张舜民郴州之贬也,坐进《兵论》。世言‘白骨似沙沙似雪’之诗,此特一事耳。《兵论》近于不逊矣。”①但因今本《画墁集》(辑本)中不载《兵论》,所以无法深究——在南行途中,他怀着对于京师的依恋和不甘贬谪的牢骚,写下了《江神子》、《朝中措》和两首《卖花声》。

张舜民此行,由河南汴京出发,先到江苏,在金陵(今南京市)登赏心亭,作《江神子》。词中有云:“七朝文物旧江山,水如天,莫凭栏。千古斜阳,无处问长安。”词风苍劲,感怀朝廷(“长安”)之情溢于言表。离开金陵后,途中又作《朝中措》,词中自称“三湘迁客思悠哉”,贬谪之感甚浓。是年秋冬,到达湖南岳阳楼,写下了两首有名的《卖花声》词;

木叶下君山,空水漫漫。十分斟酒敛芳颜。不是渭城西去客,休唱《阳关》。　醉袖扶危拦,天淡云闲。何人此路得生还?回首夕阳红尽处,应是长安。

楼上久踟躇,地远身孤。拟将憔悴吊三闾。自是长安日下影,流落江湖。　烂醉且消除,不醉何如?又看暝色满平芜。试问寒沙新到雁,应有来书。

岳阳楼地处宋代南迁必经之地,“迁客骚人,多会于此”(范仲淹《岳阳楼记》)。张舜民长途跋涉至此,面对着漫漫洞庭湖水,不由心潮起伏。他想到了古代的屈原(三闾大夫),也想到了前朝的白居易(白居易有题岳阳楼诗:“岳阳城下水漫漫,独上危楼凭曲栏。春岸绿时连梦泽,夕波红处近长安……”),更想到了自己此去郴州,归期未卜,百感交集,悲愤中来,于是就用苍凉遒劲的笔调写下了这两首“声可裂石”②的词篇。

就在这一年的前一年(1082),苏轼贬居黄州,写下了声蜚词坛的《念奴娇》(赤壁怀古)词。张舜民的这四首迁谪词,肯定受到过苏轼的影响。据张舜民的《郴行录》记载,他在经过黄州时,曾与东坡盘桓多日:“壬戌,早,次黄州。见……团练副使苏轼,会于子瞻所居。晚,食于子瞻东坡雪堂。子瞻坐诗狱,谪此已数年。”③“丙寅,招苏子瞻,游武昌樊山。食罢,苏子瞻以舟涉江,同诣武昌县”④……苏轼与他既有着相似的因诗招祸的遭遇,政治态度又同属旧党,且都

① 无名氏:《道山清话》,中华书局,1985年,第18页。
② 梁令娴:《艺蘅馆词选》乙卷引,广东人民出版社,1981年,第69页。
③ 张舜民:《画墁集》卷八,商务印书馆,1935年,第63页。
④ 同③。

是能诗会词的文人,所以在这一番交游中,张舜民自然会读到东坡的《念奴娇》等词,受到苏词的启发和影响。周紫芝《书张舜民集后》曾提到,“回首夕阳红尽处,应是长安”二语,时人多以为是东坡词,这就可知张词词风的近乎苏词了。

从艺术成就来看,这两首词也不失为北宋词中的佳作——特别是前一首,一直被各种选本所采纳。它充分利用了长短句的特点,把前人在诗中抒写过的情志和意境加以“再创造”(费衮《梁溪漫志》卷七就称“回首”二句乃是对白居易诗的“换骨”),使它既具有唐诗的雅美,又具有“倚声”的劲健。而它那种以“美人”的柔情来反衬志士失意①的写法,后来又被辛弃疾《水龙吟·登建康赏心亭》“倩何人唤取,红巾翠袖,揾英雄泪”所继承,亦足证张舜民词虽少,但自有其独特风格和一定影响。

① 指《卖花声》词:“十分斟酒敛芳颜。不是渭城西去客,休唱《阳关》。”

论秦少游词

一、他成了当日词坛上的“最佳词人”

在少游以前，北宋词坛上已经出现了两位开宗立派的人物：一是柳永，他的词达到了“凡有井水饮处”皆能歌之的地步；另一位是苏轼，有人说他一出，“《花间》为皂隶而柳氏为舆台矣”①。但是，在当时的很多人看来，柳词和苏词都还有可以指摘之处。例如，陈师道一方面批评柳词“骫骳从俗”，另一方面又批评苏词“虽极天下之工，要非本色”②，这种“两面开弓”式的批评，正反映了当时占主流地位的词学观点是重高雅和宗婉约。而真能符合这种词学观点的典范作品，那就得首数秦少游的词了。仍拿陈师道的话来说：“今代词手，惟秦七（观）、黄九（庭坚）耳，唐诸人不逮也。”③——但是，对于这个“黄九”，同时人却还有不少微词。如晁补之就说，“黄鲁直间作小词，固高妙，然不是当行家语”；而对于少游，却是赞不绝口，说“近世以来作者，皆不及秦少游。如‘斜阳外，寒鸦万点，流水绕孤村’，虽不识字人，亦知是天生好言语”④。由此可知少游在苏门文学集团中所受同门文人的赞赏了。即使是苏轼本人，虽也有点儿不以少游的学柳永作词为然（关于这一点，下文还要说及），但对他的词还是甚为欣赏的，他曾称少游为“今之作手”（《词苑丛谈》卷一），又在少游死后，书其词句于扇，并叹息道：“少游已矣，虽万人何赎！”⑤因此，如果当日词坛上要评选“最佳词人”的话，得票顶多的必定是少游。至如在他身后，受到的赞扬更是不胜枚举了。如王灼称他“俊逸精妙”（《碧鸡漫志》卷二），叶梦得称他的词“语工而入律，知乐者

① 胡寅：《酒边词序》，金启华，等编《唐宋词集序跋汇编》，江苏教育出版社，1990 年，第 117 页。

② 陈师道：《后山诗话》，何文焕辑《历代诗话》，中华书局，1981 年，第 309－311 页。

③ 胡仔：《苕溪渔隐丛话·后集》卷三三，人民文学出版社，1962 年，第 253 页。

④ 吴曾：《能改斋漫录》卷一六，中华书局，1985 年，第 409 页。

⑤ 胡仔：《苕溪渔隐丛话·前集》卷五〇，人民文学出版社，1962 年，第 339 页。

谓之'作家歌'"(《避暑录话》卷三),李清照也把他列入懂得词"别是一家"的优秀作家之一(《词论》)。所以到了明代,张綖首标"婉约"与"豪放"二目时,就以少游作为婉约派的代表作家了①——而由于习惯上人们都把婉约派作为词的"正宗"看,所以秦观的词历来在词史上占有着一个很高的地位。

其实,平心而论,少游的词作,数量既不是顶多(比起柳、苏来即是如此),质量上也并没有石破天惊式的重大突破。他之所以获得这么高的评价,是有某种原因的。究其奥妙,就在于他的词中融合了前代婉约词作的长处,具有一种疏密相济、雅俗共赏的中和之美,而这种特色正充分地体现、附和着当时正统士大夫文人的艺术脾胃和审美情趣。所以,他受到了当日文人词坛上的一片欢迎和好评。

二、"能以韵胜"——少游词的基本特征

在千姿百态的宋代婉约词苑中,少游词具有它自己独特的艺术风姿。这种风姿,《四库提要》说得最为简洁明了,那就是"情韵兼胜"②四个字。这种独具的风姿是少游融和了前代婉约词风的长处而形成的。所以,我们有必要对在他之前的婉约词派的发展情况简略地作一历史回顾,从而看一看秦词在这派词的发展中占有着一个怎样的地位。

婉约词派的发源,自然可以从《花间》和南唐词算起。它们那种题材以柔情蜜意为主、风格以香艳委婉为宗的面貌,基本上规定了后代婉约词的主要特征。后代的婉约词,就是沿着这两个源头发展下去的。不过,由于时代的不同,婉约词派在各个时期的形态也各不同。从《花间》与南唐时期来看,词以小令为主,词风也基本上以"言近旨远"的含蓄型风格为正宗。而后一点,又正是从前一点情况中自然地派生出来的。张炎就很明了其中的因果关系,他说:"词之难于令曲,如诗之难于绝句。不过十数句,一字一句闲不得。末句最当留意,有有余不尽之意始佳。当以《花间集》中韦庄、温飞卿为则。"③读一读温、韦的这些词:

牡丹花谢莺声歇,绿杨满院中庭月。相忆梦难成,背窗灯半明。翠钿金压脸,寂寞香闺掩。人远泪阑干,燕飞春又残。(温庭筠《菩

① 《诗余图谱》:"词体大约有二,一体婉约,一体豪放……秦少游之作,多是婉约;苏子瞻之作,多是豪放。"

② 永瑢,等:《四库全书总目》卷一九八《淮海词》,中华书局,1965年,第1809页。

③ 张炎:《词源》,唐圭璋编《词话丛编》,中华书局,1986年,第265页。

萨蛮》)

一闭昭阳春又春。夜寒宫漏永,梦君恩。卧思陈事暗消魂,罗衣湿,红袂有啼痕。　　歌吹隔重阍,绕庭芳草绿,倚长门。万般惆怅向谁论?凝情立,宫殿欲黄昏。(韦庄《小重山》)

我们就可以感受到这种含蓄蕴藉风味之一斑了。所以李之仪就把这种由《花间》词所首先体现的含蓄型词风称之为婉约词的“正格”词风(他在《跋吴思道小词》中说:“长短句于遣词中最为难工,自有一种风格,稍不如格,便觉龃龉……大抵以《花间集》中所载为宗。”)。当然,《花间》、南唐词中也有少量风格明快发露的作品(如韦庄的“春日游”等),它们或许是保留了相当程度的民歌风味,所以不同于一般文人小令的讲求“韵外之致”,但它们毕竟不占这两派词的主流地位。

如果从另一个角度,亦即宋人很为注重的“雅”“俗”之辨的角度看问题,那么,《花间》、南唐词总的来说是属于“雅”的范围的。《花间集》中虽然存有少数感情低下的粗鄙之作,但作为它的代表作家——温、韦等人的词,却是十分精致雅丽的。温词之“照花前后镜,花面交相映”“花落子规啼,绿窗残梦迷”“杨柳又如丝,驿桥春雨时”,意境既极深远,语言又极精美,竟使得张惠言诸人附会为有“《离骚》‘初服’之意”①。而韦词如“咫尺画堂深似海,忆来唯把旧书看”等也一直受到后世词人的赞赏。到了南唐,由于李氏父子和冯延巳的崇尚“文雅”(李清照《词论》语),所以词的雅丽程度又有了进一步的提高,如中主的“细雨梦回鸡塞远,小楼吹彻玉笙寒”,是何等的雅致!

因此,到了“礼乐文武大备”的北宋,词坛上的正统派文人就很自然地会沿着《花间》,尤其是南唐的词风前进了。大晏特别欣赏冯延巳之作,“其所自作,亦不减延巳”(《中山诗话》),黄庭坚称小晏词“清壮顿挫,能动摇人心,士大夫传之”②,都反映了这一时期的共同审美心理和艺术风尚,以及这一派词人词风的典雅风流了。

而与此同时,随着北宋城市经济的发展和“宴乐”的继续高涨,词的风格和形态也在发生“新变”。市民阶层对于“俗文学”的需求和“新声”的大量创制繁衍,这两个重要的因素不能不影响到文人词坛。在这种潮流中,诞生了多少沾染了市民作风的慢词作家——柳永。由于他长期混迹于下层社会,因而无论其思

① 张惠言:《词选》卷一,唐圭璋编《词话丛编》,中华书局,1986年,第1609页。
② 黄庭坚:《小山词序》,金启华,等编《唐宋词集序跋汇编》,江苏教育出版社,1990年,第25页。

想感情还是用语遣字，都势必沾有市井风味；又由于他写慢词时为了配合音乐的曼长节奏势必采用铺叙的手法，所以他的词中就出现了为传统的小令词中所未见的另一种风味，那就是"俗"和"露"。宋代词坛上有过这样的记载：柳永为了求官，特去进谒晏殊。晏殊说："贤俊作曲子么?"柳永答："只如相公，亦作曲子。"晏殊说："殊虽作曲子，不曾道'彩线慵拈伴伊坐'。"①同是作曲子小词，晏殊却不满意于柳词，这里就明显体现了两种艺术趣味的分野。现在不妨就让我们来看一下晏殊所不满意的这首柳词：

自春来，惨绿愁红，芳心是事可可。日上花梢，莺穿柳带，犹压香衾卧。暖酥消，腻云亸，终日厌厌倦梳裹。无那！恨薄情一去，音书无个。

早知恁么，悔当初、不把雕鞍锁。向鸡窗，只与蛮笺象管，拘束教吟课。镇相随，莫抛躲，彩线慵拈伴伊坐。和我，免使年少光阴虚过。(《定风波》)

你看，他不说则已，一说非把话说尽说透、说得淋漓尽致不可！他不爱用大晏"一场愁梦酒醒时，斜阳却照深深院"式的含蓄、暗示式的写法来"透露"感情，而用了层层铺叙、一气到底的写法来倾诉感情；他不习惯用小晏"落花人独立，微雨燕双飞"式的"温柔敦厚"式的笔法，而习惯于用"衣带渐宽终不悔，为伊消得人憔悴"的发露直诉式的笔法。因此，这种词风就往往会引起一部分士大夫文人的不满意和看不惯②。在北宋词坛上，指责柳词"俚""俗""鄙""下"的话头真是很普遍的(当然，柳永慢词亦有情韵悠然的，只是量较少)。但是，这只是问题的一个方面。问题的另一个方面——而且是更为重要的方面，是柳永的大量创制慢词，在扩展词的内容、提高词的表达功能方面，真是功莫大焉。这是因为，尽管以晏殊为首的小令派，对于《花间》、南唐词风有所发展和提高，然而究其内容、意境、体制、格局，以及语言技巧等方面，毕竟未脱尽五代词的窠臼。而只有等到柳词出来，才真正地开出了"宋词"的面目。正是柳永，用他那曼声徐引的"慢曲子"，描绘出了仁宗四十二年的"太平"景象(《方舆胜览》卷一一)；正是柳永，用那铺叙委婉的笔法，形容尽致地吐露了他在人生(宦途和情场)道途中的深切感受和无限挚情。而即使是他那种平叙铺排的写法，妥帖滑溜的语言，明快发露的风格，也不失是词苑中的一种新事物。所以，柳词自出现后，一方面遭受到一些人的訾议和批评；另一方面，却又受到了更多的人的欢迎和喜爱——有

① 唐圭璋编著：《宋词纪事》，上海古籍出版社，1982年，第16页。
② 当然，正统派文人不满于柳词者，除其词风外还有思想内容方面的原因。

一位叫刘季高的侍郎,有一次在大相国寺里肆口力诋柳词,结果却遭到一位老太监的嘲弄①。此事表明,柳词自有它的生命力。宋词的光辉的未来,正是由于柳永的发轫(主要是其开拓长调的努力)而跨出了重要的一步。

摆在秦观面前的词学遗产大致就是这样:小令派文雅、缜密,长调派通俗、疏放;小令派含蓄有余而总嫌篇幅不足,长调派发露有余而总嫌韵味较欠。这种遗憾感,在李之仪的《跋吴思道小词》中说得很清楚,他在前面已经引述过的关于长短句"自有一种风格""大抵以《花间集》中所载为宗"之后,紧接着说,惜乎《花间集》"多小阕""至柳耆卿,始铺叙展衍,备足无余,形容盛明,千载如逢当日",然而"较之《花间》所集,韵终不胜"! 于是他不免叹息:"由是知其为难能也。"②这就是说,短(小令)有短的好处("韵"足),然而也有它的缺点("小");长(长调)有长的好处("备足"),然而也有它的不足("无余")。如何能够做到"取长补短""取短补长"——特别是在前途宽广的长调中恢复小令(李氏所指"《花间》所载"应理解为包括南唐小令在内)的"韵味",这就成了大家所关切的问题。

所谓"韵味",是一个很复杂的概念。不过,从当时人的词论来看,此事大约关乎意境和语言两方面的问题。李之仪说:"谛味研究,字字皆有据,而其妙见于卒章,语尽而意不尽,意尽而情不尽,岂平平可得仿佛哉。"③"字字皆有据",指的是语言;"语尽而意不尽"云云,指的是意境。晁补之说"张子野与柳耆卿齐名,而时以子野不及耆卿;然子野韵高,是耆卿所乏处。近世以来作者,皆不及秦少游,如'斜阳处,寒鸦万点,流水绕孤村',虽不识字人,亦知是天生好言语"④,则主要指的是语言。

而少游的那些优秀之作,在语言的雅美和意境的深婉这两方面,却都是够得上有"韵味"的资格的。当然,他之所以能够达到这一地步,是经过一番艺术上的摸索和尝试的。我们试读下面这首词:

> 幸自得,一分索强,教人难吃。好好地恶了十来日,恰而今,较些不? 须管啜持教笑,又也何须肐织? 衡倚赖脸儿得人惜,放软顽,道不得。(《品令》)

① 徐度:《却扫编》卷下,中华书局,1985年,第173页。

② 李之仪:《跋吴思道小词》,金启华,等编《唐宋词集序跋汇编》,江苏教育出版社,1990年,第36页。

③ 同②。

④ 吴曾:《能改斋漫录》卷一六,中华书局,1985年,第409页。

这类词作不止一首，完全与柳永，以及同时的黄庭坚词中的那些下劣之作一个腔调。这表明，“秦七”“黄九”都曾经沾染过市井之风。特别是少游，他曾经写过十首《调笑令》的“转踏”体词，表明他对民间词染指甚深。但后来，他终于向文人词特别是向小令派文人的文雅词风靠拢了。如下面的这些小令：

漠漠轻寒上小楼，晓阴无赖似穷秋，淡烟流水画屏幽。　自在飞花轻似梦，无边丝雨细如愁，宝帘闲挂小银钩。（《浣溪沙》）

天涯旧恨，独自凄凉人不问。欲见回肠，断尽金炉小篆香。　黛蛾长敛，任是春风吹不展。困倚危楼，过尽飞鸿字字愁。（《减字木兰花》）

景中见情，轻灵含蓄，简直能置于《花间》、南唐词中而不辨真伪①。

更为重要的是，他并不停留在小令这一步上，他更要在长调慢词中贯彻这种蕴藉婉约的风格。他利用小令派的文雅来纠正柳词的俚俗，利用小令派的含蓄来弥补柳词的发露，利用小令派的缜密来调剂柳词的疏散，从而调和、融合了这两派词风，做到了“以短补长”“雅俗互济”，呈现出一种中正和婉之美。

试读他的名作《满庭芳》：

山抹微云，天粘衰草，画角声断谯门。暂停征棹，聊共引离尊。多少蓬莱旧事，空回首，烟霭纷纷。斜阳外，寒鸦万点，流水绕孤村。销魂！当此际，香囊暗解，罗带轻分，谩赢得青楼、薄幸名存。此去何时见也？襟袖上，空惹啼痕。伤情处，高城望断，灯火已黄昏。

从遣字用语来看，“山抹微云，天粘衰草”的“抹”“粘”有琢字之功，所以尤为当时所传（《避暑录话》卷三）。词中化用了欧阳詹、隋炀帝、杜牧等人的诗句，更显得有文雅的“书卷气”。从意境看，它基本上是发露、明快的，很有些柳词风味（如“销魂”几句，“此去何时见也”几句）。但是我们又注意到，在上片和下片的结尾处，也正是抒情的吃紧关头（上片是“空回首”时，下片是“伤情处”），作者却特意安排了两节景语的描写——上片是“烟霭纷纷。斜阳外，寒鸦万点，流水绕孤村”，下片是“高城望断，灯火已黄昏”——这种在感情的闸门刚刚打开、奔放的感情正欲泻出的时候，忽又留住不说的写法，前人称之为“留”②。这种“留”的手法，实际上就脱胎于晚唐五代的小令中。温庭筠的小词《梦江南》云：

① 卓人月《词统》评：“‘自在（飞花）’二语，夺南唐席。”

② 陈洵《海绡说词·通论》有“贵留”之说：“词笔莫妙于留。盖能留则不尽而有余味……”

“千万恨，恨极在天涯。山月不知心里事，水风空落眼前花——摇曳碧云斜。”本来已经恨极怨极，谁知结尾却来一句似乎是不相干的“摇曳碧云斜”。韦庄的小词《清平乐》云：“……罗带悔结同心，独凭朱栏思深。梦觉半床斜月，小窗风触鸣琴。”本已悔极思极，结尾却也来一句“小窗风触鸣琴”的“题外话”。这些，都是融情于景的“留”的手法。在篇幅短小却又要求得韵味隽永的小令中，这是惯见常用的。但少游却把它引进到节奏原较松散、作风原较显露的长调中，这就使他的长调于平易中见紧凑，在豁露中存含蓄，尤其它们都运用于上下片的煞尾处，更使词尾回荡着“有余不尽”之意，收到了极好的艺术效果。

又如他的那首“为名流推激”（《容斋四笔》语）的《八六子》词：

> 倚危亭，恨如芳草，萋萋刬尽还生。念柳外青骢别后，水边红袂分时，怆然暗惊。　　无端天与娉婷，夜月一帘幽梦，春风十里柔情。怎奈向、欢娱渐随流水，素弦声断，翠绡香减。那堪片片飞花弄晚，濛濛残雨笼晴。正销凝，黄鹂又啼数声。

词中充分发挥了长调的铺叙委婉的“优势”（特别是读其中的长句子，至今犹能依稀感到当时演唱时的缠绵声情），读来明畅如有流水之感。而末几句的写景，层层深入（“飞花弄晚，残雨笼晴”），忽又停顿（“正销凝”），最后以黄鹂啼声打住，此种写法深厚有致，更是深得唐五代词的遗意（如温庭筠《更漏子》的“梧桐树，三更雨，不道离情正苦。一叶叶，一声声，空阶滴到明”；杜牧《八六子》：“正销魂，梧桐又移翠阴。”）。所以刘熙载说：“秦少游词，得《花间》、《尊前》遗韵，却能自出清新。”①“清新”，即得之于柳词的明白妥溜的词风，而词境的深厚，则得之于《花间》、南唐词的遗韵。

在“短长互济”的同时，少游词也注意到了“雅俗共赏”。像前面所举的《满庭芳》词，既有高雅的唐诗字面，又有近乎口语的通俗语句，二者合铸于一词之中而不显得龃龉，足见作者运俗为雅的本领。这里再举一首人所熟知的《鹊桥仙》词，看一看少游是如何在“意趣”方面“翻俗为雅”而达到“雅俗共赏”目的的：

> 纤云弄巧，飞星传恨，银汉迢迢暗度。金风玉露一相逢，便胜却人间无数。　　柔情似水，佳期如梦，忍顾鹊桥归路？两情若是久长时，又岂在朝朝暮暮！

① 刘熙载：《艺概》卷四，上海古籍出版社，1978年，第109页。

七夕诗词,多咏双星会少离多之恨。这个题材,早已是写滥了的俗套了。张炎在《词源》的“节序”一节中就说过:“昔人咏节序,不惟不多,付之歌喉者,类是率俗,不过为应时纳祜之声耳。”①在他所批评的“率俗”之作中,就有柳永咏七夕的《二郎神》,其词的主题是“愿天上人间,占得欢娱,年年此夜”。然而,到了少游手中,俗套中就萌发出了新意和“雅趣”来:“两情若是久长时,又岂在朝朝暮暮!”昔人评此为“化腐朽为神奇”(四印斋本《草堂诗余》引沈际飞语),确实是有“点铁成金”(也即是“翻俗为雅”)的功效的。

从以上几例的分析中我们可以看出,少游词之所以深得文人雅士们的欣赏,主要就在于它深具一种袅袅婷婷的韵致。这种韵致,就来源于它吸取了小令派的含蓄蕴藉、风雅缜密,又结合了长调派(主要是柳永)的明快疏放和通俗流畅,调匀、中和成了一种新风格。清人楼敬思曾把少游词比作“红梅作花,能以韵胜”②。拈出一个“韵”字来,确实是说中了少游词的独特风貌的。

三、旧躯壳中注入了新血液

上一节,实际上只讲了一个“韵”字。其实,少游词不仅以“韵”胜,还有一个“情”字却也不能遗漏掉。不然的话,就够不上“情韵兼胜”的评语。下面,我们就来谈它的“情”字。

蔡伯世曾说:“子瞻辞胜乎情,耆卿情胜乎词;辞情相称者,唯少游一人而已。”③他对于苏、柳两家的评论是否恰当,我们且不去管它,它所说的少游“辞情相称”,却是我们同意的。也就是说,少游是一个感情真挚而又丰富的人,他不仅“韵”足,而且“情”胜,惟其如此,才能“辞情相称”“情韵兼胜”。冯煦说:“淮海(秦观)、小山(晏几道),古之伤心人也。其淡语皆有味,浅语皆有致。求之两宋词人,实罕其匹。”④其词的“有味”“有致”,就都是从“伤心”的深挚感情中流出的。

那么,少游的“伤心”与前代婉约派词人有否不同呢?从表面看,似乎并没有什么重大的区别或“突破”——因为,从它的词题来看,仍不外是“绮怨”和

① 张炎著、夏承焘校注,沈义父著、郭嵩云笺释:《词源注　乐府指迷笺释》,人民文学出版社,1963 年,第 21 页。

② 张思岩宗橚辑:《词林纪事》卷六,成都古籍书店,1982 年,第 178 页。

③ 沈雄:《古今词话》,唐圭璋编《词话丛编》,中华书局,1986 年,第 766 页。

④ 冯煦:《宋六十一家词选例言》,唐圭璋编《词话丛编》,中华书局,1986 年,第 3595 页。

“离情”。但从深处看，却自有一定程度的突破，那就是，在这些传统的题目中，少游注入了某些新的思想、感情因素。

少游的生活中，自有其放荡不检的一面。他的《梦扬州》自供“殢酒困花，十载因谁淹留”；《碧鸡漫志》卷二也说他“屡困京洛，故疏荡之风不除”。在这种艳情生活的基础上，他写过一些“年时今夜见师师，双颊酒红滋”（《一丛花》）式的狎妓冶游词。但他在风尘之中，也曾结识过一些异性知己，同她们建立过真挚的爱情和友谊，所以也写出了很多悱恻凄惋的相思之词。如：

> 枣花金钏约柔荑，昔曾携，事难期。咫尺玉颜，和泪锁春闺。恰似小园桃与李，虽同处，不同枝。（《江城子》）

“虽同处，不同枝”几句，似乎隐藏着李商隐式的难言的爱情悲剧，也隐藏着刻骨铭心的相思之情。

少游一生多漂泊。因此他的词中，多写羁旅别愁，如他的又一首名作：

> 西城杨柳弄春柔，动离忧，泪难收。犹记多情曾为系归舟。碧野朱桥当日事，人不见，水空流。　　韶华不为少年留，恨悠悠，几时休？飞絮落花时候一登楼。便做春江都是泪，流不尽，许多愁。（《江城子》）

词的动荡的声节，恰到好处地表达了他的凄迷离情，堪称辞情相称的佳作。

但是，如果少游的词仅仅局囿于此二者（恋情和离情）之中而无某些突破的话，那么，即令他的词笔是如何的清丽，也还不能卓然名家。他的成功，除了“韵”方面的努力之外，还在于他在婉约词的旧躯壳中多少注入了新的血液，而这一点，又应从他受到苏轼词的影响谈起。

人们往往都注意到了少游学柳永作词，却往往很少注意到少游学东坡作词。试想，东坡对于少游，兼有师友之谊，而且少游在宦海中的升降沉浮，又莫不与这位老师同命运——所以他的作词哪会一点儿不受东坡的影响？这里不妨看两首词：

> 指点虚无征路，醉乘斑虬，远访西极。正天风吹落，满空寒白。玉女明星迎笑，何苦自淹尘域？正火轮飞上，雾卷烟开，洞观金碧。（《雨中花》）
>
> 红蓼花繁，黄芦叶乱，夜深玉露初零。霁天空阔，云淡楚江清。独棹孤篷小艇，悠悠过，烟渚沙汀。金钩细，丝纶慢卷，牵动一潭星。　　时时，横短笛，清风皓月，相与忘形。任人笑生涯，泛梗飘萍。饮罢不妨醉卧，尘劳事，有耳谁听？江风静，日高未起，枕上酒微醒。（《满庭芳》）

如果我们预先隐去作者的姓名,简直就不会想到这是出自“秦郎”之手!词中那种出世的思想、老气横秋的词笔(以及前一首中“升天”的浪漫主义想象),都绰有东坡风味,足证少游词之受过东坡影响。

但是,上述这种相似还只是形迹方面的现象。更深刻的地方还在于:少游接受了东坡以词“言志”的影响,在艳情词中贯注入了自己深切、凄凉的身世之感(周济《宋四家词选》所谓“将身世之感,打并入艳情,又是一法”),从而使他的某些词中出现了一定浓度的政治色彩和较为深刻的社会内容。冯煦曾说:“他人之词,词才也;少游,词心也。”①少游的某些词确实是用自己的“心”写就的。如其《踏莎行》(雾失楼台)就是一首十分“凄厉”(《人间词话》)的感怀身世之作。请再读另一首:

湘天风雨破寒初,深沉庭院虚。丽谯吹罢小单于,迢迢清夜徂。乡梦断,旅魂孤,峥嵘岁又除。衡阳犹有雁传书,郴阳和雁无!(《阮郎归》)

如果说,以前少游的词中大多充满着一种中正和平之音的话(这是与他擅用婉约笔法分不开的),那么,在他远贬郴州之后,他所作的词,调子就变为凄厉哀苦了。在这些词里,出现了柳宗元“共来百粤文身地,犹自音书滞一乡”式的巨大苦闷,其思想深度已远远超出了一般的离愁别绪。他最后终因“日边(喻朝廷)清梦断”的政治理想的破灭,而为自己唱出了“春去也,飞红万点愁如海”的自挽之歌——从这些地方看,少游的某些词不过是借艳情而在寄慨身世,借婉约词的外壳而在抒其牢骚之“志”。这一点,很像李煜,更是近得之于东坡(当然还有他自己的身世原因)。冯煦称他为“后主之后一人而已”②,这是从他的“情”深着眼;而我之称他受到东坡的影响,这又是从词风(以词言“志”)来看问题。苏轼词的一个主要特点,在于他有思想的广度和深度。少游词虽不能与东坡的深、广相比,但从他某些词中所寓的深沉、曲折的政治感慨和人生感叹看来,却又不能不说是受到了苏轼的影响。所以夏敬观说:“少游学柳,岂用讳言?稍加以坡,便成为少游之词。学者细玩,当不易吾言也。”③这是很有见地的话。归根结底,在柳、苏两大家并峙词坛以后,少游自不能不同时受到他们的影响——而

① 冯煦:《宋六十一家词选例言》,唐圭璋编《词话丛编》,中华书局,1986年,第3587页。

② 同①。

③ 夏敬观:《映庵手校淮海词跋》,金启华,等编《唐宋词集序跋汇编》,江苏教育出版社,1990年,第49页。

又因其独特的艺术个性,“抽秘骋妍于寻常濡染之外”①,故能形成其“情韵兼胜”的特有风姿。

四、“犹以气格为病”

然而,少游词并非十全十美。且不说它题材的狭隘、词风的偏致(这是一般婉约词人的通病),即就婉约词而谈婉约词,它也是有缺点的——这个缺点,并非如李清照所说“专主情致而少故实”,而是站在旁观立场上的东坡所精辟指出过的“犹以气格为病”(《避暑录话》卷三)。这种毛病聊举一例可见。

据《高斋诗话》记载:少游自会稽入都,见东坡。东坡曰:“不意别后,公却学柳七作词。”少游曰:“某虽无学,亦不如是。”东坡曰:“‘销魂当此际’,非柳七语乎?”东坡又问别作何词,少游举“小楼连苑横空,下窥绣毂雕鞍骤”。东坡曰:“十三个字,只说得一个人骑马楼前过。”②

“销魂”句,指的是少游词的用字下语似柳永;“小楼”句,则说的是少游词的“节奏”太慢、太散——这就造成了“气格”上的软弱无力(胡仔在《苕溪渔隐丛话》后集卷三三也说过:“少游词虽婉美,然格力失之弱”)。就以东坡所批评的这首《水龙吟》来看:

> 小楼连苑横空,下窥绣毂雕鞍骤。朱帘半卷,单衣初试,清明时候。破暖轻风,弄晴微雨,欲无还有。卖花声过尽,斜阳院落,红成阵,飞鸳甃。　　玉佩丁东别后,怅佳期,参差难又。名缰利锁,天还知道,和天也瘦。花下重门,柳边深巷,不堪回首。念多情,但有当时皓月,向人依旧。

读后确有一种“啴缓”之感,近乎柳永的某些词作。所以《白雨斋词话》把秦少游词独立标为一体时,下面注明“柳词高者附之”③,这说明,秦词虽比柳词“高”(也即“雅”)一点,但还未脱出柳词的藩篱(所以东坡曾戏言“山抹微云秦学士,露花倒影柳屯田”,以秦柳并称)。

这也难怪,因为慢词比起小令来,节拍延长,字句增多,一向填惯了小令的词人们对此往往不易措手。为了要“凑足”字数、句数(以符合音乐的要求),词人

① 况周颐:《蕙风词话》卷二,《蕙风词话　人间词话》,人民文学出版社,1960 年,第 26 页。
② 曾慥:《高斋诗话》,吴文治《宋诗话全编》,江苏古籍出版社,1998 年,第 3451 页。
③ 陈廷焯:《白雨斋词话》卷八,人民文学出版社,1959 年,第 206 页。

们不得不采取铺叙的手法来弥合“字少”与“声多”之间的矛盾(当然从积极意义上看,铺叙也是开拓内容的需要),这样,即使高明如柳永、少游,赘字累句也总是不能尽免的。他们虽已注意到长调的结构、章法问题,但是由于经验不足,所以难免有散漫平冗之病。“气格为病”这一缺点的指出,正预示了婉约词派的一种发展新趋向——朝着整严化、章法化的方向发展,于是,稍迟于少游不多年的婉约派大师周邦彦便取代少游的地位而一跃成为词坛的领袖了。周邦彦词艺术性很高,而其中尤为突出的一点就在于精于章法,刘肃称之为“缜密典丽”①,周济称之为“钩勒之妙,无如清真”②,王国维比之为“词中老杜”(《清真先生遗事》),就无不着眼于他章法的井然有度、结构的严密完整上。这样,他就克服了柳、秦词节奏感的松散而把婉约词从啴缓引向了严整。从周邦彦开始,婉约词开始向格律化方向发展了。所以,少游词的“嫩”“软”如果和以后的周词的“老辣”相比较,就显现得更清楚了(周济《宋四家词选例言》说:“少游最和婉醇正,稍逊清真者辣耳”,也就是这个意思)。

当然,从少游词的“和婉”出发,还可以有另一种形态的发展,那就是更加朝着自然、平易、清新、流畅的方向发展,这个事业便由再后的李清照来加以完成。如果说周邦彦是把秦词朝着人工雕琢的更加雅化和章法化的方向发展的话,那么,李清照则是把秦词朝着天籁自然的更加白描化、通俗化的方向发展。所以,清代的王士禛就把婉约派的代表作家这顶桂冠从少游头上夺去而戴到了易安居士的头上去了(《花草蒙拾》:“张南湖论词派有二:一曰婉约,一曰豪放。仆谓婉约以易安为宗……”)。

从少游前后的婉约词的发展情况中,我们就越发清楚地看到了它在词史上的地位和优缺点。

① 刘肃:《片玉集序》,金启华,等编《唐宋词集序跋汇编》,江苏教育出版社,1990年,第69页。

② 周济:《介存斋论词杂著》,人民文学出版社,1959年,第6页。

论晁补之词

晁补之(1053—1110),字无咎,山东巨野人。他是“苏门四学士”之一,主要以诗、文驰名北宋文坛,有《鸡肋集》行世,同时他又是一位词人,今传有《晁氏琴趣外篇》词集。

晁补之有一段关于词的评论,见于《能改斋漫录》卷一六(亦见《苕溪渔隐丛话》后集卷三三,字句稍有出入),颇值得注意(原文附后)。从晁氏评论中,我们可以看出如下几个问题:

一是北宋词坛到了晁氏的时代,风格流派已呈斑驳多姿的局面。婉约派中,既出现了晏殊、欧阳修这些小令作家,又出现了张先、柳永、秦观等长调(为主)作家;既出现了柳永为代表的“俗曲”作品,也出现了晏、张、秦等辞雅韵高的作品。而在婉约派外,更出现了苏轼、黄庭坚等豪放派词人。

二是表述了晁氏及同时代人多持的词学观点:重视词的艺术性,重视词的“本色”“当行”,重视词语的“绝妙”和风调的“闲雅”;轻视“俗”的作风,看不大惯“着腔子唱好诗”式的不谐音律之词。这是一种已经形成为“传统”的理论。

三是晁氏个人具有一定的卓见灼识,这表现在他对苏词和柳词的评论上。他认为苏词“横放杰出”,不能够也不应当束缚在音律的框框里。这里多少透露了他对苏轼敢于革新词风的肯定和赞许。对于柳词,他能一反时人的看法,指出它除了有“俗”的一面之外,也还有高雅如唐诗的一面——当然,对后者的称赞并不意味着他已放弃了对柳词“乏韵”的整体看法。

在研究过晁氏对于词的一些看法之后,我们再来看他本人的创作,就会觉得,他的词作和传统理论之间存在着相当程度的一致性,同时在某些方面(主要在继承、发扬苏轼豪放词风方面),他的创作实践对传统理论又有所突破。

先谈“一致性”方面。

毛晋在《晁氏琴趣外篇跋》中说:“无咎虽游戏小词,不作绮艳语。”①其实此话并不全面。晁氏词中,如同当时的词人一样,都免不了写一些花柳题材的词,

① 毛晋:《晁氏琴趣外篇跋》,金启华,等编《唐宋词集序跋汇编》,江苏教育出版社,1990年,第64页。

其作风也如柳永、秦观甚至东坡、山谷的某些作品一样，是“绮艳”“软媚”的。如《外篇》卷六内所收，全系此类作品。从其词序看来，有“代内”之作，有赠“雍宅璨奴”“轻盈”“王晋卿都尉舞女”“歌者”“韩相家姬（轻盈）”“汶妓阎丽”“汶妓褚延娘”等歌妓舞女的。其中小令如《少年游》，长调如《下水船·廖明略妓田氏》，从内容和风格看，都可见到柳词的影响。

当然，由于晁氏不满意于柳词的俚俗乏“韵”的风格，因此他的词中基本上摒弃了俚辞俗语和过分轻薄的色情成分，而显得比较婉雅。如他“代”夫人所作的一些“代内”之作：

> 梅花时候君轻去，曾寄红笺句。胡麻好种少人知，正是归时何处误芳期。　　谁教又作狂游远，归路杨花满。当年不负琐窗春，老向长楸走马更愁人。（《虞美人》）

写得情意真挚，平淡而有致。

又如：

> 酒醒情怀恶。金缕褪，玉肌如削。寒食过却，海棠花零落。　　渐日照栏干烟淡薄，绣额珠帘笼画阁。春睡着，觉来失、秋千期约。（《朝天子》）①

就绰然有温、晏之风。

所以《四库提要》根据晁氏评秦观词为“虽不识字人，亦知是天生好言语”一段话，引申道：“观所品题，知补之于此事特深，不但诗文之擅长矣。”②这里所讲的“此事特深”，就指的是他深得婉约词作法之妙。

但是，晁词突出的地方更在于它能突破传统词论的套套，继承和发扬苏轼开创的豪放词风，成为上继苏词、下启辛词的一座“桥梁”。

关于这点，先让我们引一些前人的评语。

王灼说：“晁无咎、黄鲁直皆学东坡，韵制得七八。”③《四库提要》说：“其词神姿高秀，与轼实可肩随。”④刘熙载说：“东坡词，在当时鲜与同调，不独秦七、黄九，别成两派也。晁无咎坦易之怀，磊落之气，差堪骖靳。”⑤

① 此词一作冯延巳作。今据《晁氏琴趣外篇》定为晁作。
② 永瑢，等：《四库全书总目》卷一九八《晁无咎词》，中华书局，1965 年，第 1810 页。
③ 王灼：《碧鸡漫志》卷二，唐圭璋编《词话丛编》，中华书局，1986 年，第 83 页。
④ 同②。
⑤ 刘熙载：《艺概》卷四，上海古籍出版社，1978 年，第 109 页。

这是讲晁词的师法和继承苏词。

刘熙载又说:"无咎词堂庑颇大。人知辛稼轩《摸鱼儿》(更能消几番风雨)一阕,为后来名家所竞效。其实辛词所本,即无咎《摸鱼儿》(买陂塘旋栽杨柳)之波澜也。"①

这是讲晁词对于辛词的启发。对此我再做些补充。

先看晁词对苏词的师法和继承。

晁补之对于苏轼是深怀景仰之情的。补之的父亲晁端友,是苏轼的下属和诗友。端友曾任杭州新城县令,其时东坡正好通判杭州,两人同游三年,交情笃好。后来端友病故,苏轼亲自为其诗集作序,赞叹道:"君之诗清厚静深,如其为人,而每篇辄出新意奇语,宜为人所共爱。"②而端友的墓志铭,也是苏门大弟子黄庭坚所撰写(《豫章黄先生文集》卷二十三《晁君成墓志铭》)。由此可知端友之受知于苏门。至于补之本人,更是得到了苏轼的提掖和指点。他 17 岁时,随父在杭,作《七述》谒东坡。东坡先欲有所赋,见晁作,叹曰:"吾可以阁笔矣!"又称补之文章"博辩隽伟,绝人远甚,必显于世"③,补之因是著名(见《宋史》本传)。从此之后,他在政治和文学的舞台上紧随苏轼。因而他在《八声甘州》(扬州次韵,和东坡钱塘作)里说:"念平生、相从江海,任飘蓬、不遣此心违。"表达了对老师的悃忱忠心。所以他在词风上学习苏轼,是有这种经历和思想上的基础的。

同时,补之个人的禀性、气质也使他倾向于豪放的词风。史称他"才气飘逸",偏于阳刚一路。加上他与苏轼有相似的政治遭遇——在宦海的风波中跌过几个跟斗④,那郁积在胸中的牢骚块垒是很多的。因此,他能说出"东坡词,人谓多不谐音律;然居士词横放杰出,自是曲子中缚不住者"的话,他自己有不少愤懑与不平需要借豪健的词笔以出之。这又是晁词靠拢苏轼词风的政治(新旧党争)和个人气质方面的原因。试读他贬官泗州时所作的一首中秋词:

> 青烟幂处,碧海飞金镜。永夜闲阶卧桂影。露凉时,零乱多少寒螀?神京远,惟有蓝桥路近。　　水晶帘不下,云母屏开,冷浸佳人淡脂粉。待都将许多明,付与金尊,投晓共流霞倾尽。更携取胡床上南楼,看玉做人间,素秋千顷。(《洞仙歌》)

① 刘熙载:《艺概》卷四,上海古籍出版社,1978 年,第 109 页。

② 曾枣庄、舒大刚主编:《三苏全书》第 13 册,语文出版社,2001 年,第 472 页。

③ 脱脱,等:《宋史》第 37 册,中华书局,1997 年,第 13111 页。

④ 晁补之一生多次被贬官,如因修《神宗实录》一事而贬处州、信州,又因党争风波贬湖州、密州、果州(据《宋史》本传)。

胡仔曾言:“中秋词,自东坡《水调歌头》一出,余词尽废。”①但他又举出晁补之的这首词来,以为差可肩随。确实如此,作者在身遭逆境的情况下,虽然满怀着“神京远”的深沉感慨,但仍保持了那股倔强、达观的劲头。你看结尾的“更携取胡床上南楼,看玉做人间,素秋千顷”三句,体现着何等坦荡的胸襟!正如他同时所作的诗所述,“胸中正可吞云梦,盏底何妨对圣贤”,笔底泻出的那一派“坦易之怀,磊落之气”,是与东坡“差堪骖靳”的。这种以词来“言志”的作品,在晁补之集中数量甚多。它正是苏轼拓宽词题的举动在其追随者的创作中所引起的“连锁反应”。

在艺术风格方面,补之词也有“以诗为词”的某些特色。如他的《洞仙歌》:

当时我醉,美人颜色,如花堪悦。今日美人去,恨天涯离别。青楼朱箔,婵娟蟾桂,三五初圆,伤二八,还又缺。空伫立,一望一见心绝。心绝,顿成凄凉,千里音尘,一梦欢娱。推枕惊巫山远,洒泪对湘江阔。美人不见愁人,看花心乱。含愁奏绿绮,弦清切。何处有知音?此恨难说。怨歌未阕,恐暮雨收、行云歇。窗梅发,乍似睹,芳容冰洁。

此词檃栝唐人卢仝的《有所思》诗,稍加变化,使之入律,便成词语,其源即出于效法苏轼的檃栝《归去来兮辞》而成《哨遍》词。当然这种“以诗为词”的词风,并不仅仅表现在此类括诗入词的作品中,更广泛地反映在他的词里呈现出一种传统婉约词中所少见的“刚”“硬”之气上。如他的咏梅词《盐角儿》:

开时似雪,谢时似雪,花中奇绝。香非在蕊,香非在萼,骨中香彻。占溪风,留溪月,堪羞损、山桃如血。直饶更疏疏淡淡,终有一般情别。

如同这儿所咏的梅花从骨子里透出一股奇绝的香味一样,这类词里也有一种不同于凡俗的别一番风味——豪健的风格。

当然,晁词继承苏词风格,是带着他自己的个性的,而不是机械的模仿(如黄庭坚的词就有这种“仿作”的痕迹,如《水调歌头》“瑶草一何碧”就明显学了东坡“明月几时有”一阕)。试读他被贬官玉溪时作的《迷神引》:

黯黯青山红日暮,浩浩大江东注。余霞散绮,回向烟波路。使人愁,长安远,在何处?几点渔灯小,迷近坞。一片客帆低,傍前浦。暗想平生,自悔儒冠误。觉阮途穷,归心阻。断魂素月,一千里,伤平楚。怪《竹枝》歌,声声怨,为谁苦?猿鸟一时啼,惊岛屿。烛暗不成

① 胡仔:《苕溪渔隐丛话·后集》卷三九,人民文学出版社,1962年,第13111页。

眠，听津鼓。

面对着浩浩东注的大江，作者的心绪是黯然甚至凄苦的。比较东坡贬官黄州时面对长江所作的“大江东去”词，虽则后者也有“人间如梦”的喟叹，但总的基调却有所不同：苏词旷放，晁词低沉。

再看晁词对于辛词的启发和影响。

我们知道，苏轼虽然一生多次遭受打击，但他却很少享受到“隐居”的“清福”。而晁补之，却有机会在家乡巨野葺“归去来园”过了一段较为清闲的日子。据陈鹄《西塘集耆旧续闻》卷三记载：“晁无咎闲居济州金乡，葺东皋归去来园，楼观堂亭，位置极潇洒，尽用陶语名目之。自画为大图，书记其上，书尤妙。”① 此时，他一方面从屈原、陶渊明的作品中寻觅精神上的知音，在故乡的山山水水中寻求生活的乐趣；但是另一方面，他又无法摆脱现实政治斗争中失意的苦恼，不免要借题发挥，宣泄自己的苦闷和愤慨。这样，他的隐居词（这在他词中占有最突出的地位）中就夹杂有两种意绪：一是“乐天知命”的旷放语（这是表面文章），二是怀才不遇的怨愤语。而这种主题的词，就与辛弃疾被迫隐居江西农村时所写的词，从思想到语言都很相似了。

试读他那首被刘熙载称为“辛词所本”的《摸鱼儿》词：

> 买陂塘，旋栽杨柳，依稀淮岸江浦。东皋嘉雨新痕涨，沙觜鹭来鸥聚。堪爱处，最好是，一川夜月光流渚。无人独舞。任翠幄张天，柔茵藉地，酒尽未能去。　　青绫被，莫忆金闺故步。儒冠曾把身误。弓刀千骑成何事？荒了邵平瓜圃。君试觑，满青镜、星星鬓影今如许！功名浪语。便似得班超，封侯万里，归计恐迟暮。

此词上片写东皋新雨后的可爱景致，色彩爽朗明快；下片写“儒冠多误身”的牢骚，情绪愤激。综合读来，既感到作者在隐居生活中寻觅到的安宁憩息之情，又从字里行间察见词人被迫“闲居”时的不平之感。

我们再来读一首辛弃疾的《沁园春》：

> 三径初成，鹤怨猿惊，稼轩未来。甚云山自许，平生意气；衣冠人笑，抵死尘埃。意倦须还，身闲贵早，岂为莼羹鲈鲙哉？秋江上，看惊弦雁避，骇浪船回。　　东冈更葺茅斋，好都把轩窗临水开。要小舟行钓，先应种柳；疏篱护竹，莫碍观梅。秋菊堪餐，春兰可佩，留待先生手

① 陈鹄：《西塘集耆旧续闻》卷三，中华书局，1985 年，第 5 页。

自栽。沉吟久，怕君恩未许，此意徘徊。

此词作于淳熙八年(1181)，作者此时犹帅江西，但他已预感到了某种危机，因此先在带湖营建了归隐之居——果然第二年他就落职闲居。词中一方面写了此地可餐秋菊、可佩春兰的无限乐趣，另一方面也透露了他精神上对“惊弦”“骇浪”的政治风波的畏惧感。表面上是“急流勇退”的“知足常乐”，骨子里却藏有不胜的悲凉。其精神实质，和晁词是很相似的。

由于政治遭遇和思想感情上的某种近似，辛弃疾和晁补之的这类隐居题材的词，从意境到所使用的典故都很有类同之处。如晁词中多处以陶渊明自比(如《黄莺儿》:“怪来人道，陶潜做得羲皇侣”;《满江红》:“不似朱公江海去，未成陶令田园计”;《安公子》:“记他年相访，认取斜川三径”)，辛词中更屡及渊明故事(如《沁园春》:“喜草堂经岁，重来杜老;斜川好景，不负渊明”;《贺新郎》:“一尊搔首东窗里，想渊明，停云诗就，此时风味”;《玉蝴蝶》:“往日曾论，渊明似胜卧龙些”)，反映了他们都仰慕陶潜高洁的人品。晁词中喜用李广典故(如《凤凰台上忆吹箫》:“谁信轻鞍射虎，清世里，曾有人闲”;《永遇乐》:“回首帝乡何处？只愁恐轻鞭犯夜，灞陵旧路”;《满江红》:“射虎山边寻旧迹，骑鲸海上追前约”)，辛词也屡及之(如《八声甘州》:“故将军饮罢夜归来，长亭解雕鞍。恨灞陵醉尉，匆匆未识，桃李无言”;《水调歌头》:“插架牙签万轴，射虎南山一骑，容我揽须不”;《贺新郎》:“千骑而今遮白发，忘却沧浪亭榭。但记得，灞陵呵夜”)，这又反映了他们共同的对世态炎凉的不满和对统治集团排斥才士的感慨(此外，像羲皇、屈原、陈元龙、阮籍、李白、杜甫等，都是他们词中共同活跃着的古人形象)。陶渊明一类“隐者”的身影不时出没在词中，使他们的作品中出现了飘逸旷放的风味;而李广一类失意者的身影不时浮现在词中，又使他们的作品夹有了悲愤劲遒的韵味。这样，就构成了这类词独特的艺术风格——豪放中带有沉郁，酣畅中带有顿挫。

当然，辛词无论从思想内容的深广还是从艺术功力的深厚来讲，都是超过了晁词的。因之刘熙载讲辛词乃晁词之“波澜”，这并不够准确——如果一定要用“波澜”一词的话，那么应该讲，辛词乃晁词的推波扬澜，而不是它的一股支流。辛词在苏、晁词的基础上进一步波澜壮阔地发展着，终于汇成了千汇万状的壮阔海洋。这从同是用比兴手法写的两首词中就可看出两者的小大之较:

晁无咎在徽宗登位时召回京师，其时放逐在外已有10年，因此他感慨万千地写了一首《生查子》:

宫里妒蛾眉，十载辞君去。翠袖怯天寒，修竹无人处。　　今日近君家，望极香车骛。一水是红墙，有恨无由语。

辛弃疾在湖北转官湖南时，写下了一首著名的《摸鱼儿》，词的下片道：

长门事，准拟佳期又误。蛾眉曾有人妒。千金纵买相如赋，脉脉此情谁诉？君莫舞！君不见，玉环飞燕皆尘土！闲愁最苦。休去倚危栏，斜阳正在，烟柳断肠处。

两词都借用屈赋“众女嫉余之蛾眉兮”的手法，抒发了自己被排挤的苦闷。然而，晁词还停留于“温柔敦厚”的哀怨上，而辛词，却在“怨”的基础上，露出了“刺”的锋芒！这就可见，辛词的战斗性、批判性胜过了晁词。

晁词之所以不能达到辛词那么高的思想成就和艺术成就，是受到了时代和他个人经历的限制的。晁氏死在“靖康之变”前10余年，他经受的政治风浪基本只是北宋新旧党争的余波，而不能与辛弃疾身经的民族斗争的大风大浪相比。因之，他的词里没有出现“为君谈笑静胡沙”的谢安，没有出现闻鸡起舞和中流击楫的祖逖，也没有“坐断东南战未休”的孙权。而辛词却有，而且表现得那么生机勃勃！

我们可以这样说，苏轼开创的豪放词风，经过晁补之的继承，在南宋的历史条件下，又注入了民族斗争的内容，开始出现了李纲、张元干、张孝祥等人的大批爱国词。后来再经许多人的发扬、发展，终于出现了辛弃疾这样的词坛巨人。从中，我们就可以看出晁词在沟通苏、辛词中的地位和作用了。而这一切，又都与晁补之敢于突破自己和当时一般人所持的传统（婉约派）词论有关。这种由时代原因和个人经历所导致的创作与理论之间的矛盾现象，我们在李清照身上看到过，同样也能在晁补之身上见得到。

［附］ 晁补之词评：

世言柳耆卿曲俗，非也。如《八声甘州》云：“渐霜风凄紧，关河冷落，残照当楼。”此真唐人语不减高处矣。欧阳永叔《浣溪沙》云：“堤上游人逐画船，拍堤春水四垂天，绿杨楼外出秋千。”要皆绝妙，然只一“出”字，自是后人道不到处。苏东坡词，人谓多不谐音律；然居士词横放杰出，自是曲子中缚不住者。黄鲁直间作小词，固高妙；然不是当行家语，自是着腔子唱好诗。晏元献不蹈袭人语，而风调闲雅，如“舞低杨柳楼心月，歌尽桃花扇底风”（按：此为晏几道所作，晁氏误记），知此人不住三家村也。张子野与柳耆卿齐名，而时以子野不及耆卿；然子野韵高，是耆卿所乏处。近世以来作者，皆不及秦少游，如“斜阳外，寒鸦万点，流水绕孤村”，虽不识字人，亦知是天生好言语。

（文字合两本而成）

说赵鼎的词

赵鼎是南宋初年与宗泽、李纲鼎足而三的“中兴名臣”之一。他以自己的爱国名节彪炳史册，然而，他又是一位优秀的词人（清末王鹏运曾把他的词和李光、李纲、胡铨的词共辑为《南宋四名臣词集》），这点却未见有很多人论及，所以值得一谈。

赵鼎（1085—1147），字元镇，山西闻喜人，自号得全居士。“靖康之变”前，曾为洛阳令，擢开封士曹。金人攻占汴京后议立张邦昌为伪帝，他与张浚、胡寅躲入太学，不肯署名议状，表现出崇高的气节。南渡后历官至尚书左仆射、同中书门下平章事，在朝力主抗战、多有建树。后受秦桧的排挤，多次远贬，最后绝食身亡，死于吉阳（今海南岛之南端）。孝宗时，追谥“忠简”，封丰国公。他一生留下 45 首词篇，按其写作时间来看，可分为三期：

南渡之前的作品属于前期。这时的词作，题材多写“闺怨”“春愁”“美人”，风格也很柔婉。如《点绛唇·春愁》：

> 香冷金炉，梦回鸳帐余香嫩。更无人问，一枕江南恨。　　消瘦休文，顿觉春衫褪。清明近，杏花吹尽，薄暮东风紧。

我们知道，赵鼎是一位禀性刚直倔强的人。当他被远谪吉阳时犹上谢表曰：“白首何归，怅余生之无几；丹心未泯，誓九死以不移。”连秦桧读后都不禁承认道：“此老倔强犹昔。”①但是他的词风却是如此的“软”，这说明了两个问题：一是人的感情世界本是“多侧面”“多层次”的，忠义刚正如赵鼎，其内心深处也是蕴藏着丰富的“儿女之情”的。这种现象，正如皮日休感叹“铁石心肠”的宋广平（璟）却写出了风流旖旎的《梅花赋》一样（赵鼎《蝶恋花》“梅词”也说：“谩道广平心似铁，词赋风流，不尽愁千结。”），正说明了人类感情的多样性、丰富性。二是词坛风尚（至少是在五代、北宋）确是以“婉约为正宗”的，所以赵鼎此时的创作风格，也体现了这种普遍的文学风气。

从宋室南渡（1127）到他开始贬谪（1138 年 10 月贬至绍兴）前，是赵鼎创作

① 脱脱，等：《宋史》第 32 册《赵鼎传》，中华书局，1977 年，第 11294 页。

的中期。这个时期的作品,题材有了明显的开拓,风格也由柔而变刚。试读他的《满江红·丁未九月南渡,泊舟仪真江口作》:

惨结秋阴,西风送、霏霏雨湿。凄望眼、征鸿几字,暮投沙碛。试问乡关何处是?水云浩荡迷南北。但一抹、寒青有无中,遥山色。　天涯路,江上客。肠欲断,头应白。空搔首兴叹,暮年离拆。须信道消忧除是酒,奈酒行有尽情无极。便挽取、长江入尊罍,浇胸臆。

丁未年即1127年。其时赵鼎南逃至仪真,遥望沦陷的北方乡关,悲愤满腔,心情沉痛。"便挽取、长江入尊罍,浇胸臆"之类的句子,便已开启了后来辛派词人慷慨词风的先河。时代的变易,促使词坛风尚发生嬗变的轨迹于此可以见出征兆。

在临安(杭州)任职的年头里,一方面,他怀着强烈的抗战热望,盼企着有朝一日能够廓清妖氛、恢复中原(他在《望海潮·八月十五日钱塘观潮》中这样写过:"雷驱电炽雄夸。似云垂鹏背,雪喷鲸牙。须臾变灭,天容水色,琼田万顷无瑕",似乎隐寓着"雨过天青"、河山无恙的预感和盼望);另一方面,他又深感以宋高宗、秦桧为首的投降派对他的政治压力,因而悲愤万分:"西北欃枪未灭。千万乡关,梦遥吴越。慨念少年,横槊风流,醉胆海涵天阔。老来身世疏篷底,忍憔悴、看人颜色!"(《花心动·偶居杭州七宝山国清寺冬夜作》)——"看人颜色"而行事,在赵鼎是做不到的,因此他就不可幸免地会遭到一连串的打击了。

1138年10月,赵鼎贬谪绍兴。次年,秦桧恶其逼己,又徙至泉州(福建),旋谪居兴化军(莆田)。1140年6月,赵鼎移漳州,居未久又责广东潮州安置,最后便贬死海南岛。这样一位忠贞爱国的大臣就在放逐流窜中结束了他的一生(以上事迹,据《宋史·赵鼎传》及《续资治通鉴》排比考出)。但是,在他生活的这一最后时期,"生命之火"却还是燃烧着的,这在他后期的词中也有所反映。南行途中,他作有《贺圣朝·道中闻子规》词:

征鞍南去天涯路,青山无数。更堪月下子规啼,向深山深处。凄然推枕,难寻新梦,忍听伊言语?更阑人静一声声,道不如归去。

在海南岛,他又作了《行香子》:

草色芊绵,雨点阑斑。糁飞花、还是春残。天涯万里,海上三年。试倚危楼,将远恨、卷帘看。　举头见日,不见长安。谩凝眸,老泪凄然。山禽飞去,榕叶生寒。到黄昏也,独自个,尚凭栏。

"总为浮云能蔽日,长安不见使人愁"(李白《登金陵凤凰台》),这个千古诗人所吟咏的迁客眷君的主题,在赵鼎词中又以哀音促节的声情再一次表现出来。况周颐尝评曰:“赵忠简词,清刚沉至,卓然名家。故君故国之思,流溢行间句里。”①这是说着了他后期词内容和风格上的特点的。不过和他中期的变柔为刚的风格,以及后来辛派爱国词的豪放风格有所不同的是,这一时期他的词风却是“摧刚为柔”的,正如王鹏运所说的那样:“摧刚藏棱”“激昂怨慕”(即藏去了刚直的“棱角”,把“激昂”化为了“怨慕”)。比如这首《浪淘沙·九日会饮分得雁风》词:

> 霜露日凄凉,北雁南翔。惊风吹起不成行。吊影苍波何限恨,日暮天长。　　为尔惜流光,还是重阳。故人何处舣危樯?寄我相思千点泪,直过潇湘。

词中把自己类似于屈原、柳宗元式的凄凉悲苦之情写的是多么缠绵哀怨!这与他死前自己预书铭旌的“身骑箕尾归天上,气作山河壮本朝”的壮语相比,就显得“摧刚为柔”了。这或许也与“词”的好作柔语有关系吧。

研究赵鼎的词作,我们可以得到一点启示:两宋词风的转变,是与时代的变化密切相关的。而这种词风转变之迹,首先又是在南渡而来的士大夫文人那里表现出来的。观之赵鼎词,以及与他同时的李纲、向子諲、叶梦得、朱敦儒等人南渡之后所作的词,这种迹象就看得很清了。

① 况周颐:《蕙风词话》卷二,《蕙风词话　人间词话》,人民文学出版社,1960年,第29页。

论朱敦儒的词

宋人汪莘有一段颇具见识的词评："唐宋以来词人多矣，其词主乎淫，谓不淫非词也。余谓词何必淫，顾所寓何如尔！余于词所爱喜者三人焉：盖至东坡而一变，其豪妙之气隐隐然流出言外，天然绝世，不假振作；二变而为朱希真，多尘外之想，虽杂以微尘而其清气自不可没；三变而为辛稼轩，乃写其胸中事，尤好称渊明。此词之三变也。"①他在这里，把苏轼、朱敦儒（希真）、辛弃疾三家词看作宋词的三次变革。由于这是宋代人评宋词的话，因而可知，至少在宋代相当一部分人心目中，朱敦儒是一位重要的词人，他在当时的词坛上具有较大的影响。

下面，就让我们从三个方面对他的词做一些分析。

一、南渡初年词风转变的一个"标本"

昔人论词，有北宋与南宋之别。朱敦儒的词，就是南渡初年词风从北宋向南宋转变的一个"标本"，具有某种典型意义。

苏轼逝世以后的北宋词坛，虽然词家蜂起，却大多是一片轻靡的浮响曼声——缺乏严肃的主题和沉挚的感情。苏派词人中，虽有晁无咎等还在发出一些"功名浪语，便似得班超，封侯万里，归计恐迟暮"（《摸鱼儿·东皋寓居》）的牢骚语，但反响较小，后继甚少。而占据词坛主流地位的"大晟"词派，尽管"依月用律"，雕章琢句地热闹了一阵，但是形式上的美却仍掩盖不住内容上的苍白："大晟"词派的领袖周邦彦，曾为该派的另一位大师万俟咏的词集题名，唤它作《大声集》，然而它的内容却不过是"应制""风月脂粉""雪月风花""脂粉才情""杂类"五个类型②，这就可知这些"大声"究竟"大"到何种程度了！

朱敦儒生于1081年。他的前半生是在北宋王朝的西都洛阳度过的，他这一时期的词风，也与东都汴京的"大晟"派词人们相差无几：

① 汪莘：《方壶诗余自序》，金启华，等编《唐宋词集序跋汇编》，江苏教育出版社，1990年，第227页。

② 王灼：《碧鸡漫志》卷二，唐圭璋编《词话丛编》，中华书局，1986年。

“大晟”派词人有幸面谒徽宗，作了不少“中秋应制”“清明应制”“元宵应制”的词，朱敦儒虽不比他们常能“共唱御制词，送御觞”（万俟咏《明月照高楼慢》），但他也曾获得了机会：“丁酉（1117），西内成，乡人请作望幸曲”，他欣然命笔作了《望海潮》词，词中歌颂荒淫无道的宋徽宗是什么“再振乾坤”、“浴日开天”的真主，还大唱其“父老欢呼，翠华来也太平年”的赞歌。此时的朱敦儒，并不像他那类“樵歌渔唱”词所自我表现的那样是一个清高的隐士，而是一个未能免俗的封建王朝的臣民。

同“大晟”派词人一样，朱敦儒前期的词中，也充满了脂粉气息和风月才情。他描写昔日的冶游道：“曾为梅花醉不归，佳人挽袖乞新词。轻红遍写鸳鸯带，浓碧争斟翡翠卮。”（《鹧鸪天》）其生活是何等的浪漫，而词风又是何等的旖旎。不过，与“大晟”派词人那种浓得抹不大开的色彩相比，他的词又显得比较清疏——这又是与他性格中的旷放一面分不开的：除开钟情于儿女柔情之外，词人还有旷达的胸襟和奔放的情感。他曾经这样描写过他前期这段裘马清狂的生活：“故国当年得意，射麋上苑，走马长楸。对葱葱佳气，赤县神州。好景何曾虚过，胜友是处相留。向伊川雪夜，洛浦花朝，占断狂游。”（《雨中花》）他甚至这样骄傲地唱道：

> 我是清都山水郎，天教懒慢带疏狂。曾批给露支风敕，累奏留云借月章。　　诗万首，酒千觞，几曾着眼看侯王？玉楼金阙慵归去，且插梅花醉洛阳。（《鹧鸪天》）

这些颇带狂放味道的言语，一方面表露了词人高傲疏放的个性，另一方面也显示着徽宗末年的享乐风气熏染得一些文人简直忘乎所以了——殊不知好景不长，金人的一声鼙鼓，就蓦地惊断了这些人的温柔好梦！

“靖康之变”来得这样突然、惨然，是很多北宋士人所没有料想到的。特别像朱敦儒一类整日诗酒游遨、不问世事的才子词客，当他四十六七岁仓皇南奔时，心情的悲苦自不待言了。这时，他再也哼不出“碧尖蹙损眉慵晕，泪湿燕支红沁。可惜海棠吹尽，又是黄昏近”（《桃源忆故人》）的香艳曲子了，他像失群的孤雁：“旅雁向南飞，风雨群初失。饥渴辛勤两翅垂，独下寒汀立。　　鸥鹭苦难亲，矰缴忧相逼。云海茫茫无处归，谁听哀鸣急？”（《卜算子》）时代的风云变幻，给朱敦儒的词抹上了凄苦的政治色彩，他的词境不再是那么甜美中带有一点儿“狂生”味，缠绵中透出一点儿游侠气，而是变得老气横秋了——虽然四十六七岁在古人早就认为已渐入老境，然而生活在北宋繁华的“软红场”中，词人却好像一直只是一个年轻的风流才子那样，一点儿也没觉到“老”的逐渐逼来。而只有当他"胡尘卷地，南走炎荒"（《雨中花》）时，才一夜之间白了头发，换了人生——词人一下子变得老泪纵横了：

金陵城上西楼，倚清秋。万里夕阳垂地大江流。　　中原乱，簪缨散，几时收？试倩悲风吹泪过扬州。（《相见欢》）

塞雁年年北去，蛮江日日西流。此生老矣，除非春梦，重到东周。（《雨中花》）

词境中出现的这个"老"字，正体现了南、北宋之际词风的转变。北宋婉约词虽然已有了160年的历史，然而，它却像一个不大懂事的贵家子弟一样，老喜欢在儿女场里厮混，现在，却突然觉醒过来、成熟起来了。"诗言志"传统在词中的恢复和苏轼词风在词坛的广为发扬，就成了南渡之初词风趋于成熟、"懂事"的主要标志。

我们不妨看一下这个时期的一些主要词人的情况：

曾被陈振孙称为"晏（殊）、周（邦彦）之流亚"（《直斋书录解题》卷二一）的陈克，他的词风一贯以香蒨雅丽著称，其《菩萨蛮》小词几乎可与温庭筠之作混而乱真，然而经历了离乱之后，词人就像换了一副面目一样出现在读者面前："四海十年兵不解，胡尘直到江城。岁寒销尽客心惊，疏髯浑似雪，衰涕欲生冰。"（《临江仙》）词中那种嗟老伤乱的形象与朱敦儒很有相似之处。

叶梦得，这个横跨两宋的词人，前期词风"婉丽，绰有温（庭筠）、李（商隐）之风"，"晚岁落其华而实之，能于简淡时出雄杰，合处不减靖节（陶渊明）、东坡之妙"①。这里讲的"实之"，不就是指它内容的充实（以词言志）吗？而所言的"雄杰"，又正见苏轼"豪放"词风的影响。

就连那个以应制和艳情词著称的御前词人曹组，这时候也写出了一些感怀故国的好词来。据周辉《清波杂志》记载："绍兴初，故老闲坐，必谈京师风物，且喜歌曹元宠（即曹组）'甚时得归京里去'十小阕，听之感慨有流涕者。"②

其他如向子諲的把词分成"江北旧词"和"江南新词"两部分，李清照词风的前后变化等，都是大家熟知的。凡此种种，都显示着经历了一场巨大的民族灾难之后，宋词不能不面对着现实，不能不朝着严肃化的方向转变。而朱敦儒，这个"生长西都逢化日，行歌不记流年，花间相过酒家眠"（《临江仙》）的风流词客，

① 关注：《题石林词》，金启华，等编《唐宋词集序跋汇编》，江苏教育出版社，1990年，第201页。

② 周辉：《清波杂志》，中华书局，1985年，第135页。

也从鸳鸯帐和梅花梦中惊醒过来，发出了饱含眼泪的喟叹，这同是上述那种变化的富有代表意义的表现。请读一下他的《水龙吟·感事》：

放船千里凌波去，略为吴山留顾。云屯水府，涛随神女，九江东注。北客翩然，壮心偏感，年华将暮。念伊嵩旧隐，巢由故友，南柯梦，遽如许！　　回首妖氛未扫，问人间、英雄何处？奇谋报国，可怜无用，尘昏白羽。铁锁横江，锦帆冲浪，孙郎良苦。但愁敲桂棹，悲吟《梁父》，泪流如雨！

"妖氛未扫"，指的是金兵猖獗；"奇谋报国，可怜无用"，是对投降派们排挤打击李纲辈抗金将吏的强烈愤慨。词人的笔触已经深入当时尖锐的社会矛盾中去了；而词风也自然从昔日的"绸缪宛转""绮罗香泽"之态中脱出而向东坡那种直抒胸臆、词以言志的风格靠拢。现实生活和社会矛盾推动着词的发展，这在朱敦儒及其同时代许多词人身上得到了明显的反映。这是我们研究朱敦儒词得到的一个甚为突出的印象。

二、"神仙风致"——"看穿"思想和隐逸题材的结合

朱敦儒在后人的心目中，往往并不以他的那些爱国词著称，而更多地是以一个"词仙"的面目出现。《花庵词选》的编辑者黄昇称他"天资旷远，有神仙风姿"①，张端义称他的咏梅词"如不食烟火人语"②，汪莘说他的词"多尘外之想"③，而去取甚为严格的张惠言《词选》还特为全录了他五首歌咏隐逸生活的《渔父》词，可知他们最为重视的即是他那些颇富"仙气"的旷放风格的词。事实上，在二百余首词的《樵歌》中，占据篇幅较多、艺术影响较大的，也确实是这一类旷放词，因此前人的这些看法还是在一定程度上符合实际情况的。

其实，用词来歌咏隐逸和"看穿"思想，在南渡之后的一个时期中，并不是在朱敦儒个人身上发生的孤立现象，也是当时词坛上普遍出现的一种风气。且看：

① 黄昇：《中兴以来绝妙词选》卷一，唐圭璋，等校点《唐宋人选唐宋词》，上海古籍出版社，2004年，第700页。

② 张端义：《贵耳集》卷上，中华书局，1985年，第13页。

③ 汪莘：《方壶诗余自序》，金启华，等编《唐宋词集序跋汇编》，江苏教育出版社，1990年，第227页。

曹组在忙于大写歌功颂德的应制词外,又写过这样两首词:

人生一世,思量争甚底?花开十日,已随尘共水。且看欲尽花枝,未厌伤多酒盏,何须细推物理。　　幸容易,有人争奈,只知名与利。朝朝日日,忙忙劫劫地。待得一晌闲时,又却三春过了,何如对花沉醉?(《扑蝴蝶》)

人无百年人,刚作千年调。待把门关铁铸,鬼见失笑。多愁早老,惹尽闲烦恼。我醒也,枉劳心,谩计较。　　粗衣淡饭,赢取暖和饱。住个宅儿,只要不大不小。常教洁净,不种闲花草。据见定,乐平生,便是神仙了。(《相思会》)

甚至连那位不太知书的大将韩世忠有一天游过西湖之后,也忽然写了下面两首词:

冬看青山潇疏静,春来地润花浓。少年衰老与山同。世间争名利,富贵与贫穷。　　荣贵非干长生药,清闲不是死门风。劝君识取主人公,丹方只一味,尽在不言中。(《临江仙》)

人有几何般?富贵荣华总是闲。自古英雄都如梦,为官,宝玉妻男宿业缠。　　年迈已衰残,鬓发苍浪骨髓干。不道山林有好处,贪欢,只恐痴迷误了贤。(《南乡子》)

这些词中反映出来的"看穿"和"知足"思想并不是凭空出现的,而是与南宋小朝廷偏安江南、不图恢复的政治形势密切有关的。宋高宗赵构为了可耻的目的,重用秦桧一伙,残酷地杀害了岳飞,严厉地打击、排斥抗战派将吏,从而形成了朝野不敢言战的局面。在这种局势禁锢下,除了一些耿介有骨气的士大夫文人还时而发出忧愤的怨语外,大多数文人(甚至如韩世忠这样的武将)只好磨平自己的棱角,采取"和光同尘"的人生态度,去过他们的闲散生活了。朱敦儒在绍兴二年曾经应召"出山",做过一段时间的官,但后来终以"专立异论,与李光(当时的爱国名臣,受投降派排挤而贬官)交通"而被迫退隐。(《宋史·朱敦儒传》)在嗣后的漫长隐居生活中,他过着颇为富足的生活。陆游曾欣慕地记叙他的这段优哉游哉的生活道:

朱希真居嘉禾(今浙江嘉兴),与朋辈诣之。闻笛声自烟波起,顷之,棹小舟而至,则与俱归。室中悬琴、筑、阮咸之类,檐间有珍禽,皆目所未睹。室中篮缶贮果实、脯醢,客至,挑取以奉客。①

这样的"神仙"般生活,怎不产生"神仙风致"的词!

不过,朱敦儒的这类词往往有别人不及的地方,那就是,他善于把"旷达"的思想和具体的艺术形象巧妙地结合起来,使人通过艺术的美感去接受他那种"旷达"的人生哲学。而这一点,又是从东坡词中学来的。

讴歌隐逸生活和抒写人生哲理,在词中早有先例。不过,前人往往未能把两者很好地融合在一起。

讴歌隐逸的词,最早要算张志和的《渔歌子》,词中描写了隐逸生活的无限乐趣,却没有那种空洞的"看穿人生"的说教。

抒写人生如梦和穷通有命思想的词,最早可以推溯到据传是唐末的道家人物②。而宋代词人中,要算范仲淹和王安石为早。范词《剔银灯》道:

> 昨夜因看《蜀志》,笑曹操、孙权、刘备,用尽机关,徒劳心力,只得三分天地。屈指细寻思,争如共,刘伶一醉? 人世都无百岁,少痴骙,老成尪悴。只有中间,些子少年,忍把浮名牵系?一品与千金,问白发,如何回避?

王词如《望江南》:

> 归依法,法法不思议。愿我六根常寂静,心如宝月映琉璃,了法更无疑。

这些词实际上都是哲理的通俗化,是"以议论入词"的产物而已,它缺乏生动的艺术形象和情景交融的意境,因而未能引起人们的重视。

及至东坡词一出,情况就有了改观。东坡身历仕途的几番波折,备尝人世的艰辛,加之他具有旷代的才华和渊博的学养,所以每能在词中神妙地抒写他对人生的"彻悟"——而这种抒写往往是结合着生动自然的艺术形象进行的,其精辟警策的哲理往往披着潇洒飘逸的艺术外衣。尽管东坡没有机会去享受朱敦儒等人所过的闲适隐居生活的乐趣,但他善于从平凡的甚至是痛苦的生活中去发掘"理趣",因此,他的词就具有一种特殊的"哲理美",而苏轼这类寓哲理于艺术形象之中的词篇就曾给朱敦儒以启迪。加上朱敦儒有机会长期闲居农村,浙地山明水秀的景色又为他的词作提供了丰富的题材,故而他的词往往能把优美的自

① 厉鹗辑撰:《宋诗纪事》卷四四,上海古籍出版社,1981年,第1131页。
② 林大椿《唐五代词》载有吕岩(洞宾)咏道家思想的词40余首。

然景物和“旷达”“看穿”的人生哲理融合在一起。请看他的《好事近·渔父》词(录二):

摇首出红尘,醒醉更无时节。活计绿蓑青笠,惯披霜冲雪。　晚来风定钓丝闲,上下是新月。千里水天一色,看孤鸿明灭。

渔父长身来,只共钓竿相识。随意转船回棹,似飞空无迹。　芦花开落任浮生,长醉是良策。昨夜一江风雨,都不曾听得。

就其思想而言,这些词中所写的仍不过是“浮生若梦,为欢几何”和“钟鼓馔玉不足贵,但愿长醉不复醒”(李白)这些意思,但一经作者用渔父的形象写出,当读者为词中那个飘逸逍闲的渔父形象所感染之时,他们就不知不觉会被词中那种旷放的思想所影响了。

至如那二首被黄昇激赏的《西江月》词:

世事短如春梦,人情薄似秋云。不须计较苦劳心,万事原来有命。
幸遇三杯酒好,况逢一朵花新。片时欢笑且相亲,明日阴晴未定。

日日深怀酒满,朝朝小圃花开。自歌自舞自开怀,且喜无拘无碍。
青史几番春梦,黄泉多少奇才。不须计较与安排,领取而今现在。

黄昇说它“辞浅意深,可以警世之役役于非望之福者”①。其实,其词意也并不太“深”(仍是“万事有命”之类的套话),不过其写法较为形象和清新而已。它用“春梦”“秋云”来比喻人生的短促、人情的淡薄(白居易《花非花》诗有云:“来如春梦几多时,去似朝云无觅处”),又用春日晴阴不定、不如对花独酌的心理活动来表现他“抓住了现在就是把握了人生”的及时行乐的人生观,所以在具有相似观点的封建文人看来,就显得十分“警策”“透辟”了。

朱敦儒的这类词作在南宋词坛上具有较大的影响。由于它反映了当时一些封建士大夫较为普遍的避世思想,又由于它披着富有感染力的艺术外衣,所以很能引起一些人的共鸣。拿距他不远的爱国诗人陆游来讲,也多少沾染过类似的思想,写过与此风貌相近的作品。如《破阵子》词:

仕至千钟良易,年过七十常稀。眼底荣华元是梦,身后声名不自知。营营端为谁?　幸有旗亭沽酒,何妨茧纸题诗。幽谷云萝朝采药,静院轩窗夕对棋。不如真个痴!

① 黄昇:《中兴以来绝妙词选》卷一,唐圭璋,等校点《唐宋人选唐宋词》,上海古籍出版社,2004年,第700页。

所以,从朱敦儒的《樵歌》开始,到宋末张炎的《山中白云词》为止,南宋词坛上讴歌隐逸生活和出世思想的词作就大为盛行起来,几乎构成了传统的"艳科"词和新起的爱国词之外的又一大流派。在这方面,朱敦儒的影响是不能低估的。

三、辞浅情深的清疏词风

尽管朱敦儒在他的词里多次提到自己是"洗尽凡心,相忘尘世",但事实上他却没有能做到这一点。他在绍兴二年赴朝廷之召出来做官,这恐怕是激于国难当头而为国效劳,且不去说它。到了晚年,他终于因"舐犊之爱",为幼子的"前途"而复出,奔走于秦桧门下。这无疑是一个可悲的"失节"行为。所以时人有诗嘲他:"少室山人久挂冠,不知何事到长安?如今纵插梅花醉,未必王侯着眼看。"①这种前后不一的矛盾可说是朱敦儒一生最大的遗憾。

但是,我们却也不能因此而一笔抹杀朱敦儒在词史发展上应有的地位。朱敦儒的词,自有它独具的艺术个性。他的词风,从总体上看,具有辞浅情深的清疏风格,是苏轼词风在南宋词坛上的别一种继承和发扬。

我们知道,在北宋末年的词坛上,苏轼词风是"吃不大开"的,弥漫于当日词坛上的主要是以周邦彦为首的"大晟"词派的浓密典丽的风气。到了南渡以后,由于民族矛盾的尖锐,苏轼词风的可贵处才重新被人认识和发扬。以张元干、张孝祥乃至以后的辛弃疾为代表的爱国词人,正是新的历史条件下对苏轼豪放词风的继承和光大者。朱敦儒虽然不像他们那样是苏词的明显追随者,但从他辞浅情深、偏于清疏的风格看,则仍可见其所受苏词的影响。下面就分别从清疏和辞淡情深两方面来看:

在宋词的两大派中,婉约派属于"密"派,而豪放派则属于"疏"派。从《花间》以来的婉约派中的小令词看,它们十分讲求风格的含蓄和辞藻的华丽,风格自然趋向浓密;而长调派发展到以周邦彦为代表的"格律"派更显得"富艳精工""缜密典丽"。豪放派则不然,它以自由挥洒地抒写自己的情志为目的,而不过分追求词语上的修饰,因此风格偏于疏放。朱敦儒由于下面这些原因,其词风倾向于苏派的清疏:

(1)禀性的原因。《宋史·朱敦儒传》记他曾自语:"麋鹿之性,自乐闲旷。"②从这种个性出发,他即使是写风流的艳情题材,虽也风致旖旎,却不柔殢

① 周必大:《二老堂诗话》,何文焕辑《历代诗话》,中华书局,1981年,第662页。
② 脱脱,等:《宋史》第37册《朱敦儒传》,中华书局,1997年,第13141页。

媚艳而较为淡雅。

（2）亡国流离的生活，触发了他凄清的家国之感。这类感情，是真切和深挚的，往往“流露”出来便成好词，不必假辞章的过分雕琢。

（3）长期的隐逸生活和出世思想，使他的词从题材到语言，都带上了“山林气”，这又是造成其清疏词风的一个原因。

体现这种清疏风格的词，我们可以举他的两首《念奴娇》：

> 放船纵棹，趁吴江风露，平分秋色。帆卷垂虹波面冷，初落萧萧枫叶。万顷琉璃，一轮金鉴，与我成三客。碧空寥廓，瑞星银汉争白。
> 深夜悄悄鱼龙，灵旗收暮霭，天光相接。莹澈乾坤，全放出、叠玉层冰宫阙。洗尽凡心，相忘尘世，梦想都销歇。胸中云海，浩然犹浸明月。

这首《念奴娇 · 垂虹亭》的意境，与张孝祥那首过洞庭湖的《念奴娇》的风格有些相似。

> 插天翠柳，被何人推上、一轮明月？照我藤床凉似水，飞入瑶台琼阙。雾冷笙箫，风轻环佩，玉锁无人掣。闲云收尽，海光天影相接。
> 谁信有药长生？素娥新炼就，飞霜凝雪。打碎珊瑚，争似看、仙桂扶疏横绝。洗尽凡心，满身清露，冷浸萧萧发。明朝尘世，记取休向人说。

张端义评曰：“插天翠柳”三句，“自是豪放”①。

体现辞浅情深的，我们不妨举他两首短词：

> 老人无复少年欢，嫌酒倦吹弹。黄昏又是风雨，楼外角声残。
> 悲故国，念尘寰，事难言。下了纸帐，曳上青毡，一任霜寒。（《诉衷情》）
>
> 吟蛩作尽秋声，月西沉。凄断余香残梦，下层城。　　人不见，屏空掩，数残更。还自搴帷独坐，看青灯。（《相见欢》）

词语虽然平淡清浅，感情却很真挚深沉。

朱词的“辞浅”“清疏”，构成了它在语言上的一个显著特点——清畅通俗、明白如话。如前已举过的《西江月》《好事近》，又如下面的这首《感皇恩》：

> 一个小园儿，两三亩地，花竹随宜旋装缀。槿篱茅舍，便有山家风味。等闲池上饮，林间醉。　　都为自家，胸中无事。风景争来趁游

① 张端义：《贵耳集》卷上，中华书局，1958年，第13页。

戏，称心如意。剩活人间几岁，洞天谁道在，尘寰外？

都是一读就懂、入口即消的作品。难怪嗜好“白话文学”的胡适，在其《词选》中就选了朱敦儒的词 18 首，而相比之下，以浓密著称的吴文英词，《词选》却仅选了 4 首。朱敦儒的词风与苏轼、辛弃疾一派有其风格上的相似。特别是，他那类旷放清远的隐逸词，曾给稼轩的词作以一定的影响（辛词中就有“效朱希真体”的词）；而他那种清畅通俗的语言风格，又被宋末的蒋捷、张炎所继承。从这些地方，我们也可看到他在南宋词坛上的地位和影响。

读李清照词杂识

李清照是宋代杰出的女词人。自来对她词的评价和赞扬,已经相当之多。这里试从几个新的角度,再做一些分析,名曰"杂识"。

一、雅与俗

词,从本体上来看,原是诞生于民间的一种通俗文学。这一点,从现存的敦煌曲子词中还可见得。但从词转入文人手中之后,这种通俗性便逐渐减少乃至消失了。比如温庭筠词,大量堆垛金玉锦绣的字面形成一种"蹙金结绣"之美,这就和民间词的风味距离甚远了。北宋的文人作者中,很多人一方面写作"骚人墨客"的"雅词",另一方面也仍继续写一些近乎俚语的"俗词",比如欧阳修和黄庭坚即是如此。但是他们笔下的这两类不同面目的词是"雅归雅""俗归俗"两不相关的。在北宋词坛上,能够做到"引俗入雅""雅俗共济"的文人作者,首推柳永、周邦彦和李清照。但三人之中,柳永则俗胜于雅(他的被赵令畤《侯鲭录》称为"不减唐人高处"的"雅词"毕竟屈指可数),周邦彦则雅胜于俗(陈郁《藏一话腴》称"贵人学士、市儇妓女皆知美成词为可爱",可知它的被雅、俗两阶层所共同喜爱,而刘肃《片玉集序》又称它"借字用意言言皆有来历"则可知它的偏胜于"雅"),真正能做到化俗为雅、以俗为雅的则还应数到李清照。试读她的这些词:

> 昨夜雨疏风骤,浓睡不消残酒。试问卷帘人,却道海棠依旧。知否?知否?应是绿肥红瘦!(《如梦令》)
>
> 薄雾浓云愁永昼,瑞脑消金兽。佳节又重阳,玉枕纱厨,半夜凉初透。　东篱把酒黄昏后,有暗香盈袖。莫道不消魂,帘卷西风,人比黄花瘦。(《醉花阴》)
>
> ……花自飘零水自流。一种相思,两处闲愁。此情无计可消除,才下眉头,却上心头。(《一剪梅》)

此类词,可谓既见文人作者深厚的文学功力,又得民间词的清新韵致,集二者之长于一身。特别是它的运字下语，极通俗，却又极文雅。比如前两词所用的“肥”“瘦”二字，原是非常普通、非常俚俗的口语。缪钺教授曾说：“古人谓五言律诗四十字，譬如士大夫延客，着一个屠沽儿不得”，词则“如名姝淑女，雅集园亭，非但不能着屠沽儿，即处士山人，间厕其间，犹嫌粗疏”①。然而李清照这两首词，却偏偏用了“屠沽儿”式的字面，非但不显其粗疏，反越发见出它的风致跌宕。这就可知，“运用之妙，存乎一心”，李清照在驾驭语言、“为我所用”方面，确实有非凡的能力。当时诗坛上盛行着江西诗派的风气。江西诗派十分讲求“以故为新”“以俗为雅”“夺胎换骨”“点铁成金”之类。而李清照的词倒可以说是深得其“以俗为雅”的点化之妙的。比如后一首词中“此情无计可消除，才下眉头，却上心头”，原是脱胎于范仲淹词《御街行》：“都来此事，眉间心上，无计相回避。”然而李词却比范词更通俗、更形象，也更生动。试比较“眉间”与“眉头”、“心上”与“心头”、“无计相回避”与“才下……却上”，李词得力于口语的奥妙就很清楚了。

但是，如果片面地强调李清照词的“以俗为雅”也是并不恰当的。问题是要有“化俗为雅”的点化能力。否则，任凭俚俗的口语在词里滥用，那就又会使词失去精致雅美的艺术美感，而落入了所谓的“蒜酪体”中去。刘体仁《七颂堂词绎》说得好：“柳七（永）最尖颖，时有俳狎，故子瞻以是呵少游。若山谷亦不免，如‘我不合太撋就’类。下此则蒜酪体也。惟易安居士‘最难将息’、‘怎一个愁字了得’，深妙稳雅，不落蒜酪，亦不落绝句，真此道本色当行第一人也。”②李清照的高明在于：她能依仗她所具有的深湛的文学修养，恰到好处地运用、“调度”这些俗字，加以锤炼和提高，使这些“浅俗之语”能抒发出“清新之思”（彭逊遹《金粟词话》）。比如《念奴娇》下阕：

> 楼上几日春寒，帘垂四面，玉阑干慵倚。被冷香消新梦觉，不许愁人不起。清露晨流，新桐初引，多少游春意！日高烟敛，更看今日晴未？

“楼上”至“被冷”四句先构成一个雅致的“场景”；“清露”“新桐”全借《世说新语》成句，也很雅丽；于中嵌入“不许愁人不起”一句浅俗词语反而显得情意深长、风致盎然——试想，在一片寂寞的春寒包围中，“愁人”本是懒于起床的，然而，梦已做醒，寒气逼人，又不容愁人不起（“不许……不起”两个俗语用得甚好，中间蕴藏了很多曲折的情意在内），更况窗外“清露晨流，新桐初引”的美丽

① 缪钺：《论词》，《诗词散论》，陕西师范大学出版社，2008 年，第 51 页。
② 刘体仁：《七颂堂词绎》，唐圭璋编《词话丛编》，中华书局，1986 年，第 622 页。

春景在吸引着自己,因此最后作者不禁雀跃而起,急切地询问天气好否、可否出游?

由此可知,李清照极懂得词"别是一家"的道理。词不应同于诗的典雅博奥,而应是雅中有俗、雅俗共赏,这才符合词的"当行""本色"。所以李词八百年来受到人们的普遍称赞,原因即在于:第一,她的词真达到了雅俗共赏的地步,因此不同艺术嗜好的读者都能从中得到美感,这就使她赢得了广大的读者;第二,她的词符合词的发展规律,既保持了词的"本体"的某些民间风味,又体现了文人作者对它的提高之功;既不同于某些民间俚词和文人俚词的浅陋,又不同于后来格律派某些词的近乎晦涩艰深,真可称得上是(婉约)词的一种"优秀样品"。

二、男性与女性

宋词(即使是婉约词)的作者绝大多数是男子。然而,在婉约词中出现的主人公面目,却偏多是女性的形象。比如:

去年元夜时,花市灯如昼。月到柳梢头,人约黄昏后。　　今年元夜时,月与灯依旧。不见去年人,泪湿春衫袖。

这首《生查子》里的主角本来是个男子(欧阳修),但却又极似一个女子(所以人们常错以为是朱淑真所作)。又如:

柳丝长,桃叶小,深院断无人到。红日淡,绿烟轻,流莺三两声。雪香浓,檀晕少,枕上卧枝花好。春思重,晓妆迟,寻思残梦时。

晏几道这首《更漏子》,其声情口吻就更加像是出于一个少女或少妇之口。

然而,说到底,这些以"男子而作闺音"(田同之《西圃词说》语)的"闺音"毕竟只是一些"冒牌货"。而李清照所写的"闺音",才是真正的女性词。它的这种"女性"特征主要反映在"敏感"和"细腻"两个特点上。

首先是"敏感"。

"多愁作诗人",多愁善感本是词人特具的气质,李清照自然也不乏这种气质,此其一;作为一个封建时代的女子,她的生活圈子十分狭隘,然而她又不满足于这种闷人的环境,因此每当春去夏来、夏尽秋临,以及丈夫远去的时候,词人对于外界哪怕是很微小的刺激都会产生敏感的反应,此其二;及至她身经亡国破家之变后,这种"敏感"更是"触处皆生",此其三。这三点,便都使李词呈现出"敏感"的特色。

至于“细腻”，那自然又是李清照这一类出身于“大家闺秀”、经受过深厚文学熏陶的女性作家所具有的“本色”，自不劳多说。

这两个特点，在她的词里都有突出的表现。从某种程度上讲，它又是一般的男作者所不能企及的。试读她的《蝶恋花》：

> 暖雨晴风破初冻，柳眼梅腮，已觉春心动。酒意诗情谁与共？泪融残粉花钿重。　乍试夹衫金缕缝。山枕斜欹，枕损钗头凤。独抱浓愁无好梦，夜阑犹剪灯花弄。

初冻刚破，春的消息还刚在“柳眼梅腮”上透露出这么一点儿，作者的心头就已敏锐地感受到了春意的撩拨……再如《添字丑奴儿》：

> 窗前谁种芭蕉树？阴满中庭。阴满中庭，叶叶心心，舒展有余情。
> 伤心枕上三更雨，点滴霖霪。点滴霖霪，愁损北人，不惯起来听。

三更天的时候，院中传来了阵阵雨打芭蕉的淅沥雨声。这在那些没有心事的人听来根本算不了一回事，然而在漂泊到南方的女词人此刻听来，却是点点滴滴无不在敲打着自己的神经，声声息息都在拨动着自己的心弦……

另外，像那首著名的《声声慢》词，其佳处自然很多，对于外界景物感受的敏锐也是很为突出的。“寻寻觅觅，冷冷清清，凄凄惨惨戚戚”，一上来的 14 个叠字，正是词人从若有若无的“秋声”中得到了某种触动而发出的惝恍伊郁的怅惘之感；而后面的“风急”“过雁”“黄花”“细雨”则又无一不被她敏感的耳目所“摄入”，印象杂沓地堆砌成了一大团解不开、撩不断的愁绪（所以是“这次第，怎一个愁字了得？”）。这里，最重要的是她有着一颗极度敏感的心，所以，自然界的一切细微刺激都会转化成她的愁绪，甚至在那“乍暖还寒”的气温变化中，她也会感受到恍恍惚惚、若有所失的不能自止的冷清凄切之感……

李清照词的细腻，则主要体现在抒情的含蓄委婉、耐人寻味上。有时候，她采用铺叙的手法，把自己的感情淋漓尽致地抒发出来，如“怎一个愁字了得”之类；另一些时候，她又采用委曲层深的“组景”法，把自己细腻的内心世界通过情景交融的意境表现出来，而后一种情况更使我们感受到她词的细腻的特质。比如：

> 小院闲窗春色深，重帘未卷影沉沉，倚楼无语理瑶琴。　远岫出云催薄暮，细风吹雨弄轻阴，梨花欲谢恐难禁。（《浣溪沙》）

小院闲窗，重帘深影，细雨轻阴……这一切都无不渗透着作者的一股惜春的淡淡忧愁，而最后“梨花欲谢恐难禁”的“难禁”二字，更细切地点明了自己细腻婉约的哀怨意绪。

其实,作者写“闺中少妇(或少女)惜春暮”的感情,更是与她“惜人”的情怀分不开的。在前面引过的那首《如梦令》中,作者借自己和侍女关于海棠的一问一答中,就曲折层深地表达出这种含蓄不露的感情。“试问卷帘人,却道海棠依旧”,侍女是天真的,又是不大懂事的,所以她对自然界的变化不太敏感;而多情多感的词人,却从昨夜的风雨声中感受到了春天悄悄逝去的脚步声。“知否?知否?应是绿肥红瘦”,不光是写景,更是写情——“绿肥”象征着夏天的慢慢来临,而“红瘦”则意味着春光的流驰,联系她“人比黄花瘦”的“瘦”字,不是更可见她对自己“流年如水”的某种悼惜和无可奈何的情思吗?所以,在李清照词里,女性作家那种特具的敏感和细腻的特色是表现得很充分的。

但是,大作家的伎俩真是变幻莫测。以男子而作闺音,固然是令人感到奇怪的现象,但李清照词中却也有以女子而发“须眉”之声的作品:

> 天接云涛连晓雾,星河欲转千帆舞。仿佛梦魂归帝所,闻天语,殷勤问我归何处? 我报路长嗟日暮,学诗谩有惊人句。九万里风鹏正举,风休住,蓬舟吹取三山去。(《渔家傲》)

梁启超说“此绝似苏、辛派”,甚至怀疑它非李清照所作①。这就可知,被时代和出身限制在闺房中的李清照,内心深处也自有着一股和男子相仿佛的“英雄气”,可惜在现实生活中无法得到舒展而只能托之于梦境,这不能不说是封建社会所造成的悲剧之一。但从中,我们也可借以窥见女词人不凡的胸襟和高超的技艺。

三、今与昔

李清照词给人印象很深的一个特点是她的“今昔对比”感。不仅是她写于前期的词作(其词风是何等的甜美而略带哀怨)和她写于后期的词作(其词风又是何等的凄苦)构成了总体上的对比感,而且在她作于后期的一首词内部往往也凝聚着强烈的今昔对照。“对比”能够产生力量(感染力),这于李词中见得很清楚。这或许也是它打动人的一个重要原因吧。

> 庭院深深深几许?云窗雾阁常扃。柳梢梅萼渐分明。春归秣陵树,人老建康城。 感月吟风多少事,如今老去无成。谁怜憔悴更凋

① 梁令娴:《艺蘅馆词选》,广东人民出版社,1981 年,第 91 - 92 页。

零？试灯无意思，踏雪没心情。（《临江仙》）

年年雪里，常插梅花醉。挼尽梅花无好意，赢得满衣清泪。　　今年海角天涯，萧萧两鬓生华。看取晚来风势，故应难看梅花。（《清平乐》）

以前（南渡前）的生活怎样？词人没有详说，只用“感月吟风多少事”和“年年雪里，常插梅花醉”几句表过，但它的力量却是不可小视的——它与“如今老去无成”和“今年海角天涯”就形成了鲜明的对比，在二者的差距之间凝缩或省略了多少欲说而未说的感情内容。真是“物是人非事事休，欲语泪先流”，其感情的分量是十分沉重的：“只恐双溪舴艋舟，载不动，许多愁！”（《武陵春》）

不过，李清照词中也有较详细地描写过去的生活的，那就是《永遇乐·元宵》：

落日熔金，暮云合璧，人在何处？染柳烟浓，吹梅笛怨，春意知几许？元宵佳节，融和天气，次第岂无风雨？来相召，香车宝马，谢他酒朋诗侣。　　中州盛日，闺门多暇，记得偏重三五。铺翠冠儿，捻金雪柳，簇带争济楚。如今憔悴，风鬟雾鬓，怕见夜间出去。不如向，帘儿底下，听人笑语。

词中化用主要的篇幅描绘了北宋“盛日”汴京城的繁华，以及南宋偏安形势下杭州的热闹，而这一切都与漂泊在南方的自己形成一个苦乐悬殊的对照。所以李清照的这些“今昔对比”词具有很强的艺术感染力。难怪生活到南宋覆亡后的刘辰翁读了此词后，会情不自禁地流下辛酸的老泪，并“依其声，又托之易安自喻”写了另一首感慨今昔的《永遇乐·元宵》词。“国家不幸诗家幸，赋到沧桑句便工”（赵翼《题遗山诗》），李清照的词之所以动人，与她词中那种深挚、真切的家国之感和描写方法上的“今昔对比”是分不开的。而这后一点，又开了宋末很多爱国词、遗民词的先河。刘辰翁的元宵词（不止《永遇乐》一首）就是一个证明。

论辛派爱国词中的“狂放”精神

王国维论词,每多精辟之言。但是,下面这一段话却不大多见有人援用,他说:

> 苏、辛,词中之狂。白石犹不失为狷。若梦窗、梅溪、玉田、草窗、西麓辈,面目不同,同归于乡愿而已。①

这节评论中对于南宋一辈“雅词”派作者的评价,未免有失于偏激和偏颇之处,然而对于苏、辛(观其上下文可知其重点实是在辛而不在苏)的评价,却同他其他独具慧眼的论断一样,不乏灼见。一个“狂”字,确是相当敏锐而准确地揭示出了辛弃疾(以及辛派)爱国词中某些作品的独特面目,如果稼轩死而有知,也当叹为“知言”。谓予不信,请读辛氏自己的一番话。辛氏《贺新郎》词有云:“不恨古人吾不见,恨古人不见吾狂耳! 知我者,二三子。”据岳珂《桯史》卷三记载,稼轩生平特喜此几句,每于酒席上自诵之,其时“辄拊髀自笑,顾问座客何如?(众)皆叹誉,如出一口”②,其得意之状由此可见。稼轩为什么如此偏爱这四句词句? 原因恐怕即在那个“狂”字上——我们注意到,“不恨”两句原出《南史 · 张融传》(张融常叹曰:“不恨我不见古人,所恨古人不见我”),但辛氏在引用时却意味深长地加上了一个“狂”字。这个“狂”字,乃是稼轩引以傲然睥世、不同凡俗的自负之处。它既是其人格中最有个性的部分,也是其作品中最能显示出个人特色的地方。所以他接着说:“知我者,二三子。”照他看来,世间只有二、三朋辈 ,才能真正理解他为人和词作中的“狂”——惟其如此,才堪称为“知己”。以辛氏这几句“夫子自道”之语来作印证,我们便可明白,王国维拈出一个“狂”字,确是抓住了辛词(至少是他的某些爱国词作)思想内容方面的特征和要质,值得引起人们的进一步思考和探索。

不过,王氏此论主要还是就其作品的思想内容而言的,如要兼论其作品的艺术风格、艺术特色,那么仅举一“狂”字,似乎还嫌不够。因此,本文在此基础上

① 王国维:《人间词话》,《蕙风词话　人间词话》,人民文学出版社,1960 年,第 213 - 214 页。

② 岳珂:《桯史》卷三,中华书局,1981 年,第 38 页。

想再补充提出一个“放”字：前人论苏、辛词，素有“豪放”之说，而老杜诗云“白日放歌须纵酒”“漫卷诗书喜欲狂”，看来，狂喜、狂怒、狂愤、狂怨的情绪常会和“放歌”式的奔放、率放、疏放风格联系在一块，而辛派爱国词的情况往往也正如此。所以我们不妨把“狂”与“放”合成一词来谈——通过对于辛派某些爱国词中表露出来的“狂放”精神的分析和探讨，就可以从一个新的“窗口”直窥其中所深藏的思想内蕴和风格内蕴，从而加深对它们的理解。

为了叙述的方便，我们先侧重谈一下辛派爱国词在思想内容方面所表现出来的“狂”，然后再来谈它在艺术风格方面所表现出来的“放”。

在此以前的词坛上，曾出现过两类关乎“狂”的情绪。其中一类即是“骚狂”。如牛希济的“须知狂客，拚死为红颜”（《临江仙》），孙光宪的“一生狂荡恐难休，且陪烟月醉红楼”（《浣溪沙》），以及柳永的“尤红殢翠，近日来，陡把狂心牵系”（《长寿乐》）等词句，就是这种放荡、骚狂情绪的表露。它是中晚唐以来进士阶层不拘礼法、放浪不羁的性格在词中的反映，而又糅合着市民阶层“倚玉偎香”的色情风味在内，故从思想意义而言，无足多论。另一类则有些近乎我们这儿所论的“狂放”。比如《尊前集》中所载李白（?）所作的《清平乐》词（其中有云：“应是天仙狂醉，乱把白云揉碎”），虽然只是咏雪，然而气魄却甚豪放阔大。当然真正开启辛派爱国词中“狂放”精神先河的，自然不能不溯源到东坡那首“令东州壮士抵掌顿足而歌之，吹笛击鼓以为节”的《江城子·密州出猎》。此词气概豪迈、感情奔放，表达了作者希望建功立业、报效国家的政治渴望，也反映了他对朝廷不能择贤用良的某种政治感慨。其中，不管是思欲有所作为的豪情壮志，还是实乃不能有所作为的感叹，都是借力于一个“狂”字表达出来的。通观全词，它就是用首句“老夫聊发少年狂”来统率和直贯整篇的，这是因为：“西北望，射天狼”固然是“狂心”的具体表现，而“何日遣冯唐”的盼企实在也是从“聊发”的无可奈何心情中引申出来的。所以，苏轼词中的这个“狂”字，乃是全词精光之所在、神髓之所在：积极用世之抱负与无法伸展抱负之苦闷，这一对深刻的思想矛盾都凝聚在一个“狂”字之中，从而就使这个“狂”字显得精力充沛、光焰照人。

词的发展进入南宋之后，便形成了两大基本支流。一派是以“婉约”为主要面貌的“雅词”派，另一派则是以“豪放”为主要面貌的爱国词派。前者继承了北宋婉约词的传统，其题材内容仍以“花情柳思”“莺莺燕燕”为主。不过，由于南宋统治集团相当注重“正统”的封建意识形态之重建工作，所以词风就开始克服前代过分“侧艳”“软媚”的毛病而朝着“雅正”方向发展。由于它们恪守着“温柔敦厚”“怨而不怒”的封建教条，所以在反映现实和批判现实方面，就远显得软弱无力。而这后一方面的任务，便由被正统词论家目为“狂怪而失柔婉之意”

(《乐府指迷》引吴文英语)的辛派爱国词来担负和完成了。

辛派爱国词人之一的陈亮有过一句名言:“有非常之人然后可以建非常之功”。(《上孝宗皇帝疏》)这个“非常”就说得十分好。时代(南宋)既是一个“非常”的时代,作者(爱国词人)又是一批“非常”的作者,所以他们的词作也往往就是“非常”之词作。以辛弃疾为例,刘辰翁对他的为人及他的词作,曾有过一段精警中肯的分析:“斯人北来,喑呜鸷悍,欲何为者?而谗摈销沮,白发横生,亦如刘越石。陷绝失望,花时中酒,托之陶写,淋漓慷慨,此意何可复道?……为我楚舞,吾为若楚歌,英雄感怆,有在常情之外,其难言者未必区区妇人孺子间也。”①这里所说的“有在常情之外”的“英雄感怆”,就正是我们所说的“狂放”精神。外有异族入侵的威胁,内有投降派的打击,这批正直、刚拙、爱国的作者,心理上经受着双向的压迫。正如一头身受外创和内伤的狮子一样,他们不由得要发出咆哮,发出吼叫。因此,这样的“不平之鸣”就绝不可能是“和平中正”之音,而是“夜半狂歌悲风起,听铮铮、阵马檐间铁”(辛弃疾《贺新郎》)式的“狂歌”。从外表看,这些“狂歌”式的词作似乎有些“矫情”,有些“变态”(对这点我们并不否认),但是可贵的是,它们所凝注和体现着的,正是一股对于复国事业的强烈的“进取”精神,以及对于不合理现状的批判精神。比起前代苏轼(还有晁补之)词中的“狂放”来,辛派爱国词中的“狂放”就显得内蕴更加深广、色调更加斑驳。

粗加剖析,辛派爱国词中的“狂歌”式作品包含着如下几方面的社会内容和思想因素:

第一,对于苟安形势和投降政策的强烈不满。这在辛弃疾词中表现得最为突出。辛氏本是一位有抱负、有胆略、有才干的“血性汉子”,范开称他为“一世之豪,以气节自负,以功业自许”②,然而南渡以来,却屡遭排挤,“却将万字平戎策,换得东家种树书”(《鹧鸪天》)。因此郁积在内心的愤懑便借着种种“狂歌”宣泄出来。比如他在被迫隐居带湖时所作的《水调歌头》有云:

> 笑吾庐,门掩草,径封苔。未应两手无用,要把蟹螯杯。说剑论诗余事,醉舞狂歌欲倒,老子颇堪哀。白发宁有种?一一醒时栽。

明明是可于万人营中只身擒敌的双手,如今却只能“一手持蟹螯,一手持酒杯”,

① 刘辰翁:《辛稼轩词序》,金启华,等编《唐宋词集序跋汇编》,江苏教育出版社,1990年,第174页。

② 范开:《稼轩词序》,金启华,等编《唐宋词集序跋汇编》,江苏教育出版社,1990年,第172页。

对于稼轩这样的爱国志士来讲，这无疑是人生极大的痛苦了。因此，面对着投降政策所造成的苟安形势，他只能采用一种畸形的反抗形式——“醉舞狂歌”来表示抗议。试看他词中曾多次写到自己的这种“狂态”：

我醉狂吟，君作新声，倚歌和之。（《沁园春》）

长恨复长恨，裁作短歌行。何人为我楚舞，听我楚狂声？（《水调歌头》）

狂歌击碎村醪觞，欲舞还怜衫袖短。（《玉楼春》）

正如他在另一首《江神子》中所写的那样：“酒兵昨夜压愁城。太狂生，转关情。写尽胸中，磈垒未全平”，因“愁”而欲借“酒”去浇，谁知“酒入愁肠”，磈垒难平，从而喷薄成为一腔的悲歌狂吟。所以辛弃疾的“狂歌”，乃是他面对现实社会中的种种不合理现象而迸发出来的一种抗争之音，是他不甘于受到投降派打击的抑塞磊落之气在词中的升华。

第二，对于封建秩序，特别是对由“理学”所维系起来的礼法秩序的猛烈反抗。在这方面，陈亮和刘克庄的词表现得尤为鲜明。陈亮是一个富有批判精神的爱国文人，对于南宋小朝廷的弊政，特别对于当时那个高谈“心性”而误国误民的“理学”，他曾作过猛烈的抨击：“始悟今世之儒士，自以为得正心诚意之学者，皆风痹不知痛痒之人也。举一世安于君父之仇，而方低头拱手以谈性命，不知何者谓之性命乎！”①这种振聋发聩的快言锋谈，使得朝野为之震动，几被目为“狂言乱语”。在其立身行事中，他也表观出不同凡俗的“挑战”精神：先是以布衣身份上书皇帝，直言无讳地评论朝政；后当孝宗欲授以官，他却笑曰：“吾欲为社稷开数百年之基，宁用以博一官乎？”辞官回乡之后又“落魄醉酒，与邑之狂士饮，醉中戏为大言，言涉犯上”（《宋史·陈亮传》）。这种傲睥一世的“狂态”，说穿了便是对于封建秩序的一种藐视和嘲笑。因此他的词中，也每多“狂语”，如“何处寻取狂徒？可能着意，更问渠侬骨”（《念奴娇》），“太平胸次，笑他（按：此系自指）磊魂欲成狂”（《水调歌头》），“酒圣诗狂，只遣愁无计”（《点绛唇》）。这种“狂”，其实只是一种“佯狂”，他实际是在向世俗的社会秩序发起冲击。到了南宋晚年，封建礼法对于人们正常个性的压抑更加严重，而对于它们的反抗也就越发激烈。刘克庄便是这样的一位词人。他自称：“犹记臣之少，兴狂时过陈遵饮，对孙登啸。”（《贺新郎》）而到了老年，这种“狂心”与“狂态”犹自不改：“老去胸中，有些磊块，歌罢犹须着酒浇。”（《沁园春》）所以他自叙其平生行迹是：

① 陈亮：《上孝宗皇帝第一书》，《陈亮集》，中华书局，1974 年，第 8 页。

“只愿常留相见面(按:指与一二知己的“狂友”常聚),未宜轻屈平生膝。有狂谈欲吐且休休,惊邻壁。”(《满江红》)这种“狂人”式的形象,就是以前词坛上所少见的。

第三,对于腐败的现实社会扼杀人才的悲愤和控诉。关于这方面的内容,在青年词人陈人杰的作品中表现得相当集中。他生当末世,目睹即将亡国的国势和极端腐败的朝政,心灵上蒙受了超负荷的负担,因此满怀悲愤,年轻夭亡。他的词中,充溢着对于不合理的现实社会扼杀人才的批判。比如他远游求仕而功名未就时所作的《沁园春》词有云:“镜影霜侵,衣痕尘暗,赢得狂名传世间。”但在这个“狂名”后面却饱藏着多少辛酸之泪。所以他如同辛弃疾一样,要发出“不恨穷途,所恨吾生,不见古人”的狂吟。可惜,黑暗的社会终于无情地吞噬了这一位怀着“平生志,合为霖为雨,大慰苍生”的宏图大愿的爱国志士。

总的来看,辛派爱国词中的“狂”,体现出的基本是一种抗争的、批判的、反抗的思想情绪。它们的核心内容是“爱国”,它们的表现方式则是有些异乎常情的“狂态”。这种狂态绝不是作者故作“矫情”,而是对于那既不合理却又顽固异常的黑暗社会所采取的一种“矫枉过正”式的冲击和反叛。李白说:“我本楚狂人,凤歌笑孔丘。”苏轼说:“嗟我本狂直,早为世所捐。”一则表示出对于世俗秩序的蔑视和嘲笑,一则反映出自己备受排挤的悲慨和愤懑。辛派爱国词中的“狂”,就继承了他们的传统并且加注进了更为深厚的政治内容,使它格外闪显出了战斗的光芒。从某种意义上看,词的思想性到此可谓是空前的成熟了。

辛派词人的爱国作品,当然并非“狂词”一种。因此它的风格也绝非“豪放”“疏放”“奔放”一路,例如辛弃疾就有“更能消几番风雨”(《摸鱼儿》)、“东风夜放花千树”(《青玉案》)式的婉约作品。但是,就其显目的方面看,既“狂”且“放”的作品却无疑是他们爱国词作中的主流部分。周济说:“稼轩不平之鸣,随处辄发。”①既是随处辄发,那就往往不假过多的修饰和雕琢,倾心而吐,出口而成,这样就自然而然地形成了“放”的风格。辛词云:“倒流三峡词源泻。”(《水龙吟》)陈人杰词云:“有山川草木,纵横纸上;虫鱼鸟兽,飞动毫端。”(《沁园春》)便都是这种率放风格的形象性说明。

在论到辛派词的这种“率放”时,人们常常会引用“以文为词”一语。不错,辛派词人的某些作品中,确实显露着散文的某些特质,正如宋人陈模所说的那样,是“把古文手段寓之于词”(《论稼轩词》)。但是,如若深一步看,那么,“以

① 周济:《介存斋论词杂著》,人民文学出版社,1959 年,第 8 页。

文为词"还仅是外表形骸方面的问题,究其实质,却实在是"以气为词"的必然结果:词人人格中的"狂气"充溢外发在词篇中间,便形成为其中的"豪气";而以豪气入词,又必然会使词风出现"以文为词"的率放、豪放风格来。

我们深知,词素以婉约为其"本色"的风格,它大多具有那种"宛转回互"的美感特质(沈义父《乐府指迷》说:"为情赋曲者,尤宜宛转回互可也。"),因此切忌"以气为词"。但是,辛派爱国词却往往冲破了这种传统的戒律,表现出狂放不羁、不可抑勒的气势和气概,所以"雅词"派词论家就要批评他们"作豪气词,非雅词也,于文章余暇,戏弄笔墨为长短句之诗耳"①。这个论断正从反面告示我们:辛派爱国词的令人注目的一个特色,就在于它们的"以气入词"。不信,我们还可以拿前人的一些评论来参证。如张元干词,人称有"磊落之气"②;张孝祥词,人称有"迈往凌云之气"③;陈亮词,人称为"豪气纵横"④;而辛弃疾的词,则更被众多的论者冠以"气"字的评价:黄梨庄评其有"悲歌慷慨、抑郁无聊之气"⑤,谢章铤评其有"真气""奇气"⑥,谭献评其有"犷气""盛气"和"潜气"⑦,梁启超评其有"大气包举"⑧,而归根到底,正如辛氏门生范开所说的那样,辛词之所以达到"无首无尾,不主故常"和"随所变态,无非可观"的境地,乃在于"其气之所充、蓄之所发,词自不能不尔也"⑨。这个"蓄气"—"充气"之说,演绎成现在的话来说,就是人格修养、思想感情中所蓄养的"浩然之气""刚大之气""狂气"……充溢到词中,形成它的"豪气""奇气""盛气"……在这股"气"的鼓荡之下,词风就不再保持先前那种停滀委婉、含蓄回互的美感,而表现为一泻无余、直抒胸臆的奔放风格来。因此在辛派爱国词中,就出现了龙腾虎跃、硬语盘空风格的作品:

① 张炎著、夏承焘校注,沈义父著、郭嵩云笺释:《词源注　乐府指迷笺释》,人民文学出版社,1963年,第32页。

② 永瑢,等:《四库全书总目提要》卷一九八《芦川词》,中华书局,1965年,第1814页。

③ 陈应行:《于湖词序》,金启华,等编《唐宋词集序跋汇编》,江苏教育出版社,1990年,第165页。

④ 陈廷焯:《白雨斋词话》卷一,人民文学出版社,1959年。

⑤ 徐釚撰:《词苑丛谈》卷四,唐圭璋注,上海古籍出版社,1981年,第79页。

⑥ 谢章铤:《赌棋山庄词话》卷一,唐圭璋编《词话丛编》,中华书局,1986年,第3330页。

⑦ 谭献:《复堂词话》,唐圭璋编《词话丛编》,中华书局,1986年,第3994页。

⑧ 梁令娴:《艺蘅馆词选》丙卷,广东人民出版社,1981年,第100页。

⑨ 范开:《稼轩词序》,金启华,等编《唐宋词集序跋汇编》,江苏教育出版社,1990年,第172页。

……事无两样人心别。问渠侬:神州毕竟,几番离合?汗血盐车无人顾,千里空收骏骨。正目断,关河路绝。我最怜君中宵舞,道“男儿到死心如铁”。看试手,补天裂!(辛弃疾《贺新郎》)

就出现了放言高歌、壮词快语风格的作品:

……尧之都,舜之壤,禹之封,于中应有,一个半个耻臣戎。万里腥膻如许,千古英灵安在?磅礴几时通?胡运何须问,赫日自当中!(陈亮《水调歌头》)

就出现了吞虎食牛、握拳透爪风格的作品:

……正好长驱,不须反顾,寻取中流誓。小儿破贼,势成宁问彊对!(陈亮《念奴娇》)

“狂”的思想感情便借着此类“放”的风格,得以充分的宣泄、发露,所以把辛派爱国词中的某些作品称之为“狂放”之词,倒也并不嫌过分——当然我们这样称呼它们,已经摒弃了传统词论家对它们所持的贬斥之义。传统词论家认为作词“发意不可太高,高则狂怪而失柔婉之意”(《稼轩词序》)。辛派爱国词,则正因其“发意太高”而导致其“放”的风貌。这类词作,尽管在艺术上有其失之于粗糙甚至叫嚣的毛病,但毕竟以它富有战斗性、批判性的思想内容和雄直刚放、粗犷有力的艺术风格,为这一个充满着矛盾和苦难的时代提供了最有“力度”的作品。长久以来,在以“婉约为正宗”的词坛上所欠缺的那种“浩然之气”和“阳刚之美”,于今终于得到了“复归”和发扬。像受到围困之后发出鸣叫的狮吼,又像锁在铁屋子里面要砸开一个窗户的“狂人”的呐喊,这就是我们对于辛派爱国词中这类“狂放”之作的一个总的感受。

幽韵冷香白石词

姜夔（白石）词凡84首。其中，咏梅（以及提到梅者）共28首，咏柳（以及提到柳者）共25首，均占（或接近）全部的三分之一。这是一个颇可注意的现象。

在日常生活中，喜爱什么花卉草木，本属个人的嗜好。但是，出现在艺术世界中的花卉草木，却已不是纯粹的自然物，而是经过作者"人化"以后的"复合物"了——这里，作者的主观意绪和草木的客观形象往往达到了某种程度的统一。我们常常可以从这些已经进入到艺术天地里的草木花卉身上，"反照"出作者的某部分内心世界（例如从菊花和莲花的淡泊高洁形象中，看到陶渊明和周敦颐的人品、襟怀）。白石词的反复咏写梅柳，也是与他的某种生活情趣和艺术情趣有着一定关联的。

先说"柳"。"柳者，留也"，唐宋人好以折柳赠别。"两两黄鹂色似金，袅枝啼露动芳音。春来幸自长如线，可惜牵缠荡子心""宜春苑外最长条，闲袅春风伴舞腰。正是玉人肠断处，一渠春水赤栏桥"（温庭筠《杨柳枝》）。那袅袅依依的垂柳，本身象征着缠绵悱恻的无限柔情，而曾在柳下送别恋人，这又怎能不睹柳思人、惹起满腔幽思？白石青壮年时代有过一段合肥的情事，他所恋的琵琶女子恰又住在垂柳夹道的赤栏桥畔（《淡黄柳》小序："客居合肥南城赤栏桥之西，巷陌凄凉，与江左异。唯柳色夹道，依依可怜"），所以"柳"就往往成为触发他词思的一个物象，而抒写杨柳的词中也往往倾注着他对于恋人所深怀着的眷念之情：

> 金谷人归，绿杨低扫吹笙道。数声啼鸟，也学相思调。（《点绛唇》）
>
> 绿丝低拂鸳鸯浦，想桃叶当时唤渡。又将愁眼与春风，待去，倚兰桡、更少驻。（《杏花天影》）
>
> 又正是春归，细柳暗黄千缕，暮鸦啼处。梦逐金鞍去。一点芳心休诉，琵琶解语。（《醉吟商小品》）

恋情、离思的"意"和垂杨袅柳的"象"，融合成了一片优美深远的"意象"。

但是，光是好写垂柳依人的意象，还不是白石词的特色。这是因为，"花情柳思"本是词人（特别是婉约词人）所常写的东西。在他之前，婉约派大师周邦彦早已以他的"柳阴直，烟里丝丝弄碧。隋堤上，曾见几番，拂水飘绵送行色"（《兰陵王》）的咏柳词驰名词坛。白石的借柳以抒恋情离思，如果不有他的另一种风貌，那就不能超出前贤，而白石词的卓尔不群就正在于：他把缠绵悱恻、软媚温馨如垂柳的柔情，用梅花那样的冷夐幽雅的词品出之。

宋人好咏梅花，这似已成了一种普遍的风尚。《瀛奎律髓》专列咏梅诗一章，而词中则有《梅苑》的咏梅专集，即知此风之盛。白石之所以好咏梅，则自有他的特殊原因。这种原因中，合肥情事当然仍是首当提到的因素：

> 人间离别易多时。见梅枝，忽相思：几度小窗幽梦手同携？（《江梅引》）

为何"见梅枝"而"忽相思"？他与恋人肯定有着小窗携手赏梅花的一段旧事。因此，在他的眼中，梅花已不仅是梅花，而同时又是"她"的化身：

> 想佩环月夜归来，化作此花幽独。（《疏影》）

但是，白石与琵琶女子的情遇并不仅仅是在梅花时节。前已提到，在"柳下坊陌"中，他们共同度过了很久的美好岁月（自春至冬都有）。为何他除了写柳之外多写梅花而不喜写妖桃艳杏？这表明，他在艺术生活和审美领域中，自有一种偏好的情致——对于"冷香""疏淡"型的感情境界的偏嗜，而这又是与他整个的人品、襟怀有着密切联系的。

把热烈、香软的柔情，用清夐雅淡的笔调写出，把柳枝的婀娜袅依和梅花的冷艳淡寒熔铸而为一体，这就形成了白石词的独特艺术个性——尽管白石词的内容并不仅仅是恋情离思，但抓住了这个主要题材和主体风格，我们就可以进而探求白石词的全体了。

（一）风流骚雅，两种生活情趣的艺术"升华"

白石词素以"风流""骚雅"著称：陈撰谓，南宋词人，要以白石为极诣，"风流气韵，足以标映后世……"（《玉几山房听雨录》）；张炎称白石词"不惟清空，又且骚雅，读之使人神观飞越"①。这种风流骚雅的风格，乃是一定的生活情趣在

① 张炎著、夏承焘校注，沈义父著、蔡嵩云笺释：《词源注　乐府指迷笺释》，人民文学出版社，1963 年，第 16 页。

艺术中的“升华”，应当从生活的“土壤”中去寻求它的成因。

每一个朝代，都有自己的特点。宋人张端义曾这样概括几个朝代的士大夫们的生活习尚：“汉人尚气好博，晋人尚旷好醉，唐人尚文好狎，本朝尚名好贪。”①此说虽有点儿绝对化，但也确实说着了其中要点。这里且说宋人（南宋士大夫）的“尚名好贪”。

由于封建经济（特别是城市经济）的进一步发展，同时由于地主阶级的腐朽本质越到后代越发暴露得充分，因之南宋统治阶层的剥削程度和享受水平比之前代是越加提高的。张俊在家中接驾，“进奉盘合”中光金器就有1000两，珠子69509颗——这还是在戎马倥偬之际！② 从此一事，我们便可想见整个南宋上层统治集团的奢侈生活了。就拿白石与之交游甚密的张镃、张鉴兄弟来说，其生活的豪华简直使人难以置信。周密《齐东野语》卷二〇记载：

> 张（镃）约斋能诗，一时名士大夫，莫不交游。其园池声妓服玩之丽，甲天下。尝于南湖园作驾霄亭，于四古松间，以巨铁絙悬之半空，而羁之松身。当风月清夜与客梯登之，飘摇云表，真有挟飞仙、溯紫清之意……群妓以酒肴丝竹次第而至……酒竟，歌者、乐者，无虑数百十人，列行送客。烛光香雾，歌吹杂作，客皆恍然如仙游也。③

这种豪奢生活又岂止是张镃一家所独有！

除了对于物质享受如此贪婪地追求之外，宋代统治阶级对于精神生活领域的“名”也不肯放过。他们一方面要穷奢极侈地享乐，另一方面却又要标榜“超尘拔俗”的“淡泊”。那些具有较高文化修养的文官，则在“红袖添香”之外，还要添上“夜读书”的“雅趣”。除了“风流”之外，还要求“文雅”，否则是称不上“风流名士”的。

罗大经《鹤林玉露》丙编卷五说：“士岂能长守山林、常亲蓑笠？但居市朝轩冕时，要使山林蓑笠之念不忘，乃为胜耳。”④这一段话很真实地道出了宋代很多文人的真实心理：既要轩冕而居市朝，又要享有淡泊高古的“雅”名；既要富贵风流，又要不脱“山林蓑笠”的清趣。

生活情趣必然反映在艺术情趣中。五代的《花间》词中，对于享乐生活和男

① 张端义：《贵耳集》卷下，中华书局，1985年，第54页。

② 周密：《武林旧事》卷九，孟元老，等《东京梦华录（外四种）》，中国商业出版社，1982年，第486页。

③ 周密：《齐东野语》卷二〇，中华书局，1983年，第374页。

④ 罗大经：《鹤林玉露》丙编卷五，中华书局，1983年，第322页。

女私情的描写往往是无所顾忌的。而进入北宋以后，正统文人词中就开始有了“雅”的要求。这种“雅”，主要表现为既具“富贵气”却又要“富而不俗”（参见前《唐宋词艺术趣味——艺术风格谈》一文第二小节）。而这种“雅”的要求，到了苏轼词中就有了更进一步的表现，那就是对于“归隐”生活的企求。苏轼身处忧患，屡遭打击，所以词中有很多出世之想。“我欲乘风归去”“归去，也无风雨也无晴”“小舟从此逝，江海寄余生”之类话头，在词中是比比可见的。苏词一出，柳词更被贬为“舆台”、“淫冶讴歌之曲”，这里明显地表观出“雅”“俗”两种艺术趣味的分野。在繁华的物质享受之外，还要充分地享用山林的自然之趣；在风流富贵之外还要存有清旷出世之致，这就成了北宋后期大部分词人的生活理想和艺术兴趣。朱敦儒的一首词就道出了此中况味：“我是清都山水郎……且插梅花醉洛阳。”（《鹧鸪天》）既要“酒千觞”地沉醉于“玉楼金阙”的洛阳城里，却又要“诗万首”地逍遨在山畔水边的梅花树下！

到了偏安于江南的南宋，一方面，他们继续过着“山外青山楼外楼，西湖歌舞几时休”的淫逸生活；另一方面，却更加浓了他们对美丽的江南山水的玩赏之情。便是宋高宗这个享乐集团的头子，也居然要学起张志和来了：“水涵微雨湛虚明，小笠青蓑未要晴。明镜里，縠纹生，白鹭飞来空外声。”（《渔父》）他那15首抒写隐逸之趣的《渔父》词，曾被御用文人廖莹中称赞为“清新简远，备骚雅之体”①。而另一部分正直爱国的士大夫文人，由于政治上的受压抑，也往往借山水之游来发泄、消解他们的郁闷。如张孝祥词云：“买得扁舟归去，此事天公付我，六月下沧浪。蝉蜕尘埃外，蝶梦水云乡。”（《水调歌头》）但是，不管是享乐者的纵情山水，还是愤慨者的寄情山水，对于山林清趣的追求都必然会给词坛带来一股更加浓厚的“雅”味。而姜白石的词就充分地体现了这种倾向，它融杨柳和梅花风格于一体，兼具“风流”和“骚雅”的风格，即是宋代（特别是南宋）士大夫文人的两种生活情趣在词里的升华。

白石《莺声绕红楼》词小序云：“甲寅春，平甫（张鉴）与予自越来吴，携家妓观梅于孤山之西村，命国工吹笛，妓皆以柳黄为衣。”携着“家妓”来观“梅”，而诸妓皆以“柳黄”为服色，这该有多么“风流”，多么“雅致”！词云：“十亩梅花作雪飞，冷香下、携手多时。两年不到断桥西，长笛为予吹。　人妒垂杨绿，春风为染作仙衣。垂杨却又妒腰肢，近前舞丝丝。”在这里，梅花的冷艳，柳枝的嫩绿，都统一到了舞伎的风流和赏花者的风雅上了，大有明人诗里“雪满山中高士卧，月明林下美人来”的风韵。

① 廖莹中：《江行杂录》，中华书局，1985年，第8页。

举此一例,就可知道,白石一辈人所欣赏的生活和艺术情趣已不仅仅是柳永那般人的“倚红偎翠”“浅斟低唱”,甚至也不在大晏那些人的“小园香径”“庭院深深”之中,他们的生活乐趣和艺术视野,比前二者有所拓宽:他们既不愿脱离锦衣玉食的物质享受,又希望在山林野趣中找到更为“高级”的精神满足。换句话说,他们仍然需要有“美人”做伴,但这个“美人”是在“月明林下”的诗一般的环境中姗姗来临的;他们仍然在抒写“花情柳思”,但这种“花”不是热烈的春花,而是冷艳的梅花。西子湖的旖旎妩媚和那孤山梅花的清冷高雅,便统一成了白石的词风。

白石词之所以形成这种独特的风貌,是有复杂的原因的。

首先是时代的原因。南宋整个统治阶层的生活、艺术情趣已如前述,不再多说。除此之外,还与“温柔敦厚”的“诗教说”渗入词中有关。由于民族矛盾的尖锐化,北宋的那种“淫词”势力不得不有所收敛,南宋词坛上,即使是康与之那一些好写侧艳词的文人,词风都比柳永、黄庭坚的某些词作要“干净”得多。而由于苏轼的“以诗为词”,又很自然地使人拿“诗”的创作、批评理论引入词中。“好色而不淫”(杨万里《诚斋诗话》评小晏“落花人独立,微雨燕双飞”语)已成了南宋人写艳词的一条原则。自南渡以来,“复雅”“雅正”“骚雅”便成了词坛上的一种共同的口号。任何人都逃脱不了时代风气的影响,何况白石本人就是一个“雅士”。“共性”与“个性”相结合,这就成了白石词风由原先的“艳科”词风向“骚雅”发展的第一个原因。

白石一生是个布衣。但他不像后来的某些“江湖派”诗人那样,或奴颜媚骨以求干谒,或狡狯油滑以索“秋风”。他品节高洁,范成大称他“翰墨人品皆似晋宋之雅士”①,陈郁称他“襟期洒落,如晋宋间人”(《藏一话腴》)。他又有极深厚的文艺修养,诗、文、词、字皆为当世名公所推赏,同时又精通古乐,可谓深得风雅之致。清高的人品,精深的文学造诣,使他的生活情趣和艺术情趣极为自然地偏向于“骚雅”一路。这又是第二方面的原因。

白石词的“骚雅”主要可从下面两方面见出:

一是以“雅笔”写艳情。白石有诗云:“自作新词韵最娇,小红低唱我吹箫。曲终过尽松陵路,回首烟波十四桥。”(《过垂虹》)低唱宛转的风韵之中,兼有萧闲高雅之致。诗是如此,词也一样:

> 人绕湘皋月坠时,斜横花树小,浸愁漪。一春幽事有谁知?东风冷,香远茜裙归。　　鸥去昔游非。遥怜花可可,梦依依。九疑云杳断

① 周密:《齐东野语》卷一二,中华书局,1983年,第211页。

魂啼，相思血，都沁绿筠枝。（《小重山令》）

写的是极为缠绵哀怨的“幽事”，然而又用了“月坠时”“东风冷”“九疑云杳”等雅洁的“背景”，使这种“艳情”变得淡化、雅化，使之组成了精深（指其情韵）高秀（指其词品）的悠远意境。

二是多写山林雅趣。这只需录几首词的小序，便可知他的兴趣所在了：

……大舟浮湘，放乎中流。山水空寒，烟月交映，凄然其为秋也。坐客皆小冠綀服，或弹琴，或浩歌，或自酌，或援笔搜句……（《湘月》）

予久客古沔，沧浪之烟雨，鹦鹉之草树，头陀、黄鹤之伟观，郎官、大别之幽处，无一日不在心目间；胜友二三，极意吟赏。朅来湘浦，岁晚凄然，步绕园梅，摛笔以赋。（《清波引》）

予客武陵，湖北宪治在焉。古城野水，乔木参天，予与二三友日荡舟其间，薄荷花而饮，意象幽闲，不类人境。秋水且涸，荷叶出地寻丈，因列坐其下，上不见日，清风徐来，绿云自动，间于疏处窥见游人画船，亦一乐也。（《念奴娇》）

但是，我们又注意到，就在这种幽雅闲远的风景画中，还时时浮现出一个“倩影”：“谁解唤起湘灵，烟鬟雾鬓，理哀弦鸿阵。”（《湘月》）这种“冷”中有“暖”、雅趣中有柔情的意味，正是白石词“骚雅”而兼“风流”的本色。

三是多发思古之幽情。白石既以风流骚雅自命，因此他的词中常常浮现出两位古人的影子。一是风流的杜牧。“杜郎俊赏，算而今、重到须惊”（《扬州慢》），“十里扬州，三生杜牧，前事休说”（《琵琶仙》），“扬州梦觉，彩云飞过何许”（《月下笛》），“东风历历红楼下，谁识三生杜牧之”（《鹧鸪天》）。他有杜牧的才情，也有杜牧的艳遇，更有杜牧“恨如春草多，事与孤鸿去”①的悲感。这种“肥水东流无尽期，当初不合种相思”（《鹧鸪天》）的杜牧式的爱情遭遇和感情，就构成了他词中“风流”而缠绵的成分。

除了杜牧之外，白石对晚唐的隐士陆龟蒙又颇多企羡之情。杨万里尝称他“甚似陆天随”（《齐东野语》卷一二），而他的词也这样写道：“第四桥边，拟共天随（陆龟蒙自号‘天随子’）住。”（《点绛唇》）②这种高远淡泊的人格，又化成了他“骚雅”的词品。

① 杜牧：《题安州浮云寺楼寄湖州张郎中》。

② 白石诗中还多称赞陆龟蒙之句，如“沉思只羡天随子，蓑笠寒江过一生”（《三高祠》），“三生定是陆天随，又向吴松作客归”（《除夜自石湖归苕溪》）。

由于白石词兼具“风流”与“骚雅”,符合当时士大夫文人的生活和艺术的情趣,所以赢得黄昇的激赏:“白石词极精妙,不减清真乐府,其间高处,有美成所不能及。”①这个评语在婉约派中可谓是“叹为观止”的最高评价了。

(二) 清空流美,秀出于“婉约”“豪放”之外

汪森曾说:“西蜀南唐而后,作者日盛。宣和君臣,转相矜尚。曲调愈多,流派因之亦别。短长互见,言情者或失之俚,使事者或失之伉。鄱阳姜夔出,句琢字炼,归于醇雅。”②“言情者”指的是婉约派;“使事者”指的是豪放派。在汪氏看来,白石词是由力避二者之失而创造其新风格的;在我们看来,则除此之外,他同时又吸取了二者之长:他正把豪放派那种清疏刚健的词风引入到原是深婉软美的“言情”之作中来,形成一种以硬笔写柔思、淡笔写浓情的清空流美的新风貌。因此,也可以说,白石词风是婉约与豪放两大派“嫁接”之后的产物,它在传统词的“柔美”中多少引入了一点儿“刚美”。

任何作家都是从继承前人的文化遗产而起步前进的。白石曾经广泛、深刻地涉猎和钻研前代(和同代)人的诗词,他的词风自然要受到前人的影响,如白石早年曾经从江西派学诗,他的词中就明显的有以江西诗法入词的痕迹。

宋代词坛,在白石以前,婉约词的面貌几经变化。先是,北宋前期的大晏等小令派词人沿袭《花间》、南唐,造成了一种风流蕴藉的风格;与此同时,柳永又开创了长调铺叙的词风。后来,秦观吸取了前二派的长处,形成了“情韵兼胜”的婉约词的“正宗”风格。随后,周邦彦以其“顿挫之妙,理法之精”③又把婉约词朝着“格律派”的方向引进。白石精通音律,所咏写的主题也仍是传统的“言情”,他继承周邦彦词风乃是很自然的事。因此黄昇把他与周氏比较高低,就是基于他们词风同宗这点而言的。对此,我们要补充的一点则是,周邦彦虽然基本上克服了柳词“啴缓”“从俗”的缺点,但他自己也尚未脱尽软媚侧艳的习气。所以白石词既然要走这“骚雅”一路,他就不能再学周词的软媚。这样,他就必然会向豪放刚健的苏、辛词——特别是与他个性相近的旷放清远的苏词靠拢了。

从个人品格而言,白石狷介孤高,与东坡的为人有相近之处。白石的怀才不遇、浪迹江湖,与东坡的才高被妒、连遭贬逐也有某种相似之处。在词的创作中,

① 黄昇:《中兴以来绝妙词选》卷六,本社编《唐宋人选唐宋词》,唐圭璋,等校点,上海古籍出版社,2004 年,第 776 页。

② 汪森:《词综序》,金启华,等编《唐宋词集序跋汇编》,江苏教育出版社,1990 年,第 411 页。

③ 陈廷焯:《白雨斋词话》卷二,人民文学出版社,1959 年,第 71 页。

白石也接受了东坡以表情达意为主的文学理论的影响，他的"自度曲""初率意为长短句，然后协以律"(《长亭怨慢》小序)，就与东坡精神相通。

白石与辛稼轩有过交往，他的词集中就有与稼轩唱和的四首词，"其吐属气味，皆若秘响相通"①。所以，稼轩词中那种硬峭的气势也不能不多少影响白石。周济《宋四家词选序论》就说过："白石脱胎稼轩，变雄健为清刚，变驰骤为疏宕"②，道出了白石词受辛词影响的"消息"。

和传统的婉约词比较，苏、辛词具有一种硬、疏的风格。白石词既把杨柳的柔婉与梅花的疏瘦结合在一起，又把婉约词的宛转情深和豪放词的刚健清旷融合为一体，这就使他的词中出现了以刚写柔、以淡写浓的"柔"与"刚"相兼美的风格。如：

> 渐吹尽枝头香絮，是处人家，绿深门户。远浦萦回，暮帆零乱向何许？阅人多矣，谁得似长亭树？树若有情时，不会得青青如此！　日暮，望高城不见，只见乱山无数。韦郎去也，怎忘得玉环吩咐：第一是早早归来，怕红萼无人为主。算空有并刀，难剪离愁千缕。(《长亭怨慢》)

明明是并刀难剪的离情别绪，作者却用清空如白话的笔触一气写来，其间几经旋折，越旋越见"力度"，于柔肠百结外更显出波峭陡折之势。麦孺博评为"浑灏流转，夺胎稼轩"③，是为得之。由此可见它"以刚写柔"之一斑。又如：

> 肥水东流无尽期，当初不合种相思。梦中未比丹青见，暗里忽惊山鸟啼。　春未绿，鬓先丝，人间别久不成悲。谁教岁岁红莲夜，两处沉吟各自知。(《鹧鸪天》)

极为浓挚的别情，却结之以"两处沉吟各自知"的淡语。"人间别久不成悲"与"不思量，自难忘"(苏轼《江城子》)一样，都像那种淡而极醇的清茶一样令人久久回味。再如：

> 巷陌风光纵赏时，笼纱未出马先嘶。白头居士无呵殿，只有乘肩小女随。　花满市，月侵衣，少年情事老来悲。沙河塘上春寒浅，看了游人缓缓归。(《鹧鸪天》)

"少年情事"，该是何等的旖旎浓烈，而换得老来的一腔悲感——"沙河塘上春寒

① 刘熙载：《艺概》卷四，上海古籍出版社，1978年，第110页。
② 周济：《宋四家词选序论》，唐圭璋编《词话丛编》，中华书局，1986年，第1644页。
③ 梁令娴：《艺蘅馆词选》丙卷，广东人民出版社，1981年，第129页。

浅，看了游人缓缓归”，这淡淡的两句之中又蕴藏着多少深浓的感慨！由此可见它“以淡写浓”之一斑。

张炎《词源》说：“姜白石词如野云孤飞，去留无迹。”①这种“清空”“峭拔”之致，很大程度上来源于他所受的苏、辛词的影响；吴衡照所说白石词的“乃具深宛流美之致”（《莲子居诗话》卷二），则又是来源于他所继承的婉约词风的柔婉绵邈。白石正是以他卓特的才情和高妙的词笔，把二者调熔于一炉而形成了自己独具的神味。

（三）“幽韵冷香”“冷处理”后的热情

白石是一个有着心理创伤的词人。他的词之所以形成瘦冷清空的面目，隐然有着他内心的“伤痕”在。

首先是时代的“伤痕”。白石虽不像稼轩那样，有着济世救国的大志，但毕竟也是一个有着爱国之心的文人。他目睹原先繁华的扬州城经过战争创伤变得“四顾萧条”、“荠麦弥望”，因而吟出了“自胡马窥江去后，废池乔木，犹厌言兵”的哀苦之音（《扬州慢》）；他到合肥（地近前线），“出城四顾，则荒烟野草，不胜凄黯”，因而发出“更衰草寒烟淡薄，似当时将军部曲，迤逦度沙漠”的悲叹（《凄凉犯》）。祖国山河的疮痍，必然给词人的心理抹上一层阴冷的色彩，尽管他没有沿着反映现实的道路继续走下去。

其次是他个人遭遇上的“伤痕”。尽管他多才多艺，受到一时名流如杨万里、范成大、萧德藻、张平甫兄弟等人的激赏、推荐和照顾，可是却始终飘荡江湖，以贫困终老。“不见词人到老穷”（杨万里《进退格寄张功甫、姜尧章》）虽有些夸张，而苏泂《到马塍哭尧章》所说“除却乐书谁殉葬？一琴一砚一《兰亭》”却是亲见之实事。依附于人的“清客”地位，“谁念飘零久”的羁旅生活，使他充分地尝到了人生的苦味。“岑寂，高柳晚蝉，说西风消息”（《惜红衣》），他的心境是落寞的。更何况，他青壮年时代的那一段情事——后来终于成了悲剧，又时时嚼啮着他的心，因此他的词境不能不浸染着一种寒冷的气氛。这样，我们便可了解白石为什么好用“冷色”字面，好写“冷”的事物了。“二十四桥仍在，波心荡、冷月无声”“倦网都收，归禽时度，月上汀洲冷”“一春幽事有谁知？东风冷，香远茜裙归”“但怪得竹外疏花，香冷入瑶席”，这种幽冷的词境中，混合着他“南去北来何事？荡湘云楚水，目极伤心”的羁愁，交织着他“沉思年少浪迹，笛里关

① 张炎著、夏承焘校注，沈义夫著、郭嵩云笺释：《词源注　乐府指迷笺释》，人民文学出版社，1963年，第16页。

山，柳下坊陌”的苦涩，隐现着“最可惜一片江山，总付与啼鴂”的惆怅，也多少掺和着“暝入西山，渐唤我一叶夷犹乘兴”的“雅趣”。这种词境，是一种复杂的感情之集合体，犹如“瘦石孤花，清笙幽磬”①，在整个宋代词苑中可谓独标一帜。

但是，白石毕竟还是一个有热情的人。读一读他的“韦郎去也，怎忘得玉环吩咐：第一是早早归来，怕红萼无人为主”，“想文君望久，倚竹愁生步罗袜。归来后，翠尊双饮，下了珠帘，玲珑闲看月”（《八归》），就知他的内心深处仍旧隐藏着感情的热潮。不过，白石的个性不像柳永、秦观，他的热情是经过“冷处理”而出之的。试读他的《踏莎行》：

> 燕燕轻盈，莺莺娇软，分明又向华胥见。夜长争得薄情知？春初早被相思染。　　别后书辞，别时针线，离魂暗逐郎行远。淮南皓月冷千山，冥冥归去无人管。

何等轻盈娇软的“倩影”，何等缠绵宛转的情意，最后却归结为皓月千里下的一片冷魂归去！再如《淡黄柳》：

> 空城晓角，吹入垂杨陌。马上单衣寒恻恻。看尽鹅黄嫩绿，都是江南旧相识。　　正岑寂，明朝又寒食。强携酒，小桥宅。怕梨花落尽成秋色。燕燕飞来，问春何在？唯有池塘自碧。

一城醉人的春色，一怀撩人的春情，最后全化作了“唯有池塘自碧”的凄凉……

刘熙载评白石词，曾说过一段十分“知味”之言：“姜白石词幽韵冷香，令人挹之无尽；拟诸形容，在乐则琴，在花则梅也。”②这个以梅花的“幽韵冷香”拟姜词的譬喻正是再恰当不过了：梅花仍然有“香”，仍然有“韵”，这个“香韵”便是它的“热情”所在，但是它的这种“热情”却是经过“冷处理”的，因此表现为“幽”“冷”——当然除此之外，还有它的“高”“古”“瘦”“雅”，这些特质合起来，便是白石词的特有韵味。

自然，白石词也是有缺点的：它的远离现实，它的题材狭隘和门径局促，“高格响调，不耐人细思”③，词中多有“俗滥处”“寒酸处”“补凑处”“敷衍处”（周济《宋四家词选》）……所有这些，都毋庸讳言。但在这里就暂不多作批评了。

① 郭麐：《灵芬馆词话》卷一，唐圭璋编《词话丛编》，中华书局，1986年，第1503页。
② 刘熙载：《艺概》卷四，上海古籍出版社，1978年，第110页。
③ 周济：《介存斋论词杂著》，人民文学出版社，1959年，第8页。

论爱国词人刘克庄的词

刘克庄(1187—1269),字潜夫,号后村,福建莆田人。他是南宋后期的著名词人,今存词作260余篇。钱仲联先生所撰《后村词笺注》极为精审详尽,钱先生指出:"他的词作继承发展了辛弃疾的传统,成为南宋辛派词人三刘(刘过、刘克庄、刘辰翁)中成就最伟大的一人。"①这个评价是允当的。本文拟从刘克庄对辛弃疾词风的继承和发展的角度,对后村词的思想内容和艺术特色作一论析。

一、"欲托朱弦写悲壮"

辛弃疾是南宋最伟大的爱国词人。刘克庄对于这位词坛前辈,是深怀敬佩之情的。刘克庄幼年时期就能背诵大量的辛词,成年后为《辛稼轩集》作序,称辛氏所作"大声鞺鞳,小声铿鍧,横绝六合,扫空万古,自有苍生以来所无"②,给予最高的赞赏,可见他的心是和稼轩相通的。但是,由于两人所处的时代不尽相同,所以同是表现忧国之情,刘词却比辛词更多地呈现出一种危机感、急迫感。试读辛、刘的两首词:

……怕上层楼,十日九风雨。断肠片片飞红,都无人管,倩谁唤流莺声住?(辛弃疾《祝英台令》)

国脉微如缕!问长缨何时入手,缚将戎主?未必人间无好汉,谁与宽些尺度?试看取当年韩五,岂有谷城公付授,也不干曾遇骊山母。谈笑起,两河路。　少时棋柝曾联句,叹而今登楼揽镜,事机频误。闻说北风吹面急,边上冲梯屡舞。君莫道投鞭虚语。自古一贤能制难,有金汤便可无张,许?快投笔,莫题柱。(刘克庄《贺新郎》)

辛弃疾虽然感叹国势已如春残,然而他所处的时代毕竟还属"尚有希望"的

① 刘克庄著,钱仲联笺注:《后村词笺注》,上海古籍出版社,1980年,第2页。

② 刘克庄:《辛稼轩集序》,金启华,等编《唐宋词集序跋汇编》,江苏教育出版社,1990年,第173页。

时代。其时宋金对峙，谁也无法消灭谁，而到他的晚年，韩侂胄还能发动“开禧北伐”（尽管失败），因此稼轩所痛心疾呼的“断肠片片飞红”仅还是痛惜恢复中原的良机匆匆易失，而并非真指国势将亡。可是刘克庄的时代，却正是一个“晚景渐渐逼上来”的时代。其时不但宋金依旧对峙，而且在金国的背后，一个更为凶猛的敌人——蒙古贵族集团已经迅速崛起，它像一块更大更浓的乌云正向金、宋袭来，威胁着南宋小朝廷的生存（就在刘克庄身后十年，元兵便灭了宋）。因此，作为一个时刻关怀着祖国命运的词人、一个清醒地正视着现实的词人，他的词中怎能不反映出比辛词中更为尖锐的民族矛盾，怎能不激发起更为焦灼的忧世之情？“国脉微如缕”“北风吹面急”，已成了活生生的社会现实，而非仅仅是春光即将荡然无存的预感了。这种图存救亡的形势，就使刘词中出现了一种不仅“壮”而且“悲”的色彩。辛词中那种慷慨豪壮的风格，刘词中虽然仍有，但是相对地已经减少，却更多地抹上了一层近乎末世的悲凉色彩。请看：

……作么一年来一度，欺得南人技短，叹几处城危如卵！（《贺新郎·杜子昕凯歌》）

问讯先生无恙否？齐鲁干戈满目！（《贺新郎·题蒲涧寺》）

上两首词分别为1238年和1240年蒙古南侵时所作。词人本已感叹金人对于南宋侵扰的创伤犹未得到恢复（如他32岁途经扬州时“不见繁华，只见凋残”的凄凉景况），而现在蒙古侵略者却又给南宋的病躯频添新伤，这怎能不使他含泪发出哀呼：

时事只今堪痛哭，未可徐徐俟驾！（《贺新郎·送黄成父还朝》）

……那中原莫已平安否？风色恶，海天暮！（《贺新郎·跋唐伯玉奏稿》）

清代冯煦说：“后村词与放翁、稼轩，犹鼎三足。其生丁南渡，拳拳君国似放翁；志在有为，不欲以词人自域似稼轩。”①把刘克庄词中的爱国心与陆游、辛弃疾相提并论，这是正确的。然而，生当晚宋的后村，与生活在南宋前期和中期的放翁、稼轩，其对于国事的忧虑程度毕竟还是有深浅之分的——比较起来，刘克庄对于国家命运的关注，对于外敌入侵的忧愤，更为深广，更为激切。这当然并非说刘克庄比陆、辛高明，而是时代使然的。

① 冯煦：《宋六十一家词选例言》，唐圭璋编《词话丛编》，中华书局，1986年，第2595页。

刘克庄《贺新郎·再用实之来韵》有句云:“欲托朱弦写悲壮,这琴心脉脉谁堪许?君按拍,我调柱。”刘克庄正是这样的一位爱国琴手,他在“词”的琴弦上弹奏出了一阵阵悲壮忧愤的激切音响,回应了半个世纪前由辛弃疾发出的鞺鞳铿锵之声。他的思想成就,首先就在这里。

二、“要史家编入《循良传》”

后村词中更为引人注目的地方还在于:他对于农民和农民起义的态度有胜过前人(包括辛弃疾)之处。这是相当难能可贵的。

南宋后期,阶级矛盾十分尖锐,农民纷纷举行起义。在刘克庄生活的那一阶段,比较重要的农民暴动就有张福、蒋宗、晏梦彪、陈三枪等领导的多次。在后村词中,也有关于这类事件的反映。我们知道,辛弃疾曾亲手镇压过赖文政领导的江西茶贩起义(1175),且于1179年作过一首《贺王帅宣子(佐)平湖南“寇”》的《满江红》词,词中把陈峒农民起义军称作为“鼪鼯”。这些都暴露了稼轩的地主阶级立场。刘克庄虽然未能突破这种视农民起义军为“寇”的立场,但他在送宋惠父入江西幕参加平定溪峒农民起义的军事行动时谆谆嘱咐道:

> 溪峒事,听侬说:龚遂外,无长策。便献俘非勇,纳降非怯。帐下健儿休尽锐,草间赤子俱求活。(《满江红》)

他希望当局者能学习汉代循吏龚遂的做法,“化盗为民”,采用比较缓和的手法来解决矛盾,而不要用残酷的屠杀去加深矛盾。尽管这种认识未必完全正确,但到底反映了他对广大贫苦农民的同情和怜悯。因此,他在另一首词中又说过:“不要汉廷夸击断,要史家编入《循良传》。”(《贺新郎·戊戌寿张使君》)劝勉张友(也是自勉)不要做“酷吏”而要做“良吏”。这些地方,都反映出刘克庄为人的“宅心忠厚”(冯煦《宋六十一家词选例言》)、性格宽温;同时也显示出了他有与杜甫相近似的政治理想和人道主义精神,这就使他的某些作品中含有更为深广的思想内容。

我们知道,“词”在宋代很多文人的心目中,只是一种地位甚为低下的“小技”。长期以来,它只被用来抒写花前月下的闲情逸致,因此其思想内容自然受到了限制。只有到了苏、辛派词人(特别是辛派爱国词人)手中,词才用来抒写重大的社会题材和深刻的思想主题。辛派词人中的重要作家陈亮就是一位自觉把词用来抒写政治志向的词人,他“每一章就,辄自叹曰:平生经济之怀,略已陈矣!”①刘克庄继承了这种可贵的词学观点,用自己的创作实践了这种词学理论。他在《贺新郎 · 席上闻歌有感》词中借一个歌妓的口吻说道:“粗识国风《关雎》乱,羞学流莺百啭,总不涉闺情春怨……我有平生《离鸾操》,颇哀而不愠微而婉。”这表明了他不满于当时士大夫们流连于歌酒声色的淫靡词风,而决心用词来表现自己高尚的政治理想和宽广的思想襟怀。这样,就使他的不少词作中仿佛出现了杜甫的音容。过去,有人曾把周邦彦和辛弃疾比作词中的“老杜”,这主要是指他们词的艺术方面的博大精深和波澜老成。如果就思想性而言,那就没有什么词人的作品更像后村词那样接近老杜了。苏词中主要活跃着李白和陶潜的影子,而辛弃疾词中则较多地显现着一个英雄豪杰的雄姿(失意时则又时时显露出屈子和陶潜的口吻来)。到了后村词中才更多地现出一个忧伤念乱、艰难苦恨的老诗人(杜甫)的形象来。你看他:“新来边报犹飞羽,问诸公可无长策,少宽明主”(《贺新郎 · 跋唐伯玉奏稿》),多像杜甫的“一饭未尝忘君”;他勉励唐璘要向范仲淹学习,有效地防御外敌入侵(《贺新郎 · 送唐伯玉还朝》),这又有点儿像杜甫勉励“诸将”;而在对于人民群众的关心和洁身自好的精神方面,后村与老杜更有接近之处。请读:

> 但得时平鱼稻熟,这腐儒不用青精饭。使君偿了丰年愿,便从今也无敲扑,也无厨传。(《贺新郎 · 郡宴和韵》)
>
> 醉与老农同击壤,莫随人投献嘉禾颂。在陋巷,胜华栋。(《贺新郎 · 三和实之来韵》)

“达则兼济天下”、“穷则独善其身”,本是儒家的一种政治哲学,刘克庄却用词的形式把它表达了出来。这种以词“言志”的做法就使他的词获得了比其他辛派词人都要来得深广的思想内容。像这种以思想性取胜的作品还可以举出一首:

> 北望神州路,试平章这场公事,怎生分付?记得太行山百万,曾入宗爷驾驭。今把作握蛇骑虎。君去京东豪杰喜,想投戈下拜“真吾父”。谈笑里,定齐鲁……(《贺新郎 · 送陈真州子华》)

他在这首词里,批评了南宋统治集团视北方义军如蛇虎的错误政策,提出了联合“京东豪杰”、依靠中原义军共同抗击外族侵略者的战略方针。这一方面反映了当时民族矛盾已上升为主要矛盾的政治形势,另一方面也反映了刘克庄开

① 叶适:《书龙川集后》,《水心题跋》,中华书局,1985 年,第 5 页。

通、明智的政治头脑。它既反映了作者渴望恢复国土的爱国热忱,又反映了作者对于人民力量的一定程度的认识和重视,在全部宋词作品中都无愧是一篇思想性很高的作品。

三、“疏又何妨,狂又何妨”

然而,像刘克庄这样一个具有经世之志的正直、爱国的士大夫,在宋末昏暗的政治环境中是不能不经常碰壁的。理、度两朝,史弥远、贾似道两个权臣相继弄权几十年,朝政腐败,危机四伏。刘克庄一生就曾四次贬官,吃尽了因“直言”而惹祸的苦头。因此,他词中的忧谗畏讥和牢骚愤慨之感也比苏、辛来得直露和浓烈。他曾因写“东风谬掌花权柄,却忌孤高不主张”的诗而被谗罢官,因而他曾多次愤愤不平地提到这件事:

> 不是先生喑哑了,怕杀“乌台”旧案。(《贺新郎·再和郡宴和韵》)
> 老子生平无他过,为梅花受取风流罪。(《贺新郎·宋庵访梅》)
> 先生避谤山栖,戒门不纳高轩客。(《水龙吟·方蒙仲、王景长和余丙辰、丁巳二词,走笔答之》)

他同辛弃疾一样,常常采用陶渊明式的办法,借写隐居之乐来曲折写出这种对现实的不满,如:

> 平生酷爱渊明,偶然一出归来早。题诗信意,也书甲子,也书年号。陶侃孙儿,孟嘉甥子,疑狂疑傲。与柴桑樵牧,斜川鱼鸟,同盟后,归于好。　除了登临吟啸,事如天,莫相咨报。田园闲静,市朝翻覆,回头堪笑。节序催人,东篱把菊,西风吹帽。做先生处士,一生一世,不论资考。(《水龙吟·自和己亥自寿》)

但是,在另一些时候,他的这种愤懑却又采取了另一种颇为激烈的方式——表现为对“礼法”的蔑视——迸发出来:

> 管甚是非并礼法,顿足低昂起舞。(《贺新郎·再和生日用实之来韵》)
> 《酒颂》一篇差要妙,庄列诸书土苴。任礼法中人嘲骂。(《贺新郎》)

出现在词中的作者自我形象,也就带有了“狂者”“狷者”的色彩。如:

> 束缊宵行十里强,挑得诗囊,抛了衣囊。天寒路滑马蹄僵,元是王郎,来送刘郎。　酒酣耳热说文章,惊倒邻墙,推倒胡床。旁观拍手笑疏狂,疏又何妨,狂又何妨!(《一剪梅·余赴广东,实之夜饯于风亭》)

这种不管“礼法中人”嘲笑的“疏狂”言行，其本质实是一种变态的反抗。它除了书生一般常有的愤世嫉俗之情以外，还反映了封建社会接近衰世时每每出现的带有叛逆性的思想个性。“未必人间无好汉，谁与宽些尺度”（《贺新郎·实之三和，有忧边之语，走笔答之》），“使李将军，遇高皇帝，万户侯何足道哉”（《沁园春·梦孚若》），后村词中那些惊倒邻墙的狂言大语，说到底就是渴望出现一种能够人尽其才的政治局面，以及对于统治集团打击排挤爱国、正直之士行径的愤慨、不平，“疏狂”的外表下仍藏着一颗赤热的心。

总起来说，辛弃疾逝世以后的词坛，由于几十年来宋金矛盾的相对缓和，慷慨悲歌的声响渐趋寂寞，弥漫于词苑中的基本上是周邦彦、姜夔一派的格律派词风。而到了刘克庄的时代，由于民族矛盾、阶级矛盾和统治阶级内部矛盾的一齐激化，因此爱国词派的火焰才重新熊熊燃起。“莫笑侬家蛮语”（《贺新郎·生日用实之来韵》），刘克庄在新的历史条件下继续高举着辛派词的旗帜，唱出了有些“不合时宜”（张炎就批评他的词“直致近俗”）的悲歌；由于具体历史条件的不同和个人经历、环境和思想诸方面的差异，后村词又在很多方面比之辛词有了发展和变化。上面三方面，便是这些发展和变化中的大端。

四、纵横排宕、挥洒自如的总体风格

刘克庄文集中有好几篇文章谈到他对词的一些看法。

首先，他也受到过传统的婉约派词论的影响。他在《题刘澜乐府》中说：“词当协律，使雪儿、春莺辈可歌，不可以气为色。君所作未知协律否？前辈惟耆卿、美成尤工，君其往问之。”① 在这种理论的支配下，他也写过一些情韵宛转，“本色”、“当行”的婉约词篇，如有名的悼亡之作《风入松》（两首录一）：

> 櫜泉梦断夜初长，别馆凄凉。细思二十年中事，叹人琴已矣俱亡！改尽潘郎鬓发，消残荀令衣香。　　多年布被冷如霜，到处同床。箫声一去无消息，但回首天海茫茫。旧日风烟草树，而今总断人肠。

情真意深，实为佳构。这说明后村并非不能写婉约词。

但是，正如他在《玉楼春·戏呈林节推乡兄》中说的那样：“男儿西北有神州，莫滴水西桥畔泪。”他有泪而不愿向醇酒妇人处洒；同样，他有才能也不愿耗

① 刘克庄：《跋刘澜乐府》，金启华，等编《唐宋词集序跋汇编》，江苏教育出版社，1990年，第281页。

费在推敲词的声色、格律上。他的词别有一番广阔的天地。他很有一片"放臣逐子"的苦心需要借词来寄托(《题刘叔安感秋八词》),因此他在另一篇文章中又否定了柳永的词而极高地评价了辛弃疾的爱国词(《辛稼轩集序》说"前辈谓有井水处皆倡柳词,余谓耆卿直留连光景、歌咏太平尔";而以辛词为"自有苍生以来所无")。这样,我们便可以看到,刘克庄已经从以婉约为词之"本色"的传统轨道上转到强调词的思想内容的新轨道上来了。

因为强调内容重于形式,所以刘克庄自然继承和发展了辛词的豪放词风,进一步发挥了"以诗为词"乃至"以文为词"的特色(同时也发展了它的比较散漫的缺点),形成了自己以"纵横排宕"(《四库全书总目提要》语)、挥洒自如的总体风格。

具体地说,后村词在艺术上有如下两个突出的地方:

(一)有力

一般地讲,词不可"以气为色",对此刘克庄也原则上表示过赞同。但事实上后村词却正有着"以气为色"的特点。贯注在他那些爱国词中的,正是一股忠义愤发或苍凉悲劲的"气"。由于这种"文气"郁勃于中,所以发而为词,大有"倾倒赣江供砚滴"之势(《贺新郎·寄题聂侍郎郁孤台》)。所以杨慎称它为"壮语亦可起懦"①,毛晋称它为"雄力足以排奡"②,试读他的《沁园春·梦孚若》一词:

> 何处相逢?登宝钗楼,访铜雀台。唤厨人斫就,东溟鲸脍;圉人呈罢,西极龙媒。天下英雄,使君与操,余子谁堪共酒杯?车千两,载燕南赵北,剑客奇才。　　饮酣画鼓如雷,谁信被晨鸡轻唤回?叹年光过尽,功名未立;书生老去,机会方来。使李将军,遇高皇帝,万户侯何足道哉?披衣起,但凄凉感旧,慷慨生哀。

上片写梦境:英雄豪杰相逢,酒酣耳热,极一时之豪。下片写现实:英雄失路,报国无门,倍感怀才不遇之悲。全词对比强烈,豪气淋漓,具有很强的艺术感染力。

即使是写风月、红妆的传统题材,后村也有能力把它写得精壮顿挫、启人妙思,如《清平乐·五月十五夜玩月》:

① 杨慎:《词品》卷五,唐圭璋编《词话丛编》,中华书局,1986年,第512页。
② 毛晋:《后村别调跋》,金启华,等编《唐宋词集序跋汇编》,江苏教育出版社,1990年,第249页。

> 风高浪快，万里骑蟾背。曾识姮娥真体态，素面原无粉黛。　　身游银阙珠宫，俯看积气濛濛。醉里偶摇桂树，人间唤作凉风。

在此老的想象中，姮娥原是一个不施涂抹的绝世真美人，而半醉的词人，竟然摇动了蟾宫桂树，给人间带来一阵阵的清风。作者胸襟的开阔、想象的奇特、审美观的超俗和善作"翻案文章"的笔力，于此都可窥见一斑。

（二）疏放

正如他的人品有"疏又何妨，狂又何妨"的一面那样，他的词风也有"放"的特色。它的这个"放"，与稼轩的"豪放"相似而又略有不同，因此不如唤作"疏放"为宜。这种疏放的笔势，其思想基础自然是词中的那一股刚直之气，而在表现手法上则又是与词的议论化和散文化有关的。

词的议论化自东坡开始，到稼轩而别开生面，刘辰翁所谓"横竖烂漫，乃如禅宗棒喝，头头皆是；又如悲笳万鼓，平生不平事并卮酒，但觉宾主酣畅，谈不暇顾。词至此亦足矣"①。而后村词，又在稼轩词的基础上起步，进一步发展了议论化的特色，用词来表达他的政见。比如前面所举的他对农民起义的看法，他对南宋小朝廷错误政策的批评，他对朝廷用人制度的不满，他对收复事业的殷切期望，甚至于他对词的看法，以及为人处世的羁脱放浪态度……凡此种种，都可以入词。而以议论入词便是词的表现手法上的进一步解放，它有助于更深刻地表达政治、思想方面的内容。

伴随着议论化而来的是词的句式上的散文化。复杂的思想感情、错综的表现手法，促使词的句法发生变化。在这方面，后村词也显得很突出。如：

> 生怕客谈榆塞事，且教儿诵《花间集》。叹臣之壮也不如人，今何及！（《满江红·夜雨凉甚，忽动从戎之兴》）

> 噫！有命存焉，吾非恶此而逃之。富贵人所欲，如之何幸而致？（《哨遍》）

后村凭着胸间激荡盘旋着的雄直之气，驱使着经史子集中的历史典故，交糅着当日社会上的真人实事，运用了写景、抒情、叙事、说理诸种手法，打破了传统的句式章法，形成了自己一气呵成、直抒胸臆的疏放有力的独特风格，在词坛上

① 刘辰翁：《辛稼轩词序》，金启华，等编《唐宋词集序跋汇编》，江苏教育出版社，1990年，第174页。

独树一帜，成了辛派词的有力后劲。

当然，金无足赤，人无完人，如同他的人品上有其缺陷①一样，后村词也有它的缺点。从思想内容而言，他的词中也有不少消极方面的东西：比如很多自寿、寿人的应酬、无聊之作，不少词中渗透着“看破红尘”的颓废思想，更有为贾似道唱颂歌的谀词。这些，都属其糟粕部分。从艺术方面看，后村词也继承了辛弃疾词的某些缺点（甚至有变本加厉之势），更显得有散漫之感。特别在他那些率意而为的作品中，由于过分地议论化和散文化，以及大量地用典使事，词的形象性、音乐性、精炼性都受到了一定程度的损害。典雅派词论家认为作词之法有四条标准：“音律欲其协，不协则成长短之诗；下字欲其雅，不雅则近乎缠令之体；用字不可太露，露则直突而无深长之味；发意不可太高，高则狂怪而失柔婉之意。”②如果光从艺术的角度看，却也道出了辛派词人、特别是后期辛派词人的某些缺点。毋庸讳言，后村词也正存在着这些问题。

① 指刘克庄晚年和贾似道结交。

② 张炎著、夏承焘校注，沈义父著、蔡嵩云笺释：《词源注　乐府指迷笺释》，人民文学出版社，1963年，第43页。

论张炎的词

张炎(1248—1320),字叔夏,号玉田,生处宋、元交替的时代。在他 32 岁(1279)的时候,南宋覆亡了。“铁马蒙毡,银花洒泪,春入愁城。笛里番腔,街头戏鼓,不是歌声”(刘辰翁《柳梢青·春感》),随着蒙古兵的铁蹄踏遍中原,南歌开始消歇,北曲即将登场。这真是一个铁马大刀、杀气凛冽的时代,也是文学发生转机的时代。产生在这个时代的文学作品,必然抹上一层沧桑变易的时代色彩。张炎的《山中白云词》就带有这样的时代色彩,它是绵延了三百年之久的宋代词苑在它的最后时刻所开出的几株残花之一。

清人陈廷焯论词,特为标举“张玉田体”①,可见张炎的词是具有一定特色的。而形成这种“张玉田体”的特点,则有其社会方面和作者个人方面的深刻原因。

一、痛苦的“扭变”

张炎出身于贵族之家。早年过着“承平贵公子”的生活,“翩翩然飘阿锡之衣,乘纤离之马”②,终日吟诗作词,赏花饮酒,“鼓吹春声于繁华世界,飘飘征情,节节弄拍,嘲明月以谑乐,卖落花而陪笑”③,简直不知道世界上还有“半点新愁”存在!但是,好景不长,随着临安陷落,祖父被杀,张炎的生活顿时发生了重大变化。他后期沦落江湖,形同“文丐”,甚至潦倒到在四明摆设卜肆④。因此,发而为词,其词风不能不发生痛苦的“扭变”。之所以说是“扭变”,是因为他本不愿意变,但严酷的现实又迫使他不得不变:张炎在生活上本抱一种脱离政治、逃避现实的态度,而在词学上则走一条追求形式、注重技巧的“典雅词”的道路。但是,现在时代变了,生活变了,西湖“销金锅”既已变成了“一抹荒烟”,张炎自己的“象牙塔”也已破碎。面对惨痛的现实,“纯艺术”的道路走不下去了,

① 陈廷焯:《白雨斋词话》卷八,人民文学出版社,1959 年,第 206 页。
② 戴表元:《送张叔夏西游序》,张炎《山中白云词》,吴则虞校辑,中华书局,1983 年,第 162 页。
③ 郑思肖:《山中白云词序》,张炎《山中白云词》,吴则虞校辑,中华书局,1983 年,第 164 页。
④ 袁桷:《赠张玉田诗》,张炎《山中白云词》,吴则虞校辑,中华书局,1983 年,第 164 页。

因此他的词中开始出现了某种转变,出现了某些为以前的“雅词派”作品中所少有的内容和风格。《四库提要》称其词为“苍凉激楚,即景抒情,备写其身世盛衰之感,非徒以剪红刻翠为工”①,是说着了这种特色的。这是我们对他的词(主要是入元后的词)的一个总的认识。

和他的同流派的词人相比较,张炎的词有两个比较明显的个人特点:

第一,他的部分作品中,感情比较真挚深厚。在姜夔、吴文英的词中,虽也有少数忧虑国事的感慨,但毕竟不够真切深沉。如姜氏的《扬州慢》一词,萧德藻称之有“《黍离》之悲”,但这种悲感实际上还只如“高树晚蝉,说西风消息”(姜夔《惜红衣》)一样,只是对于亡国的一种预感而已。而到了张炎,亡国已成了现实,“恨西风不庇寒蝉,便扫尽一林残叶”(《长亭怨》),这只“寒蝉”已无栖身之地,因此发出的自然是切肤之痛的哀鸣了。与他同时期的周密,其《蘋洲渔笛谱》由于作于入元之前,所以主要仍只停留在湖山清赏方面的内容上;而张炎的词,则较多的是写家国之感。“国家不幸诗家幸,赋到沧桑句便工”,我们之所以看重张炎的某些作品,其原因即在于它们包含了深切诚挚的真实感情,这些作品不是那些为文造情之作所能比拟的。

第二,他的词风比较清疏明快。张炎作词,在雅词派中又是走的姜夔一路。他的曾祖父张镃,是白石的好友(姜氏的《齐天乐》咏蟋蟀词就是和张镃所作);白石曾经长期出入张氏之家(见《白石自序》及戴表元《送张叔夏西游序》),而张炎的后期生活遭遇又和白石有很多相似之处,加上当时词坛上,吴文英这一派词的晦涩词风之流弊已经相当明显,所以更促成了张炎力主白石“清空”、反对梦窗“质实”的词学主张。他批评吴文英词“如七宝楼台,眩人眼目,碎拆下来,不成片段”②,而他自己的词就是学习白石而形成自己清疏明快的风格的。这与他的词友王沂孙一比较,就很清楚。王沂孙的词,也多“故国之思”,但往往采用隐晦曲折的手法十分委婉地表现出来,欲吐又吞,较难捉摸。张炎的词中,由于元代异族统治的政治原因,以及词常采用“比兴”手法的原因,也常写一些求含蓄、讲寄托的词,但总的看,还是以明白通畅、直抒胸臆的风格为主。这种风格,在当时确能给人以耳目一新的感觉。所以戴表元谓其词有“噫呜宛抑,流丽清畅”之妙③,倒也不是过誉之言。

① 永瑢,等:《四库全书总目》,中华书局,1965年,第1822页。

② 张炎著、夏承焘校注,沈义父著、蔡嵩云笺释:《词源注 乐府指迷笺释》,人民文学出版社,1981年,第16页。

③ 戴表元:《送张叔夏西游序》,张炎《山中白云词》,吴则虞校辑,中华书局,1983年,第162页。

二、“欢游转眼惊心”

张炎前期的词作,不外是流连风月、歌咏山水。故我们在这里就把研究的重点放在他入元后的作品上。

1276 年,元兵攻占临安。张炎的祖父被磔杀,家财被籍没,从此他开始了飘荡的生活。1278 年他过西湖庆乐园(韩侂胄南园)作《高阳台》词,有句云:“古木迷鸦,虚堂起燕,欢游转眼惊心!”昔日繁华歌舞场,今日凄凉满目荒,心情是极沉痛的。“欢游转眼惊心”这 6 个字,可以视作他生活的转折,也可以看作他后期词作的主要内容。

“欢游”,是指昔日的繁华生活;“惊心”,则指的是现实的惨痛经历——张炎的词集中,最突出的便是他的身世、家国之感,而这种感叹又大多是通过“忆昔”和“伤今”的形式抒发出来的。

“一勺西湖水,渡江来,百年歌舞,百年酣醉。”(文及翁《贺新郎》)张炎的词中,最多的是对杭州、对西湖繁华生活的追忆。他念念不忘苏堤的春晓、断桥的烟水。即使身在元都北京,也仍忘情不了那西湖寒食节祓禊踏青的“京洛旧事”(《庆宫春》)。他的《思佳客》词便是这种心情的典型写照:

> 梦里曾腾说梦华,莺莺燕燕已天涯。蕉中覆处应无鹿,汉上从来不见花。　今古事,古今嗟,西湖流水响琵琶。铜驼烟雨栖芳草,休向江南问故家。

这和周密《武林旧事序》中所说的“时移物换,忧患飘零,追想昔游,殆如梦寐,而感慨系之矣”是何等的一致!这种心理状态正是宋末一般遗民的共同心理。

他的词作中,很多是描写自己偃蹇落拓的流浪生活和内心苦闷的。《甘州》词中,他自称是“南去北来”的“可怜人”。《风入松》中,他悲苦地概述了自己中年后的生活遭遇:“满头风雪昔同游,同载月明舟(指与朋友同赴大都写经)。回来又续西湖梦,绕江南,那处无愁?赢得如今老大,依然只是飘流。”

在这些抒写个人性情遭遇的词中,他隐约含蓄地透露了对宋朝的怀念之情。有时,他的这种故国之思是直接点明的,如《月下笛》小序明言:“孤游万竹山中,闲门落叶,愁思黯然,因动《黍离》之感。”词中云:“连昌约略无多柳,第一是难听夜雨。”以唐代连昌宫的荒芜喻宋朝的败亡。但由于政治环境的险恶,他的社稷之悲则又是深藏在词的“骨子”里的。他有一首《忆旧游·登蓬莱阁》就是这样的一首词。其下片云:“俯仰成陈迹,叹百年谁在,阑槛孤凭。海日生残夜,看卧龙和梦，飞入秋冥。还听水声东去，山冷不生云。正目极空寒，萧萧汉柏愁茂陵。”其中“卧龙”一词，实兼双义：一指卧龙山，一指山下长眠着的宋帝。而“茂陵”一词，则是借汉武帝而指宋宁宗（宋人称宁宗陵墓为茂陵。《宋史·宁宗本纪》：“宝庆六年三月癸酉，葬于会稽之永茂陵。”因简称茂陵）。此词表面为吊古，实为伤今，暗指1278年元僧杨琏真伽发掘南宋帝陵一事，和《乐府补题》诸词同咏一个主题，不过《补题》已为人所注意而此词往往被人所忽略。词中所写的龙入秋冥、事随水去之感都暗寓了易代之恸，而“萧萧汉柏愁茂陵”之句更是直诉其亡国的哀思了。

张炎的曾祖张镃《题梅溪词》有云：“生之作，辞情俱到，织绡泉底，去尘眼中。”“织绡”一词说得很妙（其源出于欧阳炯《花间集序》），它是指一种把情思抽绎成丝、再细致地“织”入写景或咏物之中的手法。张炎的许多写景、咏物词就深得此法之妙。他的名作《解连环》（孤雁）之所以获得后人称道，其原因除了状物的精妙，恐怕主要还在于它在写“物”中织入了“人”的影子，在那只“怳然惊散”的孤雁的形象中，我们不是似隐似现地看到了张炎自己的身世和心情吗？这种把物、我打成一片的咏物词实际上也是有所寄托的“言志”之作，比起史达祖那类虽然刻画入微而无甚思想内容的咏物词来，是远胜一筹的。张炎的写景词也是这样，他往往捕捉、摄取某些典型性的自然景物，融入自己的主观感受，使之形成一种耐人寻味的艺术境界，以表达自己的家国之感。《高阳台·西湖春感》就是这样一首脍炙人口的代表作品：

接叶巢莺，平波卷絮，断桥斜日归船。能几番游，看花又是明年。东风且伴蔷薇住，到蔷薇，春已堪怜。更凄然，万绿西泠，一抹荒烟。

当年燕子知何处？但苔深韦曲，草暗斜川。见说新愁，如今也到鸥边。无心再续笙歌梦，掩重门、浅醉闲眠。莫开帘，怕见飞花，怕听啼鹃。

真是“弦弦掩抑声声思”！陈廷焯评为“凄凉幽怨，郁之至，厚之至”①。其“郁”“厚”的奥妙就在于借景抒情，情景交融，言外有意，余意无穷。清人论词，有“有寄托入，无寄托出”之说②，拿这个观点来看张炎的这些词，正是最恰当不过了。

综上所述，在张炎的部分作品中渗透着一种浓郁的怀念家国之情。这种感

① 陈廷焯：《白雨斋词话》卷二，人民文学出版社，1959年，第50页。

② 周济：《宋四家词选序论》，唐圭璋编《词话丛编》，中华书局，1986年，第1643页。

情是很深沉的。它在一定深度上反映了异族入侵带给汉族知识分子的不幸,从一个侧面反映了时代的苦难和社会的矛盾。在整个南宋词坛的"雅词"中,它的思想性是比较高的。张预《山中白云词跋》谓:"西湖故多沉忧善歌之士。自南渡之际,故家遗老,怆怀禾黍,山残水剩之感,风僝月僽之思,流连纡郁,忍俊不住,往往托兴声律,借抒襟抱。"①张炎的词就是这样一支感喟家国的哀歌。

但是,即使是在这些词中,也可以清楚地看到他的严重缺陷和局限。他的词,虽也反映了一定的真情实感,然而毕竟局限在一己一身的小天地里。而更为令人不满的是,这个"一己一身"又是这样的软弱和平庸。他的词里,虽也反映了一定的民族矛盾,但却没有愤怒的控诉和猛烈的反抗,有的只是愁苦、哀怨和低徊掩抑的哀叹。像文天祥词里那种"好烈烈轰轰做一场"(《沁园春》)的凛然正气和"想男儿慷慨,嚼穿龈血"(《满江红》)的时代强音,在张炎那里是根本找不到的。

至于他词集中的另一类作品(数量不少),则更不值得多提了。它们的主题是:寻欢作乐、逢场作戏、讴歌"归隐"、寻求解脱,以及庸俗的应酬。在那哀鸿遍地、民不聊生的年代里,人民正在受苦,抗元的志士还在采取各种形式进行斗争,而张炎却自号"乐笑翁",醉心山林,沉溺酒色,逃避现实,不问世事,"客里醉时歌,寻思安乐窝"(《南楼令》)。他的《壶中天·客中寄友》"方叹旧国人稀",才有了一点儿感慨(读者正等他继续说下去),忽然一转:"客里不须谈世事",最后竟以"陶然一醉,此时愁在何处"作结,虽然难免是愤世嫉俗的反语,但终究只是阿Q式的自我陶醉。所有这些词,都充分反映了张炎作为一个没落的王孙公子和落拓颓废的软弱文人的局限性。这些词作,如果称之为"词匠"之作(胡适《词选》语),那也不算冤枉。

三、近祖白石远祧清真

邓牧是张炎的知音。他在评论张炎的词时说:"丽莫若周(清真),赋情或近俚;骚莫若姜(白石),放意或近率。今玉田张君,无二家所短而兼所长。"②这话当然有点儿过誉,但确也道出了张炎学词的消息——他走的是祖祧白石、清真的路。

"远祧清真",这在张炎词中表现得很明显。周邦彦是整个南宋格律派和雅

① 张预:《山中白云词跋》,张炎《山中白云词》,吴则虞校辑,中华书局,1983年,第179页。
② 邓牧:《张炎词集序》,张炎《山中白云词》,吴则虞校辑,中华书局,1983年,第165页。

词派词人的开山祖师，张炎对他虽有“于音谱且间有未协”和“失之软媚”的批评（《词源》），但总的来看还是相当推崇的。他称周氏“负一代词名，所作之词，浑厚和雅”。因此他自己在作词时，就很注意学习周词的长处，在审音协律、雕章琢句、研辞炼色方面下功夫，使它达到了一定的艺术高度。这可以从下面三方面来看：

（一）审音协律，声文并茂

张炎词学，得之于杨缵和张枢。杨缵是宋末有名的古琴家，曾指导过周密改词（见周密《木兰花慢》序）。张枢曾为了一个字的协音问题，反复推敲（见《词源》）。而这些作风，都是直承清真而来的。张炎在这方面颇得其师和其父的传授，他的很多词注意文情与声情恰当的配合，收到声情并茂的效果。如《八声甘州》：

> 记玉关踏雪事清游，寒气脆貂裘。傍枯林古道，长河饮马，此意悠悠。短梦依然江表，老泪洒西州。一字无题处，落叶都愁。　载取白云归去，问谁留楚佩，弄影中洲？折芦花赠远，零落一身秋。向寻常野桥流水，待招来、不是旧沙鸥。空怀感，有斜阳处，却怕登楼。

一气呵成，既有旋折，又觉流畅，无论是文字本身，还是音节、押韵，都给人以“悠悠”不尽之意，令人有回肠荡气之感。又如《梅子黄时雨·病后别罗江诸友》）：

> 流水孤村，爱尘事顿消，来访深隐。向醉里谁扶，满身花影？鸥鹭相看如瘦，近来不是伤春病。嗟流景，竹外野桥，犹系烟艇。　谁引，斜川归兴？便啼鹃纵少，无奈时听！待棹击空明，鱼波千顷。弹到琵琶留不住，最愁人是黄昏近。江风紧，一行柳阴吹暝。

音节浏亮，堪称高格响调，把声音给人耳朵的听觉和文字给人的视觉结合得很好。再如小令《醉落魄》：

> 柳侵阑角，画帘风软红香泊。引人蝴蝶翻轻薄，已自关情，和梦近来恶。　眉梢轻把闲愁着，如今愁重眉梢弱。双眉不画愁消却，不道愁痕，来傍眼边觉。

全词密韵促声，押入声韵，大有温韦词缠绵悱恻的风味。虽然词乐久已失传，但是我们从它们的音节美中还可以想见张炎词“意度超玄，律吕协洽，不特可写音檀口,亦可被歌管、荐清庙”的特点①。

（二）章法严谨,善于结构

周邦彦词素以章法精妙著称。他长于勾勒、善于结构,法度井然却又浑成自然。张炎词吸取了这个特点,在结构、章法上很下了些功夫。这就使他的词具有一种既有波澜顿挫却又一气舒展的好处,如用“山中白云”四字来形容他的词所具有的舒卷自如的特色,那倒是很形象、很贴切的。在章法的开合中,他特重“过片”和“结尾”(这恐怕也受了《白石道人诗说》的影响)。他说:“最是过片不要断了曲意,须要承上接下”,使“曲之意脉不断”;又说:“末句最当留意,有有余不尽之意始佳。”总之,对于作词的择曲、命意及选韵等一系列过程,他都颇费一番苦心(见《词源》)。他自己的创作也基本上实践了这些主张。

在过片方面,如《解连环 · 孤雁》的“谁怜旅愁荏苒”,《满庭芳 · 小春》的“阳和能几许”,《凄凉犯 · 北游道中寄怀》的“谁念而今老”,等等,都是振起下片的警策之语。另如《琐窗寒 · 悼王碧山》的“都是,凄凉意”,《声声慢 · 都下与沈尧道同赋》的“客里依然清事”,等等,也都能透迤逗出下文,起着承上启下的作用而不露痕迹。

在结尾方面下的功夫,可举两首小令为例:

> 候蛩凄断,人语西风岸。月落沙平江似练,望尽芦花无雁。　暗教愁损兰成,可怜夜夜关情。只有一枝梧叶,不知多少秋声!(《清平乐》)

末两句简直可抵一篇《秋声赋》!

> 采芳人杳,顿觉游情少。客里看春多草草,总被诗愁分了。　去年燕子天涯,今年燕子谁家?三月休听夜雨,如今不是催花!(《清平乐》)

尾二句把无限深痛之愁苦,以婉约而无可奈何的口吻道出,更觉潜气内转,余意无尽。

全篇俱佳者,可举前已举过的《高阳台 · 西湖春感》为典型。全词一步一紧,步步逼入,越转越深,越转越急。“能几番游”“东风且伴蔷薇住”“更凄然”等三句把词的上片紧紧“钩”成一团,衔接严密。下片以“当年燕子知何处”一句

① 仇远:《山中白云词序》,张炎《山中白云词》,吴则虞校辑,中华书局,1983 年,第 163 页。

陡起，逼出下文，再用“但”“也”“再”等虚词层层追逼，结尾却又密极而疏，以“莫开帘，怕见飞花，怕听啼鹃”这三句似浅实深、似淡实浓之语翻出，全首浑成一气，极见章法结构之妙。

（三）句琢字炼，归之醇雅

张炎对于字句的锤炼是很着力的。他自谓“词中一个生硬字用不得，须是深加锻炼，字字敲打得响，歌诵妥溜，方为本色语”。这就是说，在选择词语时不光注意到它的意义、色泽，还要兼顾其音响。在造句用语时，既反对“太宽”（即语意不够准确），又反对“太工”（即过分拘泥、死板），“太宽则容易，太工则苦涩”（均见《词源》）。这样反复“敲打”“锻炼”的结果，自然使语言达到比较精粹的地步。他还学得了周邦彦善于融化前人诗句和自铸新词的本领，在词篇中铸制了许多优美的句子。他的学生陆辅之著《词旨》，采对偶工炼者为“属对”，共38则，后列“乐笑翁奇对”23则；选词中意达辞隽者为“警句”，共92则，后列“乐笑翁警句”13则，即可见张炎在这方面的成就。他写孤雁的“写不成书，只寄得相思一点”（《解连环》），咏春水的“和云流出空山，甚年年净洗，花香不了”（《南浦》），咏杨花的“杨花点点是春心，替风前，万花吹泪”（《西子妆慢》），以及“春风不暖垂杨树，吹却絮云多少”“带天香吹动一身秋”“忍不住低低问春”等，都是匠心独运之句。张炎的词，在语言方面真称得上是“句琢字炼，归于醇雅”①，这也是它赢得清代浙派词人激赏的地方之一。

下面再来看张炎“近祖白石”的问题。

以周邦彦为领袖的格律词派，到南宋中期以后，基本上形成了以姜白石、吴梦窗为代表的“疏”“密”二派。梦窗可谓得清真之嫡传，不过由周的“富艳精工”更向密丽繁缛方向发展，甚至流为晦涩。而姜夔，则吸取了苏、辛的某些清疏之气入其婉约之词，又吸收了江西派的瘦硬诗风入词，使之呈现一种“清空”的风格（指其总体而言，特别是与吴文英比较而言；非指其全部风格而言）。白石人品狷介孤高，论诗又和苏轼有一致之处，都主“自然”（见其《诗说》），晚年又与稼轩唱和，因此他的词风不同于传统的婉约、格律派的一味“软媚”，而有一种“硬”“健”的风味。在句式章法上，他也受了苏、辛“以诗（文）为词”的某些影响，有散文化的痕迹（他的“自度曲”更体现了敢于解放词律的精神）。所有这些，就使他的词中出现了张炎誉之为“古雅峭拔”的“清空”特色。张炎由于家风

① 汪森：《词综序》，金启华，等编《唐宋词集序跋汇编》，江苏教育出版社，1990年，第411页。

和自己的经历、怀抱与姜氏有相似之处，因而他对姜词的有如“野云孤飞，去留无迹”的风格是极为赞赏的，而对吴梦窗的晦涩质实（当然即以此来概括吴词的风格，也并不全面）是有所不满的。因此他有意用姜词的“清空”来纠吴词的流弊。但他自己虽是有意奉“清空”一语作为“一生受用不尽”的话头（见陆辅之《词旨》），而由于时代和个人的禀性毕竟有所不同，因此他的词风与姜氏也就既有相似又有相异之处了。邓廷桢云：“西泠词客，石帚（按：即指白石）而外首数玉田，论者以为堪与白石老仙相鼓吹。要其登堂拔帜，又自壁垒一新。盖白石硬语盘空，时露锋芒；玉田则返虚入浑，不啻嚼蕊吹香。”①细细体味起来，白石的词是“古雅”“峭拔”，而玉田则已稍稍磨平他的“峭拔”的棱角和锋芒，使之朝清润流畅一路走去。也可以说，他正是以姜白石的清空瘦硬来济周清真的浓丽富艳，形成他“流丽清畅”②的风格的。这种风格的形成，是含有多种成分在内的。从其“丽”的方面来看，似清真③；从其“清”的方面来讲，似白石，又在某些方面似东坡、稼轩。刘熙载《艺概》指出：“张玉田词清远蕴藉，凄怆缠绵，大段瓣香白石，亦未尝不转益多师。”④正说中了这个特点。他的词中有“苍凉激楚”⑤如稼轩词者，如《壶中天·夜渡古黄河与沈尧道、曾子敬同赋》《八声甘州·记玉关踏雪事清游》等，有沉咽缠绵如《花间》、二晏者（如《菩萨蛮》《四字令》等），但为主的却是融合了周、姜风味而偏重于姜的一种清润典雅的风格。其典雅之一面已在前面分析他“远祧清真”中论过，“清润”则可从以下几方面来探讨：

（一）直抒胸臆的表达方式

张炎在词中除开那些咏物词喜用比兴法之外，比较倾向于直抒胸臆的表达方式。比如下面这些词句：“漂流最苦，况如此江山，此时情绪”、“荒台只今在否？登临休望远，都是愁处”（《台城路》）、“抱瑟空游，都是凄凉，此愁难语”（《三姝媚》）、“天空水云变色，任憎憎，山鬼愁听”（《声声慢》）等，都不加掩饰地直诉其国破家亡后的愁绪。所以难怪有人要称他的词为“故家人物沧桑录”（周稚圭《题山中白云词》），这正说明了其词直抒亡国哀思的特点。故而如从总体来看，则张炎词给人总的印象便是：洁净、清爽，往往直抒胸臆，率情而发，虽加锻

① 邓廷桢：《双砚斋随笔》，唐圭璋编《词话丛编》，中华书局，1986年，第2532页。
② 戴表元：《送张叔夏西游序》，吴则虞校辑《山中白云词》，中华书局，1983年，第162页。
③ 舒岳祥：《赠玉田序》，张炎《山中白云词》，吴则虞校辑，中华书局，1983年，第165页。
④ 刘熙载：《艺概》卷四，上海古籍出版社，1978年，第112页。
⑤ 永瑢，等：《四库全书总目》卷一九九《山中白云词》，中华书局，1965年，第1822页。

炼,然仍不失其流畅明快之风。

(二) 好用"冷色",词境偏于清冷

张炎的词,好用冷色字面。他写景多写落花、飞絮、夕阳、晚照、冷月、寒蛩、暗雨、枯木……使之组织成一幅幅幽冷凄淡的画面,来表现那凄怆幽怨之情。上述那些自然景物,本身就含有"美好事物不可挽留地消逝"的意味在内,再经作者以幽忧的笔触织情入景,这就使词境抹上了一层清冷的色彩。

(三) 语言清快明畅,结构通脱灵活

张炎用语下字,虽深加锤炼,但总的趋向于明白流畅,不像梦窗一派,有时弄得雕缋满目。他不用僻典,用事要求"融化不涩"。在结构方面,他讲究其中的起合转接,特别注意用好虚字(《词源》特列"虚字"一节),因此有"语句自活"的空灵感。关于这些,前面所举若干词中已经涉及,此处不再多说。

上述三个方面的特点,就综合形成了他清润的特色。我们读一读他的《高阳台·西湖春感》就可以体会到上述这些特点。

总之,张炎生活在宋词接近尾声的阶段。在他之前,唐宋词的各种流派、各种风格均已形成,词的艺术技巧也已高度成熟。前代各家的优秀词作已为他提供了丰富多姿的艺术样品,加之他本人既是作手,又通理论,因此他就能在各家的基础上通过借鉴而形成自己的独家风格,从而自立于词林之列。从这个意义上讲,张炎可以说是宋词发展史上的"殿军"。

四、"无开阔手段"

张炎词,在他那个时代,由于美学情趣的相近似,几乎受到了同时人(如仇远、邓牧、舒岳祥、戴表元、袁桷等)的一致好评。到了清代前期,浙西词派更把他奉为填词圭臬。朱彝尊《静志居诗话》谓:"数十年来,浙西填词者,家白石而户玉田。"他自称作词"不师秦七、不师黄九,倚新声玉田差近"(《解佩令》),可见对张炎的奉仰。造成这种状况是有其政治上和文学上的原因的。从政治状况言,清初统治与元初统治有近似之处,文网密织,一般士大夫文人不敢面对现实从事严肃的文艺创作,而是或者钻进考据学中,或者转向文学的象牙塔。这样,他们就找到了姜、张那种适宜于表现高人雅士之闲趣的词作为自己模拟的模式。从文学状况言,清初词风承明词之弊,字句淫曼,格调啴缓。浙派词人要在艺术上有所创新,就转而寻觅姜、张的词风,以其空灵清健来纠明词之柔曼,因此,张炎的词风便在三百年后的清代前期词坛上复活了。

但是,随着时代的前进,张炎词中的严重缺点便逐渐被人们看出来了。周济曾一针见血地指出:"玉田,近人所最尊奉,才情诣力亦不后诸人;终觉积谷作米,把缆放船,无开阔手段。"①"无开阔手段",这五字断语下得好厉害,它恰中了张词的致命弱点。

从思想内容言,张词所反映的生活面太窄,所表现的思想感情软弱颓废、消极灰暗,与当时汉族人民浴血奋战的时代主流显得很不相称,只反映了一种"世纪末"的阴暗心理。

从艺术风格而言,除了少量优秀作品外,大多数的词意境有单薄之感。周济谓:"叔夏所以不及前人处,只在字句上着功夫,不肯换意。"②戈载也从侧面指出:"玉田以空灵为主。但学其空灵而笔不转深,则其意浅,非入于滑,即入于粗矣;玉田以婉丽为宗,但学其婉丽而句不炼精,则其音卑,非近于弱,即近于靡矣。"(戈载《宋七家词选》)——其实,玉田本身就有这个"意浅""音卑""滑粗弱靡"的毛病。他尽管在音律、章句方面下了很大的功夫,尽管注意反复勾勒,但往往是有句无篇,"不肯换意",所以一首词里,常有"意不足而辞有余"的毛病,出现枝词、蔓词、败笔。而同一个题材(特别是咏归隐的题材),反复吟诵,缺乏新意,从构思到语言都有"似曾相识"的雷同之处。举例来说,咏故居的4首词(《凄凉犯》《忆旧游》《台城路》《长亭怨》),无论在主题还是意境上都大体相似。沈祖棻先生曾举其《渡江云》词末五句云:"'常疑'以下,句句转换,层层推进,乍读之似觉新颖可喜,细玩之则浮薄少味,盖由于不肯换意而仅换字,故空疏而不紧凑,滑易而不警峭。"③类似的例子还可举出不少。另外,玉田词中好用"拆字法",如把王碧山拆成"断碧分山",把自己的号拆成"玉老田荒",等等,都近于文字游戏(这也是当时的风尚),显得"小家子气"。

张炎是属于封建士大夫营垒中那种软弱甚至腐朽的那一类人的。宋亡之前,他过着醉生梦死的生活,沉溺于风花雪月之中,对于国事的风雨飘摇毫不关心,一心钻在象牙之塔里作他的"雅词"。他目睹和经历了亡国之变,然而在晚年所作的《词源》中竟还指责辛弃疾、刘过的词不入"雅词"之列,这就可知他在政治态度和词学理论上的落后、保守了。从常州词派开始,到"五四"以后胡适选《词选》,对张炎的批评越来越严厉,贬多于褒。我们应该用历史唯物主义的

① 周济:《介存斋论词杂著》,人民文学出版社,1959年,第10页。
② 同①。
③ 沈祖棻:《宋词赏析》,中华书局,2008年,第225页。

观点来全面地分析问题,既看出他的词比同流派词人的高明之处,又看出他与当时的爱国词人之间的差距;既看到他在思想上的局限,又充分看到他在艺术上的一定成就。

张炎词在词史上的影响是相当大的。他的词作和词学理论,对清初的浙西词派有过很大的启迪作用。但后来,这种影响就逐渐在词坛上减弱。浙派领袖朱彝尊选《词综》,文廷式批评他"以玉田为宗,所选《词综》,意旨枯寂;后人继之,尤为冗漫"(《云起轩词钞序》)。这正切中了浙派词人——以及他们的远祖姜夔、张炎的弊病。浙派词发展到后来,以拾摭为工,饾饤寒乞,流弊越深,于是注重内容、论词以"深美闳约"为旨归的常州词派兴起了。他们开始用"重、拙、大"来纠浙派的"轻、灵、巧",以克服浙派词缺乏内容的偏向——从这段历史中,我们也可以清楚地看到张炎词的缺陷及其影响。

宋代词论鸟瞰

宋以词名世，然而宋代的词话并不发达。唐圭璋先生《词话丛编》（旧版）共收宋人词话七种，赵万里先生《校辑宋金元人词》又据各种古籍辑补三种。其中除王灼《碧鸡漫志》、张炎《词源》和沈义父《乐府指迷》等几种外，大都比较散漫零乱，缺乏系统性。

今天我们研究宋代的词论，却不应把研究的范围仅仅局限于这些词话中，而可以把视野开拓些。我们知道，宋代是词的黄金时代，上至帝皇，下至僧尼，都喜欢读（唱）词、作词，词体这种文学样式相当活跃地介入宋人的社会生活之中，因此，宋代人对它肯定有不少的看法和议论。举凡这些议论看法，都可以视作宋人的词论。因而，凡是宋人著作中涉及词的言论，哪怕只是只言片语、逸事趣闻，都是我们研究宋人词论的第一手资料。

通过对宋人词论的归纳整理，我们大致可以勾勒出宋代词论的一个总的轮廓，得到一个初步的总体印象。这就是：宋人对“词”这种文体抱着比较轻视的态度。宋人论词，偏重其艺术性而往往不注重其思想性；宋人以“艳科”“婉约”为词的“本色”，而视词中的革新派为“别调”。宋人论词，主“雅”反“俗”。当然，这一幅“鸟瞰图”所描述的只是就在宋代词坛上占正统地位和主流地位的词论而言，而并不是整个宋代词论的全貌。

下面，且对这几点做一些具体的分析：

一、对词体的认识

我国古代文人对文学体裁往往抱有一种分等看待的观念。宋人对词体的看法尤为突出。词，是隋唐以来新兴的文学体裁，它出身“寒伧”，品格“低贱”，在崇“古”、重“道”的宋代文人眼中备受轻视自然毫不奇怪了。

（一）反映在对词的称谓上

有称词为“曲子”者。这一方面与词起源于唱曲有关；另一方面，“曲”后加一“子”字亦即含有轻蔑之意在内。早在五代时，词就有“曲子”之称，如和凝号为“曲子相公”①，文人词则被称作“诗客曲子词”②。宋人仍有沿袭这一称谓者，如王灼谓“盖隋以来，今之所谓曲子者渐兴”③等。

有在“词”前加一“小”字，称之为“小词”或“小歌词”者。如王安石读晏殊词，笑曰：“为宰相而作小词可乎？”④晏几道为晏殊辩护，曰：“先君小词虽多，未尝作妇人语也。”⑤黄庭坚喜写艳词，法秀戒之曰：“诗多作无害，艳歌小词可罢之。”⑥李清照谓王安石、曾巩“文章似西汉，若作一小歌词，则人必绝倒”⑦，等等。也有称为“微词”者，义亦同于“小词”。如苏轼称张先词为“微词宛转”⑧。

有称词为“诗余”者。“余”者，余绪剩义也。如苏轼称张先“诗笔老妙，歌词乃其余波”⑨，就显然含有词比诗“轻”之意在。也有称之为“乐府之余”的，如黄庭坚称晏几道“独嬉弄于乐府之余，而寓以诗人之句法”⑩。宋人词集称“诗余”者，据宋代陈振孙《直斋书录解题》所记有《定斋诗余》《省斋诗余》《草堂诗余》《群公诗余前后编》等。

（二）反映在作词的态度上

因为瞧不大起词体，因此宋人作词大都不抱太严肃的态度。

先看作词的目的。大都是娱宾遣兴（语出宋陈世修《阳春集序》），自娱娱人。如欧阳修《采桑子·西湖念语》小序说：“因翻旧阕之辞，写以新声之调，敢陈薄伎，聊佐清欢。”晏几道自序《小山词》曰：“试续南部诸贤绪余，作五、七字语，期以自娱。”宋人曾慥所编《乐府雅词》中也保存着许多“娱宾”“佐欢”的话

① 孙光宪：《北梦琐言》卷六，中华书局，1960年，第51页。

② 欧阳炯：《花间集序》，金启华，等编《唐宋词集序跋汇编》，江苏教育出版社，1990年，第339页。

③ 王灼：《碧鸡漫志》卷一，唐圭璋编《词话丛编》，中华书局，1986年，第74页。

④ 魏泰：《东轩笔录》卷五，中华书局，1983年，第52页。

⑤ 胡仔：《苕溪渔隐丛话·前集》卷二六，人民文学出版社，1962年，第178页。

⑥ 惠洪：《冷斋夜话》，中华书局，1988年。

⑦ 胡仔：《苕溪渔隐丛话·后集》卷三三，人民文学出版社，1962年，第254页。

⑧ 苏轼：《苏东坡集》卷三五，曾枣庄、舒大刚主编《三苏全书》，语文出版社，2001年，第427页。

⑨ 苏轼：《张子野词跋》，金启华，等编《唐宋词集序跋汇编》，江苏教育出版社，1990年，第17页。

⑩ 黄庭坚：《小山词序》，金启华，等编《唐宋词集序跋汇编》，江苏教育出版社，1990年，第25页。

头,亦足以说明问题。如《调笑集句》云:"集古人之妙句,助今日之余欢。"《调笑转踏》云:"良辰易失,信四者之难并;佳客相逢,实一时之盛事。用陈妙曲,上助清欢。"《九张机》云:"凭戛玉之清歌,写掷梭之春怨,章章寄恨,句句言情。恭对华宴,敢陈口号。"这一为酒宴歌席佐欢作词的传统当然还可以追溯到更远的《花间集序》,这里就不再多说。

再看作词的内容。因为词出自"莺吭燕舌",亦即花间尊前,所以内容大多以写风月事、儿女事为主。这就形成了词为"艳科"的传统。(程大昌《演繁露》卷一六论《六州歌头》谓:"闻其歌,使人怅慨,良不与艳词同科。"恐怕是"艳科"一词的最早来源。)因此宋人又常唤词为"艳词"(如前所引法秀戒黄庭坚所云"艳词小歌可罢之"),甚至以"宫体"目之。如《苕溪渔隐丛话》前集卷五九引《雪浪斋日记》谓:"晏叔原工小词。'舞低杨柳楼心月,歌尽桃花扇底风',不愧六朝宫掖体。"①金代元好问谓:"唐歌词多宫体……自东坡一出……真有'一洗万古凡马空'气象。虽时作宫体,亦岂可以宫体概之?"②他们常在词里尽情地描写那种在诗文里不敢写或不屑写的艳情,其原因大概即在于他们认为诗文乃是载道言志的文体,不敢以私情艳事去亵渎它们,而词乃逢场作戏、应歌寻欢的小技,尽可以塞进那些花前月下的私情喁语。基于这种认识来写词,就使词的内容变得软媚侧艳甚至色情下流了。而这样一来,又促使人们更加增长了对词体的轻视,甚至发生了"耻于作词"的情况。如五代时的和凝在当了宰相之后,即悔其少作,派人收集其艳词焚烧不暇③;后蜀主孟昶自称"不效王衍作轻薄小词"(《白香词谱笺》卷二引《边州见闻录》)。宋代柳永就因好写"淫冶讴歌之曲"而被仁宗黜退④,就连陆游都曾忏悔自己"少时汩于世俗,颇有所为,晚而悔之"⑤。这种以"词为艳科"而蔑视词体的看法在宋代是相当普遍和相当顽固的。

再看宋人作词的情况。他们创作词篇的态度,一般而言(少数人除外),不及写作诗文严肃认真。胡寅《题酒边词》描写作者写词,往往是即兴而作,"随亦自扫其迹,曰'谑浪游戏'而已"⑥。即使如大家辛弃疾,他的门生范开记其作词

① 胡仔:《苕溪渔隐丛话·前集》卷五九,人民文学出版社,1992年,第408页。
② 元好问:《遗山先生文集》卷三六,《四部丛刊初编》本。
③ 孙光宪:《北梦琐言》卷六,中华书局,1960年,第51页。
④ 吴曾:《能改斋漫录》卷一六,中华书局,1985年,第418页。
⑤ 陆游:《陆放翁全集》上册,北京市中国书店,1986年,第80页。
⑥ 胡寅:《酒边词》,金启华,等编《唐宋词集序跋汇编》,江苏教育出版社,1990年,第117页。

"苟不得之于嬉笑,则得之于行乐;不得之于行乐,则得之于醉墨淋漓之际。挥毫未竟而客争藏去。或闲中书石,兴来写地;亦或微吟而不录,漫录而焚稿,以故多散逸"①。这话固然难免有些夸张(如宋岳珂《桯史·稼轩论词》记他为改一语"日数十易,累月犹未竟",可见其认真之程度),但从中也可以看出常以"游戏"态度写词,这又是宋人习见的风气。

综上所述,"歌曲(即词)特文人余事耳"(宋赵与时《白石道人歌曲跋》),这一种小视词体的看法几乎成了宋代一代人的共同观点(不过程度深浅不同而已)。这种观点,固然本身来源于唐五代词思想性不高,以及上述"文体分等"的传统观念等原因,却又反过来给宋词的创作以不良的影响,大大地限制了宋词的思想内容,有害于它的健康发展。举例来讲,欧阳修本是宋代具有开拓之功的诗文革新运动的健将,他在诗文中反映了很多有关国计民生的重大问题,但在他的词里却找不到这些内容,有的只是风花雪月,甚至像"梦里似偎人睡,肌肤依旧骨香腻"(《解仙佩》)的轻薄之音,弄得后人(如陈振孙、罗泌等)连连出来为他辩解,说这些"鄙亵之语""当是仇人无名子所为也"②。这就可见这种轻视词体的词论对于宋词发展的危害性了。我们如果假设一下宋人从一开始就重视词体,把它看作与诗文一样的文体而严肃对待之,那么宋词的发展所能达到的成就会比现在的情况高得多。这真是一个值得惋惜的历史性错误。

但是,这种轻视词体的情况并不是一成不变的。文学理论来源于文学创作。创作实践发展了,文学理论也会发生相应的变化。随着词的渐趋成熟,它的可以用来广泛地抒情言志(而不仅仅是"艳科")的社会功能终将逐渐被人们所认识和利用。苏轼、辛弃疾等豪放杰出之士一登词坛,词在他们的笔下发出了奇光异采,人们便不得不对它"刮目相待"了。换句话说,词的"声价"开始升高了,词体有了渐尊的趋势。这种情况,突出地表现在把词与《诗》、《骚》、古乐府相比、相连的言论中。

最初,人们仅仅着眼于从词的"合乐"性和它的长短句式这两个形式上的特点来看待词与《诗》、《骚》、古乐府的相似之处。如陈世修称词为"乐府新词"(《阳春集序》),晏几道名自己的词集为《乐府补亡》,贺铸词集名《东山寓声乐府》,康与之词集名《顺庵乐府》,等等,都是从合乐可歌这方面来看待词之称为"乐府"的。朱熹说:"古乐府只是诗,中间却添许多泛声。后来人怕失了那泛

① 范开:《稼轩词序》,金启华,等编《唐宋词集序跋汇编》,江苏教育出版社,1990年,第172页。

② 陈振孙:《直斋书录解题》卷二一,上海古籍出版社,1987年,第616页。

声，逐一添个实字，遂成长短句，今曲子便是。”①王灼谓《竹枝词》《浪淘沙》等词乃是“诗中绝句而定为歌曲”②，则是从“长短句式”上的相似来看待词的上接古诗、古乐府的。进而人们又从古乐府上溯到《诗经》《楚辞》。如王炎《双溪诗余自序》谓：“古诗自《风》、《雅》以降，汉魏间乃有乐府，而曲居一，今之长短句盖乐府之苗裔也。”③邓牧《张叔夏词集序》谓：“古所谓歌者，歌《三百》止尔，唐宋间始为长短句。”④这些，都仅是从形式上着眼来看问题的。

其实，远在唐代，刘禹锡在模仿民歌创作《竹枝词》时就曾有意识地学习屈原作《九歌》的精神，他说：“故予亦作《竹枝词》九篇，俾善歌者飏之附于末，后之聆巴歈，知变风之自焉。”⑤他的着眼点已在于继承《诗经》《楚辞》的精神。而到了苏轼拓宽词题、革新词体之后，评论者们就开始从精神实质上来看待这种继承关系了。如胡寅在《题酒边词》这篇有名的序文中就说：“词曲者，古乐府之末造也。古乐府者，诗之傍行也。诗出于《离骚》、《楚辞》，而《离骚》者，变风变雅之怨而迫、哀而伤者也。”⑥虽然他还视词为“末造”，但已开始划出了这样一条线索：变风变雅（《诗经》—《楚辞》、《离骚》—古诗、古乐府—词）。同时期的郑刚中说得更清楚：“长短句亦诗也。诗有节奏，昔人或长短其句而歌之，被酒不平，讴吟慷慨，亦足以发其胸中之微隐。”（《北山集》卷一三《乌有编序》）这种从思想内容上来发挥苏轼的“微词宛转，盖诗之裔”⑦的观点，达到了“诗词同科”的结论。所以张镃《梅溪集序》认为“《关雎》而下《三百篇》，当时之歌词也，圣师删以为经。后世播诗章于乐府……而自变体（指词）以来……间有能瓌奇警迈、清新闲婉，不流于诡荡污淫者，未易以小伎言也”⑧。到了这时候，戴在词头上的这顶“小伎”的帽子才算揭去。

① 黎靖德：《朱子语类》卷一四〇，中华书局，1986年，第3333页。

② 王灼：《碧鸡漫志》卷一，唐圭璋编《词话丛编》，中华书局，1986年，第77页。

③ 王炎：《双溪诗余自序》，金启华，等编《唐宋词集序跋汇编》，江苏教育出版社，1990年，第170页。

④ 邓牧：《张叔夏词集序》，张炎《山中白云词》，吴则虞校辑，中华书局，1983年，第165页。

⑤ 刘禹锡著，陶敏、陶红雨校注：《刘禹锡全集编年校注》，岳麓书社，2003年，第317页。

⑥ 胡寅：《题酒边词》，金启华，等编《唐宋词集序跋汇编》，江苏教育出版社，1990年，第117页。

⑦ 苏轼：《苏东坡集》卷三五，曾枣庄、舒大刚主编《三苏全书》，语文出版社，2001年，第427页。

⑧ 张镃：《梅溪集序》，金启华，等编《唐宋词集序跋汇编》，江苏教育出版社，1990年，第238页。

而当词中的怪杰辛弃疾大踏步跨进词坛后，更使词坛面貌人人改观。刘克庄称其“文墨议论英伟磊落”，而词则“横绝六合，扫空万古，自有苍生以来所无”①。刘辰翁则说：“词至东坡，倾荡磊落，如诗如文”，至于稼轩更是“用经用史，牵雅颂入郑卫”②。这两家的评价，可谓极高。至此，“词为艳科”“词为小伎”的论调已被打破。而在这个历史发展的进程中，首功不能不推苏轼。苏轼敢于拓宽词题，革新词体，则又是与他通达、进步的词学观点分不开的。

随着词体渐尊的趋势，宋代词坛上又兴起了一种“雅词论”。这种理论虽然在表面上抬高了词体，实际上却是把儒家的“诗教说”引进到词的创作和评论中，使词的创作纳入到合乎儒家道德规范和正统派文人的创作理论之轨道中去。这种“雅词论”也是从“词”接《风》《雅》的话头上演变而成的，表现在以“雅词”命词集名的有：《宝文雅词》、《书舟雅词》（见《宋史·艺文志》）及《乐府雅词》和《复雅歌词》（见《直斋书录解题》卷二一）等。表现在理论上，则是以“诗教说”入词，如林景熙《胡汲古乐府序》曰：“乐府（即词），诗之变也。诗发乎情，止乎礼，美化厚俗，胥此焉寄？岂一变为乐府，乃遽与诗异哉？”③表现在批评上，则出现了类似汉儒说诗的“比兴”“美刺”说，如鲖阳居士（编选《复雅歌词》者）说苏轼《卜算子·黄州定惠院寓居作》词：“缺月，刺明微也。漏断，暗时也。幽人，不得志也。独往来，无助也。惊鸿，贤人不安也。此词与《考槃》相似。”（引见《类编草堂诗余》所引《复雅歌词》）这种词论明显地打上了儒家传统文学思想的烙印，也侧面反映了理学势力的强炽。

总之，宋人轻视词体的倾向是相当严重和顽固的。后来，由于宋词本身的朝前发展，这种情况才有了一定程度的转变，但代之而起的则又是诗教说的词论。这两种观点都对后世产生过不小的影响。前者一直笼罩着明清的文坛，到清代编纂《四库全书》时，《四库提要》还说：“词曲二体，在文章、技艺之间。厥品颇卑，作者弗贵，特才华之士以绮语相高耳。”④这种视词曲在“文章、技艺之间”的论调可以说是与宋代一般文人的观点一脉相承的。后者则给予清代常州词派的词论一定的影响。常州词派好以“比兴”“寄托”说词，即源于宋人的“雅词论”

① 刘克庄：《辛稼轩集序》，金启华，等编《唐宋词集序跋汇编》，江苏教育出版社，1990年，第173页。

② 刘辰翁：《辛稼轩集序》，金启华，等编《唐宋词集序跋汇编》，江苏教育出版社，1990年，第173页。

③ 林景熙：《胡汲古乐府序》，金启华，等编《唐宋词集序跋汇编》，江苏教育出版社，1990年，第301页。

④ 永瑢，等：《四库全书总目》卷一九八《词曲类》，中华书局，1965年，第1807页。

中的某些观点。同时,他们常用穿凿附会的办法去发掘词中的“微言大义”(张惠言就好用此法),也可以视作对宋人轻视词体的一种反动。

二、论词之标准

由于宋代理学势力的炽盛,宋人论诗论文都比较强调其思想性。道学家们重“道”轻文(诗)且不必说它,即使古文家论文,也动辄抬出“文以载道”“文道合一”的招牌来。诗人论诗,也很重视诗的“美刺”精神(如梅尧臣《答韩三子华、韩五持国、韩六玉汝见赠述诗》即是一例)。然而宋人论词,却往往偏重其艺术方面而忽视其思想内容。这并不奇怪,因为他们既然认为词是低卑的小技,自然不配也不必苛求用它来表达重大的主题。这种“尊者自尊之,卑者自卑之”的现象也正体现了他们严格的“文体尊卑”观念,和其重视诗文思想性的文学理论是既相反又相成的。

可以举出两个有代表性的词论家为例来说明这种偏重艺术、轻视内容的倾向:

李清照的《词论》,是北宋末、南宋初具有相当影响的词论。它提及李煜、柳永、张先、宋祁兄弟、晏殊父子、苏轼、王安石、贺铸、秦观等近 20 个作家,除了曾泛泛地谈及一点儿“雅”“俗”问题外,几乎没有论及这些作家在思想内容上的差异,而全在于进行艺术上的优劣比较和批评。对于苏轼这样具有划时代意义的词人,她反而指责他不合音律,“皆句读不葺之诗尔”①。可见她(以及相当一大批词论家)的论词标准是偏重于艺术性而忽略思想性的。

张炎的《词源》成书于入元以后,可算是宋人词话中最具系统性的论词专著。他在书里除了唠叨一些“雅词”论调外,对各家词人的思想内容很少作分析,在词的思想性方面几乎毫无建树。相反,他虽身经亡国之变,却还指责辛弃疾等人的词“非雅词也,于文章余暇,戏弄笔墨为长短句之诗耳”②(这个意见不仅是他一个人的看法,周密选《绝妙好词》仅选辛词三首,亦同此理)。可见在宋末词坛上占据正统地位的词论就是这样的一种词论。这种重格律、重技巧、重视形式而忽视内容的倾向,正是当时一般贵族文人逃避现实的政治态度在文学领域里的反映。

但是,时代在前进,文学在前进,人们的认识也在不断进步。在苏、辛词派开

① 李清照:《词论》,《李清照集》,中华书局,1962 年,第 79 页。

② 张炎著、夏承焘校注,沈义父著、蔡嵩云笺释:《词源注　乐府指迷笺释》,人民文学出版社,1963 年,第 32 页。

拓新的词境与提高词的思想性的创作实践面前,一些有识之士终于睁开了眼睛,提出了新的看法。当苏轼以其"革新派"的新姿态出现在词坛之后,便有人敏锐地觉察出了其词和传统词风的不同。比如他的幕士就说《大江东去》一词当须"关西大汉"用"铜琵琶、铁绰板"歌之(《吹剑录》)。这和柳永词的"只合十七八女郎执红牙板"轻唱,明显就属两种不同的词风。到了北宋灭亡之后,则苏轼这种豪放的词风在词坛上得到了迅速的发扬。如胡世将那首"神州沉陆"的《酹江月》、黄中辅那首"炎精中否"的《念奴娇》,就全用的东坡"赤壁词"的原韵。足证人们的创作意识在时代矛盾的推动之下,已开始发生某些变化。

南渡之初,民族矛盾和阶级矛盾,以及统治集团内部的矛盾斗争异常尖锐。一大批忧国忧民、慷慨仇敌的词篇应运而生。这些爱国词篇以它们的激烈感情震撼朝野,这就迫使人们不得不注意到词的思想性问题。因此,词论中重视思想内容的倾向渐渐抬头。这种词论,突出地表现在对辛(弃疾)词的高度赞扬上。范开的《稼轩词序》、刘克庄的《辛稼轩集序》、刘辰翁的《辛稼轩词序》,就是这方面的代表性论文。它们或从"词"与"志"的关系角度,或从人品与词品的关系角度,或从时代与文学的关系角度,深刻分析和高度评价了辛词的思想内容与思想成就,显出了不同于传统词论的新面目,值得我们珍视。特别应该提到的是,身为爱国词人的刘克庄曾经写下了这样两篇引人注目的词论:《题黄孝迈长短句》和《题刘叔安感秋八词》。在前一篇文章中,他一开头就尖锐地批判了理学家们贬低"小词"的错误论调("为洛学者皆崇性理而抑艺文,词尤艺文之下者也")。接着,他又申述了自己抬高词体(欲与"圣人之经"相通)的看法:"余曰:议论至圣人而止,文字止经而止。'杨柳依依'、'雨雪霏霏',非感时伤物乎?'鸡栖'、'日久'、'黍离'、'麦秀',非行役吊古乎?'熠熠宵行'、'首如飞蓬',非闺情别思乎?"换句话说,在他看来,诸如"感时伤物""行役吊古""闺情别思"这类在词中常写的题材内容,早在《诗经》中就屡被写过!故而理学家若以此来贬抑"艺文"及"小词",实在是站不住脚的。他在《题刘叔安感秋八词》中进一步提出要"借花卉以发骚人墨客之豪,托闺怨以寓放臣逐子之感",尽可以在"小词"中表现重大的社会题材,寄托严肃的政治内容。这种"尊体论",其实就是和他高度肯定辛弃疾词的话语相互呼应的。所以从南宋初期胡寅、王灼等人赞扬苏词[(见胡氏《题酒边词》、王氏《碧鸡漫志》卷二)开始,到宋末二刘(刘克庄、刘辰翁)]的赞扬辛词为止(此外还有戴复古《望江南》的"歌词渐有稼轩风"、陈人杰《沁园春》所谓"尤奇特,有稼轩一曲,真野狐精"等零星材料),就构成了词论中重视思想内容的一脉。可惜的是,这一派比较重视思想性的词论毕竟未能处于词坛的支配地位,而只能被淹没在只重形式技巧、不甚重视思想内容的正统词论之中,令人深感遗憾。

三、关于词的“本色”

宋词发展史上,有两个关键性的人物:一是柳永,一是苏轼。这两个作家,都带有些“反传统”的特点,在宋词的发展过程中起过相当大的推动作用,而环绕着这两个人,宋代词论颇为热闹过一阵。这里先谈苏轼的问题。关于柳永的问题,留待下一节再论。

在前面《论“以诗为词”》一文中,我们已经接触到当时许多人对于苏词的批评意见。这些意见,集中到一点,那就是:苏词(至少是他的部分词作)不太符合词的“本色”。至于这种“本色”所包含的内含,经过抽绎,大致可以概括为两条:一是要求合乐,二是要求诗词有别。下面即从这两方面分别加以论述:

先说合乐问题。

词是新兴的配合音乐、可以歌唱的新体诗,合乐本是它的特点之一。强调合乐、合律本无可非议。但是,问题常常发生在这里:当词所要表达的内容和音律发生矛盾的时候,是牺牲词意去迁就音律呢,还是打破音律的束缚、自由地去表情达意?词人们在处理这个矛盾时常会产生下面两种情况,那就是芝山老人在《虚斋乐府序》所说的“语工则音未必谐,音谐则语未必工”①,也就是仇远《山中白云词序》中提到的“言顺律舛”和“律协言乖”②,以及沈义父《乐府指迷》中所说的“好词却不协律”和“音律不差却全不可读”这两种现象。苏轼论文主“辞达”,以表情达意为目的,因此他在写词时自然也贯彻这种理论,不屑于斤斤计较音律问题,而敢于突破、创新。晁补之曾经戏称他为“曲子中缚不住者”。这“缚不住”三字真是个妙喻,甚为形象生动地反驳了那些死抱音律而致窒息内容的词论。另在苏轼的同时而稍前一些时候,王安石也对“先音乐、后文辞”的“填词”作法表示了怀疑;在苏轼、晁补之以后,王灼又从音乐理论上支持了苏轼的革新举动。这两位的说法,我们将在后面《论王灼的词学观点》一文中再加介绍。总之,在上述诸家的鼓吹之下,这个词应该以内容为主、以文学性为主的论点逐渐被更多的人所接受。即如姜夔这样的格律派大作家也吸取了这种观点。他作词时除了采用传统的“倚声填词”法之外,还采用“初率意为长短句,然后协

① 赵以夫:《虚斋乐府序》,金启华,等编《唐宋词集序跋汇编》,江苏教育出版社,1990年,第225页。

② 仇远:《山中白云词序》,张炎《山中白云词》,吴则虞校辑,中华书局,1983年,第163页。

以律”的“自度曲”（见《长亭怨慢》小序）办法，写出了一些声情并茂的优美词篇。甚至像张炎，都说过“音律所当参究，词章先宜精思”的比较通达的话来。从这些地方都可以看出，关于“本色”的概念中对词一定要严格地合乐守律的传统观念，在创作实践面前最终不免要显出其保守性来。

再谈“诗词有别”的问题。

尽管宋代不少词论家批评苏词“要非本色”和主张词“别是一家”的说法，但词风和诗风之间究竟存在着什么差异，他们却并没有做出正面的说明。然而在宋人批评秦观的一节话中我们却可窥见某种消息。宋汤衡《于湖词序》记曰：“昔东坡见少游《上巳游金明池诗》有‘帘幕千家锦绣垂’之句，曰：‘学士又入小石调矣。’”①（类似的记载还见于《苕溪渔隐丛话前集》卷五一所引《王直方诗话》和《历代诗余》卷一一五所引宋人《尧山堂外记》，都说秦观诗“又待（将）入小石调也”。）据元人周德清《中原音韵》所载，“《小石》旖旎妩媚”（宋元之间相距不远，宫调声情谅不至大变）。则宋人戏谓秦诗“将入小石调”即是指其诗风的软媚而言（金代元好问《论诗绝句》称他的诗为“女郎诗”亦即此义）。而这个“软”字却正是词的“本色”！宋李方叔《品令》词云：“唱歌须是玉人，檀口皓齿冰肤，意传心事，语娇声颤，字如贯珠……”②韩定辞之诗曰：“丽词堪与雪儿歌。”（宋傅干《东坡词注》引）刘克庄曰：“词当叶律、使雪儿、春莺辈可歌，不可以气为色。”③简言之，词要“丽”，要“软”，要能供玉人歌唱。因此它在内容上自然要求以“艳科”为主，而在风格上则要求“婉约”。王炎曰：“长短句名曰‘曲’，取其‘曲尽人情’，惟宛转妩媚为善，豪壮语何贵焉。”④张炎说：“簸弄风月，陶写性情，词婉于诗；盖声出莺吭燕舌间……”⑤都给词的风格定下了一种“婉”“曲”的范围。而苏轼的某些词，却属“豪放”一路，它自然要被正统词论家视为“别调”了。

这种诗词分疆论是有其一定的历史根源的。一是苏轼以前的词，基本上走

① 汤衡：《于湖词序》，金启华，等编《唐宋词集序跋汇编》，江苏教育出版社，1990 年，第 164 页。

② 王灼：《碧鸡漫志》卷一，唐圭璋编《词话丛编》，中华书局，1986 年，第 79 页。

③ 刘克庄：《跋刘澜乐府》，金启华，等编《唐宋词集序跋汇编》，江苏教育出版社，1990 年，第 281 页。

④ 王炎：《双溪诗余自序》，金启华，等编《唐宋词集序跋汇编》，江苏教育出版社，1990 年，第 170 页。

⑤ 张炎著、夏承焘校注，沈义父著、蔡嵩云笺释：《词源注　乐府指迷笺释》，人民文学出版社，1963 年，第 23 页。

的是"婉约"这条路，习惯成自然，一时要改也难；二是前面已论述过的"诗尊词贱"论在宋人头脑中相当顽固，加上理学力量的影响所及，宋人作诗"言理而不言情"，然其"欢愉愁苦之致，动于中而不能抑者类发于'诗余'"①，这样，诗和词之间似乎有了默契的分工："诗言志"而"词言情"。于是那些恋情艳事都一股脑儿地在词中发泄出来。因之就自然地形成了一种"诗庄词媚"的分界，形成了词为艳科、词以婉约为本色的观念（这种观念在宋以后的很长时间内都不衰减）。而根据这种观念，对于词从题材、风格、语言、格律等方面也都有了一系列的要求。这些要求，可以概括成一句话，那就是李清照所说的"乃知词别是一家"（《词论》）。

这种"别是一家"的理论，是对《花间》以来的词的创作实践的概括。从诗与词在形式上的（以及体制风格方面的）某些区别而言，它是有一定的合理性的。但是从总体上看，它却是站不住脚的。因为词自从脱离了音乐之后，便逐渐成为一种新型的抒情诗了。而诗的任务就应是抒发作者的情志，反映广泛的社会矛盾，这样，就不应该对它的题材、思想、风格、形式限制得过窄、过死。特别在激烈的社会矛盾面前，词要与诗一样担负起反映现实、参加战斗的任务，这样，强分诗词界限的论调就显得陈腐落后了。陈模说得很好："近时作词者，只说周美成、姜尧章等，而以稼轩词为豪迈，非词家'本色'。潘紫岩牥云：'东坡为词诗，稼轩为词论。'此说固当，盖曲者'曲'也，固当以委曲为体（按：他这里也未脱尽传统观念）；然徒狃于风情婉娈，则亦不足以启人意。回视稼轩所作，岂非万古一清风也哉！"②在东坡"如诗如文"、稼轩"大声鞺鞳"的词作面前，这种保守狭隘的诗词分疆论越发显得苍白无力了。可惜的是，上述这种保守词论在很多宋人头脑中可谓根深蒂固，因此虽然在作品方面有打破诗词分疆的突破，而在词论方面敢于破旧立新的言论却是凤毛麟角、实不多见的。

四、关于"雅""俗"词

除了环绕苏轼（以及后来的辛弃疾）展开的关于"本色"问题的争议外，宋代词坛上另一个突出的议题是关于"雅""俗"词之分。但这场议论，意见却几乎是"一边倒"：主雅反俗。

① 陈子龙：《王介人诗余序》，施蛰存主编《词籍序跋萃编》，中国社会科学出版社，1994年，第506页。

② 陈模：《论稼轩词》，辛弃疾《辛弃疾全集》，珠海出版社，2002年，第443－444页。

事情是由柳永开端的。柳永以前,基本上是以小令为主的时代。柳永大规模地创制慢词,发展了长调的技巧(主要是铺叙发露的手法),并采用俚语、俗语入词,开创了所谓的"俗词"。它赢得了广大群众的欢迎,但也遭到了正统文人的纷纷指责,甚至弄到皇帝本人都来黜斥他①。在这里,很明显地体现了两种不同词风——"雅""俗"词风的对立。

从内容看,柳永的词和当时词坛领袖晏殊、欧阳修等人的词,并没有太大的区别。当时人称张先的词专写"心中事、眼中泪、意中人"②,柳、晏、欧等词的内容也大率如此。那么,为什么这么多的词论家纷纷赞赏晏、欧的作品而指责柳永"好为淫冶讴歌之曲"呢?要说某些词的淫晦程度,欧阳修也并不下于柳永呀。

问题在于,同是写艳情,应该如何写?词中应该体现一种什么样的美学情趣?应该用怎样的笔法和语言去写?这里就有一个"雅""俗"的分野存在。先举出一些宋人的评论来看:

陈师道《后山诗话》:柳词"骪骳从俗,天下咏之……"③

严有翼《艺苑雌黄》:"柳之《乐章》,人多称之……彼其所以传名者,直以言多近俗,俗子易悦也。"④

徐度《却扫篇》(卷下)云柳永:"其词虽极工致,然多杂以鄙语,故流俗人尤喜道之。"⑤

李清照《词论》批评柳"词语尘下"⑥。

张炎《词源》说柳"失雅正之音"⑦。

沈义父《乐府指迷》说柳"未免有鄙俗语"⑧。

陈振孙《直斋书录解题》(卷二一)称"柳词格固不高"⑨。

如此等等,这些批评,都集中在一个"俗"字上。柳词取悦于天下"俗子"的原因既在于这个"俗"字上,而他的受訾丁正统词论家的,也正在于这个"俗"字

① 吴曾:《能改斋漫录》卷一六,中华书局,1985 年,第 418 页。
② 胡仔:《苕溪渔隐丛话·前集》卷三七,人民文学出版社,1962 年,第 253 页。
③ 胡仔:《苕溪渔隐丛话·前集》卷五九,人民文学出版社,1962 年,第 407 页。
④ 胡仔:《苕溪渔隐丛话·后集》卷三九,人民文学出版社,1962 年,第 319 页。
⑤ 徐度:《却扫篇》卷下,中华书局,1985 年,第 172-173 页。
⑥ 李清照:《词论》,《李清照集》,上海古籍出版社,1962 年,第 79 页。
⑦ 张炎著、夏承焘校注,沈义父著、蔡嵩云笺释:《词源注 乐府指迷笺释》,人民文学出版社,1963 年,第 29 页。
⑧ 同⑦,第 46 页。
⑨ 陈振孙:《直斋书录解题》卷二一,上海古籍出版社,1987 年,第 616 页。

上。从这里,我们可以隐约看到两个阵营的对立:一个是高雅、典雅、风雅的士大夫阵营,一个是通俗、俚俗、有时也不免庸俗的、接近下层市民的词人阵营。这其中,无论是词所反映的思想情绪、美学情趣还是用字下语,都有很大的距离。柳词之所以不入某些正统文人之眼,原因主要在此。

从美学情趣、思想情绪而言,正统派文人所持的标准实际上就是传统的"诗教说"。即既要求词写艳情,又要求词"好色而不淫"。如杨万里评晏几道"落花人独立,微雨燕双飞"两句"可谓好色而不淫矣"(《诚斋诗话》,引见《诗人玉屑》卷二);而柳永却常用淋漓尽致的笔调、通俗浅露的俚语尽情地描绘这种艳情,这就难以登入词坛的"大雅之堂"了。拿表现手法而言,柳永以前的词坛基本上是小令的天下,而小令要讲求含蓄蕴藉。柳永发展长调,势必要打破传统的小令笔法,变含蓄为发露,变蕴藉为铺叙,这就引起了一部分人的不习惯。通达如苏轼,也批评秦观"十三个字只说得一个人骑马楼前过"是"柳七作词"之法(曾慥《高斋诗话》),而李之仪又批评柳永词"铺叙展衍,备足无余,较之《花间》所集,韵终不胜"①,就都是看不顺眼他的铺叙展衍的手法。至于柳词的用俗词俚语,以及他某些词中的猥亵色情描写,当然更引起了正统文人的不满,这些就不多谈了。

如果说,对柳永的批评还偏重于"破"的方面,那么南宋盛行的"雅词论"则是偏重于"立"的方面了。但是,可怜的是,他们却拿不出多少动人的货色来。他们的理论主要有两方面:

一是抬出"雅正"、"风骚"的话头来,要求词所反映的情志不要超越封建道德的规范。如林景熙论词当与诗一样"发乎情,止乎礼,美化厚俗"②,张炎要求词能"屏去浮艳,乐而不淫,是亦汉魏乐府之遗意"③。从这点出发,他们反对"淫词"、"浇风",还是有着一定的积极意义的。

二是要求字琢句炼,力求一种高雅纯熟的艺术境界。他们强调词要合乐,讲究用字下语皆有法度,以表现士大夫文人的某种雅趣。从这点出发,他们又贬低辛派词人,谓其"非雅词也,于文章余暇、戏弄笔墨为长短句之诗耳"④,而这,就

① 李之仪:《跋吴思道小词》,金启华,等编《唐宋词集序跋汇编》,江苏教育出版社,1990年,第36页。

② 林景熙:《胡汲古乐府》,金启华,等编《唐宋词集序跋汇编》,江苏教育出版社,1990年,第301页。

③ 张炎著、夏承焘校注,沈义父著、蔡嵩云笺释:《词源注 乐府指迷笺释》,人民文学出版社,1963年,第23页。

④ 同③,第32页。

不免偏颇和片面了。

故而这种词论，虽打着“风雅”的旗号，实质上却远离了《诗经》《离骚》反映现实的精神，它只是要把从“小技”中自拔出来的词引向贵族文人所欣赏（在思想感情方面和艺术修养方面）的道路上去。而真正继承《风》《骚》战斗精神的爱国词篇却正是他们所忽视和看轻的。

结　语

通过对宋代词论的鸟瞰，可以得出一些粗浅的看法：

第一，文学理论是文学创作实践的反映，宋代词论是宋词（以及唐五代词）的反映。从词论这个“窗口”，我们可以看到宋词发展的简括的全貌：宋词的发展走过了一条曲折的道路。在它的内部，存在着革新派与正统派的斗争、市民词风和贵族词风的对立、婉约词派与豪放词派的并存。所有这些，都在词论中有所反映。而从词论的全部轮廓中，又可以看到大半部词史的缩影——词从“幼年”走向“成年”的过程，这个过程实质上包含了两种“独立”：一是从音乐的卵翼下独立成为新诗的过程；二是从“艳科”的樊篱中独立出来，变成为“无意不可入”的新诗的过程（而这种“独立”特别是后一种独立，又是不够彻底的）。同时，词论又是创作实践的总结和探讨，因此宋代词论对后代的词坛（无论是创作还是理论）都产生过一定的影响。但由于理论往往落后于实践，又加上宋人不重视词体，所以宋代词论缺乏一定的深度和广度，对词的思想内容和艺术表现都缺乏很深刻的分析，这就要由后代（主要是清代）的词论家们来继续进行这项工作了。

第二，一定的文学理论必然会反过来影响文学创作实践。在宋代词坛上，特别明显的是保守词论对于宋词发展的消极作用。我们知道，词是新兴的诗体，它具有“合乐可歌”和“长短句式”这两个特点（也是它的优点），又曾经遇到过两次接触现实、接触人民的良好机会，但是由于种种原因——其中很重要的是保守词论对创作的束缚——致使它没有充分发挥出自己的长处，也没有及时地抓住良机而朝健康的方向蓬勃地发展。后来虽也产生了苏轼、辛弃疾等优秀词人和词作，虽也有过不少雅美婉约的艺术珍品，但总的看，它反映的生活面比较窄，达到的思想成就不够高。不然的话，宋词的思想成就或许将能与唐诗媲美。

第三，归根结蒂，词论作为一种文学理论，是一定阶级、阶层人们的文艺观的一部分。可以这样说：在宋代词坛上占据统治地位的词论，基本是属于保守的理论,它反映了封建文人中比较守旧者们的观点。词论作为一种意识形态,又与经济、政治形势有关。比如"娱宾说"的看法与宋初经济繁荣、享乐主义思潮盛行有关;南宋的"雅词论"盛行,则与理学势力高涨有关;那些专讲艺术技巧、忽视思想内容的词论又与士大夫文人逃避现实、躲进象牙之塔的风气有关。而宋词中的革新,以及词论中的有识之见,则往往与时代矛盾的激化有关(如民族矛盾的激化产生了爱国词和重视思想性的词论)。时代要求文学担负起参加斗争的任务,那么相应的文学创作和文学理论也会应运而生。社会生活、社会矛盾实在是产生词论的最终根源。

第四,宋代词论以轻视词体开始,以张炎、沈义父等人专讲文字技巧而告终,反映了封建文人对人民所创造的新文体所抱的态度。他们先是轻视它、蔑视它;然后是猎奇、染指,把它作为娱乐和逞才的工具;再后才进入比较严肃的学习和创作阶段,使它有所发展和提高;而到了没落阶段,则又把它朝形式主义的道路上拖。这就使原先是活泼泼的民间物的词,到后来终于变成了半僵死的东西(这个历史后来也由元曲来重演)。这也是我们通过对宋代词论的鸟瞰所得出的一个印象。

论王灼的词学观点

王灼，字晦叔，号颐堂，又号小溪，四川遂宁人，宋高宗时曾为幕官。关于他的生平事迹，现在还缺乏详细的考证。

王灼的词学观点，见于他所著的《碧鸡漫志》（以下简称《漫志》）一书。该书共分五卷。第一卷为总论，“述古初至唐宋声歌递变之由”；第二卷详论北宋（以及少数几个跨越到南宋之初的）词人的风格和流派；后三卷考证唐代20多个曲调“得名之缘起，与其渐变宋词之沿革”①。

王灼此书，是宋人词话中十分重要的一部著作。它的重要性见于以下两点：

第一，它是唐宋以来研究词学的第一部专著。词的历史，如果从隋代算起，到此已有五百余年；如果从唐代中叶白居易、刘禹锡创作文人词算起，至此也已有三百年了。而比较认真地对“词”进行一番研究的，特别是对北宋以来160余年的词史进行一番总结的，《漫志》算得上是第一次②。在此之前，唐宋人谈论词体的，大多只是只言片语，只有晁补之和李清照两家曾发过稍具系统性的言论（晁说见《能改斋漫录》卷一六，《诗人玉屑》卷二一；李的《词论》见《苕溪渔隐丛话后集》卷三三，《诗人玉屑》卷一六），但与《漫志》比较，则无论篇幅、规模、涉及问题，以及理论的深度广度，晁、李之论都远远不及《漫志》。《漫志》既有理论，又有批评，兼有考证，可以称得上是唐宋以来的第一部词学的专门性论著。

第二，从它所反映的词学观点看，既能代表两宋交替的时候宋人对“词”的普遍看法，也不乏作者本人的独创见解，可以说既有典型性，又具有个人的新见。它的不少观点，在南宋词坛上曾经产生过一定的影响，为此很值得我们重视。

本文主要研究王灼的词学观点。关于《漫志》后三卷中所论的曲名考证，则不拟讨论。

① 永瑢，等：《四库全书总目》卷一九九《碧鸡漫志提要》，中华书局，1965年，第1862页。

②《碧鸡漫志》自序谓此书开始集稿于乙丑冬，成书己巳春，即宋高宗绍兴十五年至绍兴十九年（1145—1149）之间。

一、“先制词，后声律”的词乐观点

词是配合音乐、可以歌唱的新型诗体。王灼在谈论词的起源时说:“盖隋以来,今之所谓曲子者渐兴,至唐稍盛,今则繁声淫奏,殆不可数。”①在新兴的“燕乐”的基础上,乐工和文人“倚声填词”,才逐步形成了“词”这种新型的诗体。由于这个历史原因,宋人论词,一般都很强调词的合乐问题。从李清照的《词论》,一直到宋末元初张炎的《词源》,宋人很多的词学著作中都反复论及这一点。李清照云:“诗文分平侧,而歌词分五音,又分五声,又分六律,又分清浊、轻重。”②持论尤严。这种理论当然有其部分的合理性,但是,随着宋词的向前发展,这种理论也渐渐暴露出它的保守性和局限性了。因为词虽然最早是从音乐的卵翼下孵化出来的,但它毕竟是文学而不是音乐的附庸,因此势必谋求自己“独立”的地位,向抒情言志的新诗体这一方向发展过去。这样,对于词在合律方面的过于严格的要求就会变成对它的束缚和限制了。北宋中期,王安石首先对“倚声填词”这一传统提出了疑问,他说:“古之歌者,皆先有词,后有声。故曰‘诗言志,歌永言,声依永,律和声’。如今先撰腔子,后填词,却是‘永依声’也。”③王灼进一步发展了这个论点,明确提出“先制词,后声律”的看法。他说:

> 或问歌曲所起,曰:天地始分而人生焉,人莫不有心,此歌曲所以起也。《舜典》曰:“诗言志,歌永言,声依永,律和声。”……故有心则有诗,有诗则有歌,有歌则有声律,有声律则有乐歌。“永言”,即诗也,非于诗外求歌也。今先定音节,乃制词从之,倒置甚矣。④
>
> 古人初不定声律,因所感发为歌,而声律从之,唐、虞禅代以来是也……古歌变为古乐府,古乐府变为今曲子,其本一也。⑤

王灼这种“先制词,后声律”的词乐观点,实际是对苏轼革新词风在理论上的解释和支持。自温庭筠到柳永,人们作词时都恪守音律。而到了苏轼,由于他敢于突破音律的束缚,所以遭致了不少人的非议。在这种举世訾议的风气中,首先对此提出异义的是晁补之,然而晁氏尚未能从词与诗一样同是“心”的“感发”

① 王灼:《碧鸡漫志》卷一,唐圭璋编《词话丛编》,中华书局,1986年,第74页。
② 李清照:《词论》,《李清照集》,中华书局,1962年,第79页。
③ 赵令畤:《侯鲭录》卷七,中华书局,1985年,第70页。
④ 同①,第73页。
⑤ 同①。

这点上阐明词应“先制词，后声律”的道理。王灼则能从词的文学性这个根本点上立论，正本清源，显得有力。他这种首先注重思想内容的词乐观点是高于其他同时代人的。

二、对革新派的着力肯定

在词与音乐的关系问题上扫清了道路之后，王灼进一步从思想内容方面对苏轼的革新词风作了有力的肯定。他说：

> 东坡先生以文章余事作诗，溢而作词曲，高处出神入天，平处尚临镜笑春，不顾侪辈。或曰“长短句中诗也”。为此论者，乃是遭柳永野狐涎之毒。诗与乐府同出，岂当分异？①

王灼又说：

> 长短句虽至本朝盛，而前人自立，与真情衰矣。东坡先生非心醉于音律者，偶尔作歌，指出向上一路，新天下耳目，弄笔者始知自振。②

苏轼可称是北宋词坛上的一位革新健将。但是他的那种拓宽词题、革新词风的举动在当时却是不太被人理解的。拿苏门文人来看，只有“晁无咎、黄鲁直皆学东坡，韵制得七、八”，而“赵德麟、李方叔皆东坡客，其气味殊不近”，至于秦观、张耒，更是走的晏、柳一路。因此苏轼在当时的词坛上可谓空谷足音，嗣响寥寥。苏轼逝世之后，笼罩词坛的是周邦彦、万俟咏等大晟乐府派的词风。而王灼却能够一反潮流，充分肯定苏词“指出向上一路，新天下耳目”的划时代意义，这是相当难能可贵的。

王灼对苏轼的评价，立足于一个“真情”上。而这种以“真情”论词的观点，又是明显地打上了时代烙印的。我们不妨再看他论前代诗歌时所择举的例子，便可得到印证。他在论唐以前的诗歌时，特举了《敕勒歌》和《易水辞》。他赞扬这两首诗都出于真情：

> 高欢玉壁之役，士卒死者七万人，惭愤发疾，归使斛律金作《敕勒歌》……欢自和之，哀感流涕。金不知书，能发挥自然之妙如此，当时

① 王灼：《碧鸡漫志》卷一，唐圭璋编《词话丛编》，中华书局，1986年，第83页。
② 同①，第85页。

> 徐、庾辈不能也。①
>
> 荆轲……前为歌曰:“风萧萧兮易水寒,壮士一去兮不复还。”复为羽声慷慨,士皆瞋目,发上指冠。轲本非声律得名,乃能变徵换羽于立谈间,而当时左右听者亦不愦愦也。今人苦心造成一新声,便作几许大知音矣。②

在论唐五代词时,他也特举出唐昭宗因李茂贞之乱登齐云楼所作的两首《菩萨蛮》,等等。

从这些地方都可以看出,王灼在身经“靖康之变”之后,论词特别推崇那些抒发悲壮之情的作品。这种论词注重“真情”的情况正反映了两宋之际词风发生变异的新消息——“词为艳科”的旧传统已开始进一步被打破,而一批抒写亡国之痛和慷慨御敌的词篇已开始涌现。论词一向以“铺叙”“典重”“富贵态”为主旨的李清照在亡国破家之后,写出了“物是人非事事休,欲语泪先流”(《武陵春》)的痛苦句子,向子諲更把他的词划分为“江北旧词”和“江南新词”。这些,都反映了词坛的新变化。这种变化,反映到词论中来,就出现了重视思想性的倾向。和王灼同时的胡寅,就在《题酒边词》中提出了与王灼相近似的论点,这些看法的产生,既反映了王、胡本人的进步的文学观点,也反映了时代的变异。

三、鲜明的“雅词论”立场

《漫志》给人印象很深的另一点是它的鲜明的“雅词论”立场。这集中反映在它对“鄙俗”词风的猛烈攻击上。

它批评柳永:“浅近卑俗,自成一体,不知书者尤好之。予尝以比都下富儿,虽脱村野,而声态可憎。”③

它指责李清照:“若本朝妇人,当推词采第一。赵(明诚)死,再嫁某氏,讼而离之,晚节流荡无归。作长短句,能曲折尽人意,轻巧尖新,姿态百出。闾巷荒淫之语,肆意落笔,自古缙绅之家,能文妇女,未见如此无顾藉也。”④

它不满意“今之士大夫”的“鄙秽”词风,认为其“侧艳”“纤艳”“淫媟”的程度超过了历史上的梁、陈宫体诗和元稹、白居易、温庭筠的某些诗,还批评了王齐

① 王灼:《碧鸡漫志》卷一,唐圭璋编《词话丛编》,中华书局,1986 年,第 75 页。
② 同①。
③ 同①,第 84 页。
④ 同①,第 88 页。

叟、曹组等人所作的“滑稽无赖”词和当时流行的一些“古所未有”的淫词、戏词。

诸如这类对“鄙俗”词风的批判，《漫志》中还有许多。对于这些批评，我们应做具体的分析：

首先，它极端憎恶词中的黄色下流词风，反对词中的“闾巷荒淫之语”和“嫚戏污贱”的游戏态度，以及“轻浮”“轻狂”“鄙秽”“侧艳”的色情色彩，这些都有针砭时弊的积极意义，与前述重视词的思想性的观点是一脉相承的。

其次，它也显露了作者作为封建伦理道德“卫道士”的阶级立场。他攻击李清照，首先攻击她的改嫁，说她“晚节流荡无归”，然后因人及词，把她的词丑化为“闾巷荒淫之语”“无顾藉”。这是不符合事实的，因而也是极不公平的。他对柳永的批评也有偏颇、偏激的一面——最妙的是他比柳为“都下富儿”，“虽脱村野，而声态可憎”，这个“都下富儿”不正是当时在城市中新近发展起来的市民阶层的形象吗？王灼把柳永比作“都下富儿”，一方面表示他敏锐地看出了柳永词中的市民意识和市民作风，另一面也暴露出他蔑视市民的封建“正统”立场。另外，他对流行于民间的谐词、戏词、俗词也表示了极度的轻蔑，这些也多少可说是士大夫文人劣根性的流露。

如果说，王灼对词乐关系的正确理解，对苏轼词的大力肯定，是他个人的具有进步性的创见的话，那么，在这个强烈的“主雅反俗”论上，他不过是充当了士大夫阶级的一个代言人而已。

除了上述三方面的内容，《漫志》还涉及其他一些问题。

第一，词的流派问题。李清照论词，基本还仅仅着眼于对作者个人优劣的比较上，而王灼则已有了“流派”的观念。如他分析苏派词人时列出了黄庭坚、晁补之、叶梦得、蒲宗孟、苏在庭、石耆翁等人作为“学东坡”的“系列作者”，这可说是大体正确的。又如他分析柳派：“沈公述、李景元、孔方平、处度叔侄、晁次膺、万俟雅言，皆有佳句，就中雅言又绝出；然六人者源流从柳氏来，病于无韵。”①这同样也基本符合于事实。在八百多年前，王灼就能明晰地把苏轼豪放词派与柳永婉约词派划分开来，是颇具眼力的。

第二，他既推崇苏派但又不全部否定婉约派，具有“兼收并蓄”的鉴赏眼光。他推崇苏派，前已论及，但同时也不废婉约派。他甚至把周邦彦、贺方回的词比作《离骚》，说“贺《六州歌头》、《望湘人》、《吴音子》诸曲，周《大酺》、《兰陵王》

① 王灼：《碧鸡漫志》卷一，唐圭璋编《词话丛编》，中华书局，1986 年，第 83 页。

诸曲,最奇崛","大抵二公卓然自立,不肯浪下笔,予故谓'语意精新,用心甚苦'"①。这种在艺术鉴赏中能对不同风格、不同流派的优秀作品不抱门户之见的态度也是比较难得的。

第三,王灼很重"气格""骨力"。他批评苏在庭、石耆翁"短气跼步",王辅道、履道"失在轻浮",李汉老"富丽而韵平平",舒信道、李元膺"思致妍密,要是波澜小",谢无逸"字字求工","如刻削通草人,都无筋骨,要是力不足"。所有这些缺点,都失在一个气格太软、局面太跼上。他说:"今人独重女音……而士大夫所作歌词,亦尚婉媚,古意尽矣。"他很不满意于这个"婉媚",因此他赞许贺方回、周邦彦的"奇崛",批驳有人对贺、周"深劲乏韵"的批评说:"此遭柳氏野狐涎吐不出者也。"②我们在晁补之的词论中虽也看到过他对柳词"乏韵"的批评,但综观他的议论,还理不出一个论词的主旨来。李清照论词,则偏重于合律、典雅,对词的气格方面也并没有提出什么要求来。王灼比他们要进一步了。他在论词的艺术性中,贯穿了一条标准——要有"骨""力",要有"气",反对"软媚""侧艳",反对"卑俗"。这种词论,也明显地是受了当时应运而生的爱国词作的影响而产生的,并不是泛泛而论的就艺术谈艺术。

总之,王灼的《碧鸡漫志》是宋人词话中成书最早、影响很大的著作,里面既有不少独到的见解,也反映了当代人的一些普遍看法,值得我们重视和研究。

① 王灼:《碧鸡漫志》卷一,唐圭璋编《词话丛编》,中华书局,1986 年,第 86 页。
② 同①,第 84 页。

胡仔的生平、家世及其词学观点

一、生平及家世

胡仔,字元任,自号“苕溪渔隐”,原籍安徽绩溪,待制舜陟(《宋史》卷三七八有传)之子。他的《苕溪渔隐丛话》(前集六十卷后集四十卷)是研究古代文学史的一部重要著作。可惜对于胡仔的生平,前人考证甚少。近阅曹济平同志的《胡仔的生卒年及其他》①,很觉有发明之功。他根据道光七年刊本《徽州府志》(下简称清《志》)卷一一所载胡仔传,定其卒年为宋孝宗乾道六年(1170),又考证《前集》虽完成于高宗绍兴十八年(1148),而实际上又曾于乾道初年加以补充,这些都是正确的。然而他据《词综》卷三十一所云胡仔于“宣和间仕建安②主簿”而定其生于哲宗绍圣年间的1095年,则似有可以商榷之处。

今按:胡舜陟生于神宗元丰六年(1083),卒于高宗绍兴十三年(1143)③。若胡仔生于1095年的话,岂非要胡舜陟至少在11岁时结婚、12岁时即生胡仔?这于常情似乎有说不大通之处。此其一。

又按:《后集》卷三四第264页胡仔自云:“余蹭蹬铨选四十载。”④《后集》的成书在1165年至1167年之间(理由见以下年表“1165年”条),如按20岁时开始参加科举选举的话,那么生于1095年左右的胡仔应是“蹭蹬铨选”达五十载,而不是四十载;而如果15岁左右就应试的话,时间就更长了(这还是按此条按语写于1165年计算的,若写于1167年,还要拖长一些)。这又说不大通了。此其二。

因此,胡仔的生年还要重新推算。其实,在胡仔自己的《后集》自序中就可

① 曹济平:《胡仔的生卒及其他》,《文学遗产》,1981年第1期。

② 建安:今福建建瓯县。

③ 据胡培翚撰、胡培系补《胡少师年谱》。此说被姜亮夫《历代人物年里碑传综表》及唐圭璋先生《全宋词》所接受。

④ 胡仔:《苕溪渔隐丛话·后集》卷三四,人民文学出版社,1962年,第264页。

以找到这个问题的答案。他说:“余丁年罹于忧患。”丁年,指20岁(《宋史》卷一二七《食货志·赋税》:“男夫二十为丁,六十为老。”);而“忧患”则指的是1127年的“靖康之变”。因此可从这里推算胡仔的生年应为徽宗大观二年即1108年(扣除19足岁)。

曹文之误,在于他依据的《词综》所载的“宣和间仕建安主簿”一事本身有误。清《志》明明说:“绍兴三十二年(1162),赴官闽中,三载任满。”而《后集》自序(作于1167年)又云“比官闽中”,可知他任建安主簿应在1162年至1165年(即绍兴末至乾道初)之间。《词综》所载既误,则曹文之推算亦自应推倒重算。

兹据《丛话》及清《志》,列出胡仔年表如下:

胡仔年表

年代	史实	年龄
徽宗大观二年(1108)	胡仔生(据《后集》自序推算)。	
徽宗宣和年间(1119—1125)	居泗上(据《前集》卷五四第372页:“余宣和间居泗上。”)。	12~18岁
钦宗靖康二年(1127)	罹于忧患(据《后集》自序)。	20岁
高宗绍兴六年(1136)	侍亲赴官岭右,道过湘中。(据《前集》自序“绍兴丙辰(1136),余侍亲赴官岭右,道过湘中”;《后集》卷三二第238页:零陵郡淡山岩,“余往岁尝游之”)后在广西任经略安抚司书写机宜文字,转文林郎、承直郎,就差广西提刑司干办公事。居岭外凡七年(据清《志》)。	29岁
高宗绍兴十三年(1143)	父卒,丁忧,投闲共约20年,卜居湖州苕溪,自号“苕溪渔隐”(据清《志》)。	36岁
高宗绍兴十八年(1148)	《前集》编成,作自序(据《前集》自序)。按《前集》之成书,当在1143年丁忧之后卜居苕溪开始(观其书名为《苕溪渔隐丛话》,可知在卜居后写),于1148年完成①。后又于乾道初加以增补若干。	41岁

① 自序有云“今老矣”之语,乃为嗟老叹贫之语,并非真正的“老”。如欧阳修40岁即称“醉翁”(《赠沈遵》诗云:“我时四十犹彊力,自号醉翁聊戏客。”);杜甫46岁即称“杜陵野老”(见《哀江头》)。

续表

年　代	史　实	年　龄
高宗绍兴二十七年(1157)	在钱塘与张元干(仲宗)游(据曹济平同志考证)。	50岁
高宗绍兴三十一年(1161)	起夏转差福建转运司干办公事(据清《志》)。	54岁
高宗绍兴三十二年(1162)	赴官闽中,任建安主簿共三载(据清《志》及《词综》)。	55岁
孝宗乾道元年(1165)	自闽中归苕溪,转奉议郎,知常州晋陵县,未赴(据清《志》)。按:未赴的原因是因病,见下条。又按:《后集》成书,必始于本年归苕后。因其自序云:“比官闽中,及归苕溪,又获数书,其间多评诗句,不忍弃之,遂再采摭,因而捃收群书……离为四十卷。”书成于1167年。	58岁
孝宗乾道二年(1166)	病于苕溪(据《后集》卷一六第114页:“丙戌(1166)之冬,余初病起,深居简出,终日曝背晴檐,万事不到……”)。	59岁
孝宗乾道三年(1167)	《后集》成,作目序(据《后集》自序)。	60岁
孝宗乾道六年(1170)	卒(据清《志》:“乾道六年卒”)。	63岁

胡氏为绩溪大族。我据明代弘治《徽州府志》(天一阁藏明代方志)卷七《人物志·勋贤》中胡舜陟传,考得胡仔家世如下:

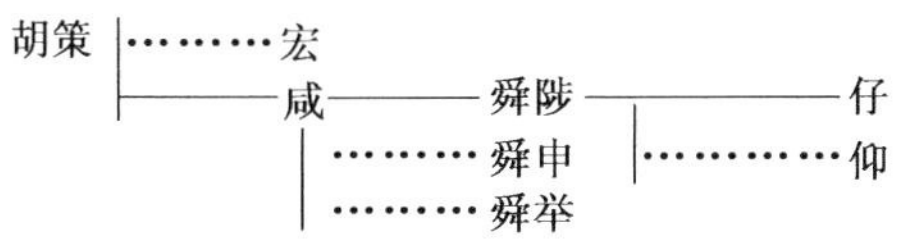

其中,胡策两次因出粟、捐财以救荒、助战而获官,任铅山县尉。胡宏曾任余姚主簿。胡咸因胡舜陟的缘故,累赠至金紫光禄大夫。舜陟事迹见《宋史》本传。舜申历知萧山县,通判舒州,两次主管台州。舜举历任常州军事判官,改庐州教授,知无锡县,转判光州。胡仔以父荫授迪功郎,历差广西提刑司干办公事……(见年表)。胡仰荫补承务郎,迁太府寺丞。

二、词学观点

《苕溪渔隐丛话》一书,主要论诗。它用辑录体的方式,编集了两宋(主要是北宋)诸家论诗的短札和谈片,评论了从《诗经》《楚辞》起,到作者同时期人的许多诗,是一部经过选择的诗话汇编。至于胡仔本人的论诗宗旨和选择的标准,这里不准备来多谈——胡仔自己说得很明白:"余纂集《丛话》,盖以子美之诗为宗"①;"余为是说,盖欲学诗者师少陵而友江西,则两得之矣。"②——这里想来谈一下胡仔的词学观点。因为,虽然胡仔此书并没有花很大的篇幅来论及"词"这个新兴的诗体,但他到底还是在两集的末尾专列了两节"长短句";而由于胡仔是宋代研究诗学很有心得的人,因此,看一看这样的一位诗学家对词的种种意见和看法还是很有意思的,它可以帮助我们了解处在这个时期的宋人是如何看待"词"的。

(一)以婉丽为宗

文人词坛,在苏轼之前,基本上是婉约派的一统天下,即使在苏轼开创豪放词风之后的一段时间里,也还是婉约派词风占据着词坛的"正宗"地位。这种情况,在《丛话》中也得到了反映,例如:

胡仔推崇温庭筠词,说:"庭筠工于造语,极为绮靡,《花间集》可见矣。《更漏子》一词尤佳。"③

他说:"旧词高雅,非近世所及,如《扑蝴蝶》一词,不知谁作,非惟藻丽可喜,其腔调亦自婉美。"④

他赞扬晁次膺《绿头鸭》一词"殊清婉"⑤。

他虽对李清照的改嫁加以嘲笑(这是出于他的封建士大夫的立场,不足为怪),并认为她的词论为"未公",然而对于清照的许多婉约词却大加赞赏,说:"近时妇人能文词,如李易安,颇多佳句,小词云:'昨夜雨疏风骤,浓睡不消残酒。试问卷帘人,却道海棠依旧。知否,知否,应是绿肥红瘦。''绿肥红瘦',此

① 胡仔:《苕溪渔隐丛话·前集》卷一四,人民文学出版社,1962年,第93页。
② 胡仔:《苕溪渔隐丛话·前集》卷四九,人民文学出版社,1962年,第332页。
③ 胡仔:《苕溪渔隐丛话·后集》卷一七,人民文学出版社,1962年,第125页。
④ 胡仔:《苕溪渔隐丛话·后集》卷三九,人民文学出版社,1962年,第318页。
⑤ 同④,第321页。

语甚新。又《九日词》云：‘帘卷西风，人似黄花瘦。’此语亦妇人所难到也。”①

他引《艺苑雌黄》言，谓秦观《南歌子》词“何其婉媚也”②。又引《许彦周诗话》语，谓洪觉范“又善作小词，情思婉约似秦少游”……③

温庭筠是《花间》派的鼻祖，是把文人词风引向婉靡方向的发轫者。而秦观、李清照，则历来被人们推誉为婉约派的代表作家，因此，胡仔如此的推崇他们，如此的欣赏“绮靡”“婉美”“清婉”“婉媚”“婉约”，以及“工于造语”“颇多佳句”，“语新”的词风和语言技巧，可以看出他的审美观点基本上是属于传统的婉约派方面的，这也反映了当时一般文人的共同看法。

但是，我们发现，对于在他之前一个世纪左右的那位赫赫有名的婉约派大师柳永，胡仔却并没有什么褒辞，相反，却对他颇有贬意。他引用了很多对柳永进行批评攻击的词话，这又是什么缘故呢？原来，胡仔的欣赏婉约派风格，并不是对婉约派的词人笼统地、不加分析地一概赞扬的，他所推崇的，仅仅是婉约派中那部分适合他的艺术胃口的作品——这里有一个筛选的标准，那就是“雅”。也就是说，他只是赞成那些思想情趣比较雅正，而艺术上则又比较婉美的作品，而并不欣赏那些沾染有浓厚市民作风的作家和作品。这就牵涉到他论词的第二个标准——主“雅”了。

（二）主“雅”

请看他对柳永的态度：

他引《后山诗话》语，说“柳三变游东都南北二巷，作新乐府，骫骳从俗，天下咏之……乃以无行黜之”④。又引《艺苑雌黄》语，说他“薄于操行”“日与猥子纵游娼馆酒楼间”，其词“大概非羁旅穷愁之词，则闺门淫媟之语，若以欧阳永叔、晏叔原、苏子瞻、黄鲁直、张子野、秦少游辈较之，万万相辽。彼其所以传名者，直以言多近俗，俗子易悦故也”⑤。这些批评，自然并不全面和公允，但正反映了胡仔引用它们时的封建正统立场——主“雅”反“俗”。

和上述情况相反，胡仔对“雅词”十分欣赏。他说：“旧词高雅，非近世所

① 胡仔：《苕溪渔隐丛话·前集》卷六〇，人民文学出版社，1962年，第416页。
② 胡仔：《苕溪渔隐丛话·后集》卷二九，人民文学出版社，1962年，第214页。
③ 胡仔：《苕溪渔隐丛话·后集》卷三七，人民文学出版社，1962年，第296页。
④ 胡仔：《苕溪渔隐丛话·前集》卷五九，人民文学出版社，1962年，第407页。
⑤ 胡仔：《苕溪渔隐丛话·后集》卷三九，人民文学出版社，1962年，第319页。

及。"①对于近人，他则极力赞赏苏轼的词——其原因即在于苏词符合"雅"的标准。他说："东坡'大江东去'《赤壁词》，语意高妙，真古今绝唱。"②他驳斥《后山诗话》批评"子瞻以诗为词，要非本色"的议论道："余谓后山之言过矣。子瞻佳词最多，其间杰出者，如'大江东去，浪淘尽千古风流人物'（下举十一例）……凡此十余词，皆绝去笔墨畦径间，直造古人不到处，真可使人一唱而三叹。若谓'以诗为词'，是大不然。"③他又赞其《中秋词》说："中秋词，自东坡《水调歌头》一出，余词尽废。"④赞其《石榴词》为"冠绝古今，托意高远"⑤。又引黄庭坚语评其《卜算子》词云："语意高妙，似非吃烟火食人语，非胸中有数万卷书，笔下无一点尘俗气，孰能至此？"⑥总之，他对苏词可以说是赞不绝口、十分崇拜的。

扬苏而黜柳，可以说是当时词坛上的一股时风，它反映了当时词坛的一个新动向：以柳永为代表的沾染着较浓市民作风的词风开始衰歇，而以苏轼为代表的、比较符合正统文人艺术趣味和美学嗜好的"雅词"势力开始抬头。这也可从同时期的李清照、胡寅、王灼等人的议论中得到印证。

当然，胡仔的论词主"雅"，除掉与他跟随时代潮流的原因有关外，还有他自身的因素。一是与他论诗重视苏轼有关。《丛话》论苏轼专列了14卷之多，可见他是苏轼的一个崇拜者，而他的特别赞扬苏词也见得他在艺术鉴赏上自有眼力。二是与他长久的隐居生活有关，从这种隐士的生活情趣出发，他自然会喜爱"雅"而讨厌"俗"。

（三）主"气格"

正因为胡仔喜欢苏词，所以他论词又注重词的"气格"问题。如他一面称道秦观的词（见前），一面又批评他"虽婉美，然格力失之弱"⑦。这点，与王灼也有相似之处（见前篇《论王灼的词学观点》）。这种重格力的观点，其源也出于苏轼。而在重视词的格力气骨的基础上，他就很欣赏具有豪放风格的词。比如他

① 胡仔：《苕溪渔隐丛话 · 后集》卷三九，人民文学出版社，1962年，第318页。
② 胡仔：《苕溪渔隐丛话 · 前集》卷五九，人民文学出版社，1962年，第411页。
③ 胡仔：《苕溪渔隐丛话 · 后集》卷二六，人民文学出版社，1962年，第192-193页。
④ 同①，第321页。
⑤ 同①，第328页。
⑥ 同①，第268页。
⑦ 胡仔：《苕溪渔隐丛话 · 后集》卷三三，人民文学出版社，1962年，第253页。

论寇准的《阳关引》词，称赞“其语豪壮，送别之曲，当为第一”①；论陈与义“忆昔午桥桥下饮”词“奇丽”②；论无名氏《念奴娇》③词“语虽粗豪，亦气概可喜”④。这些，一方面说明了他的艺术鉴赏观点并不偏颇；另一方面也使我们感到了当时大量涌现出来的爱国词作所具有的强烈的艺术力量（如上述《念奴娇》就极具感染力），即使像胡仔那样长期居住乡间、以隐者自居的人，都不得不暂时放下他们“以婉约为宗”的传统标准，而来赞扬它们的“气概可喜”了。

（四）考据家的眼光

胡仔是一位考据学者，他论诗很重考据。对于词，他也同样是如此。

在胡仔之前，词坛上已经出现了不少词的总集和词话著作。如《乐府雅词》、《复雅歌词》、《古今词话》（杨湜）、《本事曲》（杨绘）等。因此可以说，胡仔是第一个对这些词总集和词话进行考据辨证的人。他的这种考证工作主要表现在两方面：

一是对作品的真伪和著作权进行考据。如他驳《古今词话》误以中主词为后主词⑤，驳《乐府雅词》以曹组词为汤如晦作⑥。像此等辨误工作随处可见，不胜枚举。对于有疑问的地方，他又很是慎重，往往把两说并存，如对无名氏《鱼游春水》一词，他存《复斋漫录》与《古今词话》二说之异⑦。这些考证，为后代整理词籍，提供了很有价值的材料。

二是解释词意，他力主重史实的态度，反对臆说。如他根据旧注“寄子由”，定苏轼《西江月》“世事一场大梦”一首为思念苏辙而作⑧，而并不是杨湜《古今

① 胡仔：《苕溪渔隐丛话·后集》卷九，人民文学出版社，1962年，第59页。

② 胡仔：《苕溪渔隐丛话·后集》卷三四，人民文学出版社，1962年，第265页。

③ 其词为：“炎精中否，叹人材委靡，都无英物。戎马长驱三犯阙，谁作连城坚壁？楚汉吞并，曹刘割据，白骨今如雪。书生钻破简编，说甚英杰？　天意眷我中兴，吾君神武，小曾孙周发。海岳封疆俱效职，狂虏何劳追灭？翠羽南巡，叩阍无路，徒有冲冠发。孤忠耿耿，剑锋冷浸秋月。”《全宋词》定为黄中辅作，字句稍异，见唐圭璋编《全宋词》第3册，中华书局，1965年，第1514页。

④ 胡仔：《苕溪渔隐丛话·前集》卷五九，人民文学出版社，1962年，第411页。

⑤ 胡仔：《苕溪渔隐丛话·后集》卷三九，人民文学出版社，1962年，第317页。

⑥ 同⑤，第322页。

⑦ 同⑤，第325页。

⑧ 宋代傅干注本亦作“中秋寄子由”。

词话》中所说的那样是“怀君之作”①。这种实事求是的态度是值得肯定的。胡仔还曾说过这样的话:“小说纪事,率多舛误,岂复可信。虽事之小者,如一诗一词,盖亦是尔。”②所以他后来忍不住批评杨湜:“《词话》所记,多是臆说。”“野哉,杨湜之言,真可入《笑林》!”③

此外,他从生活真实的角度出发,对某些词的用字下语也提出了一些批评。如批评曹组《望月婆罗门》词“病在‘霜满愁红’之句,时太早耳”④,批评聂冠卿词于仲春天气的描写中出现了“绿阴摇曳”的景象为“语病”⑤,如此等等,都表现了他的考据学者的眼光。最后一点要提及的是他对词体形成的看法。他认为“唐初歌辞,多是五言诗,或七言诗,初无长短句。自中叶以后至五代,渐变成长短句。及本朝,则尽为此体”⑥。他的“虚声说”与沈括的“和声说”(见《梦溪笔谈》卷五),以及朱熹的“泛声说”(见《朱子语类》卷一四〇),是差不多的说法。由于沈是科学家,胡是考据家,而朱是哲学家兼文学家,所以他们对词体起源的假设还是值得我们重视的。

总括起来看,胡仔的词学观点反映了当时文人对词的一般看法,即重婉约(而且是侧重于其中的“雅”词)、重音律、重辞藻的华美。质言之,重视词的艺术性,而不大重思想性。而与此同时,我们又可以从中看出一种新的趋向来:南宋以后人们开始重视苏词,重视豪放词风,重视词的内容和气概,这也正反映了当时词坛所发生的新变化。

① 胡仔:《苕溪渔隐丛话·后集》卷三九,人民文学出版社,1962 年,第 321 页。
② 胡仔:《苕溪渔隐丛话·前集》卷二四,人民文学出版社,1962 年,第 166 页。
③ 同①,第 326、328 页。
④ 同①,第 322 页。
⑤ 同①,第 320 页。
⑥ 同①,第 323 页。

"宋人选宋词"研究

一、概　况

宋代是词的黄金时代。随着词作的繁荣和广泛传唱,宋人选词的风气当也很为盛行。但流传至今的宋人所选宋词,种数却不多。北宋人所选的今已无法见到;南宋人所选的也仅存八种,按照时间顺序有:

《梅苑》十卷。此集专收咏梅词五百余首,为蜀人黄大舆所辑。黄氏自序云:"己酉之冬,予抱疾山阳,三径扫迹,所居斋前更植梅一株……于是录唐以来词人才士之作以为斋居之玩,目之曰《梅苑》者。"

《复雅歌词》五十卷。据陈振孙《直斋书录解题》卷二一载:"题鲖阳居士编,不著姓名。"①又据黄昇《花庵词选序》:"《复雅》一集,又兼采唐宋,迄于宣和之季,凡四千三百余首,吁!亦备矣。"②可知其为一大型的词选。此书久佚,见于赵万里先生辑本者计十则(见《校辑宋金元人词》),而唐圭璋先生又增辑一则(见《读词札记》)。

《乐府雅词》三卷,拾遗二卷。选者曾慥,时在绍兴十六年丙寅(1146)。共收34家宋人词,所选标准是一个"雅"字,不取"谑词"和"艳曲"(见其自序)。

《增修笺注妙选草堂诗余》前集二卷、后集二卷。此书辑者,据赵万里先生考证为南宋福建建安人士何士信。而据《直斋书录解题》卷二一记载,辑者乃闽中书商。按春、夏、秋、冬四景及节序、天文、地理、人物、人事、饮馔、器用、花禽12类分类,看来其编选目的是为了满足公私宴会上的演唱。

《阳春白雪》八卷,外集二卷。编者赵闻礼,南宋理宗时人。所收作者,自夏竦(984—1050)到南宋末年的王沂孙,作品很杂,其中尤多南宋的一些不著名的

① 陈振孙:《直斋书录解题》卷二一,上海古籍出版社,1987年,第632页。

② 黄昇:《花庵词选序》,金启华,等编《唐宋词集序跋汇编》,江苏教育出版社,1990年,第359页。

小家词作。

《花庵词选》二种,内分《唐宋诸贤绝妙词选》十卷,《中兴以来绝妙词选》十卷。编者黄昇。时在淳祐己酉(1249)。《唐宋》一集收李白以下134家唐五代、北宋词家的词篇五百余首,《中兴》一集收康与之以下南宋词人88家的词篇700余篇(末附己作38篇)。

《绝妙好词》七卷。编者为宋末有名的文人兼学者周密。此集共收张孝祥以下132家南宋词人的作品380余首。

《乐府补题》一卷。此集全收咏物(龙涎香、莼、蟹、蝉、白莲)词,作者为宋末遗民王沂孙、张炎、周密、唐艺孙等14人。(因《补题》诸作,作于1278年,故仍可作宋词看待。)

除上述八种之外,散见于各种文献中而书已不传的尚有:《类分乐章》二十卷,《群公诗余前后编》二十二卷,《五十大曲》十六卷,《万曲类编》十卷①,见《直斋书录解题》卷二一。陈振孙注曰:"皆书坊编集。"此外有《六十家词》《聚兰集》《兰畹集》等,亦收有宋人词。

二、学术价值

宋人选宋词,虽然种数不多,却具有很高的学术价值,表现为:

1. 可供辑词之用

宋词的收集,主要的依据是单行的词集和汇刻的词集。但是,在词选中却也包含有很多宝贵的材料。如许多小家虽没有词集传世而词选中却收录有他们的一二首词,《四库提要》谓"零玑碎玉,皆赖此以存"。清人陶梁曾据《阳春白雪》作《词综补遗》,赵万里先生的《校辑宋金元人词》和唐圭璋先生的《全宋词》更是充分地利用过这八部宋人所选的词选。

2. 可供校勘之用

宋人词篇传至后世,异文及错误甚多。这些宋人所辑宋词集,就很可作为校勘的参考。如赵辑《宋景文公词》的第一首词《好事近》,各本都作:"睡起玉屏风,吹去乱红犹落。天气骤生轻暖,衬沉香帷箔。"而《阳春白雪》本只换了其中四个字,面目就不同了:"睡起玉屏空,莺去乱红犹落。天气骤生轻暖,衬沉香罗薄。"从文义看,《阳春白雪》本较其他各本为胜。这只是一例,类似这样的例子还很多。

① 大曲中应有词。《乐府雅词》中"大曲"类即收有董颖词可证。

3. 可供考证之用

宋人词中一词互见于两个(或更多)作者词集中的现象很多,而宋人所选词集,由于时间接近当代作者,所以在考证作品的真伪和作品的著作权等问题上,也有可资利用的地方。比如有名的《生查子》"去年元夜时"一首,自明人杨慎《词品》和毛晋《断肠词》把它认定为朱淑真所作之后,几百年来一直造成了混乱。《四库提要》即据此词曾收入欧阳修的文集而考定它是欧作而非朱作。我们如根据《乐府雅词》把此词归于欧公名下而此书又早于朱氏这两个情况,更可加强对此词乃欧公所作的佐证。

4. 可为文学史研究提供资料

这些词集对于治文学史者还有下面两个更为直接的用处:一是有些词集(如《花庵词选》)载有作者的小传,有些词集(如《复雅歌词》《花庵词选》)载有词话、词评和词的本事,这就可以帮助我们了解作者的生平、思想和作品的思想意义、艺术风格等;二是由于它们出自宋人之手,所以很可以根据这些词集的选目、序跋来研究宋人对宋词的认识。清人高士奇在《绝妙好词笺》的序中说过一段有见地的话:"余尝论选家以今稽古病在不亲,《穀梁》所谓'听远音者,闻其疾而不闻其舒也'。若同时之人,征搜该博,参互详审,其去疵痏、正谬悠,较之后代难易什佰。"①宋人选宋词,由于是本朝人选本朝词,所以很能体现出自己的时代特色——而这些带有时代特色的编选标准,正是我们研究宋人词论、宋代词论家的艺术目光的宝贵资料。

三、"宋人选宋词"反映出来的宋人词学观点

由于这八部词选的编选者身份不同、审美情趣不同,因此它们所反映出来的词学观点是有很大差别的。如果把它们综合起来考察,就可以勾勒出宋人对词和词的发展所持看法的大致轮廓。从这个大致的轮廓中我们可以看到,宋人的词学观点经历了一个逐步变化的过程。

1. 从视词为佐宴之具到视词为文学的变化

词,最初常被士大夫文人当做"娱宾遣兴"的工具而不大重视它的文学价值。五代和宋初的词集《花间集》《尊前集》《家宴集》等就反映了此种风尚。欧阳炯《花间集序》中关于"小词"供歌妓演唱的话是大家所熟知的;而对于另一部

① 高士奇:《绝妙好词笺序》,金启华,等编《唐宋词集序跋汇编》,江苏教育出版社,1990年,第367页。

《家宴集》,则宋人陈振孙也说过:“为其可以侑觞,故名《家宴》也。”①从这些说法就可看出这些词集的“唱本”性质。而《草堂诗余》的编选就更表明,这种把词当作佐宴品的风气在南宋仍有相当广泛的市场。清人宋翔凤说:“《草堂》一集,盖以征歌而设,故别题‘春景’‘夏景’等名,使随时即景以娱客。题‘吉席’‘庆寿’,更是此意。其中词语间与集本(按:指作者本人的词集)不同,其不同者恒平俗,亦以便歌,以文人观之适当一笑,而当时歌妓则必须此也。”②这话说得很对。《草堂》所选辑的词,篇数最多的便是周邦彦(45 首)、苏轼(21 首)、柳永(15 首)、秦观(15 首)的作品。可见其只注重词的流传广泛和知音合律,而并不注重它们的思想内容和艺术风格。但是,偏是这样一个既不注重思想性又不注重艺术性而只为应歌、应宴的选本,自宋到明,却一版再版,流衍为名目繁多的各种本子。到明代,还出现托名杨慎、汤显祖、陈眉公等人的评注本。而对比一下被清人奉为“雅词”典范的《绝妙好词》却在成书之后不久就失传(直到清初才被发现),就可见《草堂诗余》在宋、元、明三代社会(主要是市民阶层中)的备受欢迎,并亦以见到词的娱乐性、合乐性之受人重视。

但是,另一方面,我们又可以看到,词作为一种新型抒情诗的文学价值,却也渐渐地被人们特别是士大夫文人所重视。从《梅苑》的专收梅词就可看出宋人已把词当作一种新诗看待,它可以用来描写高雅的梅花和赏梅者的骚雅情趣。从《阳春白雪》《绝妙词选》《绝妙好词》等名称中也可看出,编选者已很重视它的语言美了,而这又是作为文学作品,特别是诗歌的重要特征被强调出来的。随着词被人们当作文学作品看待,在词的阵地中也就出现了“雅”与“俗”两种审美情趣的分野,这在词集的编选标准中也必然会有所反映。

2. 从雅俗共赏到崇雅黜俗的变化

词本是起自民间的文体,比起诗,特别是讲求用典使事的宋诗来,自然要通俗浅近得多;又由于它的歌唱者和听众、读者多是市民群众,所以在思想和艺术上就较近俗。因此,即使经过了文人学者的“改造”,它仍带有雅俗共赏的特点。接近底层社会的柳永且不说,即使是被后人尊为格律派大师的周邦彦,他的词却也还是雅中有俗、雅俗相济的。不过,到了南宋,特别到了宋末,上述这种情况在相当一部分词人那里却有所改变。南宋的不少词人,刻意追求艺术情趣上的“风雅”和艺术风格上的“醇雅”,而极力反对所谓的“市井气”,甚至排斥具有爱国感情内容的辛派词。这种风气在词选中也有所反映。如一部《乐府雅词》,竟

① 陈振孙:《直斋书录解题》卷二一,上海古籍出版社,1987 年,第 615 页。
② 宋翔凤:《乐府余论》,唐圭璋编《词话丛编》,中华书局,1986 年,第 2500 页。

一首都不选录柳永这样一位极有影响的大词人的作品。又如生处宋末元初的周密,虽以"志雅"自命,却在《绝妙好词》中仅录辛词三首——而且这三首全属"婉约"风格之作。与他同时代的爱国词人刘辰翁的词,也未见有只字登录。从这些地方都可以见到编选标准上的偏颇。正因为宋人(主要是南宋人)"崇雅"的艺术主张,所以这八部词选中,除开《草堂诗余》之外,所录词篇就大多数均属比较"典雅""高雅"的作品,较少见到通俗浅显的词篇。

3. 从单纯重视艺术性到兼重思想性的变化

但是,有识之士还是有的。就在大多数词选者单重知音合律、清词丽句、骚情雅趣的时候,黄昇的《花庵词选》却以较新的面目出现在词坛上了。这是民族矛盾激化对选词者认识上的推动,也是大量的爱国词篇所放射出的耀眼光芒逼使选词者不得不睁眼面对现实的结果。《花庵词选》中,辛弃疾一人就选入43篇,他的那些慷慨排宕的爱国词作纷纷入选。这表明了爱国词的地位终于得到了词坛的承认。在介绍张元干时,它特为指出"绍兴戊午之和,胡澹庵上书乞斩时相,坐谪新州,仲宗以词送行,后并得罪"①,并全录了他送胡铨、寄李纲的两首《贺新郎》。在评论吴激在金国所作的两首感怀故国的词《春从天上来》《青衫湿》时它又说:"右二曲皆精妙凄惋,惜无人拈出。今录入选,必有能知其味者。"②凡此种种,都说明了黄昇重视作者人品、重视作品思想内容的词学观点。清人焦循曾针对朱彝尊等人一味抬高《绝妙好词》而压低《花庵词选》的言论大发感慨道:"周密《绝妙好词》所选,皆同于己者,一味轻柔润腻而已。黄玉林《花庵绝妙词选》,不名一家。其中如刘克庄诸作,磊落抑塞,真气百倍,非白石、玉田辈所能到。可知南宋人词不尽草窗一派也。"③到宋亡前夕,偏重艺术性和兼重思想性的两种派别又糅合而生出了一部奇特的《乐府补题》集。这部词集,从思想内容看,是为元僧杨琏真伽发掘宋陵而作,寄寓着遗民们亡国的哀思;而从艺术风格看,则又是雕章琢句、用典使事的。《乐府补题》回环曲折地吐露着不敢直言的某种感情,如朱彝尊所谓"身世之感,别有凄然言外者"(《乐府补题跋》)。这比之南渡初年的咏物词集《梅苑》,是有所进步了。

总起来看,这八部词选从风雅闲适的《梅苑》开始,到隐晦痛楚的《乐府补

① 黄昇:《中兴以来绝妙词选》,唐圭璋等,校点《唐宋人选唐宋词》,上海古籍出版社,2004年,第703页。

② 同①,第716页。

③ 焦循:《雕菰楼词话》,唐圭璋编《词话丛编》,中华书局,1986年,第1494页。

题》告终,其间大致反映出宋人对词的一段认识过程:词既被当作娱宾遣兴、应宴佐欢之具,同时又被更多人当作具有文学价值的新诗看待;广大市民群众对于通俗词风的欢迎仍未衰减,而士大夫文人却把它拉往典雅的方向去;以“婉约”为正宗的词风正继续进行着格律化和“雅正”化的演变,而以豪放风格为主体的爱国词作也已跻入了词坛(它常被人目为“变格”“别调”),并得到了一些词论家的认可。但是总体来看,那种偏重艺术性、偏重语言技巧和轻视词体的倾向,在南宋一代还是占据着主流地位的。这种情况直到清代中期常州词派的词选出来后才有较大的改变。

四、“宋人选宋词”对后代的影响

元朝初期,江西庐陵凤陵书院无名氏编选了一部《名儒草堂诗余》,它所收录的都是江西籍作者的词,其中不少是由宋入元的作者。这部词选的突出处即在于重视思想内容,而并不讲求语言风格的轻倩婉约。如它选有文天祥、刘辰翁、赵青山等人的不少爱国词,看来是受到黄昇的影响。

明代最流行的词集是《草堂诗余》。明人把它原来的按类分改为按调分,反映了在词乐失传之后文人按谱填词的需要。《草堂诗余》在明代的广为流传,反映出明代词风的啴缓不振,难怪朱彝尊云:“词人之作,自《草堂诗余》盛行,屏去‘激楚阳阿’而‘巴人之唱’齐进矣。”①又云:“独《草堂诗余》所收最下、最传,三百年来学者守为兔园册,无惑乎词之不振也。”②当然,他把明词的不景气全归咎于《草堂》一集,也是不公平的。

清初朱彝尊、厉鹗等人极力推崇南宋姜夔、周密、张炎的词风,形成了所谓的“浙西词派”。朱、厉十分欣赏周密的《绝妙好词》。朱云此书中“多俊语,方诸《草堂》所录,雅俗殊分”(《绝妙好词题词》)。厉云:“宋人选本朝词,如曾端伯《乐府雅词》、黄叔旸《花庵词选》,皆让其精粹,盖词家之准的也。”③厉鹗还不辞辛劳,与查为仁合作撰成了《绝妙好词笺》。朱彝尊更是继承了周密的选词标准,编辑了大型的词集《词综》。另一方面他又吸收了《花庵词选》的某些特点,

① 朱彝尊:《绝妙好词题词》,金启华,等编《唐宋词集序跋汇编》,江苏教育出版社,1990年,第368页。

② 朱彝尊:《词综序》,上海古籍出版社,1978年,第7页。

③ 厉鹗:《绝妙好词题词》,金启华,等编《唐宋词集序跋汇编》,江苏教育出版社,1990年,第367页。

如为作者撰写小传等。

总之,元明清三代的各种词选,无不在不同程度上受到过“宋人选宋词”的影响和启发。从宋人所选的词选中,我们可以看到这一代人词学观点的大致轮廓,也可以从一个侧面看到宋词缓慢而曲折的历史进程。

从厉鹗《论词绝句》看浙派词论之一斑

论诗绝句，起于杜甫的《戏为六绝句》，后人纷纷效作，终于形成了我国古代文学批评中的一种独特形式。论词绝句，前代罕见；有之，则似从厉鹗《论词绝句》12 首始。

厉鹗（1692—1752），字太鸿，号樊榭，钱塘人，清代浙西词派的中坚人物。这 12 首论词绝句，虽未必能全面地反映出浙派词人的全部词学观点，但因它毕竟稍具规模、初成系统，所以还是可以从中窥见浙派词人词学理论的一斑。为此，先对这 12 首小诗做一些笺评工作，然后加以简略的归纳，以从中寻绎出浙派词论的一些基本看法来。

一

美人香草本《离骚》，俎豆青莲尚未遥。
颇爱《花间》肠断句，“夜船吹笛雨潇潇”。

词是后起的文体，长期以来，人们往往把它当作“小技”看待。发展到南宋阶段，词始渐有“尊体”之势。清初浙西词人承接此种“尊体”之说，开始把词上接《风》《骚》。如汪森在《词综序》中说：“自有诗，而长短句即寓焉……古诗之于乐府，近体之于词，分镳并骋，非有先后；谓诗降为词，以词为诗之余，殆非通论矣。”①他驳斥“词为诗余”，意即在于抬高词体。厉鹗则在这里把词上接《离骚》，并抬出李白这个大诗人作为词的鼻祖［其说本诸黄昇“（太白）《菩萨蛮》、《忆秦娥》二词为百代词曲之祖”，见《唐宋诸贤绝妙词选》卷一］，其用意亦同于汪森。而他所谓“美人香草”的说法又是与浙派词人的领袖朱彝尊所说的一段话是相似的，朱彝尊在《陈纬云红盐词序》中说：“词虽小技，昔之通儒巨公往往为之。盖有诗所难言者，委曲倚之于声，其辞愈微而其旨益远。善言词者，假闺

① 汪森：《词综序》，金启华，等编《唐宋词集序跋汇编》，江苏教育出版社，1990 年，第 411 页。

房儿女之言，通之于《离骚》、变雅之义，此尤不得志于时者所宜寄情焉耳。”①总的来看，浙派词人开始抬高词体的地位，不失为一种积极的看法，至于他们自己的词作中是否达到了《离骚》、变雅的思想高度，则又当别论了。

“夜船吹笛雨潇潇”是皇甫松《梦江南》词中的名句。厉氏举此一句，以表示他对《花间》词风的爱慕。

二

张柳词名枉并驱，格高韵胜属西吴。
可人风絮堕无影，低唱浅斟能道无？

张指张先，因他是吴兴人，故诗中又称他为“西吴”。柳指柳永，他因“忍把浮名，换了浅斟低唱”（《鹤冲天》）之句而落榜。“可人风絮堕无影”则指张先所自负的“云破月来花弄影”“娇柔懒起，帘压卷花影”“柳径无人，堕风絮无影”（见《苕溪渔隐丛话》前集卷三七引《古今诗话》，张先自云：“此余生平所得意也。”时人因称之为“张三影”）中的第三句。

张先与柳永基本属于同时代人，词多长调，内容也多相近之处，在宋词的发展史上，两人都处于承先启后的枢纽位置上（陈廷焯《白雨斋词话》卷一谓：“张子野词，古今一大转移也。前此则为晏、欧，为温、韦，体段虽具，声色来开；后此则为秦、柳，为苏、辛，为美成、白石，发扬蹈厉，气局一新，而古意渐失。子野适得其中。”柳永在词史发展上的作用，则是人所共知的）。然而厉氏对这两位词人却一贬一扬，鲜明地反映出他论词所持的“进雅黜俗”的观点，而这种观点又明显是继承宋代正统派词论而来的。厉鹗继承了这种观点，所以在诗里讥笑柳永只能道出“浅斟低唱”之句，而写不出“柳径无人，堕风絮无影”之句（其实，这种批评并不全面）。诗中“格高韵胜”四字本诸《能改斋漫录》卷一六所引晁补之的话。而浙派词人所努力在词中追求的，也往往就是此种高格胜韵。

三

鬼语分明爱赏多，小山小令擅清歌。
世间不少分襟处，月细风尖唤奈何。

① 朱彝尊：《陈纬云红盐词序》，《曝书亭集》卷四〇，世界书局，1937年，第487－488页。

小山，指晏几道，他有词集名《小山词》。宋人一般视词为“小道”“末技”，然而厉鹗却不以为然。他特意举出道学家程颐欣赏晏几道词的例子(《邵氏闻见后录》卷一九：“伊川闻诵晏叔原‘梦魂惯得无拘检，又踏杨花过谢桥’长短句，笑曰：‘鬼语也。’意亦赏之。”)，实为表示自己对小晏的欣赏——这与他的“尊体”之说也是有关系的。

“月细风尖垂柳渡，梦魂常在分襟处”，系晏几道《蝶恋花》词语。厉氏举此，明寓“爱赏”之情在内。

四

贺梅子昔吴中住，一曲横塘自往返。
难会寂音尊者意，也将绮障学东山。

[原注] 洪觉范有和贺方回《青玉案》词，极浅陋。

贺铸，字方回(有《东山寓声乐府》词集)，北宋词人。他徙居苏州，并在城外横塘筑有别墅，经常往返苏城与横塘之间。曾作《青玉案》(凌波不过横塘路)，名噪一时(见《中吴纪闻》卷三)，其中有“梅子黄时雨”之句，“人皆服其工，士大夫谓之‘贺梅子’”(《竹坡诗话》卷一)。寂音尊者，指洪觉范，他是僧人，僧名惠洪(惠洪《石门文字禅》内有《寂音自序》叙其生平甚详，故称之为“寂音尊者”)，除了作一些歌咏禅理的词外，也写些艳词。洪氏和贺词一事，见《能改斋漫录》卷一六“山谷爱贺方回《青玉案》词”条。

贺方回写相思之词，获得士大夫的一致好评；身为出家人的惠洪和了他的词，却被讽刺为“绮障学东山”(绮障，美丽之帐幔。此用谢安东山携妓典故，又借“学东山”以指学贺铸)，被斥责为“极浅陋”，这也见得厉氏强烈的封建道德观念和他在词学上的雅俗之辨。

五

旧时月色最清妍，香影都从授简传。
赠与小红应不惜，赏音只有石湖仙。

姜夔《暗香》小序：“辛亥(1191)之冬，予载雪诣石湖(范成大)，止既月，授简索句，且征新声，作此两曲(《暗香》《疏影》)。石湖把玩不已，使工妓隶习之。”该词的起句为“旧时月色，算几番照我，梅边吹笛？”据《研北杂志》卷下记载,词成后,范氏甚爱之,以艺妓小红赠之。

厉鹗拈出这段风流韵事,表明了他对白石词的爱慕,朱彝尊尝说:"词莫善于姜夔"(《黑蝶斋诗余序》),汪森也说:"鄱阳姜夔出,句琢字炼,归于醇雅……譬之于乐,舞《箾》至于九变,而词之能事毕矣"①。可见他们这派词人对白石的顶礼膜拜。

六

头白遗民涕不禁,补题风物在山阴。
残蝉身世香莼兴,一片冬青冢畔心。

[原注]《乐府补题》一卷,唐义士玉潜与焉。

《乐府补题》一卷,为宋末遗民的咏物词集。作者14人(王沂孙、李彭老、周密、仇远、唐珏、张炎……),词作37篇。朱彝尊《乐府补题跋》称作者"大率皆宋末隐君子也。诵其词可以观志意所存,虽有山林友朋之娱,而身世之感,别有凄然言外者,其骚人《橘颂》之遗音乎"?② 词作于山阴(绍兴),其所咏诸物,据夏承焘先生考证,大抵咏龙涎香、莼、蟹以指宋帝,咏蝉与白莲则指后妃(见《乐府补题考》),实影射至元十五年(1278)元僧杨琏真伽发掘宋陵一事。据张丁、罗有开《唐义士传》等书记载,在发陵之后,唐珏(字五潜)、林景熙等假冒采药人,潜去收集帝妃遗骨,加以埋葬,并树冬青树以为标记。谢翱曾作《冬青行》纪叙此事。清人王树荣《乐府补题跋》云,此集所咏殆即唐珏"只有春风知此意,年年杜宇哭冬青"之意(夏承焘先生考证此二句乃林景熙诗)。

厉鹗谙熟宋代文献,也具有一定的民族感情和历史眼光。以发陵事说《乐府补题》,始于朱、厉等人(特别是厉鹗,明确地说清了二者的关系),不能不说是独具慧眼的。

七

王田秀笔溯清空,净洗花香意匠中。
羡杀时人唤"春水",源流故自寄闲翁。

① 汪森:《词综序》,金启华,等编《唐宋词集序跋汇编》,江苏教育出版社,1990年,第411页。
② 朱彝尊:《乐府补题序》,《曝书亭集》卷三六,世界书局,1937年,第445-446页。

张炎,字玉田,宋末词人。他幼承家学,从父张枢(号“寄闲”)学词,因《南浦》(春水)词(其中有句云:“和云流出空山,甚年年,净洗花香不了?”)而享时誉(邓牧《张叔夏词集序》:“叔夏《春水》一词绝唱古今,人以‘张春水’目之。”),所著《词源》,为宋代重要的词学专著,其中特标“清空”一目,谓:“词要清空,不要质直。清空则古雅峭拔,质直则凝涩晦昧。”①

浙派词人在词学渊源方面,得之于姜、张一脉,而学习、师承张炎更比姜夔来得直接。如朱彝尊自称“不师秦七,不师黄九,倚新声玉田差近”(《解佩令》)。厉鹗在专论姜夔之后,再论张炎,可见他对姜、张的重视,而这与他本人的创作实践也是一致的。(郭麐《灵芬馆词话》卷一:“大抵樊榭之于词,专学姜、张。”)

八

《中州乐府》鉴裁别,略仿苏黄硬语为。
若向词家论风雅,锦袍翻是让吴儿。

《中州乐府》一卷,元好问所编(附于《中州集》之末)。贺裳《皱水轩词筌》说:“元遗山集金人词为《中州乐府》,颇多深裘大马之风。”②沈雄《古今词话》卷下说:“其(指《中州乐府》)所制乐府,大旨不出苏(轼)、黄(庭坚)。要之,直于宋而伤浅,质于元而少情也。”③元好问有《论诗绝句》30首,颇以“诗中疏凿手”自居,对前代诗歌做了一一的评论和“裁别”。然而对于元好问编选的《中州乐府》词集,厉鹗却不太满意。他举出宇文虚中推让吴激(彦高)的故事(《中州乐府》记载,吴彦高作《人月圆》词,闻者挥泪。时词坛盟主宇文虚中赋《念奴娇》词先成,见吴词,茫然自失。是后人有求虚中作乐府者,即批云:吴郎近以乐府名天下,可往求之。吴郎,指吴彦高,原为宋人,米芾婿,使金被留。“锦袍”,指宋之问诗成,武后嗟赏,夺已赠东方虬之锦袍赐宋一事)来说明:词不同于诗,诗庄词媚,诗刚词柔,词中的正道(即“风雅”)在于婉约不在于豪放。

① 张炎著、夏承焘校注,沈义父著、蔡嵩云笺释:《词源注　乐府指迷笺释》,人民文学出版社,1963年,第16页。

② 贺裳:《皱水轩词筌》,唐圭璋编《词话丛编》,中华书局,1986年,第703页。

③ 沈雄:《古今词话》卷下,唐圭璋编《词话丛编》,中华书局,1986年,第787页。

九

送春苦语刘须溪，吟到壶秋句绝奇。
不读凤林书院体，岂知词派有江西。

［原注］壶秋，罗志仁。凤林书院体：元凤林书院词三卷，作者多江西人。

元《名儒草堂诗余》三卷，江西庐陵凤林书院无名氏编，收录晚宋元初人词作203首。作者63人，多江西人，尤多庐陵（吉安）人，其中有刘辰翁（号须溪）、罗志仁（号壶秋）等人。刘辰翁词中多送春、伤春的题材，如《兰陵王》（丙子送春）有“送春去，春去人间无路”“春去，谁最苦？但箭雁沉边，梁燕无主”等语，都饱含亡国之痛。罗志仁《金人捧露盘》（丙午钱塘）、《风流子》（泛湖）等词亦风格奇绝。厉鹗论词，一般重艺术性而轻思想性，在此却特为表出这批爱国词作，反映了他还是具有一定的民族感情的。至于他提出的“江西词派”，并非像后来冯煦《蒿庵论词》中所讲的“冯延巳——晏殊——欧阳修”的那一派“江西词派”，而是指元初那批爱国词人（因其多江西作者，词风又近似于江西诗派那种遒硬风格）。据吴衡照《莲子居词话》卷二说，厉氏雅爱此集（指《名儒草堂诗余》），唯因笺《绝妙好词》因而无暇为此书作笺。这也说明厉鹗的眼光并不太狭隘偏颇。

十

寂寞湖山尔许时，近来传唱六家词。
偶然燕语人无语，心折小长芦钓师。

［原注］“燕语人无语”，朱竹垞检讨《静志居琴趣》中语。

宋词衰歇之后，元、明二代并非无词。但是浙派词人病元，明词之啴缓淫曼，欲以清空醇雅之风来纠明词之失，所以在他们心目中，词坛在元、明以来可算是沉寂一片。如朱彝尊曾说：“往者明三百祀，词学失传。”（《静志居诗话》）而厉鹗也在这里说“寂寞湖山尔许时”。于是，浙派词人就代之而兴。清初龚翔麟即刻有《浙西六家词》，内收朱彝尊、李良年，沈皞日、李符、沈登岸及龚氏自己的六家词。厉鹗对此是表示赞许的，而于其中又特别首肯朱彝尊（号竹垞，又自号为小长芦钓鱼师，曾举博学鸿词，授检讨之职）。他在这里举出朱氏的《静志居琴趣》中“镇日帘栊一片垂，燕语人无语”（《卜算子》）不过是“举一反三”，表示他对朱氏的心折而已,并非就以此句为最妙的句子。郭麐说“愚谓竹垞小令固佳,即长调纡余宕往,中有藻华艳耀之奇,斯为极至。即小令中佳者亦未必惟此语为可心折也”①,则未免是拘泥于形迹之论。

十一

闲情何碍写云蓝,淡处翻浓我未谙。
独有藕渔工小令,不教贺老占江南。

[原注]锡山严中允荪友《秋水词》一卷。

严绳孙,字荪友,自号藕塘渔人,无锡人,曾修《明史》,官授中允(据丁绍仪《听秋声馆词话》卷二)。厉鹗对他《秋水词》中的小令词甚为推重,以为可与贺方回媲美(黄庭坚有诗赞贺方回云:“解道江南断肠句,只今惟有贺方回。”“云蓝”,指纸,出段成式《与温庭筠诗序》)。陈廷焯《白雨斋词话》卷三曾说:“樊榭论词云:‘独有藕渔工小令,不教贺老占江南。’余观荪友词,色泽有余,措词亦闲雅,虽不能接武方回,固出电发(徐釚)之右。”②

十二

去上双声仔细论,荆溪万树得专门。
欲呼南渡诸公起,韵本重雕菉斐轩。

[原注]近时宜兴万红友《词律》严去、上二声之辨,本宋沈伯时《乐府指迷》。予尝见绍兴二年刊菉斐轩《词林要韵》一册,分东、红、邦、阳等十九韵,亦有上、去、入三声作平声者。

康熙年间,荆溪(今宜兴)人万树(字红友)编《词律》20卷,收唐、宋、元词660调,1180余体,为世所重。《词律》特严去、上之辨,源于宋沈伯时《乐府指迷》。《指迷》云:“句中用去声字,最为紧要。”③而《词律》则云:“有一要诀,曰:名词转折跌宕处多用去声。”“三声之中,上、入二者可以代平,去则独异,故余尝

① 郭麐:《灵芬馆词话》卷一,唐圭璋编《词话丛编》,中华书局,1986年,第1509页。
② 陈廷焯:《白雨斋词话》卷三,人民文学出版社,1959年,第68页。
③ 张炎著、夏承焘校注,沈义父著、蔡嵩云笺注:《词源注 乐府指迷笺释》,人民文学出版社,1963年,第67页。

窃谓论声虽以一平对三仄，论歌则当以去对平、上、入也。”①

至于厉鹗所见“绍兴二年”刊本菉斐轩韵本，则恐是书贾伪造的宋本书。据秦敦夫跋此书云：“此书旧题宋本，然考其分韵，无入声，疑为北曲而设，或元、明时好事者伪作耳。”吴衡照、陈廷焯等亦持此论。

综上所述，厉鹗论词的宗旨大致可以归纳成如下几点：

第一，强调词的艺术性，以婉约为正宗。《论词绝句》中虽也泛泛地谈到“美人香草”亦即比兴、寄托一类的内容问题，但真正注重的却并不在此，而在于文辞的雅美。如他激赏《花间集》，喜爱晏几道，心折《静志居琴趣》的风韵和《秋水词》的闲情，都表明他的兴趣主要在于词的艺术性而非思想内容。至于他本人（以及浙派词人们）的艺术情趣，则也明显是属于婉约派的。

第二，主雅黜俗。这从他贬柳扬张、贬洪扬贺，以及他轻视明词的囿于闺幨儿女、陷于纤靡淫曼而心折于以“醇雅”为归的浙派词等议论中都很易看到。

第三，崇尚姜、张。浙派词人的普遍风尚是效法姜、张。朱彝尊《静志居诗话》曾说：“数十年来，浙西填词者，家白石而户玉田。”这是事实。所以厉鹗特地在 12 首诗中专列姜、张二首，以见他的重视。蒋敦复《芬陀利室词话》卷一谓：“浙派词，竹坨开其端，樊榭振其绪……皆奉石帚（按：此指姜夔，而实非一人）、玉田为圭臬。”由此可知朱、厉两人在浙派词人中的地位，以及姜、张在他们心目中的地位了。

第四，重格律。这从他表扬万树《词律》，思欲重雕《词林要韵》之句中可见。

另外，由于厉氏对有宋一代历史、典故、名物十分熟悉，对宋诗、宋词也有深入的钻研，加之他具有一定的民族感情，所以他对宋末的《乐府补题》和元《名儒草堂诗余》中的一些遗民词、爱国词也深表同情和赞许。但是，从他《论词绝句》无一语提及辛弃疾等人的词来看，他的词学理论还是带有很大的局限性的——而这种偏重艺术而比较忽视思想内容的缺点又正是浙派词人的通病。

① 万树：《词律》，上海古籍出版社，1984 年，第 15 页。

李清照《词论》不提周邦彦的两种探测

李清照的《词论》(收在《苕溪渔隐丛话后集》卷三三和《诗人玉屑》卷二一中),是研究宋代词论的一份重要材料,它在当时和后世都引起过很大的反响。但是,在对它的研究工作中,至今还存有一个疑难问题未得到深入的探讨——那就是,它前后评述到19位唐宋词人,连有些不甚著名的词人如宋庠、沈唐、元绛等都提及了,然而,对于与她同时代而稍前一些的大词家周邦彦,却竟无一语提及,这是何故?

对此,有不少学者曾提出过自己的解释。

夏承焘先生在《评李清照的词论》一文中曾说过:“拿她这些议论、见解来读周邦彦的《清真词》,却正是‘波澜莫二’。”① 至于李清照为何不肯赞许周词一语,他未作正面回答,而仅提出此文当作于她生活之前期。王仲闻先生亦同此说,认为它“作于北宋”,“时代当颇早,或在大晟府未成立以前”②。

然而,即使是如此,周氏毕竟比李氏年长了20多岁,李氏为什么会在《词论》中偏偏漏掉了他呢?而贺铸,这位仅比周氏年长五岁的词人,李氏却又谈到了他!这又不免会引起人们的疑惑。为此,徐永端同志又提出了这样的意见:“她对于这位精于音律的大词家没有微词,实在挑不出毛病”③,所以就不发一言了。可是,问题却又回到了和夏先生一样的地方——既然挑不出毛病或“波澜莫二”,那又为什么不肯发一赞语呢?

我想步着前述诸家的意见,再把它引申、深入开去。

首先,可从徐文引申出去:

李清照对周词虽挑不出什么毛病来,但要她发表赞扬的话(特别是对一个同时代的人),却实在不是一件容易的事!胡仔说:“易安历评诸公歌词,皆摘其短,无一免者……其意盖自谓能擅其长,以乐府名家者。”④ 这话正切李氏的个

① 夏承焘:《月轮山词论集》,中华书局,1979年,第10页。

② 王仲闻:《李清照事迹作品杂考》,《文史》,1963年第二辑。

③ 徐永瑞:《谈谈李清照的词论》,《文学遗产》,1980年第1期。

④ 胡仔:《苕溪渔隐丛话·后集》卷三三,人民文学出版社,1962年,第249页。

性和心理。我们读过她的诗、文、词,都知道她是一个天才高、个性强的女子。她与赵明诚比记忆力,比作诗、作词的故事,至今还传为文坛佳话。她敢于讽刺皇帝,敢于歌颂失败的英雄(项羽)。她作过"九万里风鹏正举,风休住,蓬舟吹取三山去"的豪迈词篇,凡此种种,都说明了她身为妇人却又不甘困于闺阁。而特别在词的创作方面,她自居为"知之者少"中的一个,因此她竟敢批评晏殊、欧阳修、王安石、苏轼等"大人物":所以她对于同时代的周邦彦,或许也还抱着"看一看谁更擅场"的眼光在作进一步的等待呢。故而在作于她前期(我是同意夏、王之说的)的这篇词论中,暂时还对周词持有保留态度而未置一词。至于后来她的态度是否发生变化,由于时代变易和遭逢伤乱,加上文献不足征,就不可知了。

再从夏、王之说引申开去:

首先,我同意他们关于此文作于南渡前的看法。其次,我又要进一步把它的写作时间限在李氏屏居青州乡下的十余年间。如果这个假设可以成立的话,那么就可以推论出这样一种情况:周词在汴京盛传之时,李氏却在外地乡居,由于交通闭塞和出版条件的限制,李氏无法读到较多的周词,因而很自然地会忽略了周氏;而当李氏从青州乡下复出之后,她的《词论》早已写成并且传世,于是便形成了《词论》不提周词一语的历史情况。

先看李氏的经历。她于大观元年(1107)随夫迁居青州乡下,直至1121年才随夫复出。这十余年的屏居生活中,她主要从事金石文物和图书的整理工作,《词论》很可能即作于此一时期内①。

再看周词盛传的情况。周邦彦(1057—1121)从32岁离京外放做官,至43岁始重回汴京任职。在32岁以前,虽在汴京写过一些词篇,但他的得享词名主要该是在政和六年(1116)提举大晟府前后的事。(周氏事迹,据王国维《清真先生遗事》。)

徽宗于崇宁四年(1105)创建大晟乐府。在周氏主持大晟府前,汴京城最为流传的是万俟咏(雅言)等人的词,而不是周词。《碧鸡漫志》卷二云:"万俟咏雅言……自号'大梁词隐',每出一章,信宿喧传都下……政和(1111—1118)初,召试补官,寘大晟乐府制撰之职。新广八十四调,患谱勿传,雅言请以盛德大业及祥瑞事迹制词实谱。有旨:'依月用律,月进一曲。'自此新谱稍传。"②由此可知当时汴京词坛的主角人物是万俟氏。又,赵万里辑本《复雅歌词》共存词话十条,其中言万俟词的竟占三条,亦可见其词之盛传。当时还有一位晁端礼(次

① 王仲闻:《李清照事迹作品杂考》,《文史》,1963年第二辑。
② 王灼:《碧鸡漫志》,唐圭璋编《词话丛编》,中华书局,1986年,第87页。

膺),也是词坛"红客"。《铁围山丛谈》卷二云:"又有晁次膺者,先在韩师朴丞相中秋座上作听琵琶词,为世所重……又有一曲……亦歌之,遂入大晟,亦为制撰。"①其《黄河清》《寿星明》二词,"时天下无问迩遐小大,虽伟男髫女,皆争唱之"。而据《能改斋漫录》卷一六,谓晁氏因蔡京之荐而授大晟府协律郎,"不克终而卒"②,时在政和三年(1113),可知其词的盛传也在周氏入大晟府之前。而再就周词来看,他的那些名篇如《兰陵王》《江南好》《少年游》等,以及大量按宫调排列的词(为应大晟乐府之歌唱而作),都是作于政和、宣和年间的。(《贵耳集》卷下、《浩然斋雅谈》卷下所记周氏与徽宗、李师师之间的"本事"虽属失实之谈,但时间则如该二书所记,是在政、宣间。)由此也可证周氏之享盛名,是在他提举大晟府前后(特别在此后),而其时李氏却早已离京而屏居乡间去了。

或许会说,李氏在乡间难道就不能接触到周词了吗?

我们知道,宋代的大量印刷出版词集,主要是在南宋。现存《梅苑》《乐府雅词》《草堂诗余》《花庵词选》《阳春白雪》《绝妙好词》等词集,均为南宋人辑印,无一是北宋选本。而宋人汇刻的词集,如嘉定年间的长沙百家词、陈氏书棚的典雅词、闽中书坊所刻琴趣外篇,也全是南宋本。所以在周邦彦时代,词的流传主要还靠传唱和手抄。因而,李氏身在离京很远的山东乡间,要想读到很多的周词就较困难。在此,我们不妨再来排比一下宋代出版的周词情况:

《清真词》二卷,续一卷,《注清真词》二卷。见《直斋书录解题》卷二一。

《清真诗余》二卷。见《花庵词选》及《景定严州续志》。

《片玉词》二卷。有强焕序。

《圈法美成词》。见《词源》。

《详注周美成词片玉集》十卷。陈元龙注,刘肃序。

《三英集》,乃周词和南宋方千里、杨泽民词合刻。

上列词集中,时间可考的有强焕序本《片玉词》,成于1180年;刘肃序本《片玉集》,成于1211年。它们均在周氏、李氏死后很久才出。其余各本,时间还要迟些,因为陈振孙、黄昇、张炎、方千里、杨泽民诸氏均生活在南宋后期,他们所见到的或与之合刻的周词本子,自然不会太早。因此可以这样说:当周氏活着时,他的词还未见有印刷出版的。这样,光凭口传或手抄,李氏当然不易多接触到它们了。

如果上述推理还嫌证据不足的话,那么还另外可以找到旁证。我们不妨从

① 蔡绦:《铁围山丛谈》,中华书局,1983年,第28页。
② 吴曾:《能改斋漫录》,中华书局,1985年,第417页。

产生于周氏逝世前后的一些词话中来看一下周词流传的情况。

先看三部较早的词话（据赵万里辑本）：

杨绘《本事曲》，时间早于周氏，自不必论。

杨湜《古今词话》，与周氏同时代而略迟些。现存 67 则词话，无一论及周词。

鲖阳居士《复雅歌词》，辑于南宋初年。现存十条词话，中有三条论及万俟咏而无一条论及周邦彦。

当然，这些辑本已非完璧，不能反映全貌。下面再看两本完整的词话：

胡仔《苕溪渔隐丛话》前后集共一百卷，内列词话甚多，然仅一处（前集卷五十九）提及周词，且是批评它的用词不妥。

吴曾《能改斋漫录》第一六、一七卷专论词，共有 86 条词话，也仅一处提到周词。

这两部词话均撰于南宋初，距周氏逝世已有年矣。然而，就连它们都未对周词加以重视和褒扬。这就可以说明，李清照《词论》之漏掉周邦彦，并不是一件孤立的事情。这种现象的发生，只能从周词在当时流传还不够广泛这个假设中去求得解释了。

对于周词的赞扬，最早见之于王灼《碧鸡漫志》①。该书卷二，高度评价了周词，认为它甚至可以上接《离骚》。王氏此书成于 1149 年（据其自序），且写于成都，怎么突然会对周词发了好多议论呢？这岂不又是一件奇怪的事？问题的答案还得从词集的刊印、流播中去寻找——就在《漫志》成书前的三年（1146），曾慥的《乐府雅词》编成了。《乐府雅词》共选 34 家词，内中周邦彦词就有 29 首。我颇怀疑，这就是周词首次被编入词集的一个机会。而靠了《乐府雅词》的广泛流行，周词在全国各地的影响大为扩大，因此赢得了很多人的注目和欣赏，使周词的收集、整理、笺注和评论工作得到了推动。至于王灼是在读了《乐府雅词》之后才发了一通对于周词的赞语的，这儿还有一个佐证，那就是，《碧鸡漫志》中评论了很多作家，其中极大部分就都是《乐府雅词》所选录过的，甚至像李元膺、李景元、舒信道、王履道等不甚出名、颇嫌陌生的小作家，王灼都注意到、评论到了——身在四川的王灼，如果不凭这部词选是不可能对汴京词坛了解得这么细致的。而李清照那时却是没有这个条件的。

《乐府雅词》问世之后，周邦彦的各种集子（诗集、文集、词集）才纷纷相继而

① 王灼：《碧鸡漫志》，唐圭璋编《词话丛编》，中华书局，1986 年，第 86 页。

出。从现存的资料看,有《清真集》①、《清真先生文集》(楼钥作序)、《清真杂著》(《直斋书录解题》载)、《操缦集》②等。词集则见前述。

最后还有一个问题:李清照既然没有机会读到很多的周词,却为什么评论到了比周氏仅长五岁的贺方回呢?原来,贺铸虽稍长于周邦彦,但他的得名却较早。据《碧鸡漫志》卷二载,贺铸作《青玉案》词,早就驰名词苑,黄庭坚曾题诗曰:“解道江南断肠句,只今惟有贺方回。”③因此李清照在年轻的时候,就已久闻其词名了(然而也还批评过他“少典重”)。

以上是根据周词流传和李氏经历所做的一番推排。结论是,周词盛传于汴京时,李清照正屏居乡间无缘得以接触很多的周词,自然未能及时对它做出评论。至于她的词学观点与周词词风“波澜莫二”,则是缘于时代风尚和词学流派一致的关系。

当然,上述两种假设本身又是矛盾的。要么是李清照读过不少周词,只因她不肯对别人轻下赞语,所以采取了避而不谈的办法;要么是由于她未及读到较多的周词,所以无由评论。这两种假设中,自又只能选择一种——关键在于进一步探求《词论》的写作时间。如果它确是作于李清照屏居乡间之时,那么不提周氏的原因即在于读周词的不多;如果它作于随夫出守莱州到“靖康之变”前(1121—1127)的一阶段内,那么她是有机会“补读”周词的了,但此时却仍不肯轻赞一词,这就只能从其个性和心理的原因上来揣度了。文献不足,我们的探索只能暂且到此为止。

① 脱脱,等:《宋史》卷二〇八《艺文志》,中华书局,1977年,第5379页。
② 陈振孙:《直斋书录解题》,上海古籍出版社,1987年,第516-517页。
③ 王灼:《碧鸡漫志》,唐圭璋编《词话丛编》,中华书局,1986年,第86页。

关于蒋捷的家世和事迹

蒋捷，字胜欲，自号竹山，阳羡（今江苏宜兴）人，宋末的一位著名词人。本文拟对他的家世和生平事迹作一考证。

宋六十名家词本《竹山词》有元人湖滨散人所作的序①（作于至正乙巳，即1365年）：

> 竹山先生出义兴巨族。宋南渡后有名璨字宣卿者善书，仕亦通显，子孙俊秀，所居擅溪山之胜。故先生貌不扬，长于乐府。此稿得之于钱塘唐士牧家藏本，虽无诠次，庶几无遗逸云。

涉园景元钞本《竹山词》前所附序言亦同（仅少末两句）。这就为考证蒋捷的家世提供了线索。据查证，原序文中"璨"字，必为"璨"字之误。理由如下：（1）"璨"字，同"璨"，玉名（《字汇》）。而"璨"字，玉光也（《说文新附》），正与其字"宣卿"相配。（2）宋朝董史《皇宋书录》卷下称："蒋璨，字宣卿，绍兴间户部侍郎，敷文阁待制。善行书，亦长于大字……其所书圆媚缜密，然少萧散。"②可证他之"善书"。《建炎以来系年要录》卷一一九及卷一三六绍兴八年五月庚子、绍兴十年六月甲辰都分别记载他知扬州和知临安府的事迹，可证他"仕亦通显"。（3）嘉庆二年《重刊宜兴县志》（阮升基、唐仲冕、宁楷等修）卷八文苑传："蒋璨，字宣卿。父之美，早卒。璨方十三，鞠于世父（伯父）魏公之奇。"③蒋之奇，《宋史》卷三四三有传，徽宗时曾拜观文殿学士，他的伯父蒋堂（《宋史》卷二九八有传），真宗时授大理寺卿，累官至枢密直学士④。之奇的儿子蒋瑎（即蒋璨的堂兄）及曾孙蒋芾（即蒋璨的堂侄孙）都曾任徽宗和孝宗时的大官。特别是蒋芾，曾官居右相。由此可证，蒋璨确是宜兴人，且出"巨族"，"子孙俊秀"。

这样看来，蒋捷乃是蒋璨（而非蒋璨）之后，他大约是蒋璨的五六世孙。检

① 毛晋辑：《宋六十名家词》，上海古籍出版社，1989年，第243页。
② 董史：《皇宋书录》，中华书局，1991年，第37页。
③ 宁栋山：《重刊宜兴县志》，台湾成文出版社，1983年，第326页。
④ 脱脱，等：《宋史》卷二九八，中华书局，1977年，第9912页。

明人凌迪知《古今万姓统谱》(卷八六),并参以《宋史》蒋堂、蒋芾、蒋兴祖传,试制一宜兴蒋氏世谱:

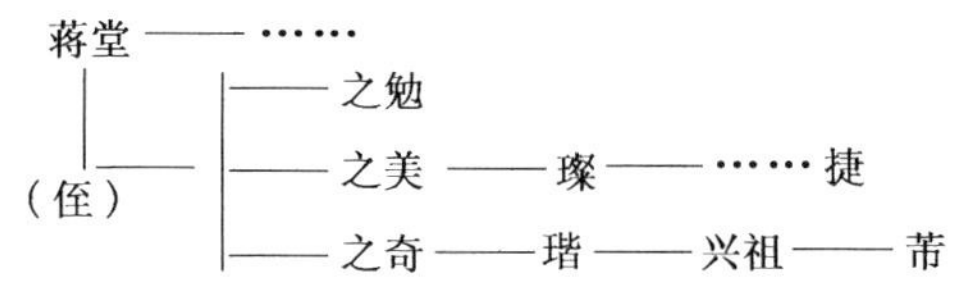

表中除上文已提及者,此外蒋之勉《宜兴县志》卷八隐逸传称他"博通典籍,为西浙大儒,屡荐不仕,学者称荆南先生"①。蒋兴祖,《宋史》卷四五二有传,记他于靖康初年为阳武县令,死于抗金之役。《全宋词》收蒋璨词一首(又作他人作),蒋兴祖女儿词一首。说蒋捷是蒋璨五、六世孙,一是从年龄上推算,蒋璨生于1085年,卒于1159年,官于宋绍兴年间,而蒋捷则为宋、元之际人;二是从名字的行辈上看,蒋捷前辈以"之""玉"等行辈,兴祖、蒋芾则显与"捷"字不同辈,故可推断蒋捷为蒋芾之后的辈分。

从蒋捷的家世来看,他出身于宜兴巨族,先辈中多宋朝大官,特别是他的同族中又出过像蒋兴祖这样的为国捐躯的抗金志士,因此他思想中很自然地带有强烈的民族意识,这从他宋亡后不肯出仕元朝,以及词中流露的爱国感情中都可见到。另外,他也继承了家风,精通儒学经典,好小学,工诗词,又善书法。《宋史·艺文志补》(清倪灿撰)载有他所著《小学详断》一书,《宜兴县志》卷八隐逸传亦谓其"著《小学详断》"②。他的《贺新郎·兵后寓吴》词有云:"醉探枵囊毛锥在,问邻翁要写《牛经》否?翁不应,但摇手。"可见他善于书法。

蒋捷何时举进士,各书说法不同。胡适《词选》、胡云翼《宋词选》称他为恭宗德祐(1275—1276)年间进士。《全宋词》则称他为度宗咸淳十年(1274)中进士。检《宜兴县志》卷七"进士"项,蒋捷中"德祐二年丙子龙泽榜"进士,又卷八隐逸传称他为"宋德祐进士",是为德祐说之本。然查马端临《文献通考》卷三五《宋登科记总目》,宋代进士科末科为度宗咸淳十年,省元李大同,状元王龙泽。则知"龙泽榜"应在咸淳十年。德祐二年三月临安已被元人占领,以此知《全宋词》咸淳十年说之正确。假定蒋捷此时为25岁左右(因他词中有云"少年听雨歌楼上,红烛昏罗帐。壮年听雨客舟中,江阔云低断雁叫西风",可知他少年时宋尚未亡,而壮年则飘荡四方,其中进士不会太迟),则他约为理宗淳祐年间生。

宋亡之后,他隐居不仕。《宜兴县志》说他:"元初遁迹不仕,大德中宪使臧

① 参见宁楷《宜兴县志》。
② 同①。

梦解、陆垕交章荐其才,卒不就博学。"①《续文献通考》卷三七"选举"项:"成宗大德九年(1305),诏求山林间有德行、文学、识治道者"②,《续资治通鉴》卷一九五成宗大德九年五月戊申:"诏求山林间有德行、文学、识治道者。"③可知臧、陆交章荐他是这一年的事,其时蒋捷约55岁左右。他坚持民族节操,拒不出仕。他的《虞美人》词中所云"鬓已星星也"(与"少年""壮年"听雨相对而言),又《秋夜雨》词云"吹人双鬓如雪",并可证他或享高年。

① 参见宁楷《宜兴县志》。

② 王圻:《续文献通考》,台湾文海出版社,1980,第2817页。

③ 毕沅:《续资治通鉴》卷一九五,中华书局,1957年,第5310页。

王沂孙生卒年新考

王沂孙，字圣与，号碧山，又号中仙，会稽人。他是宋末元初的著名词人，有《碧山乐府》(又名《花外集》)传世。《全宋词》在孙人和《花外集》校本外，增辑13首(其中据《阳春白雪》辑得六首，据《绝妙好词》辑得七首)，共得词64首。除此之外，碧山的作品几无可见，这对考证他的生平带来了很大的困难。

近几十年来，不少学者致力于王氏生平的研究。夏承焘先生首先据周密《志雅堂杂抄》中的一段话，定王氏卒于元至元二十八年(1291)冬前①。这个说法后来广泛被诸家所接受。在此基础上，诸家又对王氏的生年作了探索，综合起来共有三说：

一说为1251年左右：夏承焘先生认为，王氏年龄小于周密(1232—1298)，仅活40岁左右。据其卒于1291年算，生于本年左右(同前)。

二说为1248年左右：吴则虞先生认为，王氏生年与张炎相近，卒年在1291年前，约活40余岁②，年龄要比周密小。

三说为1231年以前：常国武同志认为，王氏与周密年岁相近而比周密稍长，活到60岁以上③。他定王氏卒于1291年秋冬之交，生年当在1231年之前。

我对若干文献作了查检之后，首先觉得，诸家一致同意的卒年(1291)并不可靠。理由如下：

第一，《志雅堂杂抄》并无王沂孙卒于1291年之记载。

周密《志雅堂杂抄》一书，版本甚为驳杂。《四库提要》谓："是编分为九类，其文与所作《云烟过眼录》、《癸辛杂识》诸书互相出入，而详略稍殊，疑为初记之稿本，经后人裒缀，别成此书。"④此说甚是。夏先生所据本，前有至顺三年(1332)石岩(民瞻)序，即伍崇曜《粤雅堂丛书》本。今按该本(一卷本)卷下有云：

① 夏承焘：《唐宋词人年谱》，上海古籍出版社，1979年，第359页。
② 吴则虞：《词人王沂孙事迹考略》，《文学遗产增刊》，1959年第七辑。
③ 常国武：《王沂孙出仕及生卒年岁问题的探索》，《文学遗产增刊》，1962年第十一辑。
④ 永瑢，等：《四库全书总目》，中华书局，1965年，第1094页。

辛卯(1291)十二月初六日,天放降仙,江宁王大圭至。诗云:“六朝盛事总成尘,结绮楼前草自春。一曲《后庭》何处觅?空留月伴倚栏人。”又问:“王中企今何在?”云:“在冥司,幽滞未化。”有诗云:“天上人间只寸心,烟花雨意抑何深?千年尚有梢头恨,燕子楼空断素琴。”又诗云:“绣阁朱帘半未残,中年何事早拘挛。春风词笔时尘暗,手拂冰弦昨梦寒。”①

其中所问乃“王中企”而非“王中仙”。

又有清代余集刻本,余集有序云:“曩朝廷搜辑《永乐大典》,略不经意,间有一二条重见于所著别录中,想随手札记,不嫌互见矣。”②该本中所录,与上面的文字稍有一二字的出入,但也作“王中企”而非“王中仙”。

又有王士禛序本,该书共分十卷。王士祯序云:“周草窗以乐府擅长,其杂著亦最夥。刊本流传士大夫,率为饤饾。独《志雅堂杂钞》十卷,历今四百余年,从未登木槜李。曹秋岳先生为余言家有是书,因得借观……”③可知是本为较早和较完备的本子。但此本更奇怪,既不作“王中企”,更不作“王中仙”,而作“后王今何在?”云云。

其他各本,如《说郛》本、《古今说部丛书》本、《美术丛书》本等,都非完本,仅摘录其中若干内容而已,故都无上述一条。

因此,无论据哪一本而言,实在都无王中仙“在冥司幽滞未化”的记载,夏说自应推翻。而诸家未遑细检原书,因讹沿讹,亦属不确。

据我的看法,文中所云,似以“后王”(李后主)为是。理由是“天上人间只寸心,烟花雨意抑何深”等句,实是李煜词意(李词《浪淘沙》云:“帘外雨潺潺,春意阑珊。罗衾不耐五更寒。梦里不知身是客,一晌贪欢。 独自莫凭栏,无限江山。别时容易见时难。流水落花春去也,天上人间!”),而“结绮”“《后庭》”等也明指帝王之事④,所请乩仙王大圭又系江宁(金陵)人。最令人注意的是诗中“中年何事早拘挛”句,明指李煜42岁被宋太宗赐牵机药毒死事(王铚《默记》上:“牵机药者,服之,前却数十回,头足相就,如牵机状也。”)——如是指王中仙中年即拘挛,他何以能在杭、越各处奔走且能出仕庆元路学正?——证之《杂抄》

① 周密:《志雅堂杂钞》,《粤雅堂丛书》本。
② 周密:《志雅堂杂钞》,《笔记小说大观》,台湾新兴书局,1978年,第1327页。
③ 周密:《志雅堂杂钞》,《学海类编》第七十七册。
④ “结绮”和《后庭花》本指陈后主事,这里借以咏李后主事(同为金陵亡国之君)。

在此条前所记胡天放①施“降仙”术请来岳飞的故事，可知此处请来李煜在九泉之下的冤魂也并不为奇。

而且，即使“后王”并不是指李后主，“王中仙在冥司幽滞未化”也未能成立。因为它缺乏文本上的根据，夏说恐是粗心所致（按：夏说实又承江昱《山中白云词疏证》之误）。

第二，从王沂孙本人的经历和词作看卒于1291年的不可能。

这可以从两件事来看：

首先，从王沂孙的出仕看。袁桷《延祐四明志》卷二“职官考”（上）载王沂孙曾任庆元路学正，时在至元中②。关于他出仕的具体日期，吴则虞先生疑在至元十七年到二十二年（1280—1285）间，而常国武同志推断为至元二十八年（1291）的可能性较大。此两说中，以常说较是。因为，元人建国之初，尚不暇考虑科举、教育之事。《元史》卷八一《选举志》云：“（至元）二十八年，令江南诸路学及各县学内设立小学，选老成之士教之……路设教授、学正、学录各一员。”③也就是说，自1291年始，元朝才于各路创立学正等职，因此，王沂孙出仕庆元路学正，至早要在本年或本年之后。而从他《醉蓬莱 · 归故山》词中“赋归来何晚”和“故人如梦”等句，以及《齐天乐 · 四明别友》词中“政恐黄花，笑人归较晚”句来看，他出仕的日期不会太短。如是本年刚出仕，却又于秋天即归且卒，于情理上有说不大通之处（词中的“晚”字无着落）。何况，本年刚才设立学正一职，未必就由王沂孙出任第一任，所以他从出仕到归隐，再到逝世，必不能同在一年内，其卒年必稍迟。

其次，可以从他《一萼红》词的写作时间来看。此词缀有小序：“丙午春赤城山中题《花光卷》。”其中“丙午”二字各本均无异文。就王氏生活年代看，此“丙午”若非1246年就是1306年。由于把王氏卒年误定于1291年，所以吴先生只好臆测为“丙午”当是“丙子”之误（常国武同志已加辩驳），而常说则把它断为1246年。但常说又碰到一个矛盾：既然他1246年即能写出这样的词来，那么至少总要是十五六岁以上的年龄了，但这样一来，王氏的生年必然要在1231年之前了，因而反要比周密还年长些。可是，王氏在《淡黄柳》词中又明称周密为

① 胡天放，为当时一术士，能请降仙。《志雅堂杂抄》记其“降仙”事及“降仙法”多条。又：戴表元《剡源集》卷八有《胡天放诗集序》，卷二有《水心云意楼记》，记胡为淳安人，名侨。未知是否为一人。

② 周密辑，查为仁、厉鹗笺：《绝妙好词笺》，中华书局，1957年，第412页。

③ 宋濂，等：《元史》，中华书局，1976年，第2032页。

“丈”，这于常情又说不大通。因此常氏就引用《容斋四笔》卷二《轻浮称谓》条（“今世俗浮薄少年，或身为卑宫，而与尊者言语，称其侪流，必曰某丈；谈其所事牧伯监司亦然……”）①来说明王氏称小于自己的周密为“丈”是一种社会习惯，不足为奇。当然，这也不失为一种解释。但从王氏的人品看，似乎还不至于如此卑下，且从词序来看（“甲戌冬，别周公谨丈于孤山中。次冬，公谨游会稽，相会一月。又次冬，公谨自剡还，执手聚别，且复别去。怅然于怀，敬赋此解”），两人情意甚笃，若非周长于王，王是不必用“丈”和“敬赋”等语的。所以我还是倾向于夏、吴二先生的周长于王的说法。

更为重要的是，让我们研究一下《一萼红》词本身。此词末几句道：

> 未须讶，东南倦客，掩铅泪、看了又重看。故国吴天树老，雨过风残。

如果作于十五六岁时，怎么能称自己是“倦客”？如果作于1246年（其时正是宋理宗淳祐年间），又如何能用“铅泪”“故国”等亡国的字眼？因此，此“丙午”只能是宋亡后的1306年（元成宗大德十年）。这样，前面所发生的矛盾就能释然解决了。

所以，王沂孙1306年犹在人世，犹能为北宋花光山寺长老仲仁（自号华光，一作花光）所作的《花光卷》题词。夏先生没有注意到此词，而吴、常二位虽注意到此词却又作了曲解，其源盖出于定其卒年为1291年之误。

这样，我们就可以把王的卒年定于1306年之后。至于其下限，自然应在张炎死前（张炎有《琐窗寒》碧山悼词，词序云：“余悼之玉笥山②，所谓长歌之哀，过于痛哭。”可知王卒在前）。张炎于1315年犹在世，约于至治（1321—1323）年间之前逝世③。所以王沂孙的卒年当在1306年至1321年之间，而非卒于1291年。

明确了王氏的卒年，我们再来推测他的生年。从他称周密为“丈”，又从他《三姝媚·次周公谨故京送别韵》中“漫相看华发，共成销黯”之句可知：他与周密年岁相差不远而略晚，大约介于周密生年与张炎生年（1232—1248）之间，是介于周、张之间的词人。如假设他生于1240年而卒于1310年的话，他大约活到

① 洪迈：《容斋四笔》，《笔记小说大观》，台湾新兴书局，第1299页。

② 玉笥山，又名委宛山，在会稽东南。碧山尝以此为号（“玉笥山人”）。

③ 张炎于元仁宗延祐二年乙卯（1315）犹至杭作《台城路·归杭》，见钱良源《词源》跋。又：江昱《山中白云》疏证张炎《清平乐》词引陆行直言，谓至治年间，张已下世。

了 70 岁左右。而其出仕庆元路学正是在 1291 年之后,其时正约是 50 岁左右的"老成"之时①。而这一出仕的经历,也反证了他不可能是"中年何事早拘挛"。他甲戌(1274)初识周密于西湖孤山时,周密 43 岁,他才 35 岁左右,周密是有资格接受他"丈"的尊称的。

① 如按常氏说法,碧山出仕当已 60 岁以上,亦嫌太老了。

张镃卒年考

张镃，字功甫，号约斋，是南宋中期的一位诗词家，又是“海盐腔”的创始人之一，在戏曲史上尤有一定地位①。本文拟对其卒年做些考证。

张镃的生年(1153)已有定论，但卒年史无确载，《全宋词》定在宁宗嘉定四年(1211)。其实，他的卒年当在此年之后，而不即在此年。

周密《齐东野语》卷二〇有云：“功甫于诛韩有力，赏不满意，又欲以故智去史，事泄，谪象台而殂。”②此节语焉不详。检叶绍翁《四朝闻见录》丙集有云：镃始预史(弥远)议诛韩(侂胄)，史以韩为大臣，且近戚，未有以处。张(镃)谓史曰：“杀之足矣。”史退而谓钱(象祖)、卫(泾)曰：“镃真将种也。”心固忌之。至是，镃赍伐自言。史昌言于朝曰：“臣子当为之事，何为言功?”遂讽言者贬镃于霅(浙江湖州)。镃后以旨放还。因史变法，又欲谋史，故贬置象台③。(节录)由此可知张镃被史弥远贬往象台(今广西象县)的经过情况。但上述二书可能还带有“小说”成分，今再复核于史籍，得知上述记载基本属实。《宋会要辑稿》“职官”第七十三“开禧三年(1207)十一月十七日”：“新除司农少卿张镃追两官送广德军居住。以臣僚言镃立朝既猥贱尢[?]，居家则渎乱朋淫……岂宜置之卿列?”④可知他曾贬广德军(安徽广德)而非湖州。又：同书“职官”第七十三“嘉定四年(1211)十二月七日”：“奉议郎张镃追毁出身以来文字，除名勒停，永不收叙，送象州羁管。先是，臣僚论镃不安命议，觊图非望之福，追五官送全州居住。既而复言其凿空妄议，欺天罔人，肆为阴谋，犯命义之

①《中国戏曲曲艺辞典》第240页：“张镃(生卒年不详)，南宋时人。张浚之孙(按：张俊与张浚乃两人，此一误；张镃乃张俊之曾孙，而非孙，此二误)。曾任奉议郎。工画。在海盐筑园林，蓄家僮歌唱新曲。著有《南湖集》《行在谱》诸书。据说南戏海盐腔的形成即渊源于张镃。一说张镃家童所唱系海盐腔。”

② 周密：《齐东野语》，中华书局，1983年，第374页。

③ 叶绍翁：《四朝闻见录》，中华书局，1989年，第91页。

④ 徐松：《宋会要辑稿》，中华书局，1957年，第4022页。

大戒,合正邦刑,故有是命。”①刘时举《续宋编年资治通鉴》卷一四“嘉定四年十二月”:“是月窜张镃。”②无名氏《两朝纲目备要》卷一三“嘉定四年十二月”:“是月窜张镃,坐扇摇国本,除名,象州编管。”③则可证本年十二月,张镃受到了史弥远派的严厉处罚,被贬广西象台。但他并没有死于此年,因为即使本年即离临安赴象,路上也要走很久,何况周密《癸辛杂识》后集记张镃在杭曾救济过一个佣工,其人乃象州人。“未几,张以罪谪象州,牢落殊甚。一日,忽有来访者,审视,则其人也。于是为张营居止,且贷以资,使为生计,张遂赖以济。后张殁于象,其人周其葬事毕,亦莫知所在。”④玩其语意,则张镃贬象台后还生活过一段时期,并不就是在嘉定四年就逝世的。我曾查阅清人所编《象州志》,可惜未见有过张镃卒年的记载。但是通过这一番考证,我们对于这位诗词家兼戏曲家张镃的最后结局,总算有了一个大概的了解,他的晚年是很凄惨的。

① 徐松:《宋会要辑稿》,中华书局,1957 年,第 4025 页。
② 刘时举:《续宋编年资治通鉴》,商务印书馆,1939 年,第 181 页。
③ 无名氏:《两朝纲目备要》,台湾文海出版社,1988 年,第 848 页。
④ 周密:《癸辛杂识》,中华书局,1988 年,第 109 页。

张炎家世考

张炎(1248—1320),字叔夏,号玉田,又号乐笑翁,南宋末年著名的词人,著有《山中白云词》八卷、《词源》二卷。关于他的家世,历来说法不一。人都知道他是南宋初年的大将张俊(封清河郡王,后又封循王)之后,但有人称之为循王五世孙,有人称之为六世孙,有人则笼统称之为"循王诸孙"或"循王之后"。都知道张炎的祖辈里出了两位词人——张镃(功父)、张鉴(平甫),但他们和张炎的关系,有的说是祖孙关系,有的说是高祖和曾孙关系。夏承焘先生在1959年写的《词源》前言中称镃为炎的高祖①,而在其后出版的《月轮山词论集》中则又称镃为炎的祖辈②。至于张俊和张镃之间的关系,有的认为是祖孙关系(如龙榆生先生《词曲概论》中据明代李日华《紫桃轩杂缀》的说法称张镃为张俊的"孙儿"③,夏承焘先生《姜白石词编年笺校》笺《齐天乐》词称张镃为张俊孙)④,有的认为是高祖与曾孙的关系。如此等等,说明对张俊—张镃—张炎之间的家世系统不甚明晰,实有考辨之必要。

为了把这个问题弄清楚,可以分两层来研究:先看一看张俊和张镃的关系,再看一看张镃和张炎的关系。

一、张镃乃张俊之曾孙

《宋史·张俊传》只载俊有五子:子琦、子厚、子颜、子正、子仁,以及从子子盖。其余无载。

根据周密《武林旧事》卷九《高宗幸张府节次略》一文记载,绍兴二十一年(1151)宋高宗幸清河郡王(张俊)第,张俊率其弟张保以及子侄妻妾迎驾,其中

① 夏承焘:《词源注·前言》,张炎著、夏承焘校注,沈义父著、蔡嵩云笺释《词源注　乐府指迷笺释》,人民文学出版社,1981年,第5页。

② 夏承焘:《月轮山词论集》,中华书局,1979年,第134页。

③ 龙榆生:《词曲概论》,上海古籍出版社,1980年,第47页。

④ 夏承焘笺校:《姜白石词编年笺校》,上海古籍出版社,1981年,第59页。

“本家亲族推恩”、有官爵的姓名如下：

张俊子：子颜、子正；

张俊孙：宗元；

张俊侄：子盖、子仪、子安、子文；

张俊侄孙：宗旦、宗亮、宗说、宗益、宗颖。

可知张俊弟兄以“人”排行，子辈以“子”排行，孙辈以“宗”排行①。

牟巘《陵阳先生集》卷十六《题西秦张氏世谱后》云：“王（俊）位极人臣，分茅胙土。施及其后，四子（《宋史》谓五子，不知孰是）名冠以‘子’，诸孙名冠以‘宗’。‘宗’之下，则取五行相生为次。王弟之子孙亦如之。”②牟巘是张楧（《陵阳集》卷七、卷十二作“楧”，卷十六作“模”；《剡源集》卷二十作“楧”，卷十作“模”，恐是钞刻之误。其人字仲实，则一也）的岳父。张楧是张俊五世孙（《陵阳集》卷七《乔木亭铭》：“张楧字仲实，循王五世孙。”）③，他“奉父兄之命，复先庙，修家传，又为世谱”。牟巘是亲见女婿撰写的《张氏世谱》的，因此他的话当是可靠的。“‘宗’之下，则取五行相生为次”，这是一条十分重要的线索。据此，则“宗”字辈下当以五行之首的“金”字排行，那么推算下来，镃在“宗”字辈下，当为张俊的曾孙，而非孙子。

以上还仅是推理。确凿的证据是史浩的《广寿慧云禅寺记》（附载于知不足斋丛书本《约斋南湖集》后，从石刻对录）。此文与张镃亲撰的《舍宅誓愿疏文》都是为张镃于绍熙元年（1190）舍城北南湖之一部分宅地为佛寺一事而写的。史浩文中称镃为“故循王之曾孙、宣义郎、直秘阁、前通判临安军府事张镃”。还有两条证据可作佐证。④ 一是杨万里《约斋南湖集序》云：“初予因里中居德璘谈循王之曾孙约斋子（张镃）有能诗声，予固心慕之。”一是方回《读张功父南湖集》云：“南湖（张镃）生于绍兴癸酉（1153），循忠烈王之曾孙。”⑤所以我们可以肯定地说张镃是张俊的曾孙。李日华《紫桃轩杂缀》卷三云“张镃字功父，循王之孙”是误记了。（关于此节，另请参阅本文《附记》中第一部分。）

① 周密：《武林旧事》，中华书局，2007 年，第 241 页。

② 牟巘：《牟氏陵阳集》卷一六，《四库全书》第 1188 册，上海古籍出版社，1987 年，第 143 页。

③ 牟巘：《牟氏陵阳集》卷七，《四库全书》第 1188 册，上海古籍出版社，1987 年，第 58 页。

④ 张镃：《南湖集》，中华书局，1985 年，第 1 页。

⑤ 同④。

二、张炎乃张镃之曾孙

上一个问题比较容易解决。这一个问题则显得有些难弄。与张炎有过交游的袁桷,在其《送张玉田归杭疏》和《赠张玉田诗》中都明确地断言:张炎是张镃的孙子。《送张玉田归杭疏》文中说:“灯火话平生,慰老弟兄之白发;诗书娱晚岁,还名祖父之青毡”①(“青毡”,用《世说新语》王子敬故事,意谓“我家旧物”。意即诗书乃其家传之学)。《赠张玉田诗》中说:“蝉冠熊轩填高门,英英‘玉照’称闻孙。”原注:“张镃,号约斋,堂名‘玉照’。”又在诗后注云:“玉田为循王五世孙。”②因为袁桷这样一说,厉鹗在《山中白云词序》中也认为“叔夏于功父为三世,于循王为五世。”③《四库全书总目提要》也主“五世孙”说。

但是,问题却来了:就在史浩《广寿慧云禅寺记》的下面,附有一小段张柽的话。张柽称张镃为“先大父”,自署为“孙”。按照这个石碑所刻载的事实,则我们可以相信:“木”字辈的张柽既然是张镃的孙子,那么与“柽”同属“木”的张枢(张炎之父)④也应是张镃的孙子,而张炎只能是张镃的曾孙。这从金生水、水生木、木生火的次序(金—水—木—火)中也可以推算出来。张柽自称为张镃之孙,总比袁桷称张炎为张镃之孙,于情理上更令人可信些。因此,我们宁肯相信张柽而不相信袁桷的说法。

但这仅仅是情理上的揆度而已,还缺乏严密的科学推断和事实上的根据。我们必须在张镃—“水”字辈—张枢—张炎之间寻找出这个“水”字辈的人来,才能完成这个推断。

江藩第一个对袁桷的“五世孙”说提出责难。他在《词源跋》中按照五行相生的次序,指出了上述的矛盾。而后,他又大胆地假设张镃《赏心乐事》一文(载周密《武林旧事》卷九)中所提及的“小庵主人”即是张柽的父亲,而张枢则很可能就是张镃的孙子。

丁丙支持江藩的观点,认为张炎乃循王六世孙,并做了进一步的考证,初步

① 张炎:《山中白云词》,中华书局,1985 年,第 163 页。

② 同①,第 164 页。

③ 同①,第 169 页。

④ 张枢,字斗南,号寄闲,又号云窗。他是张炎之父,这点并无异议。《词源》云:“先人晓畅音律,有《寄闲集》,旁缀音谱,刊行于世。”邓牧《张叔夏词集序》云:“盖其父寄闲先生善词名世,君又得之家庭所传者。”

找到了答案：张炎之父为张枢，张枢之父为张濡，张濡之父为张镃。丁丙在《山中白云词跋》（榆园丛刻，光绪八年刻）中云：

> 宋代奚滢①《秋崖津言》载张濡《湖上别墅》一诗云："弱柳舒眉学远山，四山斜髀绿云鬟。平湖如鉴一回照，西子明妆浓淡间。"濡字子含，别墅在北新路第二桥。颜曰松窗，中构水亭，四面柽柳数百株，围绕若玦环，下临菡萏一二十顷，三伏销暑，不减禁中翠寒堂也。父功父，即与史卫王诛谋韩侂胄者，杨诚斋赏其诗，所谓"新拜南湖为上将"也。子含濡染家学，别出机杼，独自成家。子枢字斗南，工长短句，李赁房每称之云云。

丁丙还根据此条做了一点补充和考证。问题到这里，本来可以认为是得到解决了。但是，《秋崖津言》一书现已不易见到（我遍查丁氏《善本书室藏书志》及《善本书室题跋》，均未见此书），而且如仅以奚氏这一条为证据，似乎也还嫌孤单。因此我想在这里再做一些补订，以便使它能够确凿成立。

（1）奚滢字倬然，号秋崖，赵万里先生曾辑其《秋崖词》10 首。周密《齐东野语》卷一二也记其为贾似道祝寿词事，可证明他是南宋理、度宗时人。其生活时代与张濡、张枢相衔接。其言自有其时间上的可信性（另《词源》亦谓奚氏为"近代"词家）。

（2）考《宋史》卷四七恭帝德祐元年（1275）三月："命浙西安抚司参议官张濡戍独松关。辛卯，张濡部曲害大元行人严忠范于独松关，执廉希贤至临安，重创死。"《元史》卷八世祖至元十二年（1275）三月："丙戌，国信使廉希贤、严忠范等至宋广德军独松关，为守人所杀。"②证之两史所载，确有其人其事，但未说明张濡为张俊后人。今检《宋史纪事本末》卷一百〇六德祐元年三月事，记载甚详，云："辛卯，元主遣礼部尚书廉希贤、工部侍郎严忠范奉国书来，至建康，希贤请兵自卫。伯颜曰：'行人以言不以兵。兵多，反致疑耳。'希贤固请，遂以兵五百送之。伯颜仍下令，诸将各守营垒，勿得妄有侵掠。希贤等至独松关，张濡部曲杀忠范，执希贤，送临安。希贤病创死。濡，俊之曾孙也。"③《续资治通鉴》卷

① 丁丙原文作"滢"，赵万里先生《校辑宋金元人词》亦作"滢"。《绝妙好词》及《全宋词》作"滢"。唐师圭璋告予："滢"，古文"汉"也，《诗·大雅》"倬彼云汉"，奚滢字倬然，可证应为"滢"字，作"滢"字者实误。

② 宋濂，等：《元史》，中华书局，1976 年，第 164 页。

③ 陈邦瞻：《宋史纪事本末》卷一〇六，中华书局，1977 年，第 1152 页。

一八一亦谓“濡,俊之曾孙也”①。实际上,张濡乃张俊之五世孙。《宋史纪事本末》等以之为“曾孙”是错的,但也从侧面说明了张濡确是张俊后人,与奚淢之说有相近之处。若以年龄考之,1275 年时张炎为 28 岁,张濡若果为其祖父,则大约在六七十岁上下,犹能领兵守关,与情理不相违戾。又:陶宗仪《辍耕录》卷一“独松关”条对张濡杀元使事有详细记载,陶氏甚至还认为宋朝之亡,即张濡“误杀使者激世皇之怒”而致②,可见这件事在当时影响是相当大的。

(3) 元道士孟宗宝所编《洞霄诗集》卷四,在《游大涤》的一个题目下同时系有张濡和张枢的两首绝句(七言)。这样的排列方法,一则见得是同游同作,二也得见两人关系之十分密切,若解释为父子同游则释然可通。又检《南湖集》,其中有《再游洞霄》七律、七绝各一,可知张镃亦喜欢游洞霄,此恐是当时之风尚,张家亦如此。

(4) 最有说服力的证据是牟巘《题西秦张氏世谱后》所云。张俊后代繁多,其遭遇亦各不相同。牟巘谓“有登进士第者,上舍释褐者,有与殛韩而复以忤时贬者,任守阕而竟以杀使死者,匪但重绖叠组而已。越至今则有济父,年高德劭,为族之望,仲实其子……”③在这几句里面,有两句话是值得重视的。一条是“与殛韩而复以忤时贬者”,这不是说的张镃吗?而“任守阕而竟以杀使死者”这一条则又可以肯定是指的张濡。

先看第一条。据《四朝闻见录》丙集及《齐东野语》卷二〇所记(详见上文《张镃卒年考》),可知“与殛韩而复以忤时贬者”即指张镃。

至于“任守阕而竟以杀使死者”一条指张濡,我们也可以找到根据。

《续资治通鉴》记载张濡部曲杀元使后:

> 四月,度支尚书吴浚遣人至建康,为陈宜中移书言:“前杀廉希贤,乃边将所为,太皇太后及嗣君实不知,当按诛之。愿输币,请罢兵通好。”④
>
> 十一月,元兵破独松关,冯骥死之,守将张濡遁。诏赠冯骥集英殿修撰。独松关既破,邻疆守者皆望风而走,朝廷大惧。⑤

① 毕沅:《续资治通鉴》卷一八一,中华书局,1957 年,第 4948 页。

② 陶宗仪:《辍耕录》,中华书局,1985 年,第 28 页。

③ 牟巘:《题西秦张氏世谱后》,李修生主编《全元文》卷二三八,凤凰出版社,2004 年,第 623 页。

④ 陈邦瞻:《宋史纪事本末》卷一〇六,中华书局,1977 年,第 1153 页。

⑤ 同④,第 1157 页。

> 德祐二年三月，元代巴延入临安城。以独松关守将张濡尝杀廉希贤，斩之，籍其家。①

由此可知，张濡因为其部曲杀了元使，惹下了“大祸”，先是宋朝廷准备把他抛出来（“按当诛之”）当替罪羊求得罢兵，但元人不允，继续发兵；张濡做了逃将，后来终于被元人所杀，并被籍没家财。这样，在张氏大家庭中，他这一房就衰微了，只剩下张济一房犹保持其贵族门望。这就使我们明白，为何入元之后张炎有“垂及强仕，丧其行资”②的遭遇，以致弄得牢落偃蹇，到处飘荡，甚而连其祖父为谁都被袁桷弄错（很可能是张炎为了避祸，讳莫如深的缘故）。而只有张济—张楧这一房犹维持张氏昔日门楣，屡见诸戴表元、牟巘、袁桷、刘因等集中（这些人集中都有关于张楧“君子轩”“张园”“南湖赏月”“张氏世谱”方面的题咏）。同时，这一发现也有助于我们理解张炎入元以后的痛苦心情。

从张楧之父为张济看，张濡确乎是张枢之父（楧与枢同属“木”辈，济与濡同属“水”辈。奚滢言可信），而为张炎之祖父。

（5）还可以找到一些旁证：《陵阳集》卷一二《张氏学古斋倡和诗序》云：“仲实之侄如晦、景忠……”③而《剡源集》卷十《八月十六日张园玩月诗序》云：“圃主清河张楧仲实，其族：焴如晦、烈景忠……侍游者仲实之子炬、爁。”④可知张楧之子为张炬、张爁，张楧之侄为张焴（字如晦）、张烈（字景忠）。这与张枢之子为张炎一样，同是以五行相生之次来排辈的。由此亦可知“金—水—木—火”的次序是正确的，张氏自“宗”字辈后确实是按这次序排行的。

这里还要纠正一个沿袭已久的错误：刘大杰先生在其《中国文学发展史》中称张炎父为张枢，祖为张含，初不知其所据。后查阅胡适的《词选》，方知源出于胡氏。但胡适又是从什么地方得出这个结论的呢？一看其引证江藩、丁丙之谈，始悟他是疏忽大意了——他把“子含濡染家学”的“子含”（原为张濡之字）误认为“（张镃之）子为张含”了，因此使张炎误认了一个祖父叫张含。刘先生没有认真查考，一误再误，在此实有必要做一纠正。

① 刘一清：《钱塘遗事》卷八，上海古籍出版社，1985 年，第 180 页。

② 张炎：《中山自云词》，中华书局，1988 年，第 162 页。

③ 牟巘：《牟氏陵阳集》卷一二，《四库全书》第 1188 册，上海古籍出版社，1987 年，第 109 页。

④ 戴表元：《剡源集》卷一〇，中华书局，1985 年，第 143 页。

三、结论：张炎为张俊六世孙

到这里为止，可以简单排一个张炎的世系表了：

张俊—五“子”—“宗”字辈—张镃—张濡—张枢—张炎

按古人以儿子为第一代孙的计算法，张炎实为张俊之六世孙。袁桷认炎为俊之“五世孙”，实际上是漏掉了张濡这一代，误认炎为镃孙而致，所以是不确的（另外再可参阅本文附记中第二部分）。

另外还可以寻到两条有力的旁证。一条是与张枢、张炎两代人都有亲密交往的周密，他称张枢为“忠烈循王五世孙”①，一条是牟巘称张桂（竹山）为忠烈王从子恭庄公（子盖）“四世孙”②，都可推算出张炎为张俊的六世孙。这后一条亦被厉鹗所采用③。

［附记］

本文发表后，承段熙仲先生教示：陆游《渭南文集》中，有关这方面的材料可查。特再补考如下：第一，此节中虽已考出张镃乃张俊的曾孙，但其中尚有两个问题未能明确解决：一是《宋史·张俊传》谓俊有五子（子琦、子厚、子颜、子正、子仁），而牟巘所见的《张氏世谱》则谓俊有四子（见《陵阳集·题西秦张氏世谱后》），这个矛盾该如何解决？今检陆游《渭南文集》卷一六《德勋庙碑》一文，有云：“公（指张俊）之曾孙镃，三世嫡传长，始筑庙于居第之东。庙成，以高宗御书‘德勋’二大字为庙之名。自忠烈（张俊）以下为三室……第二室曰少傅公，讳子厚……第三室曰少师公，讳宗元。”则可知张俊长子为子厚，子厚长子为宗元，宗元长子为镃。这样看来，《宋史》所载的“子琦”或为误载，或为庶出，或为早亡，而牟巘所记四子则是可信的。关于这个问题，还有一个有力的佐证：《渭南文集》卷三六有《承议张君（锳）墓志铭》一文（张镃有胞弟名张锳，年三十八而卒，陆游应张镃之请而为之作墓志铭），铭文中说“予与功父交二十年”，可见张镃与陆游交情甚厚（《剑南诗稿》与《南湖集》中且多两人唱酬之作，亦可证明此点）。

① 周密：《浩然斋雅谈》卷下，中华书局，1985 年，第 39 页。

② 牟巘：《牟氏陵阳集》卷一三，《四库全书》第 1188 册，上海古籍出版社，1987 年，第 118 页。

③ 周密辑，厉鹗笺：《绝妙好词笺》卷三，上海古籍出版社，1984 年，第 288 页。

而这篇墓志铭中所记张镇之前代亦同于张俊。所以张俊与张镃之间的关系即可明确排列为:张俊—张子厚—张宗元—张镃。

第二,张镃与张炎之间的关系经过考证又排列为:张镃—张濡—张枢—张炎,则自张俊至张炎的世系表就更可明晰排出。段先生明以教我,特此志谢!

张炎北游之行探测

张炎于元世祖至元二十七年(1290)曾北游大都(今北京),又于次年春天之后即匆匆南归。此行时间虽短,但直接牵涉到他对元朝的政治态度问题,可以说是他一生进退出处中的一个重要关节。

关于这个问题,似乎大多数学者都倾向于张炎此行是为求官。例如胡适认为:张炎“对元朝并无多大恶感”,他求官不成旋即南归,只是“因为他的遭遇不佳,而并不是因为他决心不仕新朝,自甘隐遁”,他是“一个不遇的赵孟頫,而不是郑思肖一流人”①。胡云翼先生说他是“准备向新王朝屈膝的,虽然他事实上并没有做新王朝的官”②。夏承焘、吴无闻先生说“张炎于宋亡后尝入燕京,求官不成,为元廷写过金字经,失意而归”③。

我认为,上述看法似乎还可以商榷。

现存的关于张炎北游的原始资料并不多,主要有下面两条:

一是戴表元《送张叔夏西游序》:“……(张)垂及强仕,丧其行资,则既牢落偃蹇,尝以艺北游。不遇,失意亟亟南归。”④

一是舒岳祥《赠玉田序》:“玉田张君,自社稷变置,凌烟废堕,落魄纵饮。北游燕蓟,上公车、登承明有日矣。一日,思江南菰米莼丝,慨然襆被而归。”⑤

这两段话粗看来都给人以张炎北游乃为求官的印象,只是南归的原因两说有异而已。其实,细究起来,这两条说法是颇不一致的。

戴文明说他是“以艺北游”,后因“不遇”,才“失意亟亟南归的”。游、返,都与“求官”有关。说得很明确。

舒文则有值得推敲之处。为什么?先看:张炎于宋亡之后的态度是“落魄纵饮”,借酒浇愁,怎么会突然动了北游的念头?如果说是为了游山玩水,恐怕

① 胡适:《词选》,河北人民出版社,1999 年,第 315 页。
② 胡云翼选注:《宋词选》,上海古籍出版社,2007 年,第 225 页。
③ 夏承焘、吴无闻:《瞿髯论词绝句》,中华书局,1979 年,第 51 页。
④ 张炎:《山中白云词》,吴则虞校辑,中华书局,1983 年,第 162 页。
⑤ 舒岳祥:《赠玉田序》,张炎《山中白云词》,吴则虞校辑,中华书局,1983 年,第 165 页。

此时并无这种雅兴(这从他有关北游纪行的词里可以看出);如果说是为了考察地理山河,以图日后恢复之计(如明末清初的爱国志士那样),张炎亦不是这样的人(联系其生平思想可知);如果说是为求官而游,那么,在千里迢迢、长途跋涉之后,做官既然已有指望("上公车、登承明有日矣")的时候,怎么又会突然"慨然襆被而归"了呢?是否有人在当局面前说了他的坏话,才使他因做不成官而愤然离京呢?许增就是这样说的:"……甫得官,辄为人所阻,辛卯(1291)春即南旋。"①但是许增讲这些话却拿不出任何根据来,只是"想当然"的猜测而已。据我们看来,舒岳祥这段话说得吞吞吐吐,似有保留。张炎来得这么突然,去得又这么奇怪,好像有一些难以直言的苦衷在内。

由于这两条都属张炎同时人的材料却有矛盾之处,所以我认为不宜马上做出张炎北游大都是为"献艺""求官"——也就是张炎向元朝屈膝投靠的结论来。我们应该把视野拓宽一些,从当时的社会历史背景和张炎本人的材料中去发掘线索、寻找答案。

张炎北游大都,上距宋亡已有11年。随着立国建国的需要,元朝统治者对汉族知识分子的态度和政策已有了一些转变。在以镇压为主的同时,它也深感到利用他们为自己服务的必要。因此它采用压迫与引诱并用的手段对付汉族士人,对于愿意为它效劳的就拉拢,对于不与它合作的就逼迫甚至杀害。赵孟頫和谢枋得的不同遭遇就是明显的例子。赵孟頫甘心"应召",元世祖为了笼络人心,特地让他列坐其旁,以示恩宠②;而谢枋得则一而再、再而三地拒绝"荐举",结果被地方当局武装解押到京,逼得谢枋得绝食而亡③。可见元朝政府对于汉族士人的"征召""荐举"都带有某种强迫性。张炎身处这样的历史环境中,也就有一个自愿去或被迫去的问题了。

张炎北行的直接目的,是赴京写金字经。《元史》世祖至元二十七年:"缮写金字《藏经》,凡縻金三千二百四十四两。"④元朝政府大兴这次写经活动,一方面是为徽仁皇后(元世祖的媳妇、元成宗的皇太后)扬名,一方面也趁机选拔一些书画人才为自己服务。因此通过征召和荐举,南方士人有书画之长的都纷纷赶赴,如赵孟頫其时已官居集贤直学士,也参加写经,经成后迁官⑤。如班惟志,

① 张炎:《山中白云词》,吴则虞校辑,中华书局,1983年,第162页。
② 宋濂,等:《元史·赵孟頫传》,中华书局,1976年,第4018页。
③ 脱脱,等:《宋史·谢枋得传》,中华书局,1977年,第12689-12690页。
④ 宋濂,等:《元史》,中华书局,1976年,第338页。
⑤ 同④,第4021页。

《书史会要》载:“班惟志,字彦功,号恕斋,大梁人,官至集贤待制、江浙儒学提举。初,徽仁裕圣皇后以泥金写《大藏经》,邓文肃举惟志入经局,补州教授,累官至今任。”①他的发迹就是从写经开始的。再如曾遇(心传),他是张炎赴京的同伴之一,企图通过献艺而做官。他自述:“至元庚寅(1290年),以写经之役,自杭起驿入京……书经纥事,将得官,而轰荐福之雷。”②“荐福之雷”,用苏轼“一夕雷轰荐福碑”之意,亦即是说,因为运气不佳,未能做成官。至于这中间的具体原因则未说明(这也许就使许增联想到张炎,因而作出“甫得官辄为人所阻”的推断吧)。这里还要补充一句:曾遇后来还是靠他的书艺做成了官,《吴兴掌故集》说他“博学敏文词,尤工书学。元时以荐授湖州路安吉县丞”③。由此看来,只要自己愿意投靠新朝,又有一技之长,这些有一定才艺的文士大致是能捞个一官半职的。那么张炎的情况又怎样呢?从才能而言,他是个多才多艺的人。早年即以《春水词》著名,时人称之为“张春水”(《伯牙琴》),舒岳祥称他“诗有姜尧章深婉之风,词有周清真雅丽之思,画有赵子固潇洒之意”④。如果他真愿意入仕元朝,那么即使这次失败了,如同曾遇在北京失利后来又在湖州成功那样,他完全有可能在南归之后再谋求出路。但从他后期虽然落拓到在四明设卜肆也没有去做新朝的官这些经历来看,张炎此行很可能是被迫应召而去的,因此虽有做官的希望(而且几乎快到手了),却终于不愿干而旋即南归了。沈祖棻先生在《宋词赏析》中提出这样一个假设:“考之集中作词年月,盖以至元二十七年庚寅九月北上,翌年辛卯即归,而其词眷怀故国,始终如一,则北游当是被迫成行,有所不得已,故得间即南旋。”⑤我觉得这是很有道理的。张炎在好多词里吐露过这样的思想:想学陶渊明归隐山林,但现时不比晋代,想隐而不得隐。(如《声声慢·为高菊墅赋》:“待去隐,怕如今、不似晋时。”《西子妆慢》:“渔舟何似莫归来,想桃源、路通人间。”)这种欲做隐士都不能的思想是与当时元朝统治强迫汉士出仕的现实情况有关系的,具体说,就可能与这次被迫赴京写经有关。

我们再看张炎及其家庭的遭遇。

张炎的父亲张枢是一个贵族文人,整日过着诗酒吟咏的生活(见《浩然斋雅

① 陶宗仪:《书史会要》,上海书店,1984年,第319页。
② 吴升:《大观录温日观葡萄墨迹题词》,中国大百科全书出版社,2001年,第465页。
③ 徐献忠:《吴兴掌故集》,成文出版社,1983年。
④ 舒岳祥:《赠玉田序》,张炎《山中白云词》,吴则虞校辑,中华书局,1983年,第165页。
⑤ 沈祖棻:《宋词赏析》,上海古籍出版社,1980年,第189页。

谈》卷下),在政治舞台上没有什么活动。张炎的祖父张濡则在宋末带兵镇守临安西北的要塞独松关,后因其部下杀害了元朝使者惹下了大祸(详见上篇《张炎家世考》),逃回杭州故宅。据元人刘一清《钱塘纪事》卷八记载:“后丙子(1276)二月,廉希贤之子杀张濡,磔之。”①又据《元史·廉希贤传》记载,元人杀死张濡后还抄没其家财(可能包括男女人丁)②。张炎之所以后半世飘荡流浪,就由此变故而来。因此他对元朝统治,该是兼有国仇家恨的。

下面再从三个方面来看张炎宋亡后的处境:

一是他的家世问题。前文已谈到,即使是他的朋友袁桷,都对他的家世弄不大清(误以为是张俊五世孙),而并不知他的家庭曾遭逢这样一段惨况。因此我们推想:在那种株连可及九族的社会中,张炎很有可能是竭力隐瞒自己这一段家世的。故而在与他有交往的人的诗文中,就没有一处提到过他的祖父张濡。张炎自己的词中也仅有一首词委婉地提到这段经历,那就是《踏莎行·跋伯时弟〈抚松寄傲诗集〉》:“水落槎枯,田荒玉碎。”张炎好用拆字、切字法。“田荒玉碎”切自己(“玉田”)的迟暮凄凉;“水落槎枯”则暗指“濡”“枢”的不幸命运。因为词是对兄弟写的,一说自明,由此可知张炎在入元后的窘迫处境。

二是他的旧居问题。张炎词集中共有四首词是为“旧居”而发的③,都是写思念旧日生活的今昔之叹。其一有云:“恨西风、不庇寒蝉,便扫尽一林残叶。”(《长亭怨·旧居有感》)可见他当初离开故居时几乎是被“扫地出门”的——甚至是侥幸逃开才避免了杀身之祸。

三是他的家属问题。张炎词中涉及艳情的不多,大不了是在酒席歌筵上为他人的歌妓题几首应酬词而已。但他在《长亭怨·旧居有感》中却提到:“玉箫声绝(用韦皋侍妾玉箫殒亡的典故),鹤去台空,佩环何处弄明月?”“凄咽,晓窗分袂处,同把带鸳亲结。”似指妻妾已流亡之意。《解语花》词序谓:“吴子云家姬,号爱菊,善歌舞。忽有朝云之感。”(“朝云”用苏轼小妾名)又,《虞美人》中提及一个“柳儿”,说她“也学落红流水,到天涯”、“不识相思一点,在谁家?”可知他这次被抄家,妻妾散失,竟不知流至何方。他有一个兄弟伯时,其境况亦与他相同,“谁识飘零万里,更可怜倦翼,同此江湖”(《新雁过妆楼》)。

根据以上三点,我们可知张炎在1276年(29岁)之后,由于祖父被杀,家破

① 刘一清:《钱塘遗事》卷八,上海古籍出版社,1985年,第180页。

② 宋濂,等:《元史》卷一二六《廉希贤传》,中华书局,1976年,第3097页。

③《凄凉犯·过邻家见故园有感》《忆旧游·过故园有感》《长亭怨·旧居有感》和《台城路·迁居》。

人亡,妻离弟散,苦不堪言。戴表元说他“垂及强仕(即40岁),丧其行资”是不够准确的。像他这样的情况,除非是极端无耻、丧失民族气节和人格的人,才会去腼颜事仇、向新王朝屈膝求官——当然不可能绝对排除这种可能性,但从情理上揆度,这种可能性还是比较小的。

其次,再从张炎自己的心情方面来探索这个问题。一般来说,“文如其人”“言为心声”的原则是可以成立的。像元好问《论诗绝句》所说的“心画心声总失真,文章宁复见为人。高情千古《闲居赋》,争信安仁拜路尘”的现象虽也有,但毕竟不普遍;而且只要全面深入地对作家和作品做一番剖析,这种虚假性还是能拆穿的。下面让我们把张炎的词作拿出来做一些研究,看看他对北游,以及元朝的态度究竟怎样。

先看第一类直接描写或事后提及这次北游的词作。因为词多长调,只能择其片段以明其志。

《凄凉犯·北游道中寄怀》:“山势北来,甚时曾到,醉魂飞越。酸风自咽”,心情是凄苦的;“正凄迷,天涯羁旅,不似灞桥雪”,哪像是欣欣然为求官而去的心情?“谁念而今老,懒赋《长杨》,倦怀休说”,明谓自己不愿学扬雄以献赋而得官,“倦怀”二字中“不得不来”之意自明。

《壶中天·夜渡古黄河》:“扬舲万里,笑当年底事,中分南北?须信平生无梦到,却向而今游历。”意谓:若不是国破家亡,被迫而来,此生是做梦都梦不到这儿来的。“游历”云云,只是遁词而已。

《声声慢·都下与沈尧道同赋》:“万里冰霜,一夜换却西风”,表面上是写北国冬景,实则含有改朝换代之悲;“片霎归程,无奈梦与心同”,写归心似箭,而又欲归不能。所以张炎此行,庚寅九月动身,初冬到京,次年书经事讫,即匆匆南归也。假如他真欲求官,尽可以在京再活动一段时间后再走。

《庆宫春·都下寒食》:“旅怀无限,忍不住、低低问春。梨花落尽,一点新愁,曾到西泠。”说是“旅怀”,还是表面文章——如果真为求官而来,哪来这么多的念怀杭州之思呢!

《国香》词是为流落在京都的杭妓沈梅娇作的。词云:“相看两流落,掩面凝羞,怕说当时。”很明显,他是把赴京之行当做“流落”看待的。

《绮罗香·红叶》也是在大都而作的(观其词中有“长安谁问倦旅”句,以及所写之景乃冬景可知)。词中描写红叶的“寒艳不招春妒”“谩倚新妆,不入洛阳花谱”,也是自我写照。

从他在大都所作的(以及途中所作的)九首词看,他在京的活动很简单。除了傅岩起这个当时任中书省掾的小官吏之外,他没有接触过其他元朝官吏。这也可以帮助我们了解张炎北游大都的目的似乎并不是为了干谒求官。

更有说服力的是《长亭怨》词。词序云："岁庚寅(1290)会吴菊泉于燕蓟。越八年,再会于甬东。未几别去,将复之北,遂作此曲。"吴某也是赴京写经者(郭天锡《客杭日记》至大十月初三:"德清吴菊泉相遇夜话,子源同问茶。吴公,至元二十七年赴北写金字经者"),看来吴南归八年之后不甘寂寞又准备去京活动求官,而张炎此词实含规讽之意在内:"同去,钓珊瑚海树(用杜甫"钓竿欲拂珊瑚树"之意,亦即归隐之意),底事又成行旅?"他对吴的再度去北表示不能理解,甚至讽刺他"如今又、京洛寻春,定应被薇花留住。且莫把孤愁,说与当时歌舞。"("薇花"句借用白居易"紫薇花对紫薇郎"诗,喻爵禄也。)劝人是如此,张炎自己的态度也就可以明白了。

从这类直接涉及北游的词来看,有两点是可以成立的:一是他去大都,心情并不愉快,相反,一直是痛苦烦恼的;二是即使身在大都,却一直心心挂念着杭州故乡。从上述心理状态来推测,张炎此行为求官而去的可能并不大;相反,他被迫北行的可能却很大。因此,一旦金字经写毕,虽然元朝政府想授官予他,他也假借"菰米莼丝"之思而返归南方了。

再看一看他的某些咏物词。宋末词人常在咏物词中寄托某些难以直言的情志。张炎也不乏这样的作品。特别像他这样一个特殊的人物,更有隐晦自己感情的必要(他入元之后自号"乐笑翁",逃避现实,与此也有某些关系)。从他的这些词中,我们可以窥见他的政治态度:他不敢也不能像文天祥那样奋起杀敌,也做不到像郑思肖那样的杜门不出、坐必南向、不忘故国,但也不愿意像赵孟頫那样投降事仇。他是处在文、郑一流爱国志士和赵孟頫一类变节者之间的"中间人物"。但是应该看到,他的基本立场还是不愿与元朝合作的,虽然这种态度远不如郑思肖、谢枋得那么坚决。他的词中经常流露出对投靠新贵的软弱文人的鄙视,如《解连环·孤雁》中"未羞他双燕归来,画帘半卷",《长亭怨·为任次山赋驯鹭》的"慵忆鸳行,想应是、朝回花径",《忆旧游》中的"羞燕惭莺",都是讽刺那些"莺莺燕燕"的得意者们的。他又在《满庭芳·小春》中警告那些人,不要以为"春天"真的回来了,赶紧去"寻红探粉";要知道"能消几日,风雪灞桥深","小春"(十月)天气的温暖只是表面的、暂时的,一旦气候突变,严酷的日子还在后头呢。这反映了他对元朝统治者是抱有一定的戒心的。

他在很多词里,借物自喻。他把自己比作"不入洛阳花谱"的霜叶,时时还在盼望"绿遍江南"的春天回来(《绮罗香·红叶》);他把自己比作"淡泊生涯,聊伴老圃斜晖"的秋菊(《新雁过妆楼》);又把自己比作"自分生涯淡薄,隐蓬蒿、甘老山林"的兰花(《国香》)。他有时也有怨词,埋怨自己生活在这个倒霉的时代,怀才不遇,贫贱落拓,“也知不做花看,东风何时吹散”(《探春慢·雪霁》),身世真有点儿像飘摇无根的雪花。但是从总的方面来看,张炎在民族矛盾十分尖锐的时刻还是站住了(不说站稳了)自己的脚跟的。这从他的咏物中也可以见到他的志向。

当然,上述两方面的分析是否真能做到所谓的“知人论世”,未敢自必。关键是文献不足征。但既然有关的两条比较直接的材料之间存在着矛盾,那么在这两者之间,我宁愿相信(或倾向于)舒岳祥的说法,因为在我看来,它比较近乎张炎的实际情况。

最后还要说及的是张炎在求官问题上的动摇性。在封建社会中,“学而优则仕”,几乎已成了大多数知识分子的信条。更何况张炎身世偃蹇,生计无着,他对于“做官”这一点是有所羡慕的(虽然他又知道元朝的官自己不应该去做),因此他对终身流浪江湖、以布衣终老这点,是不太甘心的。这样,当我们在他的词中发现有些牢骚、怨词,甚至出现像《台城路·饯干寿道应举》这一类庸俗词作的时候,也就不会太感不可理解了。张炎作为一个末世的王孙公子,缺乏像文天祥、郑思肖那样的坚贞节操,他在言行和作品中流露出名利观念,甚至某种程度的动摇,也是符合他的世界观的。

后　记

本集所收,基本是我在 1981 年至 1986 年间所发表过的论文(曾加修改)。按这几十篇文章的具体内容,大致可分四类:

第一类是对唐宋词的宏观性思考与探索。众所周知,唐宋词是我国古代文学中一份相当丰厚和宝贵的遗产,值得我们加以总结和探讨的问题甚多。对此,我主要对它所特具的"词境"和"文体风格",它所反映和表现的思想意识,它所带有的地域文化色彩,它所刻烙的城市经济的某些印记,以及其他一些带有宏观意义的问题,作了一些思考与探索。

第二类是对作家(群)和作品的评论与研究。它们之中,有的是比较全面地进行论析,有的则仅侧重于从某一角度或某几方面进行评析,而其"落脚点"大多都会集中到"词风"的问题上。

第三类是词论研究。通过这个"窗口",或许会有助于加深对整个词史发展的认识。其中谈厉鹗《论词绝句》的一篇,虽则所谈的对象本身属于清代词论,但因涉及的内容多与唐宋词有关,故一并收入。

第四类是考证性的。这里收录了对于蒋捷、王沂孙、张炎等人的家世、生平的考证以及另外一些考据文字。这对人们进一步了解这些词人的身世遭遇及其思想态度,或许会有些帮助。

由于本人水平有限,因此书中各篇中肯定会存在不少错误与疏漏之处。特别是第一类文字,它们所提出的一些看法极不成熟,距离真正的科学论断还相当之远。故盼专家和广大读者多多指正!

还有一点尚须提及。全集所收 30 多篇文章,既可视作一个统一的整体,但各篇却又自成单元。加之写作时间先后不一,而个人的认识又会有所变化,因此也可能在某些提法上会出现些微的差别,某些引文也难免重复出现,这些情况尚希读者谅鉴。

我在 1964 年大学毕业以后,一直在中学任教。从事唐宋词的研究,是在 1978 年考取唐圭璋先生的研究生之后的事。此后,在唐师及孙望、段熙仲、吴调公诸位先生的指导下,开始写作一些研究论文。直至如今,不意竟积有五六十篇之多。承蒙浙江古籍出版社同志的关怀和支持，得以从中挑选若干，结成此集。他们这种提携、奖励中年知识分子的精神真使我感激与钦佩。吴熊和先生以及吴战垒、王翼奇、张道勤同志，又对之提出了宝贵的修改意见，付出了辛勤的劳动，也使我得益匪浅。最后又蒙吴调公先生赠序，才使这本集子得以现在这个面目与读者见面。在此，谨向上述诸位，表示衷心的感谢。

杨海明

一九八六年农历十月十六日

于苏州大学

再版后记

本卷原由浙江古籍出版社于 1988 年 3 月出版。关于成书的过程，该书《后记》已有说明。谨对当年为此书作序的吴调公先生和对本书出版贡献很大的吴战垒先生这两位已经作古的先生表示深切的缅怀，也对吴熊和先生、王翼奇先生和本书的责任编辑张道勤先生再表谢忱。

本卷本次编入“词学文集”由上海大学特聘教授曹辛华博士重校。江苏大学出版社责任编辑张平女士也费力甚多，于此一并表示感谢。

杨海明

2020 年 3 月